Viktor von Knobelsdorff

Unter Zuchthäuslern und Kavalieren

Russische Gestalten und Erkenntnisse

Knobelsdorff, Viktor von

Unter Zuchthäuslern und Kavalieren
Russische Gestalten und Erkenntnisse

ISBN: 978-3-86741-272-8

Auflage: 1
Erscheinungsjahr: 2010
Erscheinungsort: Bremen, Deutschland

© Europäischer Hochschulverlag GmbH & Co KG, Fahrenheitstr. 1,
28359 Bremen (www.eh-verlag.de). Alle Rechte beim Verlag und
bei den jeweiligen Lizenzgebern.

Cover: Foto © Marco Korf/Pixelio

Unter Zuchthäuslern und Kavalieren

Russische Gestalten und Erkenntnisse

von Viktor von Knobelsdorff

Obsequium amicos, veritas odium parit.
Terenz, Andria.

Inhaltsverzeichnis

Zum Geleit

Dieses Buch ist aus einer umfangreichen Handschrift herausgeschnitten, gegen deren ungekürzte Veröffentlichung mancherlei Gründe sprechen. Es berichtet im Wesentlichen vom Erleben dreier Jahre. Dies aber bringt als notwendige Folge mit sich, dass meine Person aus ihrem sicheren Versteck hervorgeholt und in den Mittelpunkt des Interesses gestellt ist. Auch hiermit werde ich mich abzufinden wissen. –

So geht denn hinaus in die Welt, flüchtige Zeilen! Betragt euch gut und werft keine Fensterscheiben ein! Bleibt bescheiden! Wollet nie mehr scheinen, als ihr seid: Plaudereien, die die Stunde eingab.

V. v. K.

Ouvertüre

Dämonenruf. – Rundfunk. – Habent sua fata libelli ...

Wie 1000:1 – wer erlebte es nicht? – standen die Aussichten für Gelingen oder Misslingen, Tun oder Unterlassen, und Tausend zerrann, und Eins gewann...

Wem folgen wir? Dem stärksten Motiv, das scheint klar. Doch wie es in die Erscheinung tritt, das bleibt wunderbar. »Hände weg!« mahnt eine innere Stimme; »Hände weg!« fordern die Umstände: »Hände weg!« denkst du nun selbst – da zerbricht ein ungestümes Wollen alle Widerstände. »Handle!« befiehlt es, und du gehorchst; weißt nicht zu sagen, weshalb es geschieht; du weißt nur das eine: du musst ihm folgen, dem Dämon, der dich rief, dem stärksten Motiv, und es trägt dich empor, oder lässt dich fallen – abgrundtief.

Davon wird die Rede sein. Aber ich werde niemanden – etwa durch ein Trompetensignal – auf das Erscheinen des Dämonen aufmerksam machen, niemanden, weil's unnützes Beginnen wäre, denn Dämonen sieht und hört man nicht: sie sind da. –

Weiter werde ich von so manchem sprechen und dabei nur sagen können, dass es war, und verschweigen müssen, wie's geschah. Wer jemals fremde oder auch eigene Interessen zu vertreten und – zu wahren hatte, weiß, dass der Freund nicht wissen darf, was der Feind nicht wissen soll. –

Wenn ferner die Geschehnisse nicht immer dazu angetan waren, eine günstige Meinung über unsere Bundesgenossen, die Österreicher, aufkommen zu lassen, so darf doch die k. u. k. Armee in ihrer Gesamtheit nicht im Lichte dieser Einzelerlebnisse betrachtet werden. Das ist eine Selbstverständlichkeit für jeden billig Denkenden. Da auch ich den von mir nicht stets mit Anerkennung bedachten Bundesgenossen nicht ohne Not wehe tun möchte, habe ich erläuternd zu bemerken, dass »Österreicher« für mich der Sammelname für alle Völker ist, die in der k. u. k. Armee den Waffenrock trugen. Ich konnte nicht stets feststellen, welchem Volkssplitter die einzelnen angehörten. Ich musste mich ans Äußerliche, an ihr Kleid halten. Lob und Tadel sind daher, nach dem in der weiten Welt gültigen Grundsatze verteilt: einer für alle, alle für einen. –

Ich habe mich zu diesen Hinweisen veranlasst gesehen, um langatmige Erörterungen zu vermeiden und verständliche Fragen im Voraus zu beantworten. Indem ich nunmehr berichte, wie meine Aufzeichnungen den Weg aus dem russischen Zuchthaus in die Heimat fanden, habe ich vorausgeschickt, was vorauszuschicken war. –

Bis in den November 1916 führte ich eine Art Tagebuch, dessen habhaft zu werden, den Russen niemals glückte. Es schließt mit der Voraussage der Revolution. Dann steckte ich diese Art Schreiberei auf. Ich hatte mich auf etwas anderes verlegt und konnte mir das Schreiben nach drei Richtungen hin: für mich, für den Fall, dass ich damit gefasst werde, und für einen ungewissen Leser schenken. Damit ging die Zeit dahin und brachte uns der Revolution näher.

Im Lazarett war seit kurzem eine jüdische Zahntechnikerin tätig. Sie hantierte mit verschiedenem Gerät im Munde der Zuchthäusler herum: meisterhaft verstand sie es dabei, trotz aller Aufsicht, von allerlei großen Dingen zu erzählen, die da kommen würden, und die Verbindung mit all denen aufzunehmen, die es anging. Ich lasse es dahingestellt, ob es ein Zufall war, dass die Zahl der Behandlung Bedürftigen ständig zunahm; im höchsten Grade interessant vom medizinischen Standpunkt aus aber war die Feststellung einer offensichtlichen Belebung der schlummernden revolutionären Gesinnung der Katorschanje[1] durch die zahnärztliche Pflege ihrer kariösen Zähne. Die offizielle Mär: die russische Revolution sei eine Art Krakatau-Ausbruch der gemarterten russischen Volksseele gewesen, scheint mir keines stärkeren Beweises bedürftig, als ich ihn eben zu führen versuchte. –

Je kritischer sich allmählich die Entwicklung der inneren Lage gestaltete, umso mehr entsprach sie den Wünschen der Eingesperrten. Mit instinktiver Sicherheit erwarteten sie vom Bersten der Ordnung mit Recht nur Vorteile für sich: zunächst Freiheit und damit Rückgabe ihres Betätigungsfeldes, des Neides in seinem weitesten Umfang. Raub und Mord, Diebstahl und Betrug winkten wieder verheißungsvoll, und neue Wege lockten zu alten Lastern. –

Als ich die ersten Tage der Revolution hinter mir hatte, da war mir klar: wenn es mir nicht bald gelang, meine Schreiberei irgendwo in Sicherheit zu bringen, dann war sie für mich verloren.

---

1   Katorschanje = Zuchthäusler (Mehrzahl); Katorschanin (Einzahl).

Beim Gottesdienste hatte ich die Bekanntschaft eines sehr ordentlichen Mannes gemacht. Er war mir aufgefallen, weil die anständige Gesinnung ihm im Gesicht geschrieben stand. Er hatte nur wenige Jahre Zwangsarbeit zu verbüßen. Wie war er zu ihnen gekommen? Der Kriegsausbruch sah ihn als Inspektor auf dem Gute eines polnischen Grafen. Da kamen die Deutschen, nahmen, was sie brauchten, und – bezahlten. Dann wurden die Deutschen zurückgedrängt, die Russen folgten. Ein Kosak nahm ihm sein gutes Pferd und stellte dafür einen abgetriebenen Gaul ohne jede weitere Entschädigung in den Stall. Nicht wahr, du findest es billig, dass der Feind bezahlt, was er nimmt und du sagst nichts, wenn der Landsmann, der dich schützen soll, dich bestiehlt? Mein Inspektor schimpfte. Laut und vernehmbar. Da ging der Kosak hin und zeigte ihn an, und nun wurde der Schreier festgesetzt. Denn was hatte der als Letztes dem Kosaken noch nachgerufen? »Ihr könnt ja überhaupt nur mit *einer* Hand schießen!« Das war entweder eine Kunstfertigkeit, an die niemand so recht zu glauben vermochte, oder aber eine Herabsetzung der russischen Armee, die der Zar auf seinen Soldaten nicht sitzen lassen durfte. Das Gericht fragte den Inspektor: »Was soll das heißen, Ihr könnt ja überhaupt nur mit *einer* Hand schießen?« – »Mit der anderen müsst Ihr Euch die Läuse vom Kopfe kratzen,« erwiderte der Inspektor. Vier Jahre Zwangsarbeit, wegen Beleidigung der russischen Armee.

An diesen Mann wandte ich mich.

Natürlich war er bereit, die Weiterleitung der Tagebücher und einiger Revolutionszeitungen in die Hand zu nehmen. Das war nicht ganz leicht. Aber er bekam sie heraus. Die Post des revolutionären Russlands trug sie nach dem Kaukasus. Dort warteten sie.

Im August 1918 erreichte mich ein Schreiben der russischen Abteilung unserer Kriegsgefangenenfürsorge. Es fragte nach der Adresse des Vetters Curt, des Generals; ein Paket aus Moskau sei an ihn eingegangen. »Deine Tagebücher!« durchzuckte es mich. Ich fuhr nach Berlin. Ein Reserveoffizier meines Regiments saß im »Prinzen Albrecht«, und ohne irgendwelche Scherereien erhielt ich mein Eigentum.

Meinem Regimentskameraden Ruville, mit dem mich gemeinsam bestandene Gefahren und so mancher gemeinsame Erfolg verbanden, war es durch den Beistand einer liebenden Frau im Frühjahr 1918 gelungen, aus dem Gefangenenlager Krasnojarsk am Jenissei zu entfliehen. Da sich auf dem geraden Weg nach Westen unüberwindliche Hindernisse türmten, bogen sie über Samara aus, um über Konstantinopel nach Hause zu gelangen. Unterwegs erkrankte Ruville an Flecktyphus. Seine Reisegefährtin pflegte ihn in Baku gesund. Dort hörten die Verwandten des Inspektors von ihm. nahmen die Verbindung mit ihm auf und stellten fest, dass er mein Begleiter gewesen war. Als sie erfuhren, dass er nunmehr nach Moskau wolle, wo zurzeit die deutsche Hauptkommission tagte, gaben sie ihm meine Tagebücher mit der Bitte, sie mir mitzubringen. Er brachte sie nach Moskau und händigte sie dort unserer Vertretung aus. Unterwegs hatten sie ihm von meinem Erleben berichtet.

Ruville war es, wie er mir im Sommer 1918 erzählte, nach unserer Trennung glücklicherweise besser als mir ergangen. Die Behandlung in der Strafanstalt von Orel war menschlicher als die meine in dem berüchtigten ›Grabe der Zuchthäusler‹, und später landete er glatt im Gefangenenlager. Auch dort ging es ihm den Umständen nach gut, wie ich dies zu meiner Freude bereits im Juli 1917 vom Grafen Bonde in Irkutsk hörte.

Am 19. August 1919 starb Hans-Carl v. Ruville einen vorzeitigen Tod. Unerschrocken und tapfer, stets bereit, sein Leben für des Vaterlandes Macht und Größe und Gedeihen einzusetzen, so kannte ich ihn. –

Gift an Bord

**Das Hauptvergnügen des Tages. – Der Auftrag des
Armee-Ober-Kommandos. – Die Flugblätter des
General-Kommandos. – Fliegers Ende.**

Jaroslawl, Zuchthaus, Zelle 29. Der Hilfsbereitschaft eines in der Bücherei beschäftigten Sträflings verdanke ich Heft und Tintenstift. Nach Herzenslust – solange ich nicht erwischt werde – kann ich jetzt mit gefesselten Händen den ›Johann Faber‹ auf dem Papier tummeln und aus diesem Spiele eine Art Tagebuch entstehen lassen. Nach Herzenslust – aber nur dann, wenn die Arbeit mittags ruht, und meine beiden Zellengenossen schlafen. Das heißt, dem Hauptvergnügen des Tages Zügel anlegen! Es besteht in dem Bericht von diesem *otium cum indignitate*. Vielleicht geht er verloren. Dann ist alles in den Wind geschrieben. Es sei, wie es sei. Ich werde es erleben. Jetzt herrscht die Gegenwart, und in ihr schreibe ich zu meinem Vergnügen.

Es wird keine Beichte sein, die ich hier ablege, mit Reue und Vorsatz und sonstigen Zutaten. Ich will ein wenig plaudern. Das ist alles. Trotzdem werde ich bisweilen annähernd das sagen, was ich denke: ohne Schamgefühl eingestehen, was ich tat: wie mir die Worte grade einfallen, erzählen, was ich erlebte. Die Wahrheit des Erlebnisses soll sprechen. Nicht das Tatsächliche, denn dieses ist einzig, sein Widerhall wird gehört werden.

Wie hoch auch eine Münze in die Luft geworfen wird, sie kehrt zur Erde wieder und fällt entweder auf Kopf- oder Wappenseite. Mitunter aber schlägt sie mit der Kante auf, um erst nach einigem Schwanken und Zaudern dem Gesetz der Schwere völlig unterworfen zu werden. Der Zeit gefiel es, das gleiche Spiel mit mir zu versuchen. das Flugzeug schlug auf, und nun begann der Kampf zwischen Kopf- und Wappenseite, um Leben oder Tod. Die leblose Münze indessen gehorcht lediglich den wechselnd einwirkenden Kräften. Des Menschen Wille jedoch nützt sie oder stemmt sich ihnen entgegen, und sein Entschluss wird Schicksal und nicht das widrige Geschick. Keinem denkenden Kopf wird es daher einfallen, der Ungunst der Stunde zu grollen, mag auch in einem unbewachten Augenblick dem unlenksamen Herzen ein Seufzer noch entfliehen. Da es nun nicht in meiner Absicht liegt, einen empfindsamen Roman zu schreiben, so mag das Tränentüchlein zu Hause bleiben, es gilt die alte Regel weiter: ich schreibe zu meinem Vergnügen und »ich will nicht besser scheinen, als es sich mit mir ereignet.«

Als ich mit Ruville Anfang August 1914 im Kraftwagen saß und von der Wohnung seiner Mutter den Kurfürstendamm herunter in dies großangelegte Kaisermanöver rollte – so sprach ›man‹ damals – meinte er: »Hast Du nicht auch das Gefühl, dass wir beide sicher wiederkommen werden? Ich kann mir nicht helfen: *wir* kommen wieder!« – »Möglich!« erwiderte ich: »wenn die ganze Fliegerei nicht nach vier Wochen bereits auf der Nase liegt, dann hält sie auch den Feldzug durch.«

Als ich so antwortete, dachte ich an die Wahrsagerin, hinter deren Schliche ich damals im Mai kommen wollte: wie sagte sie doch? »Ich sehe Fahnen wehen, viele Fahnen wehen, als wenn Krieg wäre. Sie sind mehr international. Sie werden sich Ihren größten Ruhm im Auslande holen, aber unternehmen Sie nichts, wenn Sie das Gefühl haben: Lass die Finger davon! Sie *wissen*, es gelingt Ihnen dann nicht. Ertrotzen können Sie es nicht. Lassen Sie es. Es hat keinen Zweck.«

Als die Kriegsschauplätze von Belgien, Frankreich, Russisch-Polen hinter mir lagen, und ich nun von Munkacs aus über den Karpaten brummte, da fing ich doch an, mir ein wenig ›international‹ vorzukommen. Warum sollte ich jetzt nicht auch dem ›Ruhme‹ entgegensteuern? Im allgemeinen Nutzen besteht der Ruhm, und je mehr ich *allen* nutzte, umso mehr musste ich auch mir selber nutzen. Das geht im Kriege nicht gerade selten eben Hand in Hand: »Streite jeder für den König, und so streitet er für sich!« Etwa Mitte Januar 1915 waren wir dem neugebildeten Armee-Ober-Kommando zugeteilt worden. Der beabsichtigte Durchbruch durch die Karpaten hielt uns in Tätigkeit. Meine Freizeit verlebte ich im Hause von Frau v. Kellenyi – ich lag dort in Quartier – in ihrer und ihrer Töchter Gesellschaft. Rosika Kellenyi erklärte zwar bald, ich wäre »ein Teiferl, aber ahn herziger«, doch schien sie wenig Angst vor der Hölle zu haben. Ihre jüngere Schwester Mizzi dagegen versicherte mir in einem ungarischen Liede, dass sie an meinem Grabe weinen werde und verschenkte deshalb wohl – zu meinen Lebzeiten noch – so oft ihr sonniges Lächeln an mich – – – aber leider haben weder Rosika noch Mizzi, hallo! weder Himmel noch Hölle vermocht, mich in Ungarn festzuhalten. Am 24. Januar waren einige Herren der Abteilung von Frau v. Kellenyi gebeten worden, den Abend bei ihr zu verbringen. Am 25. Januar, 7:00;Uhr vormittags, sollte ich mit

Ruville erneut Aufklärung fliegen. Den Auftrag hatten wir am Nachmittag des Vortages erhalten.

Gegen 5:30 morgens erwachte ich mit dem ausgesprochenen Gefühl, dass es heute gar keinen Zweck habe, zu fliegen: es würde doch nichts. »Was für Wetter?« fragte ich meinen Burschen, der das elektrische Licht anknipste. »Nebelig und dunstig, kein Flugwetter!« Ich hatte mir in Rohde einen tüchtigen Laubfrosch erzogen. »Fenster auf!« befahl ich. Dichter Nebel hüllte die Karpaten ein. Zweihundert Meter über der Erde standen dicke, graue, fast unbewegliche Wolkenschichten. Es war ausgeschlossen, dass sich das Wetter in anderthalb Stunden wesentlich besserte. »Na, da kannst du ja mit Vertrauen in die Zukunft blicken. Ich habe heute aber auch gar keine Lust, weiß der Teufel!« dachte ich ...

Rohde reichte mir die Karte in den Kraftwagen hinein. Ich sauste nach dem Flugplatz.

»Das A.O.K. will, dass der ganze Raum, wenn irgend möglich, abgeflogen wird!« – »Ausgeschlossen. Es ist absolut nichts zu sehen. Vor drei Stunden ist an einen Start überhaupt nicht zu denken, und auch dann ist er noch ungewiss.« – »Also melde ich dem A.O.K., dass Sie erst gegen 10:00 fliegen.« – Sowie es halbwegs möglich ist, fliegen wir.«

Zu Haus warf ich mich aufs Bett und ärgerte mich. Rohde machte die Fensterläden zu. Doch ich konnte nicht schlafen. Meine Laune blieb schlecht, und um mich zu erheitern, durfte ich aufs Wetter warten. Es war zum Auswachsen.

»Das Auto ist da!« – »Was für Wetter?« – »Zum Fliegen ist es noch nichts.« Die Wolken sind höher geklettert. Der untere Teil der Karpaten ist sichtbar. Das obere Drittel des Stoy und seines Gebirgsmassivs liegt in dichten Nebelschleiern. Hinter dieser Wand von Schnee und Wolken lag mein Abschnitt. Er war mir nicht unbekannt. Auch heute sollte es tief hinein ins Land gehen und in weitem Bogen zurück. Unter drei Stunden war es nicht zu leisten. Wenn das aber mit dem Wetter nicht bald anders wurde, dann konnte auch bei heiterstem Sonnenschein der ganze Raum nicht abgeflogen werden, und das – ging wider den Ehrgeiz.

«Fliegen Sie?« – »Es geht noch immer nicht. Die Sicht ist gleich Null. Wir rennen uns die Köpfe an den Bergen ein.« – »Das A.O.K. legt den größten Wert auf den Flug und will, dass unter allen Umständen geflo-

gen wird!« – »Sowie es die Wetterlage erlaubt, fliegen wir, selbstverständlich. Wir kommen gegen 12 wieder heraus.«

Ich stieg mit Ruville abermals in den Kraftwagen; er sollte mich nachher
auch abholen. Zu Haus fing ich an, einen Brief zu schreiben. Er gefiel
mir nicht. Die Worte saßen wie angeleimt in der Feder. Ich steckte es
auf. Dieses Gewarte war abscheulich.

Mizzi Kellenyi trat ins Zimmer. Wir verabredeten eine Ausfahrt. Dann
kam Besuch. Irgend so ein verkleideter Zivilist, der vorgab, Soldat zu
sein. Ich warf einen Blick auf die Uhr und verabschiedete mich. Ruville
musste gleich kommen. Ich zog den Feldrock an und schlüpfte in den
Ledermantel. Als ich die Mütze aufsetzte, meldete sich das Auto. Zum
dritten Male heute ging es nach dem Flugplatz.

»Ich bleibe gleich sitzen. Sag', dass es gar keinen Sinn hat!« – »Schön!«
rief ich zurück. Das Wetter ist besser geworden, aber noch immer ist es
kein Flugwetter; nein, Flugwetter ist es nicht; im Gebirge hindert noch
immer Nebel die Sicht. Deshalb überlässt der Führer dem Wagemut den
Entschluss und fragt: »Sie kennen Ihren Auftrag. Das A.O.K. rechnet
mit Ihrem Fluge. Fliegen Sie?« Zum letzten Male prüft der Blick den
Himmel und die wallenden Nebel über den Karpaten. Strahlend steht
die Sonne über der Ebene und schickt sich an, die Wollenschleier vom
schneeigen Haar des Stoy zu reißen. Nicht lange mehr, und die letzten
Hüllen müssen von seinem Haupte fallen. Aber schon zieht, noch weit
hinten, vom fernsten Horizont, ein dunkler Strich herauf, der binnen
kurzem sich in die Schwingen der Nacht verwandelt haben wird und
wehe dem, den der dunkle Fittich im Gebirge in seinen Schatten bannt.
Da handelt es sich jetzt nicht mehr allein ums Fliegen, es geht jetzt auch
ums Wiederkommen. Denn das A. O. K. will die Meldung, nichts anderes will es, will mit meinen Augen die Lage beim Feinde einsehen; die
zu erkunden, waren wir ausgesucht; die Erkundung durchzuführen
und die Nachrichten über den Gegner zurückzubringen, das war unsere
Sache. Konnten wir es uns zutrauen, durch alle Fährnisse glatt hin-
durchzukommen? Ja, entschied ich. *Wir* konnten es. Da raunte eine innere Stimme mir ins Ohr: »Flieg' nicht, flieg' nicht!« ... »Flieg' nicht!«
flehte sie. »Flieg' nicht! es hat keinen Zweck,« so warnte sie.

Inzwischen war Ruville herangekommen. »Wir müssen sofort fliegen,«
empfing ich ihn. »wir *können* es schaffen.« – »Gut,« sagte er, »also flie-

gen wir. Ich dachte es mir gleich, dass Du's doch tun würdest, als ich Dich den Himmel mustern sah.« – »Maschine raus!«

Im Nu rollen die Startmannschaften den Doppeldecker aus dem Zelt, wir nehmen unsere Sitze ein, der Motor holt auf. »Fertig!« winke ich. »Halt!« heißt es vom Platz.

Ein Ordonnanzoffizier vom k. u. k. Korps Hofmann ist eingetroffen. Flugblätter sollen abgeworfen werden. Soweit ich sehen kann: er hat ein ganzes Auto voll mitgebracht.

»Können Sie sie mitnehmen?« – »Den ganzen Laden nicht! Schnell her damit, wir haben keine Minute mehr zu verlieren!« Ich werfe aus der Maschine alles heraus, was ich entbehren kann, nehme ein Riesenpaket Literatur an Bord und ab brummen wir. Die üblichen Platzrunden fallen weg. In schneidend scharfer Luftlinie geht es direkt auf den Stoy los.

Das Flugzeug saust mit einer Geschwindigkeit von etwas mehr als 100 km durch die klare Januarluft. Im Handumdrehen haben wir das Gebirge erreicht. Nun heißt es klettern. Doch der Doppeldecker tut's nur widerwillig. Woran mag es liegen? Die Verspannung ist in Ordnung. Ob wir zu schwer sind? Wie gut, dass ich vorhin die Bomben und auch den Karabiner noch herausgeworfen habe! Trotzdem kriecht der Zeiger des Höhenmessers unendlich langsam aufwärts, und das Gelände unter uns rückt beängstigend näher. Kommen wir in glattem Anlauf über den Stoy?

Leichte Wolkenkinder hatten soeben einen letzten Reigen um des Alten Haupt getanzt und sich dann mit den feurigen Sonnenstrahlen vermählt. Nun blitzen und blenden Myriaden glitzernder Schneekristalle zum Himmel empor und überschütten das Auge mit einem Funkenfeuerwerk unerhörter Licht- und Farbenerscheinungen. Die Wunderwelt des winterlichen Gebirges hat sich weit aufgetan, doch jetzt ist nicht die Zeit dazu, sich ihr hinzugeben.

Unablässig, mit Sporn und Peitsche: Verwindung und Höhensteuer, müht sich Ruville hinter mir, die Maschine unentwegt steigen zu lassen, denn wir müssen schnurgerade über den Kamm, sollen nicht kostbare Minuten verloren gehen. Jetzt: noch eine Nachhilfe und noch eine, und ein unübersehbares Schneefeld sprüht wenige Meter unter uns Brillantfeuer.

Vor uns liegen die eigenen Stellungen, dort drüben die der Russen. Wir stoßen auf sie herab. Dreihundert Meter über dem Feind suchen uns die ersten Geschoße. Als Antwort flattern meine Flugblätter im Winde. Wie hässlich sie heute aussehen! Wollt ihr wohl herunter, Bande! Unten sollt ihr wirken, hier habt ihr nichts verloren!

War das nicht eben, als ob des Motors Atemholen nicht ganz rein ertönte? Na, das fehlte gerade! Alle Nerven spannen sich, und das lauschende Gehör löst das betäubende Geknatter der Explosionen in den regelmäßigen Gang der sechs Zylinder auf: eins, zwei, drei, vier, fünf, sechs, eins, zwei, drei, vier, fünf, sechs. Nerven, denke ich, die den Sonnabend noch nicht verwunden haben. Fünfundvierzig Minuten ging da die Reise mit aussetzendem Motor über die Karpaten hin, ein Vergnügen, von dem ich nur dringend abraten kann und das auch keineswegs dadurch an Reiz gewinnt, dass der Feind mit allem, was er gerade zur Verfügung hat, auf dich schießt und - trifft.

Auch heute lassen die uns begegnenden russischen Kolonnen es sich nicht nehmen, ein wildes Feuer auf uns abzugeben. Wir können sie daran nicht hindern, also mögen sie es tun: »Das Glück ist ein Weib, und man hat es noch immer in der Gesellschaft von jungen Leuten gesehen!«

Wieder ist es Zeit, einige von meinen hässlichen Vögeln flattern zu lassen. »Was steht denn auf den Wischen?« fragt Ruville. »Weiß nicht. - kann's nicht lesen; Russisch: am Ende eine lange Unterschrift.« Na, glückliche Reise! Die Schriftgelehrten werden euch schon entziffern!

Immer tiefer in den Feind hinein jagt das Flugzeug und erkundet sein geheimstes Wollen. Das liegt vor uns offen. Kein Schleier verbirgt es. Das A. O. K. wird mehr noch als zufrieden sein!

1500 m absolute Höhe zeigt der Höhenmesser. Donnerwetter, die Kiste hält sich miserabel! 1500 in absolute Höhe, das bedeutete in Frankreich ein halbes Dutzend Löcher in der Maschine; heute brummen wir in 2– 300 m relativer Höhe über dem Feind und sind noch ganz! Das Glück, ist ein Weib.

Eine Batterie versucht, uns zu treffen. Ich zähle die Geschütze. Ruville schreit etwas. »Wie?« - »Motor lässt nach!« wiederholt er. Verdammte Schweinerei! »Kehrt! Nach Hause!« gebe ich zurück. Das Flugzeug wendet. Der Motor fängt an, leise zu klopfen. Das heißt auf Deutsch: gleich ist es aus! Es dauert auch nicht mehr lange, da wird das Klopfen stärker. »Motor frisst!« rufe ich Ruville zu. Deutlich ist jetzt zu hören, wie der Motor nach Atem ringt. Vergebens setzt er sich zur Wehr, ein neuer Erstickungsanfall überfällt ihn, die Umdrehungen des Propellers verlangsamen sich, ein letztes Aufbäumen noch, und der Motor ist tot. Da haben wir den Salat! Schwere Notlandung steht uns bevor. »Sieh' zu, was Du machen kannst!« wende ich mich an Ruville. »Russische Gefangenschaft!« antwortet er. Ein Achselzucken ist die Erwiderung.

Zwischen Bergwänden rechts und links gleitet die Maschine. Rechts öffnet sich ein Tal. Abbiegen denke ich, Ruville denkt dasselbe, der Doppeldecker neigt sich in die Kurve und folgt der neuen Straße.

Inzwischen sind die letzten Flugblätter herausgeflogen: kann ich uns nicht mehr nützen, so kann ich doch noch dem Feinde schaden. Jetzt heraus aus der Maschine, was nicht niet- und nagelfest ist. Was an mir liegt, der Gegner soll nichts finden, was er gebrauchen könnte.

Wir stehen vor einer Bergwand. Wendung! Wir müssen landen, aber wo? Dort drüben, da, wo das Haus steht! Lautlos nähert sich das Flugzeug dem flimmernden Schneefeld, an dessen Rande der einsame Hof liegt, gleitet darüber hinweg, setzt auf und – einen Herzschlag später stehen wir im knietiefen Schnee Kopf. Glückliche Landung! Der Propeller liegt zersplittert, die rechte Zelle ist geknickt.

Raus aus der Kiste! Umschau. Von der Talstraße jagt eine Kosakenpatrouille im Galopp heran. Was tun? Zunächst die Flugbekleidung vom Leibe, denn in ihr bin ich bewegungsunfähig. Also rein ins Haus. Der Ledermantel fliegt auf den Tisch, raus aus den hohen Filzstiefeln, die Kombination bleibt auf dem Boden liegen, an den Mantel, und – »Kosaken!« ruft die Frau des Gebirglers von der Türe her. »Hast, Du Deine Browning?« frage ich Ruville, als wir den Hang hinunterlaufen, »ich habe nichts.« Drüben winkt ein Wald. Wenn wir den erreichen könnten! 1500 m Luftlinie. Der Schnee liegt mehr als knietief. Ich trete in irgendein Loch und schlage lang hin. Auf! Weiter! Langsamer. Wir klettern eine Bergwand hoch. Die halbe Höhe haben wir hinter uns. Da – Sst, Sst! zischt es an uns vorbei; gleichzeitig dringt der Peitschenknall Gewehrfeuers in unser Ohr. Im Nu versinken wir im Schnee. Sst, Sst! schlägt es rechts, links, vor uns ein. Was nun? Ewig können wir doch nicht so liegen bleiben! Sollen wir auf den Heldentod warten? Die Kerle schießen schlechter als blinde Rekruten: wahrscheinlich erfrieren wir eher, als dass sie uns ins Leben treffen. Oder sollen wir warten, bis sich eine

Kugel irgendwohin verirrt ins Bein, in'n Arm, oder wo sonst gerade Platz ist? Und was dann? Soll ich mit Schneebällen das Feuer erwidern? Oder soll ich mir mit einem Faustschlage die Backzähne ausbrechen und sie dem Gegner an den Schädel werfen? Kann ich ihn mit Papiergeld bestechen, oder soll ich es mit meiner einzigen Goldplombe versuchen? Was soll ich tun?

Die Kosaken halten, abgesessen die einen, die andern zu Pferde und schießen aus 150 m Entfernung auf uns, schießen in einem fort. Wo sie bloß die viele Munition her haben?

»Meine kleine Browning trägt nicht so weit,« sagt Ruville, »außerdem hat's keinen Zweck.« – »Na, denn los!« grolle ich: wir stehen auf, die Kosaken schießen weiter.

Die Hände in die Manteltaschen vergraben, gehen wir auf sie zu. Sst, Sst! zischt es an uns vorbei. Schießt doch nicht so blödsinnig, wir tun euch nichts, winken wir. Auf keine dreißig Schritt sind wir an sie heran, da stellen sie das Feuern ein. Kopfschüttelnd betrachten sie ihre Flinten und begreifen das Wunder nicht, dass wir heil vor ihnen stehen. Ich sehe nach der Uhr: 1:43 nachmittags.

In den Fängen der Gerechtigkeit

Erste Eindrücke. – Ein Morgenkaffee. – Feldgericht. – Ins Hauptquartier. – Ein Verhör. – Im Bereich von deutschem Beefsteak mit Makkaroni. – Fiat justitia! – Zu mitternächtiger Stunde. – So lebt denn wohl! – In den Händen der Zivilgewalt.

Ruville drückt dem Anführer den Kinderschreck in die Hand: »Bitte!«, zieht dann sein Zigarettenetui bietet an, und die Freundschaft ist gemacht. Inzwischen sind Überstiefel und Kombination sowie Ruville's Schafpelz aus dem Hause geholt worden, und nun gehen wir die paar Schritte bis zum nächsten Wege. Dort hält ein mit Heu beladener Schlitten. Wir klettern hinauf. Ein russischer Soldat hilft uns. Die Kosaken eskortieren. Sie benehmen sich musterhaft. Wie viele sind es? Eins, zwei, drei, neun, da sind auch noch ein paar, im Ganzen sechzehn. Nun, das können wir verlangen.

Wo sind wir? Die Stellungen der Russen liegen in unserem Rücken, abseits ihrer Hauptetappenstraße haben sie uns gehascht. Weshalb fraß der Motor? Kein Schuss hat ihn verletzt. »Ist das ein dummes Volk, die Kosaken! Warum haben sie Sie gefangen genommen? Sie hätten Sie doch ruhig laufen lassen sollen!« eröffnet der russische Soldat die Unterhaltung. »Ja, besser wär's; dagegen ist gar nichts zu sagen,« lache ich.

Nach langer Fahrt kommen wir in einem Gebirgsdorfe an; es ist voller Kosaken. Vor einem Hause erwarten uns ein paar Offiziere. Wir grüßen. Die Russen grüßen. Bei der Innenwache wird uns vorläufiger Aufenthalt zugewiesen. Ein Offizier stellt durch einen jüdischen Dolmetscher Namen und Truppenteil von uns fest. Dann verabschiedet er sich. Die Wache setzt uns Tee vor. »Wird bald Frieden sein?« fragt der jüdische Soldat. Wir vertrösten auf das Frühjahr. Keine Spur von Feindschaft ist bei den Mannschaften zu bemerken.

Offiziere erscheinen. Einer spricht Deutsch. Er setzt uns auseinander, dass die Russen die Deutschen nicht lieben. Krupp müsse zerstört werden, alles, alles in Essen. Sie, die Russen, würden es auch tun! Seine Begeisterung steckte mich an und verführte mich zu meinem ersten Landes- und Hochverrat: auf dem Wege nach Westfalen würden sie wahrscheinlich über unsere Armee stolpern, aber ich hoffe, dass sie das nicht weiter aufhalten werde. Mein schamloses Bekenntnis dämpfte die Unternehmungslust des Sprechers, seine Kameraden mischten sich ein, und ließen sich den Hergang unserer Gefangennahme erzählen. »Mehr als seine Pflicht könne man nicht tun,« ließen sie uns sagen, versicherten uns ihrer Sympathien und sprachen uns ihr Bedauern über unser Missgeschick aus. Gentlemen in anderer Uniform! Eine Ordonnanz trat ein. Einer der Offiziere schickte uns eine Büchse mit Zucker und Tee und ein Stück Käse zum Abendbrot. Wir fanden es rührend.

Ein Schlitten war vorgefahren. Platz nehmen! hieß es. Ein Kosak saß hinter uns, einer uns gegenüber, ein dritter neben dem Kutscher. Weitere Sieben eskortierten. Es ging zum nächsten Stabe.

Die sinkende Sonne hatte einer empfindlichen Kühle Platz gemacht. Bald aber ließ die Kälte nach, und es fing an zu schneien. Der Weg wand sich in unzähligen Krümmungen durch die Berge. Bald lief er eng eingekeilt zwischen ihnen hindurch, bald führte er an Steilabfällen vorbei. Wenn überhaupt mit einiger Aussicht auf Erfolg etwas ins Werk gesetzt werden sollte, dann musste es hier geschehen und zwar sofort. Diese Überlegung fand ihr jähes Ende durch eine Kosakensotnie, die uns an einer Wegeverbreiterung in die Mitte nahm. Es war wie verhext.

Nach einer endlosen Fahrt halten wir in einem trüb daliegenden Dorfe vor einem Hause. Zwei Kraftwagen warten am Eingang. Wir werden in einen Raum geführt, der voller Schreiber, Soldaten und Kosaken ist. Ein Kraftwagenführer setzt uns Tee vor. Am Nachbartisch wird etwas vorgelesen. Da geht eine Tür auf. Alles fährt herum. Ich sehe, wie blitzschnell ein großer, bedruckter Zettel unter dem Tisch verschwindet. Aha, die Flugblätter!

Ein Generalstabsoffizier ist eingetreten und lässt sich den Inhalt unserer Taschen vorzeigen. »Haben Sie noch etwas?« – »Nein.« Damit ist die Leibesvisitation in fairer Weise erledigt. Auch mein deutsch-russisch-polnisches Wörterbuch mit seinem fast rein militärischen Inhalt durfte ich behalten. Der Generalstäbler hatte es richtig eingeschätzt: es war Mist, sogar die Wortbedeutungen waren falsch.

In der anstoßenden Kammer erwartet uns der Divisionskommandeur. Während er mit großen Schritten auf und ab geht, fragt er uns: »Warum haben Sie das getan?« und zeigt dabei auf ein Flugblatt. Anklagend blickt es vom einzigen Tisch der Stube herüber. »Alles kann man tun, aber das nicht!« fährt er fort. Er sieht mich an. »Weil es befohlen war,« antworte ich. – »Ich weiß nicht, was man wird mit Ihnen machen. Vielleicht wird man Sie schießen tot.« Dann befahl er nach einer Pause: »Schreiben Sie Ihre Namen!« Wir taten es. »Es ist gut.« –

Qualm und verbrauchte Luft schlugen uns entgegen, als wir unser Nachtquartier betraten. Auf einem großen Herde brannte ein Feuer. Kosaken hockten auf dem Fußboden. In einem Bett lag die Bauersfrau mit ihrer fünf- bis sechsjährigen Tochter, auf einer Streu daneben ein Fähnrich und einige Soldaten der k. u. k. Armee. Der Fähnrich tat – wie er erzählte – seit etwa vier Wochen in den Karpaten Dienst und – seufzte nach Frieden. Ein Fähnrich, der nach Frieden seufzt! Bei uns wäre er ein Museumsstück und als solches wertvoll gewesen. Zum Ausgleich hatten unsere Bundesgenossen wahrscheinlich einen als Schaustück stehen, der nach Kampf und Sieg sich sehnte?

Ruville streckte sich aufs Stroh. Mir war es zu eklig. Ich setzte mich an den Tisch, stützte die Arme auf und grübelte. Endlich wurde es Morgen. Die Frau erhob sich und kochte Milch. Ich trank einen großen Topf voll. »Glückliche Reise!« wünschte sie, als wir gingen.

Unser Schlitten führte uns unaufhörlich an russischen Kolonnen vorbei; es waren die Verstärkungen für die bedrohte Front. Gestern sah ich sie vom Flugzeug aus ihr zustreben, heute streiften mich ihre Mäntel. Mittags trafen wir in Wygoda ein.

In dem mit Soldaten aller Art überfüllten Saale eines Gasthofs warteten wir stundenlang. Die Soldaten waren wie Kinder. Auch bärtige Landwehrleute unterschieden sich in ihrem Wesen in nichts von Kindern. Endlich wurde uns ein anderer Raum zugewiesen. Da wir mittlerweile Hunger bekommen hatten, fingen wir an, an unserem Käse zu nagen. Dankbar gedachten wir des freundlichen Gebers. Da tat sich die Tür auf: der Herr Ortspfarrer schickte uns ein reichliches Mittagessen. Im Vertrauen auf seine Tüte bat ich um Wasser, Seife und ein Handtuch. Wir erhielten auch dieses. In dankbarer Erinnerung gedenke ich seiner. Nachdem wir gegessen hatten, wurde uns das Gefangenenmittagbrot gebracht: ein Essnapf warmer Suppe. Wir schenkten sie unserer Kosakenwache. Um die armen Kerle kümmerte sich anscheinend niemand.

Am Nachmittag ging es zur Bahn. Wir stiegen ein. Es war nicht gerade üppig: Viehwagen ohne Heizung. Der Deutschenfresser von gestern - er fuhr nach dem Süden auf Urlaub - erschien und sicherte uns ab nächster Station einen besseren Wagen zu. Dann instruierte er unsere Wache. Beim nächsten Halt zogen wir in einen Viehwagen mit eisernem Ofen um. Das war entschieden eine Verbesserung. Noch am späten Abend gelang es unserem Zug, in Stryj einzutreffen.

Nun ging's zur Gefangenen-Sammelstelle, einem Schulhause. In einem unsagbar verwahrlosten Zimmer zu ebener Erde wurden wir eingesperrt. Posten vor die Tür, Posten vor die Fenster. Ein eisernes Bettgestell mit Matratze und eine Chaiselongue blickten uns verheißungsvoll an. Ruville warf sich aufs Bett, fuhr aber gleich wieder in die Höhe, denn es war hart, hart wie gefrorene Erde. Beim zweiten Mal ging er vorsichtiger zu Werke: er schlich sich wie ein Indianer an, und ehe die Sprungfedern es sich versehen hatten, lag er auf ihnen. Mir war alles zu schmutzig. Der Dreck widerte mich an. Um ihn zu bekämpfen, zog ich auf Entdeckungen aus. Ich fand einen russischen Soldatenmantel und ein Stück Plüsch. Damit ließ sich etwas anfangen. Dann machte ich mich daran, eine Lage ausfindig zu machen, die es erlaubte, auf der Chaiselongue zu liegen, ohne herunterzufallen. Sie bestand im Wesentlichen aus einem sehr schmalen Rande und einer schiefen Ebene. Ich gestehe, dass die Lösung dieses Problems mir nicht gelang.

Kaum war es hell geworden, als ich nach einem Hause geführt wurde, vor dem ein Posten stand. Wir gingen hinein. Vor einem Zimmer stand ein Posten mit gezogenem Säbel. Ich trat ein. Am Schreibtisch saß ein Offizier mit den Abzeichen eines Obersten. Der Oberst stand auf, sah mich an und gab mir die Hand. »Bitte, setzen Sie sich!« Lange Zeit ließ er den Blick nicht von mir, dann versenkte er ihn in das aufgeschlagen vor ihm liegende Buch. Wieder sah er mich lange und forschend an, seufzte und sagte: »So jung, so jung und schon sterben müssen!« – »Weshalb?« fragte ich. »Warum haben Sie die Proklamationen abgeworfen? Warum haben Sie keine Bomben geworfen, dann wäre Ihnen nichts geschehen!« – »Weil es befohlen war.« – »Aber wie können Sie solche Proklamationen abwerfen? Ich habe bis jetzt vor den Deutschen immer Hochachtung gehabt. Auch meine Frau ist eine Deutsche.« Er reicht mir ein Familienbild herüber: er und seine Frau im Kreise von erwachsenen Söhnen. »Aber solche Proklamationen! Das ist eine Gemeinheit! Alles ist erlogen!« Er sagt es schmerzerfüllt: vorwurfsvoll trifft mich sein Blick. »Wie können Sie solche Sachen schreiben!« Das ist nicht der feindliche Offizier, der zu mir spricht, es spricht der Mensch zum Menschen. »Ich kenne den Inhalt der Flugblätter nicht. Ich habe sie erhalten, als ich startbereit in der Maschine saß. Ich spreche weder, noch schreibe ich Russisch.« – »Weshalb haben Sie denn überhaupt welche mitgenommen?« – »Das gehört zu unserem Dienst: ich durfte die Flugblätter der Österreicher nicht ablehnen.« – »Aus welchem Grunde werfen Sie Proklamationen für die Österreicher ab?« – »Wir liegen mit einem österreichischen General-Kommando zusammen.« – »Sind Sie ihm unterstellt?« – »Nein, aber wir haben Weisung, die in unseren Rahmen fallenden Aufträge mitzuerledigen.« – »Dann scheint der Fall doch etwas anders zu liegen,« spricht der Oberst mehr vor sich hin, als zu mir gewandt, nimmt das Buch wieder zur Hand, liest, sieht mich daraufhin lange, lange an, liest nochmals das Flugblatt und sagt schließlich, zwar mit Bedauern, aber er spricht es: »Sie müssen sterben. Sind Sie verheiratet? Wollen Sie nach Hause schreiben? Ich werde den Brief besorgen.« Nein, das bin ich nicht. Aber meine Mutter wird wissen wollen, wie ich geendigt. Ich bitte um Papier und Tinte und schreibe:

»Infolge Motordefekts über den Karpaten mussten wir notlanden.«

»Haben Sie schon gefrühstückt?« fragt der Oberst. »Nein,« antworte ich. »Ich werde Frühstück besorgen, ich muss dann noch das Protokoll aufnehmen,« fügt er im Fortgehen hinzu, »der Dolmetscher muss gleich kommen: ich kann nicht Deutsch genug.« Ich verbeuge mich im Sitzen und fahre fort: »Weil ich für das österreichische Korps Hofmann Flugblätter abgeworfen habe, soll ich nun erschossen werden. Hab' Dank für alles Gute! Viktor.«

Der Kaffee wurde gebracht. Auch der Oberst trat ein. Ein jüdischer Arzt in Uniform begleitete ihn. Das war der Dolmetscher. Jetzt wurde es ernst.

Für mich lagen die Dinge einfach. Ich hatte auf Fragen zu antworten, aber so zu antworten, dass ich dem Standrecht entging. Zum Glück war der Dolmetscher vortrefflich. Das Protokoll war geschrieben. Was nun?

Der Oberst erklärte, das Untersuchungsergebnis sogleich dem General vorlegen zu wollen; nach *seiner* Ansicht käme standrechtliche Erschießung nicht mehr in Frage. Er ging. Nach einer Weile erschien er mit dem General, und ich erhielt den Bescheid, das Protokoll werde höheren Orts zur Entscheidung vorgelegt werden. Den Inhalt der Flugblätter erfuhr ich nicht.

Ob ich hinreichend mit Geld versehen sei, fragte mich der Oberst, als sich der General entfernt hatte, er stelle seine Börse zur Verfügung. Ich lehnte dankend ab. Dafür bat ich, dass unser Aufenthaltsraum gereinigt und auch geheizt würde. Der Oberst versprach es, und mit widerstreitenden Gefühlen verabschiedete ich mich von dem älteren Kameraden der feindlichen Armee.

Unter Bedeckung wurde ich nach unserer Behausung zurückgebracht, unter Bedeckung wurde jetzt Ruville zum Verhör geführt. Er wurde gleich mit Kaffee empfangen, und von Erschießen sprach kein Mensch. Der Oberst las ihm meine Aussage vor, wie er mir berichtete, und er hatte nichts anderes zu tun, als sich ihr anzuschließen. Dann schrieb er einen beruhigenden Brief nach Haus. Ich saß inzwischen in der kalten Stube und wartete auf sein Wiederkommen. Endlich kam er. Das war überstanden. Aber entschieden war noch nichts.

Unsere Lage besserte sich. Unser Zimmer wurde gereinigt und geheizt, und bald darauf brachten zwei Ordonnanzen das Mittagessen. Es war stets gut und überaus reichlich und bestand in der den russischen Offizieren verabreichten Kost. Auch abends aßen wir warm. So gut haben wir nie wieder gelebt.

Auch sonst wurden mir verwöhnt. Das gefrorene Wasser zum Waschen brachte uns jeden Morgen unser Freund, der Choleriker. Dann wischte er den Fußboden mit dem Seifenwasser auf; unser Waschbecken wurde zum Aufwascheimer degradiert. Mit gleicher Inbrunst nahm er sich der Heizung an. Er war ein biederer Landwehrmann aus dem Saratowschen Gouvernement. Ließ sich der Ortskommandant blicken, ein bärtiger Oberst, mit dem wir in den ersten Tagen auch einige Worte wechselten – die Unterhaltung war schwierig: der Herr Oberst sprachen keine Fremdsprache, und mir konnten nur russisch lächeln – dann flüchtete der Choleriker zu uns. Hier war er vor den Ohrfeigen Sr. Hochgeboren sicher: mochte die Wache mit ihnen vorlieb nehmen! Wenn man aus unserer überhitzten Misshandlungsatmosphäre kommt und dann sieht, wie hier mehr als vierzigjährige Landwehrleute beim geringsten Anlass von Sr. Wohlgeboren, Sr. Hochwohlgeboren und Sr. Hochgeboren mit Ohrfeigen traktiert werden, ohne dass auch nur ein Hahn danach kräht, dann versteht man, dass das Übertreiben nach der anderen Seite, wie es bei uns geschieht, von zwei Übeln doch das kleinere ist.

Bisweilen kam einer von den Wachtmannschaften. Wir unterhielten uns mit den Leuten, so gut es ging. Voller Stolz zeigten sie uns ihre schönen Mäntel und ihre warmen Pelzmützen: fünfzig Kopeken bekamen sie monatliche Kriegslöhnung und alles hatten sie vom Zaren. Zu Hause hatten sie es nicht so gut. Sie waren dankbar wie Kinder, Naturkinder!

Auch ihre Offiziere waren, nun wie soll ich es nennen – von jener Harmlosigkeit, die das Fehlen jeglicher Kinderstube verleiht. Sie kamen zu zweien und dreien, grüßten nicht und sprachen keinen Ton; dafür stellten sie sich, bis ihnen die Beine vom Stehen wehtaten, ins Zimmer und glotzten uns an. Als sie das erste Mal eintraten, waren wir noch höflich: wir standen auf und hofften, dass die feindlichen Uniformen irgendein Lebenszeichen von Erziehung geben würden. Weit gefehlt! Sie starrten uns unentwegt an und kurierten damit rasch unseren Wahn. In der Folge taten wir, als ob niemand im Zimmer wäre.

Ich habe hier ein wenig vorgegriffen, denn in den ersten Tagen zeigte sich niemand. Wir warteten. Das war unsere Hauptbeschäftigung. Wir wussten damals noch nicht, dass wir es auf diesem Gebiete zur Meisterschaft bringen sollten. Der achtundzwanzigste Januar verging, der neunundzwanzigste auch, der dreißigste kam. Ein Wachthabender und eine Abteilung Soldaten erschienen und führten uns nach einem stattlichen Hause. Dann ging es durch ein großes Zimmer mit einem langen Tisch und vielen Stühlen nach einer anstoßenden kleineren Stube. Dort harrten wir der Dinge, die da kommen sollten. Ein Wachthabender und sechs Soldaten halfen uns dabei. Nebenan wurde mit Tisch und Stühlen herumgerückt. Das Rücken hörte auf. Mehrere Personen traten ein. Dann herrschte Ruhe.

Ein Gendarm rief uns hinein. Der Tisch stand jetzt vor den drei Fenstern. Fünf Offiziere saßen an ihm. Ein besonderer Tisch gehörte dem Protokollführer, ein weiterer dem Dolmetscher. Wir stellten uns den Richtern gegenüber auf. Unsere Verbeugung wurde mit einiger Verlegenheit erwidert. Hinter uns standen in zwei Gliedern Soldaten und Gendarmen. Wir hatten uns vor einem Feldgericht zu verantworten. Zunächst wurde der Dolmetscher vereidigt. Ein Pope in feierlichem Ornat sprach die Formel vor, der Dolmetscher wiederholte sie und küsste dann zum Zeichen seines Gelöbnisses die ihm gereichte Bibel. Der Geistliche trat ab. Der Vorsitzende eröffnete die Verhandlung. Er las die Anklage vor. Sie war lang.

Mag sie lang oder kurz sein! Darauf kommt es gar nicht an, auch nicht darauf, was sie enthält. Worauf es aber ankommt, ist: das den Umständen nach günstigste Urteil sich zu sichern. Mehr ist auf dieser Erde nicht zu erreichen. Oder glaubt jemand, ›Recht‹ finden zu können? Soll es wirklich erwachsene Menschen geben, die dieses trügerischste aller Phantome für greifbare Wirklichkeit halten? Mit welchem Organ wollen sie es erkennen? Mit dem Verstand? Mit der Vernunft? Mit dem Gefühl, mit dem Gewissen? Verstand und Vernunft sind beschränkt und irren. Das Gefühl wird getäuscht, und aufs Gewissen ist kein Verlass. *»D'après les divers besoins c'est une science, d'etendre les liens de notre conscience et de rectifier lemal de notre action avec la pureté de notre intention.«* Ich weiß ein Lied davon zu singen.

Was ist Wahrheit? Wir wissen es nicht. Wüssten wir's, dann wüssten wir auch, was Recht ist. Mithin gibt es auch keine gerechten Gesetze: sie werden es erst durch ihre Befolgung. Bleibt also die Fähigkeit, gegen geschriebenes und ungeschriebenes, gegen äußeres und inneres Gesetz zu verstoßen. Wollen wir den Verstoß ›Unrecht‹ nennen, ich will es gelten lassen: ich mag ums Wort nicht feilschen.

Diese Erkenntnis auf unseren Fall angewandt, erhellt die Lage mit einem Schlage: wir konnten unsererseits noch so sehr im Rechte sein, es wurde sofort zum Unrecht, wenn wir durch unser Tun irgendwelche Paragraphen des Feindes umgerannt hatten: *»Vérité en deçà des Pyrenées, erreur au-delà,!«* Das wusste ich. Trotzdem wollte ich auch vom Gegner nicht schuldig befunden werden. Darum musste gekämpft werden.

Mit wem hatte ich es zu tun? Wer stand mir gegenüber? In der richtigen Beantwortung der Frage lag das Urteil. Ein Oberst, ein Oberstleutnant, zwei Kapitäne[2] und ein Stabskapitän[3]: das hatte gar nichts zu sagen. Wer steckte in den Uniformen?

Mein Auge prüft den Vorsitzenden. Die bleichen, eingefallenen Wangen, der lohende Blick des Fanatikers stempeln den Obersten zum erklärten Feind. Er war Feind, nichts als Feind. Gegen den half keine Vernunft und keine Einsicht. Für ihn gab es nur ein Recht, sein Recht, das sich auf sein Gesetzbuch stützte.

Mit Gründen war bei ihm nichts auszurichten. Vielleicht war er beim Gefühl zu fassen durch blind geheucheltes Vertrauen in seine Unparteilichkeit? Es war zu versuchen. *Überstimmt* musste er werden, erkannte ich mit einem Schlage, das war das einzige Mittel, um uns zum ›Recht‹ zu verhelfen.

---

2   Kapitän = Hauptmann.
3   Stabskapitän = Dienstgrad zwischen Oberleutnant und Hauptmann.

Die vier Beisitzer machten ernste Gesichter. In keines Blick stand das vorgefasste Urteil. Sie waren gekommen, um zu hören und zu richten. Deren Spruch konnte ich bilden und damit die Stimmenmehrheit erlangen. Ob er aber den Stürmen der Urteilsberatung und -Begründung standhalten würde, diese Frage war weder mit ja noch mit nein zu beantworten. Das fühlte ich bereits, obwohl ich noch nicht wusste, dass von nun an nichts gewisser als das Ungewisse sein sollte. –

Welcher Tatbestand nun lag der Anklage zugrunde? Zum Aufklärungsfluge für mein A.O.K. startbereit in der Maschine sitzend, erhielt ich von einem österreichischen General-Kommando Flugblätter mit dem Auftrage, sie abzuwerfen. Dass dies geschah, dafür war ich verantwortlich. Also führte ich den Befehl aus und damit war ich meiner Verantwortung ledig.

Den *Inhalt* der Flugblätter hatte das *österreichische* General-Kommando zu verantworten. Worin auch immer er bestehen mochte, er musste so beschaffen sein, dass er durch einen preußischen Offizier verbreitet werden konnte. Das war die selbstverständliche Voraussetzung. Für mich dagegen bestand *keine dienstliche Verpflichtung*, mich über ihn zu unterrichten. Privater Neugierde nachzugeben, war unter den Umständen, unter denen der Flug angetreten wurde, nicht möglich. Ich handelte also nicht nur auf Befehl, sondern auch im guten Glauben. Das war, nicht mehr und nicht weniger, also das, was man so die Wahrheit zu nennen pflegt.

Aber leider ist es ebenso wahr: »Wer im Felde den Zaren beleidigt oder verleumdet, wer falsche Gerüchte ausstreut, um die Regierung als verbrecherisch und schädlich hinzustellen, wer in Kriegszeiten das Volk aufwiegelt und durch Versprechungen zum Aufstand reizt, wer der Truppe Meuterei und Aufruhr predigt, wird mit dem Tode bestraft.«

All dieser Dinge angeklagt, standen wir vor den Richtern. Da ich die Flugblätter abgeworfen hatte, hatte ich jetzt auch dafür einzustehen. Konnte ich unser Handeln verteidigen, oder sollte ich es bleiben lassen? Erklärte ich: »Meine Herren! Als Soldat habe ich einen erhaltenen Befehl ausgeführt. Wenn Sie das für einen zureichenden Grund halten, um uns zu verurteilen, so mögen Sie es tun. Wir können Sie daran nicht hindern.« So hieße das, sich selbst das Todesurteil sprechen. Die andere Partei sagt: »Nicht wir halten das als zureichenden Grund, sondern das

Gesetz. Die Tat besteht, und wie sie zu sühnen ist, schreibt das Gesetz vor. Wir haben lediglich das Gesetz anzuwenden.«

Weshalb sollte ich mir selbst das Todesurteil sprechen? Weil eine österreichische Kommando-Behörde verkommen genug war, den schweigenden Gehorsam preußischer Offiziere in der schamlosesten Weise auszunutzen? Weil vielleicht Stellen, die selbst in einem hundertjährigen Kriege nie dazu kommen, auch nur ein Haar ihres Schädels zu gefährden, unverantwortlich leichtsinnig ihren Dienst getan haben? Fällt mir gar nicht ein! Ich habe mich zwar in diesen Augenblicken geschämt, dass wir Halunken Bundesgenossen und Kameraden nennen, aber mit diesen Gefühlen werden keine Geschäfte gemacht. Ich entschloss mich daher, alles zu verteidigen, was überhaupt zu verteidigen war.

Zu verteidigen! Heißt das verteidigen: »Ich bedauere, die Frage nicht beantworten zu können!«? Das war mein zweites, drittes Wort. Heißt das verteidigen: verschweigen, was uns nützen konnte? Das war meine Verteidigung. Mir schwindelt's heute noch, wenn ich daran denke.

»Gestehen Sie wenigstens, dass die Flugblätter ein Verbrechen sind!« Wir selbst waren bereits keine Verbrecher mehr. »Verbrechen? Nein. Hängen Sie sie niedriger.« – »Aber Sie werden doch gestehen, dass die Aufforderung zu Meuterei und Aufruhr im Angesicht des Feindes ein Verbrechen ist?« – »Nein; in diesem Zusammenhange nicht. Ich habe die Überzeugung, dass durch diese Flugblätter auch nicht ein einziger russischer Soldat zum Ungehorsam verleitet wird.« – »Warum werfen Sie sie dann ab?« – »Ich kenne die Absichten nicht, die mit diesen Flugblättern verfolgt werden. Ich weiß nur, dass wir genug Papier und Flugzeuge haben, um auf Ihre Front täglich Flugblätter regnen zu lassen. Warum tun wir es nicht?« So begann der Kampf, ob die Flugblätter ein Verbrechen sind. Ich behauptete nach und nach alles, nur nicht, dass die Flugblätter ein Verbrechen sind; dies eingestehen, hieß alles verlieren. Schließlich wurde der Verhandlungsführer müde. Das Gericht unterbrach die Sitzung, um eine Mittagspause von 1 ½ Stunden zu machen. Es war 1.oo nachmittags.

Seit 8 Uhr 30 vormittags stand ich im Kreuzfeuer der Fragen, die uns zu Verbrechern machen wollten. Gefrühstückt hatten wir noch nicht. Ich triumphierte. Nach dem Mittagessen pflegt auch den härtesten Richter eine etwas mildere Stimmung anzuwandeln. Wie die Menschen verschieden sind! Andere bauen auf ›ihr gutes Recht‹, ich baue mit größerem Vertrauen auf ein gutes Mittagessen. Zu Hause angekommen, warf ich mich aufs Bett. Ich war fertig. Mein Schädel rauchte. Nach einer halben Stunde hatte ich mich erholt. Das Mittagessen war da, und nun wurde zunächst einmal gegessen. »Du hast Dir widersprochen,« rekapitulierte Ruville. »Stimmt! Aber was soll ich machen? Mach' es anders. Es ist das einzige Mittel, durchzukommen.« ›Sucht nur die Menschen zu verwirren, sie zu befriedigen, ist schwer!‹, so lautet das Rezept.

»Sie bleiben also dabei, dass die Proklamationen kein Verbrechen sind?« – »Jawohl.« Jetzt kam Ruville an die Reihe. Er schloss sich bedingungslos dem an. was ich bereits ausgesagt hatte. Damit war seine Vernehmung beendigt. »Haben Sie noch irgendetwas zu bemerken?« Jetzt kam mein letztes Zuckerwerk. »Meine Herren! Wir bedauern beide, in einer so unerfreulichen Angelegenheit vor Ihnen zu stehen. Wir hoffen jedoch, dass die Verhandlung Ihnen einen Einblick in unsere peinliche Lage gewährt hat und sind sicher, bei Ihnen Verständnis für unsere Situation zu finden. Es würde uns daher als Angehörigen eines der alten preußischen Regimenter, als Gliedern uralter Adels- und Soldatengeschlechter überaus schmerzlich sein, ein nicht freisprechendes Urteil von Ihnen, unseren russischen *Kameraden*, entgegenzunehmen.« Ich verbeugte mich. Ruville verbeugte sich. Wir gingen in das anstoßende einfenstrige Zimmer.

Es war noch immer ungeheizt. Aber zunächst merkte ich es nicht. Die Uhr zeigte 2 Uhr 50 nachmittags. Eine Stunde verging. Es fing an zu dunkeln. Wir fingen an zu frieren. Zu was für einem Urteil würden die Richter gelangen? Hatte ich sie richtig, hatte ich sie falsch behandelt? Tod wie Freispruch, beides schien mir möglich. Indessen drückte sich die zweite Stunde an den Wänden herum und wollte nicht zur Tür hinaus. Die Kälte wurde zudringlicher und rückte näher.

Zum Sterben hatte ich am Nachmittag des 30. Januar gar keine Lust. Wofür? fragte ich mich immer wieder und wieder, wofür? War da nicht der klare Befehl, die Flugblätter mitzunehmen und über den russischen Stellungen abzuwerfen! Was war da anderes zu tun, als zu gehorchen? War das denn 'was Neues? »Wer als Überläufer sein Gewehr mitbringt, erhält sieben Rubel,« das flatterte in Russisch-Polen aus dem Flugzeug. »Der Kalif hat den heiligen Krieg gegen Engländer und Franzosen erklärt,« das war für die Mohammedaner bestimmt. »Belgien ist genommen, die Franzosen sind geschlagen,« das bekam der östliche Nachbar. »In den masurischen Sümpfen versank eine Armee,« las der westliche.

Das machte man so im Nebenamt. Dazu startete keine Maschine. Nun ging's um eines solchen Wisches willen um Leben oder Tod: ging darum, weil die Suppe auszulöffeln war. die ein anderer eingebrockt hatte. Dem konnte keiner. Der saß in Sicherheit da hinten, und wir durften uns an ihr den Magen verderben. Woher sollten wir wissen, dass die österreichischen Brocken giftig sind? Die Suppe sah aus wie immer. Fragten wir unseren I a oder Chef, ob auch alles in Ordnung sei und wir ruhig essen könnten?

Die dritte Stunde schlich ins Zimmer, dann blieb sie zwischen Tür und Mauer stehen und rührte sich nicht. Mit ihr kam die Dunkelheit. Sie schwang sich auf die in der einen Stubenecke übereinander getürmten Sessel und Stühle und blieb dort lautlos sitzen.

Trübe Gedanken meldeten sich; wir suchten sie durch eine Zigarette zu bannen. Die lauernde Kälte war hungrig. Sie sah das Feuer und presste sich an uns. In einem Augenblick hatte sie das bisschen Wärme verzehrt, das sich auf unsere Lippen geflüchtet hatte. Die herrschende Dunkelheit machte sie kühner und löste ihre Scham. Sie setzte sich auf unsere Knie, schlang ihre Arme um unseren Nacken, und unaufhörliche, frostige Schauer sagten uns, dass sie uns küsste.

»Totgeschossen sollst du werden,« setzten meine Gedanken die Unterhaltung fort, »wie ein Pferd. Hast du sie nicht am Wege liegen sehen? Denkst du denn, du bist der einzige, der sang- und klanglos irgendwo verscharrt wird?«

Die dritte Stunde öffnete weit den Mund. Dann gähnte sie. Hierauf ging sie ein paar leise Schritte, wie um sich die Beine zu vertreten, dann blieb sie wieder stehen.

»Ihr hättet ja abstürzen können,« warf ich mir vor. »Warum habt ihr die Maschine nicht etwas steiler eingestellt? Da wärt ihr längst tot und brauchtet jetzt nicht zu frieren. ›Im Dienst tödlich verunglückt,‹ das steht in derselben Spalte mit: ›Es starben den Heldentod.‹ Das hat doch mehr Sinn, als wegen eines halben Dutzend Paragraphen, die ihr nicht kanntet, erschossen zu werden.« Oh, ich unterhielt mich gut!

Ruville schien auch nicht gerade Ballerinnerungen nachzuhängen. Um was es ging, das hatte ich ihm verschwiegen. Ich hatte nur angedeutet, dass unsere Aktien unter Pari ständen.

Das ganze Gerichtsverfahren schien mir nicht mehr als eine Form, die nötig war, weil irgendjemand sich scheute, die Verantwortung für unseren Tod ohne genügende Deckung auf sich zu nehmen. Denn das stand doch fest, wenigstens nach meiner Auffassung: entweder hatten wir durch Nichtachtung eines internationalen Abkommens ein Verbrechen begangen, dann waren wir dem Gesetz verfallen, und jeder Truppenkommandeur, jeder Soldat hatte das Recht, uns totzuschießen. Das war nur billig. Das hatte Sinn und Verstand. Oder wir hatten gegen keinen internationalen Vertrag verstoßen: dann waren wir wie andere Kriegsgefangene zu behandeln. Denn, ob ich als feindlicher Soldat einen totschieße, totsteche, totschlage, ob ich Brot backe oder Flugblätter abwerfe, das ist alles ganz gleichgültig: ich tue den mir befohlenen Dienst.

Wie kommt man dann dazu, nachträglich irgendetwas davon auszunehmen? Warum wird der Gegner nicht vorher benachrichtigt, wenn man glaubt, zu Repressalien greifen zu müssen? Jedes Verfahren gegen uns, das sich nicht auf *beiderseitigen* Brauch, auf eine erfolgte Warnung gründete, war eine Vergewaltigung. Es ist natürlich ein Witz, im Kriege, ›Gewalt!‹ zu schreien, aber das Gericht legt den Witz nahe.

Wenn ich Truppenführer bin und den Tod zweier feindlicher Offiziere für notwendig halte, dann befehle ich ihn. Dazu brauche ich weder ein Protokoll, noch eine Gerichtsverhandlung, noch sonst irgendeine Amme. Brauche ich sie, dann bin ich alles andere, nur kein Mann, kein Soldat, vielleicht ein altes Weib, wahrscheinlich aber ein Halunke. Was hatte ich von unserem unsichtbaren Gegner zu halten? Darüber grübelte ich.

Die dritte Stunde lehnte jetzt an der Tür. Sie war vom Stehen müde geworden. Ich bot ihr keinen Stuhl. Endlich ging sie. Da kam die vierte. Sie tastete sich im Zimmer zurecht und blieb dann unbeweglich stehen. Besuch kam: eine kleine Petroleumlampe trat ins Zimmer. Als die Dunkelheit sie sah, zog sie ihre langen Beine hoch, raffte den Rock und hockte weiter in ihrer Ecke, hoch auf Sesseln und Stühlen. Die Lampe kletterte auf einen niedrigen Schrank, setzte sich in eine Ecke und rauchte.

Im Nebenzimmer wurden Stimmen laut. Sofort hatte die Wache die Ohren an der Tür. Eine Stimme diktierte. Über drei Stunden hatte die Urteilsberatung gedauert! Was brachten die nächsten Minuten? Die Minuten dehnten sich zur Stunde. »Charascho! Charascho!« rief uns

leise ein junger Soldat zu; sein Gesicht strahlte. Ich suchte im Wörter-
buch. Ich suchte unter Gefängnis, unter Festung, unter Brot, Legt die
Waffen nieder! und unter steinernes Kloster. Charascho fand ich nicht.
Ich begann zu fragen, zu fragen in meinem fünf Tage alten Russisch.
Auf alle Fragen nickten die Soldaten mit dem Kopfe: Ja. »Frei?« – »Ja.« –
»Gefängnis?« – »Ja.« – »Erschießen?« – »Ja!« An vielem hatte ich mich
schon versucht, aber das begriff ich nicht. Zum hundertsten Male sah
ich nach der Uhr: 7:00 abends. Bald darauf rief uns ein Gendarm ins
Gerichtszimmer. Die Gesichter der Beisitzer blickten heller. Die Miene
des Vorsitzenden spiegelte Genugtuung und Unzufriedenheit wieder.
Er erhob sich und las das Urteil vor, Satz für Satz. Der Dolmetscher
übersetzte. Zug um Zug. Wusste er einen Ausdruck nicht, so half ich,
wie in der Verhandlung, ein. Bisweilen sprachen wir Französisch.

Über vier ungebrochene Bogenseiten erstreckte sich das Urteil. Es hatte
uns schuldig befunden, schuldig der fahrlässigen Verbreitung aufrühre-
rischer Schriften. Ich wurde zu 2 Jahren Festungshaft verurteilt, Ruville
wegen Beihilfe zu 1 Jahr und 4 Monaten. Wir hatten das Recht, innerhalb 24 Stunden Berufung einzulegen.

Legten wir Berufung ein, dann legte der Gerichtsherr selbstverständlich
auch Berufung ein. Den Zauber kannte ich. Ich war doch nicht umsonst
Gerichtsoffizier gewesen. Festungshaft oder Gefangenenlager: der eine
Apfel war so sauer wie der andere. Mehr war nicht zu erreichen. Das
war gewiss. Was sollte da eine zweite Verhandlung? Wer bürgte uns
dafür, dass bei abermaligem Schütteln nicht eine ganz faule Frucht vom
Baume der Erkenntnis fiel? Da war es besser, nicht wählerisch zu sein
und zu essen, was es gab.

»Wir verzichten auf das Recht der Berufung,« erklärte ich, »da wir die
Überzeugung gewonnen haben, nicht ›gerechter‹ beurteilt werden zu
können, als es heute geschah. Ich habe dafür eine Bitte. Ich bitte, unserem Ober-Kommando-Ost, Exzellenz v. Hindenburg, eine kurze Meldung über unsere erfolgte Verurteilung schicken zu dürfen, und ferner
bitte ich, dieser Meldung ein Flugblatt beilegen und die Paragraphen
anführen zu dürfen, auf Grund deren wir verurteilt worden sind.« Der
Oberst überlegte eine Weile; dann versprach er uns, morgen den Dolmetscher zur Abfassung der Meldung zu schicken.

Das Feldgericht hatte gesprochen. Jetzt traten die Richter an uns heran
und drückten uns warm die Hand. »Wussten Sie, dass es um Ihr Leben

ging?« fragte einer der Herren durch den Dolmetscher. »Ja,« erwiderte ich. – Das war des Feldzugs übelster Tag. Was waren schwere Notlandung und dergleichen Scherze, was Feuer aus allen Kalibern und von allen Seiten, was Luftgefechte mit überlegenen Gegnern gegen diese inquisitorischen Fragen, die mich wie hungrige Haie umschwärmt und gierig nach mir geschnappt hatten! Ich schüttelte mich vor Grauen, und ich schäumte vor Wut. Denn wem dankte ich die Marter dieses unendlich langen und peinvollen Tages? Wem dankte ich es, dass ich in dem zermürbenden Kampf der Gerichtsverhandlung immer wieder all diese unerbittlich hämmernden und bohrenden Fragen abzuwehren hatte, die – trotz ihrer schonenden Form – allein durch ihre Stellung schon, ehrlose Gesinnung bei dem Gefragten notwendig voraussetzen mussten? Wem dankte ich das alles? Den sauberen Herren der k. u. k. Armee, die sich nicht scheuten, preußische Offiziere hinterrücks in ihresgleichen umzufälschen: in eine unkriegerische Herde uniformierter Operettenfiguren, die sich zwar nicht auf den Kampf, wohl aber aufs Ausrücken verstanden, und die anscheinend nichts dabei fanden, den Feind aus sicherem Versteck heraus mit Dreck zu bewerfen. So sahen die Leute von nahem aus, mit denen mir uns verbündet hatten. Was Wunder, dass die Russen uns anfangs mit ihnen auf eine Stufe stellten!

Am nächsten Vormittag erschien der Dolmetscher. Wir schrieben die kurze Meldung an das A.O.K. Vielleicht erreichte sie ihren Zweck? Dann plauderten wir noch ein wenig. »Haben Sie auch Geld genug?« fragte der Dolmetscher. »Darf ich Ihnen meine Mittel zur Verfügung stellen?« Nun, viel war es gerade nicht: was man so bei sich hatte. Aber das würde wohl fürs erste langen. Wir lehnten dankend ab. Allein der Dolmetscher ruhte nicht eher, als bis wir wenigstens 25 Rubel ›für alle Fälle‹ von ihm angenommen hatten. Ohne Quittung und ohne Schuldschein! Dann richtete er uns von dem Obersten, der uns zuerst vernommen und bewirtet hatte, Glückwünsche ›zu dem überaus milden Urteil‹ aus. »Der Herr Oberst hofft, dass das Urteil auch bestätigt werden möge!« setzte er noch hinzu, dann verabschiedete er sich. Wir haben von beiden nichts wieder gehört. –

Die ersten Februartage warteten wir geduldig auf die Bestätigung des Urteils. Um die Zeit nicht lang werden zu lassen, begannen wir ein humoristisches Tagebuch, rechneten halbe Tage lang Gleichungen, und die übrigen Stunden benutzte ich dazu, um mit Hilfe meines Wörterbuchs

Russisch lesen und schreiben zu lernen. Die Bestätigung des Urteils aber kam nicht.

Eines Abends bei der Rückkehr von einem notwendigen Gange (diese Gänge wurden stets in Begleitung von vier Soldaten mit Schieß- und Stechinstrumenten unternommen) sah ich inmitten eines Trupps gefangener Österreicher Kitty[4], die Asphaltblume, und Renesse[5]. Das war ein so groteskes Bild, dass ich lachen musste. Renesse erblickte mich zuerst. »Knobelsdorff!« rief er im Tone höchsten Erstaunens. Es war nicht möglich, ein weiteres Wort zu wechseln. Drinnen sagte ich zu Ruville: »Kitty und Renesse stehen draußen. Macht in acht Tagen zwei Maschinen.« –

Vierzehn Tage lagen hinter dem Gerichtstag, und wir wussten immer noch nicht, woran wir waren. Da erschien eines Tages ein Deutsch-Russe. Er erzählte uns, dass wir nur im günstigsten Fall darauf rechnen könnten, unsere Festungshaft abzubrummen. Kein Mensch verstände es, wie das Gericht zu einem so milden Urteil habe kommen können.

Einige Tage später wechselte ich einige Worte mit einem Reserve-Offizier. »Für den Gerichtsherrn muss doch auch ein kurzfristiger Termin gesetzt sein, innerhalb dessen er sich für Verwerfung oder Bestätigung des Urteils entscheiden muss?« fragte ich ihn. – »Sie sind hier nicht in Deutschland,« erwiderte er; »vielleicht gibt es eine solche Bestimmung, ich weiß es nicht, aber um Vorschriften kümmert sich bei uns kein Mensch.« Nun, dann hatten wir ja noch Zeit.

Wieder einige Tage später sprach ich mit einem Stabskapitän der Artillerie. »Se. Exzellenz will an Ihnen beiden ein Exempel statuieren!« -- »Warum?« – »Dann werden Sie das Abwerfen von Proklamationen einstellen!« Se. Exzellenz war, wenn ich nicht irre, der Führer der 8. russischen, der Karpaten-Armee. Also Seine Exzellenz wollten ein Exempel statuieren. Die Rechnung schien nicht aufzugehen. Das Gewarte darauf aber war nachgerade unerträglich geworden.

Da erschien am 27. Februar 4 Uhr morgens der Kommandanturadjutant und forderte uns auf, uns anzukleiden; es ginge fort. Vier Landwehrleute nahmen uns in die Mitte. Am Bahnhof froren wir erst eine Weile in der winterlichen Morgenluft, dann stiegen wir in den Wagen. Diesmal

---

4   Maximilian Freiherr v. Kettler, Leutnant, Feld-Flieger-Abteilung 30; vordem Königin Augusta-Garde-Grenadier-Regiment Nr. 4.

5   v. Renesse, Leutnant in der gleichen Fliegerabteilung.

war es ein leerer Sanitätswagen mit eisernem Ofen. Als der Zug sich in Bewegung setzte, zeigte sich der Adjutant und stellte fest, dass wir sicher untergebracht waren. Er hatte uns richtig abgeliefert. Sein Dienst war zu Ende. Wir legten uns auf die hölzernen Pritschen.

Zu unseren Füßen verbreitete sich bald eine behagliche Wärme. Dafür sorgten unsere Begleitmannschaften. Alle vier waren brave Bauern aus dem Saratowschen Gouvernement. Soldatoff hieß der Anführer. Er konnte lesen und schreiben. »Wohin geht die Reise?« – »Nikolai Nikolajewitsch.« – Also ins Große Hauptquartier! Wir tranken Tee und aßen Schwarzbrot. Soldatoff und seine Kameraden hatten uns dazu eingeladen. Wir selbst hatten nichts. Gegen Mittag kamen wir in Lemberg an.

Der Bahnhofskommandant schickt uns in den großen Wartesaal zum Essen. Wir nehmen an einem kleinen Tische Platz. Um uns herum steht mit aufgepflanztem Bajonett unsere Leibgarde, Soldatoff mit gezogenem Säbel.

Wir sitzen inmitten russischer Offiziere aller Grade und Waffen. Viele haben ihre Frauen bei sich. Wie sie essen! Man darf nicht hinsehen: es ist genug, dass man sie hört. Der Kellner bringt die Rechnung. Ich bezahle. Das gefällt Soldatoff nicht. Er will, dass wir kostenlos zu essen bekommen. Aber es ist niemand da, der die Abfindung an den Wirt regeln kann oder will, und so bleibt es, wie es ist.

Am späten Nachmittag werden wir in einen D-Zug gesetzt. Ein Abteil erster Klasse nimmt uns auf. Zärtlich streichen unsere Begleiter über die weichen, roten Polster. So etwas Schönes haben sie noch nicht gesehen. –

Am späten Abend treffen wir in Brody ein. Dort wird uns ein russischer Schlafwagen zugewiesen. Wir trinken Tee und essen Brot und Wurst. Diesmal machen wir die Wirte.

In Sdolbunowo verlassen wir den bequemen Wagen. Es ist Mittag geworden. Wo wird heute für uns der Tisch gedeckt sein? Die Frage lässt Soldatoff nicht zur Ruhe kommen. Schließlich machen wir uns auf den Weg und erreichen nach zwanzig Minuten Marsch die Wohnung des Ortskommandanten. Der Ortskommandant schickt uns zurück. Er hat nichts. Nach weiteren zwanzig Minuten sind wir wieder am alten Platz. Wir haben uns etwas Bewegung gemacht und nun warten wir wieder.

Soldatoff nutzt die Zeit und verhandelt mit dem Stationsvorsteher. Der weist ihn ans Rote Kreuz. Das soll uns verpflegen. In einem unbrauchbar gewordenen Eisenbahnwagen ist es untergebracht. Wir treten ein. Eine ältere, rundliche Frau sitzt auf einem Stuhl und hat die Hände im Schoß. Eine zweite ist im Begriff fortzugehen. Auf einem kleinen Tisch summt ein Samowar. Neben ihm steht ein etwa achtzehnjähriges, blondes Mädchen. Wir grüßen. Überrascht sehen uns die Frauen an, purpurn färben sich die Wangen der jungen Russin. Soldatoff erklärt unser Erscheinen. Nach kurzer Beratung werden zwei Konservenbüchsen geöffnet und für einen Augenblick in heißes Wasser gestellt. Ich weiß nicht, ob wir verhungert aussahen. Jedenfalls war unser Appetit nicht groß. Ich schiebe es auf unser Aussehen: die Konservenbüchsen waren kaum in das heiße Wasser gestellt worden, als sie auch schon herausgenommen und uns vorgesetzt wurden. Ich tauche die Gabel in den Inhalt. Kaltes Kraut mit fettigem Fleisch verrät hie und da, dass es soeben angewärmt worden ist. Ich führe die Gabel zum zweiten Male zum Munde. Brrr! das schmeckt gar nicht, aber auch gar nicht.

Unsere Leibwache redet anscheinend Propaganda für uns. Teilnehmend hören die Helferinnen zu, dann entfernt sich eine der Frauen mit freundlichem Kopfnicken. Wir erwidern den Gruß und stochern weiter in unseren Blechbüchsen herum. Das junge Mädchen bereitet Tee. Sie ist ungewöhnlich schön.

Der Bahnhof wimmelt von Soldaten. Unaufhörlich kommen Züge an und halten mehr oder weniger lange. Im Roten Kreuz sind zwei deutsche Offiziere! Die musste man gesehen haben! An Tür- und Fensterscheiben drücken sich die Nasen neugieriger Soldaten platt. Da Zureden sie nicht verscheucht, nagelt die freundliche, rundliche Frau Zeitungen vor Tür und Fenster. Sinnlos scheint uns der Krieg.

Der Tee ist fertig, aber wir sind es mit unseren Büchsen nicht. »Nehmt!« sage ich und drücke mit dem Mut der Verzweiflung meine Leckerei der Wache in die Hand. Ruville tut das gleiche. Wie es den Braven schmeckt! Herrlich! Ja, das gab es nicht zu Hause.

Eine Uniformbluse mit den Abzeichen eines Kapitäns trug das junge Mädchen. Gewiss, sie war eine gute Patriotin; aber ihre blauen Augen schimmerten feucht, wenn sie mit uns sprach. Ob sie in uns zwei böse Feinde sahen?

Ein Stationsbeamter tritt ein. Wir müssten sofort weiter. Sofort! Dienstfertig belädt sich die Wache mit unserem Gepäck. Zum Abschiednehmen bleibt keine Zeit. Der Beamte drängt. Kann Dir die Hand nicht geben, leb' wohl! Du lieber Kapitän! Im Hinausgehen werfe ich noch rasch einen Rubelschein auf den Tisch: »Fürs Rote Kreuz!« und erhalte selber von der zurückgekehrten Helferin ein kleines Paket in die Hand gedrückt. »Vielen Dank!« Wir klettern über die Geleise in den neuen Zug.

Wieder nimmt uns ein Schlafwagen auf. Ich anerkenne das: wir fahren sehr anständig. Soldatoff und seine Begleiter strahlen. Ein Oberst kommt. Soldatoff meldet: »Zwei vom Feldgericht verurteilte deutsche Flieger.« – »Bomben?« fragt der Oberst. – »Proklamazi,« antworte ich. – »Weshalb fliegen Sie? Bleiben Sie auf der Erde!« missbilligt der Oberst. Dann geht er. –

Ich öffne das erhaltene Paket. Mehrere Koteletts versprechen ein gutes Abendbrot. –

Ein junger Fliegeroffizier setzt sich zu uns. Soldatoff rutscht auf seinem Platz hin und her. Er hat Anweisung, jede Verbindung von uns mit der Außenwelt zu verhindern. Er macht darauf aufmerksam. »Ja, ich gehe gleich!« antwortet unser neuer Bekannter vom russischen Konkurrenzunternehmen. Vorher aber lässt er es sich nicht nehmen, uns zu Kaffee und Pfannkuchen einzuladen. Das stellt sich aber erst heraus, als es ans Zahlen geht. Wir schüttelten ihm die Hand und wünschten – wie üblich – Hals- und Beinbruch. Soldatoff atmete auf. Der Zug war voller Offiziere. Wie leicht konnte uns einer befreien! Dann aber wurde er degradiert. Wem durfte man trauen?

Wir fuhren – wenn ich nicht irre – über Kowel, Brest-Litowsk, Lutow. Abends waren wir in Lublin. Soldatoff ging zum Bahnhofskommandanten. Wir verließen den Zug und stiegen wieder in einen geheizten Schlafwagen. Bald darauf schickte uns der Kommandant ein gutes, warmes Abendbrot. Niemand konnte es besser haben! –

Am 1. März gegen 8 Uhr vormittags trafen wir in Cholm ein. Ein langer Fußmarsch brachte uns nach dem Gebäude, in dem der Stab der Süd-West-Front seinen Sitz aufgeschlagen hatte. Wir wurden in den Aufenthaltsraum des Ordonnanzoffiziers vom Dienst geführt. Außer diesem waren noch einige Offiziere anwesend. Generalstabsordonnanzen halfen uns beim Ablegen. Dann verschwanden sie.

Wir hatten gegrüßt. Die Russen hatten sich verbeugt. Der Ordonnanzoffizier vom Dienst kam auf uns zu und stellte sich vor: Fürst T.... Wir nannten unsere Namen und reichten einander die Hand. –

Ein Oberstleutnant vom Generalstabe trat ein, groß, bleiches Gesicht, brutale Züge. Er schickte Ruville hinaus. Dann befahl er: »Kommen Sie hierher und setzen Sie sich!« Ich setzte mich an den Tisch. Der Oberstleutnant nahm mir gegenüber Platz. Eine dreifache Mauer russischer Offiziere umgab uns. Der Ordonnanzoffizier vom Dienst hatte sich in eine Ecke zurückgezogen. Er saß auf einem mit schwarzem Leder bezogenen Sofa und hielt eine große Zeitung vor sein Gesicht. »Wie heißen Sie?« fragte der Oberstleutnant. – »v. Knobelsdorff.« – »Dienstgrad und Truppenteil?« – »Oberleutnant, Feld-Flieger-Abteilung 30.«– »So? Warum haben Sie da eine 24 auf den Achselstücken?« – »Ich trage Regimentsuniform.« – »Garde?« – »Nein.« – »Warum tragen Sie nicht Fliegeruniform?« – »Meine ist genau so gut.« Der Fürst in seiner Ecke lächelt über die Zeitung herüber: der Oberstleutnant aber bekommt einen roten Kopf.

»Nun, ich will Ihnen mal 'was sagen,« fuhr er im Verhör fort, »Sie wissen doch, dass Sie totgeschossen werden sollen?« Ich verbeugte mich zustimmend. »Ich werde Ihnen jetzt eine Reihe von Fragen vorlegen: wenn Sie die beantworten, können Sie Ihr Leben retten! Ich kann das tun,« sagte er weiter, »denn in unseren Augen sind Sie kein Offizier. Ein Mensch, der solche Proklamationen verbreitet, in schlechtem Russisch geschrieben, mit Fehlern, alles erlogen und alles gemein, das ist doch kein Offizier!« Das alles genierte er sich nicht, mir zu sagen. Was wollte er? Wurde ich denn durch diese Worte degradiert, oder verwandelten sie den Sprecher aus einem Offizier in einen dummen und frechen Halunken? Ich sagte nichts. Das ärgerte den Generalstäbler. Von den Keulenschlägen seiner Worte hatte er eine andere Wirkung erwartet. Ich sah ihn an, nun, wie man so jemanden ansieht, an dessen gesundem Verstande man zweifelt. Er kochte vor Wut. Aber da ihm mein Schweigen keine Angriffsfläche bot, so musste er sich bezwingen, und konnte mich nur mit heiserer Stimme anbellen: »Woher kommt Hindenburg?« Was wollte er mit der Frage? Ich wusste nicht, dass den Russen vor kurzem zum zweiten Male an den Masurischen Seen das Fell gegerbt worden war. »Aus Hannover,« antwortete ich. »Was heißt das? Was hat er da gemacht?« – »Das weiß ich nicht, Herr Oberstleutnant: er war dort in Pension,« erklärte ich mit verbindlicher Liebenswürdigkeit im Tone höflichen Bedauerns. »So, in Pension war er? Wie kann er da jetzt das Oberkommando haben?!« In der Frage lag der Vorwurf der Lüge. Stirb', wer sterben will: ich aber wollte leben bleiben, und da beging ich Hochverrat und gestand: »Unsere Generale pflegen mit der Dienststelle nicht auch gleichzeitig den Verstand zu verlieren!« Da schlägt's Dreizehn. Mit offenem Munde starrt mich mein Inquisitor an. Dann faßt er sich und fragt: »Wo haben Sie die vielen Offiziere her?« – »Aus der Rangliste.« versicherte ich auf gut Glück. »Sie haben aber doch viel mehr!« wurde ich belehrt. »So?« sagte ich, »nun, dann werden wohl wieder welche befördert worden sein.« Wagte ich es etwa, mich über meinen Erpresser lustig zu machen? Zweifelnd sah er mich an: aber das konnte ja unmöglich sein: er war doch Oberstleutnant im Generalstabe der Obersten Kommandobehörde! Da verstand sich der schuldige Respekt von selbst, und so fragte er weiter: »Wo haben Sie die vielen Regimenter her?« – »Die haben wir aufgestellt, Herr Oberstleutnant!« – »Ich will wissen, wie Sie das gemacht haben? Sie haben und kennen doch Ihre Mobilmachungsvorschriften?« – »Manche ja.« – »Also, was steht da drin?« – »Wie man's macht.« – »Wenn Sie nicht antworten, werden Sie erschossen! Wollen Sie antworten?« – »Nein! Kein Offizier würde Auskunft geben, und ich erst recht nicht.« Der Oberstleutnant malt ein Kreuz auf den leeren Bogen neben meinen Namen. Dann wiederholt er: »Ich habe Ihnen schon einmal gesagt, dass Sie für uns kein Offizier sind! Also kann ich Ihnen die Fragen vorlegen!« – »Ich bitte um Vergebung,« erwidere ich, »aber ich habe bisher nicht gewusst, dass mich S. M. der Russische Kaiser zum Offizier ernannt hat.«

Der Oberstleutnant wechselte einige Worte mit den Umstehenden. Mit mir sei überhaupt nicht zu reden, verleumdete er mich, wie ich später erfuhr. Dabei hatte ich fast auf jede Frage bereitwilligst Auskunft erteilt! Mein Leben stand doch in Gefahr! Das war nun der Dank! Indessen, ich würde dem feindlichen Generalstabe Unrecht tun. wenn ich verschweigen wollte, dass der Oberstleutnant, um mir Gelegenheit zu geben, den schlechten Eindruck zu verwischen, den das Kreuz auf dem leeren Bogen machte, mich weiter fragte: »Wo kommen Sie her?« – »Aus Munkacs,« verriet ich. Eine Karte vom Kriegsschauplatz, die unsere Truppenverteilung zeigt, liegt neben dem leeren Bogen. Der Oberstleutnant wirft einen Blick auf die Karte, dann fragt er: »Wo waren Sie vorher?« Sollst du gleich erfahren! »In Lask, Sdunska Wola, Piotrtow, Pabianice, Lodz, Lowicz: Sie kennen wohl auch die Gegend?« Jedes Wort ein für die Russen unglückliches Gefecht, das Ganze: das Scheitern ihrer Offensive. Oh, er kannte die Gegend! »Wie sind Sie nach Munkacs gekommen?« – »Mit der Bahn, Herr Oberstleutnant! « – »Ich will wissen, auf welchem Wege?« Aha! »Ich kann die Frage nicht beantworten, Herr Oberstleutnant!« - »Sie wollen also nicht?« - »Nein.« Ich bekomme mein zweites Kreuz.

Der Oberstleutnant schickt einen Offizier mit einem Auftrage fort. »Wie stark ist Ihre Armee?« wendet er sich wieder an mich. »Ich kann die Frage nicht beantworten, Herr Oberstleutnant!« – »Sie wollen nicht?« donnert er. Ich bekomme das dritte Kreuz. »Gut! Sie werden unweigerlich erschossen, wenn Sie die Frage nicht beantworten!« Ruville tritt ein. Der Oberstleutnant sitzt mit dem Rücken zu ihm. »Ich bedauere, auch keine Frage beantworten zu können, von deren Beantwortung ich den geringsten persönlichen Vorteil habe.« – »Aus welchen Truppenteilen besteht Ihre Armee?« Na, nun war es ganz klar, die Leute hatten einen Narren gegen mich losgelassen. »Das weiß ich nicht.« – »Das heißt, Sie wollen nicht antworten?« – »Nein. Ich will nicht.« Da bekomme ich mein viertes Kreuz. Mehr durfte er wohl nicht verteilen? Er ist am Ende seiner Kunst. »Sie können gehen!« fauchte er mich noch an. Ich ging.

Ich wurde über den Flur in einen gleichfalls mehrfenstrigen Raum geführt. Generalstabs- und Armeeoffiziere waren dort tätig. Ich verbeugte mich. Die Russen gaben mir die Hand. »Haben Sie schon gefrühstückt?« fragte mich ein mit dem Ordnen von Telegrammen beschäftigter Kapitän. Ich verneinte und fügte hinzu, dass auch unsere Begleitmannschaften noch nichts bekommen hätten. Da verließ er das Zimmer, und bald darauf brachte eine Ordonnanz Tee, Wurst, Brot und Butter. Ich aß und trank. Niemand störte mich. Ich überdachte das eben Erlebte, und Groll erfüllte mich. Was hatte ich denn getan, dass ich mir solche Worte und Zumutungen gefallen lassen musste? Wenn man schon von Staats wegen eine Erziehung erhielt, die einem eine äußerliche, durch jeden Lümmel anzutastende und zu besudelnde Ehre aufnötigte, dann in Drei-Deiwels-Namen musste man sie auch jederzeit schützen können! Da nun aber diese äußerliche Ehre nicht in dem besteht, was ich tue, sondern in dem, was einer von oder zu mir sagt, so musste ich, bei der außerordentlich leichten Verletzbarkeit dieses Luxusartikels, als sein Träger auch so behütet werden, dass ich selbst niemals die Veranlassung zu einem Angriff auf sie werden konnte.

Dazu gehört in erster Linie, dass ich nicht in Lagen gebracht werde, die einem Dritten auch nur den Schein eines berechtigten Angriffs lassen.

Dass ich selbst mich nicht in solche Verlegenheiten bringe, dafür sorge ich allein. Aber wie es nun einmal in der Welt zugeht: wer in der vordersten Linie ficht, bekommt die Wunden und die Salve übers Grab, und die weit vom Schuss sind, einten der Mühen Lohn, die Ehren und die Güter – so war es auch hier nur natürlich, dass wir von denen, die uns schützen sollten, schuldig gemacht und dann der Pein überlassen wurden.

»Wollen Sie eine Zeitung haben?« unterbricht der Fürst, der ins Zimmer getreten ist, meine Grübeleien. »Gern.« Er bringt mir die »Frankfurter Zeitung« vom 17. Februar. Das war die neueste. Nach einer Weile kommt er mit dem Kommandeur der Leibhusaren wieder. Wir plaudern.

Ein Oberstleutnant im Mantel tritt zu uns. Unter den offenen Klappen sind die Generalstabsschnüre sichtbar. Er stellt sich vor und gibt mir die Hand. Der Chef des Nachrichtenwesens steht vor mir. Von ihm erfahre ich, dass der Kapitän, der mich so freundlich bewirtete, der Kommandeur der Fliegerei ist.

»Man hat Ihnen vorhin einige Fragen vorgelegt?« erkundigt sich der Chef des Nachrichtenwesens. Das war Wasser auf meine Mühle. »Ein Oberstleutnant des Generalstabes hat sich dabei in einer Weise mir gegenüber benommen, wie niemals ein feindlicher Offizier oder Soldat von uns behandelt werden würde. Es ist beispiellos, wie ich als wehrloser, feindlicher Offizier beschimpft worden bin!« Der Nachrichtenchef nimmt den Kneifer ab, setzt ihn wieder auf und sagt: »Sie dürfen das nicht so nehmen. Nachrichten über den Feind sind uns wichtig. Sie wissen nicht, ob mein Kollege nicht Auftrag hatte, schonungslos vorzugehen. Vielleicht leidet er selbst darunter, Ihnen solche Fragen vorlegen zu müssen.« – »Herr Oberstleutnant, ich will Ihnen alles gern glauben. Aber zwischen Schonungslosigkeit und unerhörter Behandlung besteht ein großer Unterschied. Nach unserer Auffassung hat sich der Herr nicht wie ein Gentleman benommen.« – »Es tut mir sehr leid, dass Sie so schlecht behandelt worden sind. Aber glauben Sie mir, mein Kollege tut auch nur seinen Dienst,« entschuldigte ihn abermals der Chef des Nachrichtenwesens. Dann setzte er sich zu mir und erkundigte sich nach meiner Dienstlaufbahn. Hierauf erzählte er mir die seine. Wir führten eine lange Unterhaltung.

Soldatoff meldete sich. Ich wurde zum Etappenkommandanten geführt. Nach halbstündigem Marsche langten wir vor dem Kommandanturgebäude an. Der Kommandant stand im Begriffe fortzugehen. Was sollte er mit mir machen? Kommt Zeit, kommt Rat. Er ging.

Ich setzte mich auf einen Stuhl. Ein Landwehrmann der Etappentruppen stand mit aufgepflanztem Bajonett im Zimmer und bewachte mich. Nach einer Stunde wurde er abgelöst. Hierbei vergaß er, dem neu aufgezogenen Posten die Patronen auszuhändigen. »Patroni!« erinnerte ich. Verlegen kam der Landwehrmann zurück und händigte die Patronen seinem Kameraden aus. Nun, ich wollte schon aufpassen, dass mir nichts geschah. Hatte ich nicht auch Soldatoff und seine drei Begleiter sicher bis hierher gebracht! Das hatte uns zu Freunden gemacht. Ich habe mich von den guten Kerlen nicht verabschieden können. Ob sie zurück auch so bequem gefahren sind? –

Die Sonne sank. Ein nicht mehr ganz junges Mädchen, es konnte auch eine junge Frau sein, trat in Begleitung eines etwa dreijährigen Knaben ein. Sie sah mich sitzen, zögerte und ging vorbei. »Edjä Kommendant?« – wo ist der Kommandant? fragte sie im Nebenzimmer, kam zurück, blickte nochmals zu mir herüber und verließ das Zimmer. Kommandeuse? fragte ich mich. Es dauerte nicht lange, da war sie wieder da. »Ihr könnt den Wagen und die Pferde bekommen,« sprach sie Deutsch in den Fernsprecher, sprach noch etwas, hing den Hörer an und ging. –

Soldaten brachten ein Feldbett. Der Kommandant erschien, entnahm seinem Schreibtisch einige Papiere und setzte sich zu den Offizieren und Schreibern nebenan.

Es mochte gegen 8 Uhr abends sein. Da kam die Kommandeuse zum dritten Mal. »Kommendant sdjäß?« – ist der Kommandant hier? rief sie ins Nebenzimmer herein. Der kleine Kommandant jedoch wartete die Antwort nicht ab, sprang auf seinen Vater zu und zerrte ihn zu uns herüber. »George, George!« ermahnte ihn die Mutter und versuchte vergeblich, den Knirps zwischen den Beinen des Oberstleutnants einzufangen. Ich musste lachen. »Haben Sie schon gegessen?« wandte sie sich plötzlich an mich. »Nein.« antwortete ich. »Er hat noch nicht gegessen,« sagte sie zum Kommandanten. »Wir werden einen Burschen schicken, was wollen Sie haben?« – »Kann er mir Brot und Wurst besorgen?« – »Aber gern!« - »Bitte, hier ist Geld.« Der Kommandant nahm den Fünfrubelschein. Dann drängte er sacht Frau und Kind zur Tür hinaus. ..Auf Wiedersehen!« grüßte sie. »Noch vielen herzlichen Dank!« erwiderte ich.

Geraume Zeit verstrich. Dann brachte ein Soldat deutsches Beefsteak und Makkaroni sowie zwei große Semmeln und Wurst. Das überschießende Geld erhielt ich zurück. Der Mann bekam ein Trinkgeld und verschwand.

Es war 10 Uhr geworden. Ich wollte das Zimmer verlassen. Zwei Landwehrleute begleiteten mich. Zwischen größeren Gebäuden standen da und dort fensterlose Holzhäuschen. Auf ein solches schritt der vor mir gehende Wachmann zu. Dann öffnete er die Tür. Der Mond schien hell. Der Fußboden des Raumes war mit Sand bestreut. Das war die ganze Ausstattung. Man musste sich da drinnen höllisch vorsehen. Ich bekam einen Heidenschreck und ging wieder. In Stryj war diese Angelegenheit schon zum Grauen, nur bei Tage betretbar und mit der Gewandtheit eines Akrobaten. Das Gelände hier musste auch erst bei anderer Beleuchtung erkundet werden.

Ich legte mich auf das Feldbett. Mein braver Ledermantel übernahm die gewohnte Rolle als Schlafdecke.

Wo mochte Ruville sein? Ich musste wissen, wie es ihm ergangen war. Ich schlief ein. Ich wurde geweckt. Der Kommandant hatte einen genialen Einfall gehabt. Die Geschäftsräume der Etappen-Kommandantur befanden sich in den Kasernements. Wo Kasernen sind, sind auch Arrestzellen. Ich wanderte über den mondbeschienenen Hof nach der Arrestanstalt. Erst ging es durch einen großen Raum, in dem Soldaten auf dem Fußboden lagen und schnarchten. Wir stiegen über sie hinweg. Dann ging es in einen Flur hinein in eine Zelle. Die Unterbringung war komfortabel gegen die der Soldaten: auf einer hölzernen Pritsche lag eine Strohmatte! Im Übrigen herrschte ein bestialischer Gestank in dieser Luxuskabine. Das vergitterte Fenster war mit Gips luftdicht verschlossen und ließ sich nicht öffnen. –

Ich erwachte erst, als es schon hell war. Ich verlangte Wasser zum Waschen. Der Arrest-Aufseher, ein freundlicher Unteroffizier, brachte einen Augenblick später das Gewünschte. Dann ging ich über den Flur auf Erkundung. Ich entdeckte zwei, in eine Steinplatte geschlagene, runde Löcher. Ich wusste Bescheid. Das war ja viel besser, als in Stryj!

Ich setzte mich wieder auf meine Pritsche und überdachte die Lage. Vom Denken bekam ich Hunger. Ich machte mich an den Rest meines gestrigen Abendbrots: die eine Semmel und die Hälfte der Wurst bildeten ein leckeres Frühstück. Es wurde Mittag. Der Arrest-Aufseher reichte das Essen hinein: deutsches Beefsteak und Makkaroni. Der Nachmittag verging. Der Abend kam. Mit ihm das Abendbrot: deutsches Beefsteak und Makkaroni. Ich legte mich schlafen. Es war kalt.

Um nächsten Morgen aß ich den Rest meiner Wurst und meine nunmehr altbackene zweite Semmel.

Im Laufe des Vormittags erschien ein General in Begleitung eines Unteroffiziers, der zwei Worte Deutsch sprach. Mit Hilfe meines Wörterbuchs versuchte ich, dem General auf seine Frage zu sagen, dass ich vom Kriegsgericht in Stryj zu zwei Jahren Festungshaft verurteilt worden sei, dass aber über den gleichen Fall noch einmal verhandelt werden solle.

Ruville hatte mich sprechen hören und schickte nach Handtuch und Seife. Wir waren also sozusagen wieder zusammen. Zu Mittag erhielt ich: deutsches Beefsteak und Makkaroni,- am Abend: deutsches Beefsteak und Makkaroni. Am nächsten Morgen reichte mir der Arrest-Aufseher eine große Semmel herein.

Gegen Mittag erschien der General wieder, diesmal in Begleitung des Chefs des Nachrichtenwesens und des Etappenkommandanten. Der General war kein General, sondern eine Hohe Exzellenz. Der Chef des Nachrichtenwesens dolmetschte Sr. Exzellenz, weshalb ich hier wäre. Exzellenz missbilligten die Unterbringung. Wir seien als Offiziere zu behandeln! »Zu Befehl. Ew. Hohe Exzellenz!« Die Russen verließen die Zelle.

Ruville wurde gerufen. Mit ihm stellten sich zwei Strauchdiebe ein. Sie stellten sich vor. »Du bist Flieger? « – in der k. u. k. Armee besteht die ekelhafte Gewohnheit, dass sich alles duzt – fragte der eine Ruville, als er dessen Abzeichen erblickte, »ich auch.«– »Ja,« antwortete Ruville. »Wir sind heruntergeschossen worden,« erklärte das andere Inkognito. Es war den beiden gelungen, weit vom Feind zu landen: schließlich sind sie trotz ihrer Verkleidung aufgegriffen worden. »Was wir durchgemacht haben!« bedauerten sie sich;- »steckt in unserer Haut!« dachte ich.

Se. Exzellenz kam wieder. Ob wir Wünsche hätten? Die Österreicher baten um Wäsche und ich, ob das Fenster nicht geöffnet werden könnte. Ob wir kein Geld brauchten? Die Österreicher baten darum, sie hätten sich völlig verausgabt. Ich hatte noch über hundert Mark. In den nächsten Tagen musste sich zudem unser Los entscheiden, und dann gab es entweder den Gefangenensold oder eine Kugel. Ich lehnte daher ab: das war natürlich eine Dummheit. Ich wollte lediglich mein Geld gewechselt haben. Schön. Ich sollte es zur Kommandantur schicken, ich würde den Tageskurs dafür erhalten.

Zum Schluss erklärte Se. Exzellenz, auch das neue Gericht werde zwar streng, aber unparteiisch unseren Fall noch einmal richten: Unrecht wolle man uns nicht tun. Der Chef des Nachrichtenwesens dolmetschte Sr. Exzellenz, dass wir mit dem gleichen Vertrauen, das wir dem ersten Gericht entgegengebracht hätten, auch dem zweiten entgegensähen. »Ich hoffe,« verabschiedete sich Se. Exzellenz, »dass wir uns das nächste Mal unter glücklicheren Umständen wiedersehen!«

Ruville und ich verbeugten uns. Die Herren der k. u. k. Armee dagegen waren vor Strammheit mittlerweile völlig zu Bildsäulen erstarrt. Krampfhaft hielten sie die ganze Zeit die Hände an der Hosennaht. Damit war die äußerste Grenze der Devotion erreicht. Jetzt hatten sie nur noch die Wahl, bauch- oder rücklings umzufallen. Merkwürdigerweise taten sie es nicht. Ich war enttäuscht, denn ich hatte darauf gewartet. –

Se. Exzellenz hatte es sich angelegen sein lassen, unsere Lage nach Möglichkeit zu verbessern. Wenn man die Bemühungen sieht, berührt einen der Vorwurf peinlich: »Es ist zu unserer Kenntnis gelangt, dass Sie in Deutschland unsere Kosakenoffiziere nicht gut behandeln. Aber ich hoffe, dass dies bald abgestellt sein wird.« –

Ruville und die Österreicher saßen wieder in ihren Zellen. Das Mittagessen kam: deutsches Beefsteak und Makkaroni. Am Nachmittag wurde das Fenster geöffnet. Endlich! Der Abend brachte: deutsches Beefsteak und Makkaroni.

Die Nacht verging. Wieder waren wir der Entscheidung einen Tag näher gekommen.

Die Morgensemmel hatte ich verzehrt, auch das Mittagbrot: deutsches Beefsteak und Makkaroni. Am Abend aß ich: deutsches Beefsteak und

Makkaroni. Der nächste Vormittag brachte die Morgensemmel und zu Mittag kam: deutsches Beefsteak und Makkaroni.

Am Nachmittag wurden Ruville und ich in einem der größeren Holzhäuser, in einem zweifenstrigen Zimmer untergebracht. Die Einrichtung bestand in der Aussicht nach Süden, auf den Kasernenhof. Die Tür zum Nebenzimmer stand auf. In der Tür stand ein Posten. Im Nebenzimmer lag die Wache.

Gegen Abend wurden ein Tisch und zwei Stühle gebracht. Auch zwei Betten fanden sich ein: drei Bretter, die einst bessere Tage gesehen hatten, lagen auf eisernen Gestellen. Sogar Strohsack und Kopfpolster nebst Leintüchern und Kissenbezügen wurden uns geliefert, und der Etappenkommandant selbst ließ es sich nicht nehmen, nach uns zu sehen. Stolz wies er auf die Strohsäcke und nannte sie ›Matratzen‹. »Lutsche!«[6] lächelte er dazu; als er sich verabschiedete, gab er uns die Hand. Wir nahmen alles als günstiges Vorzeichen: die zweite Gerichtsverhandlung konnte so schlimm nicht werden. –

Das Arrangement der Betten gefiel mir nicht. Misstrauisch betrachtete ich die tapezierte Wand. Dann rückte ich meins schräg ins Zimmer herein. Ruville verachtete diese Vorsichtsmaßregel. Dafür bissen ihn auch bereits in der ersten Nacht die Tapetenflundern. Mich erst in der nächsten. –

Ich schilderte meine Erlebnisse. Ruville war es besser ergangen. Das Frage- und Antwortspiel hatte der Chef des Nachrichtenwesens selbst geleitet, und der hatte ihm nicht gesagt, dass er ein Halunke sei. Dann wurde er bei den Schreibern im Kommandanturgebäude untergebracht. Hier trank er zum Willkommen zwanzig Glas Tee, vertilgte wacker den Kuchen, der ihm von allen Seiten angeboten wurde und rauchte schließlich im Laufe des Nachmittags fünfzig Zigaretten. Jeder hatte sich verpflichtet gefühlt, ihm eine Freundlichkeit zu erweisen. Alle waren, ohne Ausnahme, famose Kerls.

Das Abendbrot kam: deutsches Beefsteak und Makkaroni. Oh, Brillat-Savarin! Am nächsten Vormittag entdeckte ich die Beefsteakfabrik: das war die Küche der Kommandanturschreiber: ein winziger Flur trennte sie von uns.

---

6   Lutsche« = besser

An der Spitze dieses Unternehmens stand Weinka, der Gentlemankoch. Er sah aus wie ein Marquis: wie eine Mischung von Giampietro und dem Ober aus der ‚Queen'. Er hatte bei den Preobraschenzen[7] gedient und war ein intelligenter, ganz famoser Mensch. Der Verfertiger der deutschen Beefsteaks war Pawel. Er hatte bisweilen Heimweh nach seiner Frau. Dann standen ihm Tränen in den Augen, am Nachmittag. Am Abend fing er sich aus lauter Sehnsucht ein Mädchen ein. Am nächsten Morgen war das Heimweh verflogen, und seine Augen glänzten wieder. Der Dritte im Bunde war Michail, der Lebemann. Er sprach kein Wort und besorgte alles. Einen Sommer war er als Erntearbeiter in Deutschland gewesen. Dort hatte er an einem Sonntage in der Dorfschenke getanzt! Das war die tollste Ausschweifung, der er sich je hingegeben. Jetzt war er verheiratet, hatte drei Kinder, zwei Pferde und eine Kuh. Am ersten Osterfeiertag besuchte er seine Frau. Am zweiten besuchte sie ihn und brachte uns selbstgebackenen Kuchen mit. Als Vierter gehörte ein sibirischer Schütze dazu. Ich vergaß jeden zweiten Tag seinen Namen, und heute fällt er mir auch nicht ein. Wie die anderen drei, war auch er ein prächtiger Kerl.

Die Küche lieferte uns morgens, mittags, nachmittags und abends Tee, mittags außerdem noch Krautsuppe und deutsches Beefsteak und abends wieder deutsches Beefsteak. Nach vierzehn Tagen konnte ich kein deutsches Beefsteak mehr sehen; an achtundzwanzig hatte ich gegessen. Zum Glück war stets der Posten und die Wache da. Die fütterten wir, um unseren Köchen nicht wehe zu tun. Von ihnen erfuhren wir, dass der Arrest- Aufseher unsere Morgensemmel aus seiner Tasche bezahlt hatte. Wir haben ihn nie wieder gesehen. Namenlos taucht er im Geschehen unter, um für alle Zeit in dankbarer Erinnerung zu leben.

Drei Wochen waren wir bereits in Cholm. Die zweite Verhandlung aber fand nicht statt. So hatten wir Muße genug, unsere Gegner näher kennen zu lernen. Ab und an gingen wir auf dem Kasernenhofe spazieren und sahen dem kleinen Kommandanten zu, wenn er im Sande spielte. Dabei erfuhren wir, dass seine Mutter keine Mutter, die junge Frau keine Frau, die Kommandeuse keine Kommandeuse, sondern die Erzieherin war. Von diesem Schicksalsschlage erholten wir uns rasch.

Einen Freund hatten wir auch; das war der polnische Doktor. Deutschenfreund war er gerade nicht. Da wir aber Soldaten und keine Politi-

---

7   Preobraschenzen: das russische 1. Garde-Regiment zu Fuß.

ker waren, hielt er uns für Menschen. Zeitungen wollte er uns besorgen, wenn keine deutschen, so doch wenigstens französische; wir hatten die Erlaubnis vom Chef des Generalstabes dazu: dem waren wir unterstellt. Aber in Cholm war nichts zu haben. »Herrschaften,« sagte der Doktor, »ich bin traurig; Zeitungen habe ich nicht bekommen, auch keine Zeitschrift.« –

Eines Tages trat beim Spaziergang ein junger Soldat auf uns zu und salutierte. Er hatte sich vom Posten unsere, natürlich bekannte, Geschichte erzählen lassen. Er wünsche Sr. Hochwohlgeboren alles Gute, sagte er. Ich gab ihm die Hand. Ein Franzose würde das nicht getan haben, ein Deutscher allerdings auch nicht: dafür sind wir bereits zu kultiviert und zivilisiert.

Bald darauf grüßte mich ein Soldat mit drei Georgskreuzen. Ich sprach einige Worte mit ihm, gratulierte ihm zu seinen Auszeichnungen und gab ihm die Hand. Sein Gesicht strahlte.

Vier Klassen Georgskreuze gibt es für Mannschaften, vier für Offiziere. Sie sind noch wertloser als unser Eisernes Kreuz. Das ist der Zug der Zeit. Wir leben im Zeitalter der Entwertung. Es gibt noch eine Lesart, die lautet: wir leben im Zeitalter des Wertzuwachses.

Unser Obermusikmeister, ein braver Mann, spielt in einer Waldecke mit seiner Kapelle: »Siehst de nich, da kimmt er,« oder sonst eine aufpeitschende Weise, als mein Regiment im Sturm Bailly nimmt. Ein Geschoß verirrt sich zur Musik. Ein Mann fällt. Der Obermusikmeister bekommt das E.K.II: für die Kapelle. Der Regimentskommandeur, ein vorbildlich tapferer Soldat, erhält das E.K.I. »Ich trage es: fürs Regiment,« sagte er mir gewissermaßen als Entschuldigung: er selbst ist sich noch keines persönlichen Verdienstes bewusst. Die Bundesfürsten und Bündnishäuptlinge – ich weiß nicht, ob auch die Bürgermeister der drei freien Städte – ‚legen' die E.K.II und I ‚an': für ihre tapferen Truppen. –

Wer ist nicht außer sich vor Freude! Du tust etwas. Man gibt dir das Kreuz. Einem anderen auch. Der aber hat gar nichts getan, womit er es verdient hätte: und die Ausnahme scheint es, wenn er sich schämt, ohne Grund belohnt zu werden. Doch recht betrachtet, hat er zu Scham auch keinerlei Veranlassung: denn nicht die Tat verschafft dem Kreuze Wert, beileibe nicht! Dm Wert allein erhält es durch den Inhaber. Ob ich wohl in der Annahme fehlgreife, dass es nicht sonderlich viele sind, die sich in den ersten sechs Feldzugsmonaten das E.K.I selbst verdient haben? Ich glaube: nein. So mancher aber, mancher hat es: 'für'!

Der Frankfurter Friede ließ vor fünfundvierzig Jahren Offiziere, die den ganzen Feldzug mitgemacht und ihre Pflicht nicht versäumt hatten, ohne Kreuz nach Hause kommen! Im Kriege wird gefochten, und wo gefochten wird, da gibt es Wunden, gibt's den Tod. Das ist doch klar. Der Weg aber, der von einfacher Pflichterfüllung bis zur Auszeichnung vor dem Feinde führt, ist lang, und nicht jedem lacht das Glück. Heute? Die Truppe ist im Gefecht gewesen. Jeder ist ein Held. Das mag pädagogisch sein, aber wahr ist es nicht. Deshalb wohl regnet es Kreuze, und selbst hinten, weit hinten beim Tross, der Feldpost, die ganze Etappenstraße entlang ist der Regen sichtbar. Denn nicht mehr das Verdienst verschafft dir heute das Kreuz, nein, das besorgen die Statuten. Weshalb gebt ihr denn den Leuten, die mit dem Feinde nichts zu tun haben, nicht irgendetwas anderes? Gebt ihr im Frieden dem Chef des Stabes und dem Registrator beim Generalkommando denselben Orden? So wie ihr's jetzt im Kriege macht, zeigt ihr euch gleichermaßen ungerecht und urteilslos. Leute aber, die kein Urteil haben, nennt man wie? Dumm. Gut. Zwischen Auszeichnung vor dem Feinde und bloßer Feldzugsteilnahme reinlich zu scheiden, ist ein Gebot der Billigkeit. Aber nicht wahr, das schert uns nicht! Wer selbstverständlich seine Pflicht tut, tut sie auch ohne Aussicht auf ein Kreuz und tut auch mehr als seine Pflicht; der Leute sind wir sicher; auf die kommt es nicht an. Die andern gilt es an der Stange festzuhalten; die brauchen wir; drum kriegen sie's.

»Mehr als seine Pflicht,« sagte ich vorhin: um mich dem Sprachgebrauche anzuschließen. Gibt's denn begrenzte Pflicht? »Das ist nicht mein Tisch,« sagt der Kellner in der Kneipe und schickt einen anderen. Was aber ist Auszeichnung? Ein Vergleichswert. Mehr nicht. Genug davon!

»Ist das wahr,« fragt mich ein Soldat, »dass Sie den Gefangenen die Nasen und die Ohren abschneiden?« – »Was?« frage ich, »wer hat Euch denn das erzählt?« – »Unsere Offiziere sagen es und machen uns damit Angst. Wir würden gar nicht angreifen und einfach überlaufen, wenn Sie uns nichts täten.« – »Ihr braucht keine Angst zu haben. Glaubt Ihr denn jeden Unsinn?« – »Ich möchte es auch nicht glauben,« zweifelt noch immer der Soldat. »Ich habe Hunderte von Euch gesehen und ich kann Euch nur sagen, die Leute hatten alles: Nasen, Ohren, Kopf, Beine, Hände, Essen und Zigaretten. Was macht Ihr denn hier?« – »Ich bin krank.« – »Was fehlt Dir denn?« – »Nu, so: krank: ich werde doch nicht dumm sein und mich da totschießen lassen gehen. Die haben mir doch gar nichts getan: wozu soll ich da hingehen? Jetzt bin ich krank. Aber wenn Sie sagen, dass uns nichts geschieht, dann können wir, wenn es wärmer wird, uns ergeben. Jetzt ist es hier noch besser.« – »Was machen die andern?« – »Die sind auch krank.« Ein Sanitäts-Unteroffizier zeigte sich in der Tür eines Holzhauses. Die 'Kranken' machten lange Gesichter und fingen an, jämmerlich zu husten. Nie ward mir so klar wie hier: Kriegsdienst, das ist Herrendienst! –

Wand an Wand mit uns wohnte ein russischer Offizier. In seiner dienstfreien Zeit pfiff er: »Puppchen, du bist mein Augenstern.« Eines Tages zog er aus. Noch am selben Nachmittag belegten wir sein Zimmer mit Beschlag. Weinka ergriff den Tisch, Pawel, Michail und der Sibiriake bemächtigten sich unserer Betten, die Wache half auch, und innerhalb dreier Minuten waren wir umgezogen. Wir öffneten die Fenster, richteten uns einen Liegestuhl ein, und genossen die Aussicht. Am Nachmittag erblickten wir unser Dschäwuschka in Uniform zu Pferde. Sie ritt wie ein Kosak. Dschäwuschka heißt Mädchen: so hatten wir die Exkommandeuse getauft.

Neben unserem großen dreifenstrigen Zimmer lag ein nach Osten gelegenes einfenstriges. Eines Vormittags pfiff dort jemand: »Gott erhalte Franz den Kaiser.« Ruville und mir stand der Sinn gerade nicht nach österreichischen Bekanntschaften, aber schließlich musste man doch wissen, wer da war. »Rutsch ein bisschen,« sagte ich zu dem Landwehrmann, der Wache stand, »ich muss wissen, wer da steckt!« Ich stellte den Posten vor die andere Tür, und dort bewachte er uns weiter. Ein österreichischer Waffenrock hing über einer Stuhllehne: am Kragen waren die Abzeichen eines Ballonfahrers angebracht. Den Luftschiffer selbst konnte ich nicht sehen. Ich berichtete. Ruville guckte auch. Wir beschlossen, die Unterhaltung nicht zu eröffnen. Im Nebenzimmer sprach jemand. »Julius Nimmerreiter« oder so ähnlich antwortete eine Stimme. Drüben, fünfhundert Meter jenseits der Straße, am Gouvernementspalast musste man sie deutlich hören können. Wir lachten und beschlossen, mit dem Julius doch zu sprechen. Schritte entfernten sich aus dem Nebenzimmer.

»Hallo!« rief ich. Ein blaues Auge blickte durchs Schlüsselloch. Dann sprach ein Mund jenseits der Tür: »Hier Hauptmann Julius Nimmerreiter.« – »Hier Knobelsdorff,« antwortete ich. »Wos: Ludendorff!« – »Nee: Knobelsdorff,« sagte ich: »dann ist noch Ruville hier. Wir sind Flieger aus den Karpaten. Wo kommen Sie her?« – »Aus Przemysl.« Dann erzählte er, in der Festung sei nichts mehr zu essen. Man wolle einen großen Ausfall machen und sich durchschlagen. Er sei mit noch einem aufgestiegen, in der Hoffnung, irgendwo bei Krakau landen zu können. »Was für Wind hatten Sie denn?« fragte ich. »Westwind.« Donnerwetter! Wie jemand im Luftballon mit Westwind nach Westen kommen will, das war mir schleierhaft. »Was für Wind?« fragte ich zurück. »Westwind.« – »Wie wollen Sie denn da nach Krakau kommen? Ostwind müssen Sie doch haben, Ostwind! Mit Westwind kommen Sie ja geradezu nach Kiew oder Moskau und schmeißen am Ende noch den Ural um!« - »Es war halt kei ondrer Wind: vielleicht kam'n wir doch irgendwo bei unsren Trupen on.« Deiwel auch! Die verstanden das Geschäft! Darüber waren Ruville und ich uns einig.

Pawel brachte das Essen. Wir unterbrachen die Unterhaltung. »Was haben Sie denn da gutes zu essen?« fragte ich wieder durchs Schlüsselloch. »Ich hab' hier so ahn Faschiertes.« antwortete der Hauptmann »Nicht wahr, ist ausgezeichnet? Bleiben Sie noch ein paar Wochen hier! Ich bestell's Ihnen alle Tage,« redete ich ihm zu. »Zu essen hab' ich g'nug. Ich hab' auch noch Dauerwurst und Sardinen. Wollen S' was abhaben?« – »Schön. Schicken Sie es, bitte, herüber.« Die Vorräte aus der Hungerfestung Przemysl mussten aufgegessen werden. Was an uns lag, in die Hände der Russen sollte nichts fallen.

Am nächsten Tage mussten wir wieder unser Südzimmer beziehen. Soldaten kamen und brachten eine Menge der von mir gerühmten Betten. Wir bekamen Julius Nimmerreiter zu Gesicht. Er war genährt, wie ich in meinen besten Tagen. Nur habe ich niemals behauptet, aus einer Hungerfestung zu stammen. Was war denn los?

»Ja, wissen S', wir sind nämlich mehrere g'wesen. Vielleicht haben's' die andern auch g'tang'n?« Da kamen sie, die Freiballonführer, die mit Westwind nach Westen gelangen wollten. Keiner fehlte. Keiner von den Beobachtungsoffizieren. Alle waren sie da. Die Luftschifferabteilung von Przemysl war vollzählig versammelt. Wir wussten genug. Das Schicksal der Festung war besiegelt.

Eines Tages besuchte uns ein Generalstabsoberst. »Ist es wahr, dass Sie an Hindenburg geschrieben haben, dass Sie verurteilt worden sind?« fragte er mich. »Jawohl,« erwiderte ich. »S. M. der Kaiser ist sehr böse darüber, dass *deutsche* Offiziere die Proklamationen abgeworfen haben.

S. M. hält das Urteil für zu milde! S. M. der Kaiser hat ein neues Gericht befohlen.« – »Was wir getan haben, bleibt unverrückbar dasselbe, Herr Oberst! Niemand kann daran etwas ändern, und wir haben nichts als unsern Dienst getan!« Ich musste die Vorgänge erzählen. »Dann möchte ich wünschen, dass alles gut abgehen möge – menschlich gesprochen,« verabschiedete sich der Oberst, gab uns die Hand und ging.

Kurze Zeit darauf wurden wir nach der Etappenkommandantur gerufen. Es war nach Ostern. Dienstlich wurde uns mitgeteilt, dass der Zar das erste Urteil aufgehoben und ein neues Gericht befohlen habe. Wir bescheinigten die Kenntnisnahme. Endlich sollte die Entscheidung fallen! Aber sie fiel nicht.

Dafür hatte ich die wirkliche Etappenkommandeuse und ihr befreundete Damen gesehen. Die Luft verwandelte sich in ein Duftmeer, sobald sich eine von ihnen blicken ließ. Ich bin ein Anhänger des Wohlgeruchs, aber wenn man von dir sagen kann: du riechst nach Parfüm, dann verstehst du nicht, es zu gebrauchen. Die Kleider? Wenn man sie hier nicht mehr trug, wurden sie wahrscheinlich in Berlin modern. Die Figuren? Groß, stark, schwammig; ohne Korsage dreimal so breit. Nicht geschenkt möchte ich diese Walküren haben, und wenn sie das doppelte Kommissvermögen hätten! Eine Pad war in den weichen Boden getreten, wenn eine von ihnen vorüberschwebte, Donnerwetter ja! Wie Mizzi Kelleni das Gleichgewichtswunder fertigbrachte, mit ihren schlanken Fesselchen zu stehen und zu gehen, das war ein Rätsel. Hier waren ihre Antipoden. Diese Säulen mussten jeden Stiefel nach einstündiger Tragezeit aus der Façon rücken. O, Kapitän, was hast du für Schwestern!

Der März war zu Ende. Unser Geld auch. Ich schrieb an den Chef des Stabes und bat um den zuständigen Gefangenensold. Keine Antwort. Neun Apriltage waren vorüber gegangen, unsere Seife wurde kleiner und kleiner, unsere Wäsche wurde längst nicht mehr in der Stadt gewaschen (Weinka und Pawel besorgten dies jetzt), unsere Laune wurde schlechter und schlechter, da erwachte ich am zehnten April davon, weil eine ungewöhnliche Tätigkeit in der Küche und im großen Zimmer herrschte. »Philipp« – so nämlich hatte ich Ruville vor acht Jahren getauft – »heute ist die zweite Verhandlung,« weckte ich ihn. »Wie kommst Du darauf?« gähnte er zurück. »Na, bitte, sieh Dich um: Weinka und Pawel putzen Fenster (das hatten sie nicht einmal zu Ostern getan), Michail schleppt dauernd Wasser, der Sibiriake hat sogar einen Besen in der Hand, und da kommen die Schreiber mit einem großen

Tisch und Stühlen.« -- »Hallo!« rief ich einen von ihnen an. »Tschto budit? Was ist los?« Der Schreiber kam herein. Er hielt mehrere große Bogen Schreib- und Löschpapier in der Hand. »Kanzelaria budit, wir richten eine Schreibstube ein,« antwortete er. Dabei sah er uns mit einem unendlich traurigen und wehmütigen Gesicht an. Er brachte kein Wort mehr heraus. Also, es war klar: heute war die zweite Verhandlung und zwar im großen Zimmer. Unsere Küchenleute ließen sich nicht blicken. »Pawel!« rief ich. Pawel kam. Was war aus unserem lustigen Pawel geworden! Sein Blick suchte den Boden, und er hatte ein Gesicht aufgesteckt, ja das kann ich nicht beschreiben. Mir fehlen dazu die nötigen weinerlichen Ausdrücke. »Wadi,« sagte ich. »i Tschai; Waschwasser und Tee!« Michail kam. Er brachte Wasser. Wir schlüpften aus dem Schlafanzug. Wir frühstückten. Ein Trupp Landwehrleute von mindestens zwanzig Mann unter dem Kommando eines Feldwebels war damit beschäftigt, den Kasernenhof in der nächsten Umgebung unseres Hauses zu fegen. Der Kasernenhof wurde nie gefegt. Es waren also unerhörte Ereignisse zu erwarten.

Der Etappenkommandant erschien im neuen Rock und mit sämtlichen Orden. Er überzeugte sich davon, dass auch alles in Ordnung sei. Ich fragte ihn, ob heute die zweite Verhandlung stattfinde. »Ja,« sagte er, gab uns wieder die Hand und ging. Eine Verstärkung der Wache rückte an. Für einen Augenblick zeigte sich das Gesicht eines Stabsoffiziers in der Tür. Ruville sah, wie ich grüßen wollte: er drehte sich um. doch da war es schon verschwunden. Ich aber hatte genug gesehen: die Verhandlung konnte ausfallen. Das Todesurteil war bereits gesprochen. Merkwürdig, wie gleichgültig mir das heute war. Die Entscheidung war da. Alles war gut. »Du, ein Kosak ist auch dabei,« sagte ich zu Ruville. Ich sah einen in langem, schwarzem Rock vorbeistreifen. »Wo?« fragte Ruville. »Er ist schon weg.« antwortete ich.

Wir sollten ins große Zimmer. Da saßen sie, die Richter, fünf, wie beim ersten Gericht, an der Schmalwand, den Tisch vor sich. Wir verbeugten uns. Die Richter erwiderten den Gruß nicht, der Dolmetscher tat es. Er stand mit dem Rücken zum Fenster. Es war der Chef des Nachrichtenwesens. Der Wachthabende und drei Mann traten hinter uns. Der Vorsitzende wies auf die beiden Stühle, die den Richtern gegenüberstanden. Wir setzten uns. Dann stand er auf. Wir standen auch auf. Der Vorsitzende verlas die Anklage. Hart war die Stimme, schonungslos, jedes Wort ein Keulenschlag. Die Betonung stempelte jede Silbe zu vernichtendem Urteil. Wie die Sprache, so der Mann. Schroff und kantig stand er da, ein Fels, an dem sich die Brandung bricht. Seine blauen Augen blitzten kälter und härter als Diamanten durch das Augenglas und verstärkten in dem vollen Gesicht die Züge ausgesprochener Rücksichtslosigkeit. Vom Hals blinkte ein Kreuz, von der Brust ein zweites. Der Mann hatte Geschmack. Die Beisitzer hatten keinen. Orden rechts, Orden links, Abzeichen rechts, Abzeichen links. Die Leute sahen aus wie ein Kaiserbild. Nun gehören ja Orden zum Anzug wie Ballschmuck zur eleganten Frau. Pludern aber, das ist ein Zeichen mangelnder Geschmackskultur. In Russland, versteht sich, pludert alles. Wer in irgendeinem bestimmten Lyzeum war, trägt ein Abzeichen auf der Brust. Wessen Regiment 100 Jahre alt ist, trägt ein Abzeichen auf der Brust. Und so geht das fort. Stundenlang. Ich glaubte immer, bei uns wäre schon das non plus ultra erreicht. Man hat ja keine Ahnung!

Die Herren sehen bleich, fast möchte ich sagen: etwas übernächtig aus. Wer sind die Kavaliere? Der Vorsitzende ist der Kommandant des Hauptquartiers. Der Mann ist brauchbar: macht alles. Ich möchte die Verantwortung sehen, die er nicht übernimmt. Rechts neben ihm sitzt der Kommandeur eines Kosaken-Regiments, Donscher oder Kubanscher, ich weiß es nicht mehr. Er sitzt da, als ginge ihn die ganze Sache nichts an. Er guckt zum Fenster hinaus und denkt vielleicht dasselbe wie ich: »Wozu um alles in der Welt soll ich mich hier langweilen? Es ist ja alles klar: der Zar hat das erste Urteil aufgehoben, weil er es zu milde fand: also müssen die beiden erledigt werden. Da ist doch kein Wort mehr darüber zu verlieren!« Links vom Kommandanten sitzt der Kommandeur der Infanterie-Stabswache. Halsorden natürlich. Dienstgrad Hauptmann: hier heißt es Kapitän. Links von ihm, an der Schmalseite des Tisches, ein Generalstäbler; Rang: Stabskapitän. Ihm gegenüber der Kommandant der Radio-Großstation. Halsorden. Klar! Im übrigen Kapitän.

Jetzt kommen wir zum heitereren Teil. Der Dolmetscher übersetzt die Anklage. Satz für Satz. Die Russen haben sogar noch ein paar Vergehen mehr herausgefunden. Urkundenfälscher waren wir auch geworden. Die Organisation gab es nicht in Russland. »Also war es was?« Ein Name, den es gar nicht gibt, steht unter einem Schriftstück, das du nicht verfasst hast, und verspricht bei Aufruhr und Meuterei und allem, was dazu gehört, jedwede Unterstützung? Urkundenfälschung natürlich!

Verteidigung: »Schuldig?« – »Nein!« – »Nein? Was können Sie denn dagegen vorbringen?« Der Vorsitzende bricht seinen Bleistift durch und gibt die eine Hälfte dem Kommandeur der Stabswache. Der Kosak braucht keinen. Der Radiomann hat einen. Ich greife in die Tasche und reiche dem Generalstäbler den mir von meinem alten Kommandeur, Oberstleutnant v. Wrisberg, im vorigen Jahr nebst guten Zigaretten nach Russisch-Polen geschickten. Ob er sich die Verwendung gedacht hat, als er ihn einpackte?

Du sprichst einen Satz. Er wird übersetzt. Du sprichst den nächsten. Er wird übersetzt. In dieser Weise geht es fort. Zum Glück geht es nicht weit.

Der Generalstäbler will mich belehren, dass ich unter allen Umständen die Verpflichtung gehabt hätte, mich über den Inhalt der Flugblätter zu unterrichten. Das sagt ein Soldat, ein Generalstäbler! Stellt in Russland der Untergebene den Vorgesetzten oder den Befehlsüberbringer über einen klaren Befehl zur Rede? In Deutschland nicht. Ich soll Flugblätter abwerfen. Ich bitte um Vergebung, das begreife ich. Was ist da noch zu fragen? Im besten Fall kannst du noch hinzufügen: »Empfehlen Sie mich Ihrer Frau Gemahlin!« Doch das habe ich während des Exerzierens nie gehört. Die komischen Leute bei uns, die führten immer nur ohne Widerrede aus, was befohlen wurde. Manchmal allerdings schimpften sie auch. Das war im Manöver. Dann wurde der Führer abgesägt. Aber nicht von denen, die schimpften. Das tat ein ganz anderer. Der meinte: »Wenn man sich jemals mit höherer Truppenführung beschäftigt hat, Exzellenz, dann!« Väterchen Bülow war deutlicher: »Ich missbillige,« sagte er, und über die Goldplomben rollte der Zylinder. Ja, so kannte ich es. Mit einemmal soll es anders gewesen sein.

»Was bezweckten Sie denn mit den Proklamationen?« unterbricht der Vorsitzende, »wollten Sie uns damit schaden?« Dies fragte nicht etwa ein Narr, sondern der Kommandant des Hauptquartiers, d. h. die Frage bedeutete den Tod. »Es ist Krieg, Herr Oberst!« übersetzt der Dolmetscher. »Ich komme als Feind,« fährt er fort: »ich kann unmöglich annehmen, dass die Flugblätter uns schaden sollen,« wird gedolmetscht. »Wenn sie überhaupt schaden sollen, dann sollen sie natürlich Ihnen schaden!« Der Satz ist übersetzt. »Das ist doch selbstverständlich!« Dieser auch. Der Vorsitzende erhebt sich. In seinem Gesicht steht: es ist alles klar. Mit einer Handbewegung entlässt er uns. Wir verlassen mit dem Chef des Nachrichtenwesens und der Wache das Sitzungszimmer.

Wir setzen uns zu dritt auf unsere Betten. Der Chef zieht seine Zigarrentasche. Drei kleine Importen stecken drin. »Bitte!« Ich verzichte. Ruville dankt gleichfalls. Ich reiche dem Chef des Nachrichtenwesens Feuer. »Eigentlich sollte ich unter den Richtern sitzen,« erzählt er, »aber ich habe abgelehnt. Als Dolmetscher haben Sie mehr Nutzen von mir. Ich kenne meine Kameraden. Zwar wollte ich heute nach Lemberg fahren, aber ich habe es auf morgen verschoben.« Ruville ist voller Hoffnung und spricht von der Verhandlung. »Ich bin doch keine Kontrollstation für ein General- Kommando!« werfe ich ein; »mir ist völlig unverständlich, wie der Herr vom Generalstabe eine solche Auffassung äußern kann.« – »Bringen Sie's nachher an!« rät der Chef des Nachrichtenwesens. Nachher! Eine Viertelstunde war vorüber. Ich wusste Bescheid.

Wir wurden wieder in das Gerichtszimmer gerufen. Die Richter standen. Wir standen auch. Am Fenster stand der Dolmetscher. Der Vorsitzende verlas das Urteil. In ganzen, in halben Sätzen, in einzelnen Worten. Seine Sprache war womöglich noch härter geworden. Der Dolmetscher übersetzte die Worte, die halben, die ganzen Sätze. Kalt blickte uns der Vor- sitzende an. Der Kosak sah zum Fenster hinaus. Die andern drei mieden mein Auge. Wir waren schuldig. Nun, ich schreibe doch kein Gebetbuch, sonst wäre jetzt hier eine Litanei am Platze. Die Litanei, ich meine das Sündenregister, fällt daher aus. Also: Tod! Wir standen in gemäßigt dienstlicher Haltung, mit geschlossenen Hacken. Das hatten wir so ausgemacht: denn an eine für solche Fälle vorgesehene Anweisung des Exerzier-Reglements konnte ich mich nicht erinnern.

Nein, was hatten wir nicht Schreckliches begangen! Ausgeschlossen, dass ich das alles behielt. Vom Rechte sprach diesmal kein Mensch. Was sollte es auch in der Verhandlung? Was ist denn Recht? Das, was wir nicht haben. Trotzdem sprechen wir heutzutage vom modernen Rechtsstaat. Des Menschen Gedanken eilen der Zeit voraus. Hinkten sie nach, gäbe es keinen Fortschritt. Herrschte früher die reine Willkür, so regiert heute die Macht die Stunde. Es ist daher nur folgerichtig, wenn die Resultante bestehender Machtverhältnisse zum Rechte wird und des Rechtes Namen trägt. Wir hatten keine Macht, also auch kein Recht. Das bekamen wir zu spüren und konnten es uns einprägen, falls wir etwa töricht genug waren, es nicht von selbst zu wissen. Nun sagt zwar Pascal: »Da die Menschen der Gerechtigkeit nicht gehorchen wollen, so haben sie die Macht gerecht gemacht.« Indes die Meinung läuft auf falscher Fährte. Denn nicht ums Wollen handelt es sich, nein, ums Können! Woraus bei einiger Überlegung sich ergibt: was wir da Recht zu nennen pflegen, heißt zwar so, zum Rechte aber wird es dadurch nicht. Und dabei wollen wir uns beruhigen.

Das Urteil war gefällt. Der Tod war da. Er traf mich in der besten Stunde. »Eine Berufung ist nicht mehr möglich.« dolmetschte der Chef des Nachrichtenwesens. »Haben Sie an das Gericht noch eine Frage?« lautete der nächste Satz. Ja, die habe ich. »Es wird uns somit unterstellt, dass wir den Inhalt der Flugblätter kannten und verantwortlich für ihn sind?« An der eisernen Stirn des Vorsitzenden zerschellen Wahrheit und Tat, und wie Fanfarenruf verkündet das »Ja« des Obersten den Sieg des Rechts. –

»Das hätte ich nicht erwartet!« sagt Ruville, steckt die Hände in die Hosentaschen und starrt durchs Fenster. »Philipp!« ermunterte ich ihn. »Kopf hoch!« Dann macht er kehrt, wirft sich aufs Bett und starrt gegen die Decke. Die Hände hat er noch immer in den Hosentaschen. Das war ein etwas harter Schlag. Er musste sich erst ein bisschen erholen. »Jetzt hilft nur noch ein Wunder,« stellte ich fest: »es ist aus. Na, wir wollen den Leuten was vorsterben! Deiwel auch! Die Augen sollen ihnen übergehen!« Ruville sprang auf. Weinka erschien. Pawel erschien. Michail erschien. Der Sibiriake kam. Die ganze Wache war da. Rings um uns ein Tränenstrom. Ich musste lachen. Da standen die bärtigen Landwehrleute und weinten und weinten. Pawels Augen hatten sich in die Quellen zweier Gebirgsbäche verwandelt. Wenn das so weiter ging, konnten mir uns auf die Stühle stellen. »Was ist?« fragte Weinka. Es gelang ihm nicht, seine Tränen zurückzuhalten. »Tod!« sagte ich. »Nein.« schüttelte er mit dem Kopf, und der Mund sprach: »Nein! Nein! Nein!« Wir trösteten die guten Kerls. Sie waren doch geradezu rührend.

Was ein Russe von mir noch zu sehen bekommen konnte, das war ein lachender, preußischer Offizier. Das stand fest. Die Würfel waren gefallen. Alles war heiter und schmerzlos, und die Brust war so weit, so frei und so leicht. Mit dem Todesurteil hatte ich die Nichtigleiten des Lebens abgestreift. Jetzt hieß es: »Stirb' und werde!« Ich war bereit. –

Am Nachmittag des 30. Januar dagegen, da hatte ich mich noch mit allerlei Ballast geschleppt. Wenn ich jetzt daran und an die widerliche Kälte dachte, die damals herrschte, sowie an das ekelhafte Gewarte auf den Lohn für den anstrengenden Eiertanz, den ich da stundenlang aufgeführt hatte, dann war das gar nicht zu vergleichen mit der prompten

Arbeit von heute. *Der* Oberst hier lieferte saubere Ware. Innerhalb fünfzig Minuten waren wir schwer angeklagt, beinahe gehört und sicher verurteilt. Von Fabrikschund konnte hier keine Rede sein. *Das* Urteil war gezimmert. »Haben sie's nicht selbst eingestanden: schaden wollten sie uns. Ich bitte Sie, meine Herren, der Feind will uns schaden! Ist so etwas in der Welt denkbar? Ein Feind, der einem schaden will! Na, da soll doch dieser und jener! Und die Kerle gestehen es obendrein auch noch ein! Ohne Schamgefühl! Meine Herren! Ich stelle fest: ein Feind, der nicht nützt, der schadet. Das wollten die beiden. *Volenti non fit iniuria.* Also sterben sie.« Ungefähr mit diesen Worten, denke ich, wird der Vorsitzende die Urteilsberatung eröffnet und vielleicht auch gleichzeitig geschlossen haben. Mir war unendlich wohl. Siebzig Tage hatten wir auf die Entscheidung gewartet. Jetzt war sie da.

Ich dachte an Mizzi Kellenyi; sie würde mir hoffentlich verzeihen. Ich hatte ihr für den Nachmittag des 25. *versprochen*, sie nach *Vàsàros na mèny* zu bringen. Ob sie wohl böse war, weil ich nicht Wort gehalten hatte? Man soll nie etwas versprechen!

Es war Mittag geworden. Unsere Wache verabschiedete sich mit Tränen in den Augen. Weinka brachte die Krautsuppe, Pawel das deutsche Beefsteak. Wir aßen. »Das wäre nicht schlecht, wenn sie uns jetzt ein anständiges Essen von Borchardt[8] schickten,« schlug ich vor. »Wenn es durchaus sein muss, würde ich ein Frühstück bei Kannenberg[9] auch annehmen,« gestand Ruville. Er war wieder der alte.

Das war ausgemacht: sterben wollten wir, bildschön! Ruville war sich noch nicht ganz klar, ob es chic wäre, dies mit der Zigarette in der Hand zu tun. Über die Unerlässlichkeit des Monokels waren wir uns einig.

»Kuck!« sagte ich, »was kommt da?« Ein Offizier mit seiner Frau stieg die drei Stufen hoch, die zur Küche führten. Da standen sie vor uns. Wir standen auf. »Brauchen Sie ein Messer?« begann die Gattin des augenblicklich feindlichen Kameraden die Unterhaltung. Ich war starr. Glaubte sie etwa, dass wir das deutsche Beefsteak mit dem Messer fraßen und die Makkaroni mit 'ner Schere schnitten? Dann lachte ich: »Nein. Vielen Dank. Beim besten Willen nicht. Was sollen wir mit der Säge?« – »Man hat mir gesagt, ich soll so fragen. Wir möchten nämlich gern wissen,

---

8   Bekanntes Restaurant in Berlin
9   Gleichfalls bekanntes Restaurant in Berlin

was das Gericht gesagt hat?« – »Oh, nichts besonderes, - es hat auf Tod erkannt.« »Nein!« entsetzte sie sich. Ihr Gesicht wurde fahl, Tränen glänzten in ihren Augen. »Aber das ist nicht möglich!« – »Gewiss!« versicherte ich. Sie war groß, fast so groß wie ich. Mitte zwanzig. »Nein! Das kann ich nicht glauben; das ist ganz unmöglich!« sagte das lebende Sachet, und die Tränen lösten sich von den dunklen, großen Augen. Wir sprachen noch ein paar Worte. Dann verabschiedete sie sich. Wir bekamen eine weiche Hand. Mit einem Kuss bestätigten wir den Empfang. Sie nickte noch einmal: dann entzog sie ein Schuppen unserem Blick.

Unser bester Freund von den Schreibern kam. Er war etwas jünger als ich, in Petrograd verheiratet, hatte einen Lungenschuss erhalten, rauchte wie ein Schornstein und war stets guter Dinge. Unserer Küche wollte er nicht glauben, dass wir zum Tode verurteilt worden waren. Wir bestätigten es. Mit Tränen in den Augen umarmte und küsste er uns wiederholt. Dann ging er.

Ruville hatte sich wieder aufs Bett gelegt und verdaute das Todesurteil. Ich hatte zu tun. Da waren noch einige Schlussmeldungen aufzusetzen: an die Abteilung, aus Höflichkeit auch ans Regiment. Die Russen würden sie wohl befördern. Den Gefallen konnten sie uns ruhig tun. Blieben dann noch einige Briefe zu schreiben: vor dem nach Hause graute mir. Aber ich hatte ja schon einmal vorgeübt.

Was kam denn da? Sah das nicht aus wie ein halbes Armeekorps? Also zunächst ein Posten vor die Fenster. Dann füllte sich die Wachstube, und ein Gedränge herrschte in ihr wie beim Regimentsball im Kasino. Ob die Leute etwa glaubten, wir würden wie die Hasen auf der Jagd vor dem Tode ausreißen? Wenn wir das gewollt hätten, dann hätten wir es längst versucht. Doch der Gedanke hielt uns zurück, dass man dann vielleicht hätte glauben können, wir scheuten das zweite Gericht. Es war, meine ich heute, eine Dummheit, dass wir blieben. Was gingen uns die Gedanken der Russen an? Wir hatten unsere und sie ihre. Damals aber hielt mich noch die erhaltene Dressur mit eisernem Griff: du sollst auch den Schein der Feigheit meiden! Ruville dachte nicht anders. Richtiger wäre es gewesen, die Feigheit ruhig scheinen zu lassen, wenn wir nur in ihrem Schatten glatt nach Hause gekommen wären. –

Dschäwuschka machte mit dem kleinen Kommandanten Fensterpromenade. Ich öffnete das Fenster. Das Armeekorps wurde unruhig. »Guten Tag!« rief ich; »vorhin war die zweite Verhandlung. Tod. Schicken

Sie mir doch, bitte, ein bisschen Schreibpapier!« Meine Worte ließen den
vor dem Fenster stehenden Posten erstarren. Im Vergleich zu ihm musste Frau Lot nach ihrem Schlaganfall beweglich wie eine Filmfigur gewesen sein; so starr war der Krieger. Was sollte er tun? Sollte er schießen,
sollte er stechen oder sollte er beides zugleich versuchen? Dann fiel ihm
ein: für den Fall war er nicht instruiert. Er war gerettet. Da kam der
Etappen-Kommandant. Dschäwuschka kam mit ihm. Der kleine Kommandant auch. »Tod?« Der Oberstleutnant schüttelte den Kopf. »Die
Russen bringen keine Offiziere um!« übersetzte unsere Freundin. »Ja,
tut mir leid, aber zum Tode verurteilt sind wir. Ohne jegliche Berufung.
Gar nichts zu machen.« Ich bat um Papier. Viel Papier. Große Bogen.
Der Kommandant versprach es und verabschiedete sich mit freundlichem Händedruck. Auch Dschäwuschka gab uns die Hand. Es war das
erste Mal. Die Hand war fest und warm. –

Im Haus herrschte eine Atmosphäre wie nach einem Trauerfall. Totenstille. Betrübte Gesichter. Man konnte uns für die herzlosen Wächter
einer Schar zum Tode Verurteilter halten. Das hatten die Russen davon,
dass sie uns nicht freisprachen! Jetzt konnten sie über sich nachdenken.
War ihnen ganz recht, wenn sie sich dabei nicht gefielen. --

Der Kommandant brachte das Papier. Ruville schrieb einen glänzenden
Brief an seine Mutter. Ich machte mein Testament. Im Vollbesitz meiner
geistigen Kräfte. Von mir selbst bescheinigt! Dem Regiment stiftete ich
einen silbernen Becher; auf ihm sollte stehen:

»Aufs Wohl des Vaterlandes heute froh getrunken! Fürs Wohl des Vaterlandes morgen stolz gesunken! So haben wir's gehalten. – Tut's wie
wir Alten!«

Dann setzte ich die Meldungen an Abteilung und Regiment auf. Wir
schrieben bis abends um Zehn.

Im Laufe des Nachmittags hatten wir den größten Teil unseres Besitzes
an das vierblättrige Kleeblatt verschenkt. Den Rest unserer Habe wollten wir erst fortgeben, wenn es endgültig ans Sterben ging.

Ich schlief traumlos. Plötzlich weckte mich der Lärm, den das alarmierte
Armeekorps im Nachbarzimmer machte. Ich machte die Augen auf und
sah den Chef des Nachrichtenwesens vor mir stehen. Was wollte er
mitten in der Nacht? Sollten wir uns zur Reise nach dem Jenseits fertig
machen? »Ich bitte Herrn Oberstleutnant, Platz zu nehmen. Wir sind
sofort angezogen,« lud ich ihn ein. – »Bleiben Sie liegen!« wehrte der

Oberstleutnant ab: ..ich habe soeben erfahren, dass der Ober-Kommandierende das Todesurteil nicht bestätigt, sondern in lebenslängliche Zwangsarbeit abgeändert hat. Der Herr Stabschef hat mir erlaubt, Sie sofort zu benachrichtigen.« – »Aber das ist ja viel schlimmer,« lehnte ich ab: »warum erschießt man uns denn nicht?« – »Sie wären gehangen worden,« belehrte der Oberstleutnant, »für die Vergehen pflegen wir zu hängen. Zwangsarbeit nämlich ist durchaus nicht schlimmer, im Gegenteil: besser! Ich wäre sonst nicht hierher gekommen, um Ihnen das mitzuteilen.« Ich dankte für die Freundlichkeit, dann fuhr ich fort: »Wir hatten uns schon auf den Tod gefreut! Nun wird es nichts damit, und mein schönes Gedicht ist ganz umsonst geschrieben: ich muss es Ihnen wenigstens vorlesen, Herr Oberstleutnant!« Ich ergriff mein Testament und trug den im Vollbesitz meiner geistigen Kräfte verfassten Vers vor. »Ich habe mich gefreut, so tapfere Offiziere, die den Tod so gar nicht fürchten, kennen gelernt zu haben: aber auch die russischen Offiziere wissen zu sterben!« Mit diesen Worten entfernte sich der Chef des Nachrichtenwesens.

»Philipp, gib mir die Sand!« sagte ich: »das Wunder ist geschehen. Was aber kommt nu?« Weinka erschien in Unterhosen. Pawel erschien. Michail erschien. Der Sibiriake stand auch im Zimmer. »Was ist los?« – »Wir bleiben leben. Schießen ist nicht. Aufhängen auch nicht. Gefängnis.« Die guten Kerle strahlen.

Mit dem Schlafen war es vorbei. Lebenslängliche Zwangsarbeit! Das hatte mir bis jetzt noch kein Knobelsdorff vorgemacht. Einer war gestorben nach jahrelanger Gefangenschaft auf dem Königstein. Das war im Siebenjährigen Kriege. Mein Artikel war neu. Den führte die Familie nicht. Lebenslängliche Zwangsarbeit! Meinetwegen auch zweimal, wenn wir nur siegen, dachte ich.

An einem Sonntag waren wir zu neuem Leben geboren worden. Wir waren also Sonntagskinder. Es war am 11. April, 1 Uhr nachts, als uns die Nachricht gebracht wurde. Was Wunder, dass das neue Leben wie ein Aprilscherz begann! Vielleicht – endet es auch so. –

»Herrschaften,« sagte der polnische Doktor, der in Begleitung eines russischen Offiziers erschien, »wie fühlen Sie sich?« – »Danke für die Nachfrage. Ausgezeichnet.« – »Das ist vom psychologischen Standpunkte aus sehr interessant,« stellte der Doktor fest. Wir waren auch die geeigneten Studienobjekte: Hans- Carl v. Ruville und Viktor v. Knobelsdorff! Jedem Psychiater gewachsen. »Wissen Sie schon,« fuhr er fort, »das Urteil ist abgeändert worden!« – »Ja, und das hat uns den ganzen Schlaf verdorben. Das konnte man uns auch heute mitteilen. Immerhin, es war gut gemeint.« – »Das ist aber doch besser als aufhängen!« erklärte der Doktor: »vielleicht kommt auch noch ein Manifest? In Russland gibt es oft Manifeste! Herrschaften, ich freue mich, dass Sie leben!« –

Um 11 Uhr vormittags teilte uns die Etappenkommandantur dienstlich und schriftlich mit, dass der Gerichtsherr, der Oberbefehlshaber der russischen Streitkräfte an der Süd-West-Front, Generaladjutant Iwanoff, das Todesurteil in lebenslängliche Zwangsarbeit abgeändert habe. Wir bescheinigten die Kenntnisnahme.

Mittags war Gesellschaft beim Etappenkommandanten. Die Damen ließen es sich nicht nehmen, uns persönlich Torte und Vanilleeis zu bringen.

Am nächsten Tage bekamen wir von ihnen Fleischpasteten. Schlagt die Hände über dem Kopf zusammen, Philister! Am Nachmittag berichteten wir nach Haus von unserer neuen sozialen Stellung: durch einen Federzug waren wir Eigentum des russischen Staates geworden.

Am 13. April wanderten wir aus den Händen der Militärgewalt in die der Zivilbehörde. Die Abschiedsmahlzeit begann wie gewöhnlich mit Krautsuppe: indessen deutsches Beefsteak gab es nicht. Die Küche hatte sich in Unkosten gestürzt und unser Fleisch gebraten! Unser bester Freund kam. Er umarmte und küsste uns zum letzten Mal und schenkte dann jedem ein Fünfzigkopekenstück. Die Küche stiftete Tee und Zucker. Mein Herz krampfte sich zusammen. Was waren das für rührende Kerle!

Ein Wagen fuhr vor. Der Etappenkommandant tauchte auf. Wir verabschiedeten uns von ihm, bedankten uns nochmals für all die vielen Freundlichkeiten, drückten allen Soldaten, Wachtmannschaften, Weinka, Pawel, Michail und dem Sibiriaken zum letzten Mal die Hand, und dann wurden wir von vier Landwehrleuten in die Mitte genommen und zogen ins neue Leben hinaus.

Hinter uns rollte der Wagen. Er war für unser ›Gepäck‹ bestimmt. Wir gingen die schmutzige Straße entlang. Wir sahen Dschäwuschka zum letzten Mal. Sie fuhr die jungen Pferde. Wir zogen durch die ganze Stadt. Das Gouvernement lag am andern Ende.

Wir betraten einen Vorraum im ersten Stock. Geschäftszimmer rechts und links. Das Personal umdrängte uns. Ein sehr niedliches Tippfräulein wurde vor ihm hergeschoben. Sie blieb zwei Schritte vor uns stehen. Mit ihren roten Lippen saugte sie am rechten Handrücken. Ihre braunen Augen sahen uns unverwandt an. Wir sagten nichts. Sie wurde noch einen Schritt näher geschoben. Das hieß: sie sollte mit uns sprechen. Sie trug ein goldenes Uhrarmband und Ringe, dazu Schmuck, der augenscheinlich in keinem Verhältnis zu ihrem Diensteinkommen stand. Kleine Favoritin! dachte ich.

Ein höherer Beamter betrat den Vorraum. Missbilligend sah er uns auf dem Tische sitzen. Wir sollten wenigstens unsere Kopfbedeckung abnehmen. Vorwurfsvoll wies er auf das in einer Ecke angebrachte Heiligenbild. Die Russen nämlich stehen vor Heiligenbildern unbedeckten Hauptes. Vielleicht stammte es aus der Fabrik eines jüdischen Fabrikanten? Wer kann es wissen? Geschäft ist Geschäft. Dann kommen die Christen und nehmen Mützen und Hüte ab. Wir taten dem Manne den Gefallen und nahmen den orthodoxen Glauben an. Fliegerlappe und Sturzhelm wurden abgeschnallt. Das Heiligenbild hatte seine Macht erwiesen. Blau, rot und golden steckte es im Rahmen. Der Heilige sah aus wie seine Kollegen: Strahlen standen über seinem Kopfe. Von der Schule wusste ich aber: das ist der Heiligenschein. Ich habe keinen.

Die kleine Favoritin war sehr elegant. Die Eleganz war Chic. Der Chic des Gelbsterns. Nummer 42. Die Spitzen ihrer Brüste bohrten sich in die Seide der Bluse. Unter ihrem blauen Rock, geschlitzt, zum Knöpfen, trug sie sicher nicht mehr als die breiten Spitzen der Hemdhose. Sie nahm für einen Augenblick die purpurnen Lippen von der Hand und fragte mit wohlklingender Stimme: »Sie sind Preußen?« – »Ja, kleine Maus!« sagte ich. »Wir sehen zum ersten Male preußische Offiziere,« sprach der volle Mund, dann drängte sich eine kleine, spitze, rote Zunge durch zwei Reihen weißer Puppenzähne und pickte an dem Rücken der rechten Hand. »Gefallen sie Ihnen?« fragte ich. Ihre Augen träumten. Da sagte sie plötzlich: »Die Österreicher sind viel tapferer als Sie! Die bekommen wir oft zu sehen. Die Preußen laufen fort, drum können wir sie nicht fangen.« – »Glänzend!« sagte ich, »ich wage nicht zu widersprechen. Wir laufen, was wir können, und die Russen immer vor uns her.« Wir lachten. Dann pustete ich ihr ein paar neugierige Locken aus der Stirn. Sie nahm's nicht übel. Wie sollte sie auch! War ich denn ein Frosch? Ich weiß doch, was sich schickt. Eine Glocke schrillte. Das

Personal beschenkte uns noch rasch mit Zigaretten, ehe es auseinander-stob. –

Zwei Mädelchen tippten nebenan das Urteil ab. Eine diktierte, eine schrieb. Nach jedem Vergehen sahen sie uns teilnahmsvoll an. Auf diese Weise nahm das Diktat viel Zeit in Anspruch. –

Wir waren entlassen. Mit dem Zug um Fünf sollten wir heute noch nach Bjäla. Ein Landwehrmann vorn, einer rechts, einer links, wir in der Mit-te, der Wachthabende hinten, dann kam der Wagen, so ging es zunächst zum Polizeibüro.

Ein Polizeigewaltiger lehnte an einem Tische. Unser bester Freund hatte sich eingefunden und übernahm die Vorstellung. Daraufhin wurden uns Stühle angeboten. Die Aufnahme unseres Signalements dauerte lange. Inzwischen schlug es Fünf. Mit Bjäla war es also heute nichts.

It's a long way to Tipperary

**Im Schutz der Polizei. – Das Gefängnis für Gentlemen. –
Reisevorbereitungen. – Im Wartesaal. – Die Kuckucksuhr. –
Der Sträfling mit Monokel. – Die Rache des Barbierten. –
Das 1. Knobelsdorff'sche Gesetz. – In Brest-Litowsk. –
Geiseln. – Fremdherrschaft. – Jaroslawl.**

Man kann in sehr verschiedener Weise eine Straße entlang gehen. Wir z.
B. gingen so: vier Polizisten mit acht Feuer- und vier blanken Waffen
nahmen uns in die Mitte. Zehn Schritte voraus ging als Vorhut noch
einer mit einer blanken Waffe und zweien zum Feuern. Außerdem verfügte er über eine gellende Stimme. Wie Hagel prasselten die Schimpf-
worte auf die Spaziergänger, trotzdem wir auf dem Fahrdamm lust-
wandelten und den Bürgersteig mieden. Standen die Einwohner in der
Haustür, jagten sie wüste Drohungen hinein; blickten die Vorüberge-
henden uns an, belehrte sie ein Orkan von Flüchen, dass sie wegzuse-
hen hatten. Drehte uns jemand den Rücken zu, zwang ihn eine Flutwel-
le gemeinster Ausdrücke, sich umzuwenden. Alles, was die Leute taten,
war verkehrt. Alles. Selbst ganze Wagenkolonnen mussten halten, und
auch unsere Begleitpolizisten waren nicht minder eifrig, Menschen und
Tiere zurechtzuweisen. Auf diese Weise gelang es den Aufrechterhal-
tern der Ruhe und Ordnung spielend, einen Lärm zu vollführen, der
jedes andere Geräusch der Straße zum Schweigen brachte und durch
die getroffenen Maßnahmen, Verkehrsstörungen aller Art zu schaffen.
Das war endlich 'mal etwas anderes. Wir waren begeistert.

An einer Straßenkreuzung standen wir vor einem See. Zackige Gebirgs-
spitzen ragten heraus und kündeten, dass hier ein Kontinent versunken
lag.

Ruville und ich waren in Wahlstatt in der Voltigierabteilung gewesen.
Ich ein paar Jahre früher, er später. Dafür trugen wir dort als Abzeichen
eine schwarz-weiße Borte auf dem linken Litewkenännel.

Wir erinnerten uns der schwarz-weißen Borte, und mit Hochweitsprung
schwangen wir uns von Klippe zu Klippe. Die Polizei konnte das natürlich nicht. Dazu war sie zu schwer bewaffnet und auch nicht mutig genug. Die Waffen machen nicht das Herz.

Wir hielten vor einem Hause. Eine Klingel öffnete die Tür. Wir traten
ein und standen in einem länglichen Flur. Links waren Türen, gerade-

aus war auch eine, rechts waren Fenster. Eine von den Türen zur linken Hand wurde geöffnet. Ein Polizist verschwand in ihr. Plötzlich flog ein roter Jude heraus. Dann kam ein zweiter; der war nicht rot. Dann kam ein Kerl mit einem alten Strohsack. Den Schluss bildete ein Landstreicher. Die Tür geradeaus nahm die Herren auf, und wir wurden in den soeben frei gewordenen Salon gebeten. Die Tür schloss sich. Wir waren im Polizeigefängnis Cholm eingeliefert.

Der Tür gegenüber saß auf einer Wandabschrägung ein vergittertes Fenster. Es hatte auch Scheiben. Aber nur an einzelnen Stellen. Unter dem Fenster stand eine Holzpritsche. Ihre rechte Schulter lehnte an der einen, die linke an der anderen Wand. Sonst war niemand zu sehen. Wir blickten uns um. Zahlreiche Gemälde und Sprüche schmückten die Wände. Die Künstler hatten fast ausschließlich hocherotische Szenen im Bilde festgehalten. Die Vorwürfe der Darstellungen fielen beinahe ausnahmslos unter das Strafgesetzbuch und berichteten von anderen Sitten und Gebräuchen. Stillleben von Messern, Beilen, Revolvern und Gewehren dienten gleichfalls zur Zierde, und Portraits von Damen und Herren, deren Gesichtszüge auf Gesellschaftskreise hinwiesen, die in der Regel Einladungen zu Hofbällen nicht erhalten, erzählten von unserem künftigen Umgang.

Wir musterten die Pritsche. Sie trug ein gestreiftes Kleid und diente Ungeziefer zum Versteck.

Die Dämmerung sah hinein. Zwei Strohsäcke wurden gebracht. Sie waren neu oder wenigstens fast neu. Wieder ging die Tür auf, und eine kleine, schwarze Tonne stellte sich in die eine Ecke. Sie sagte keinen Ton, starrte uns an und blieb dort regungslos stehen. An Menschen kannten wir das schon von Stryj her, das mit der Tonne hier war neu.

»Du, ich denke mir, dies Bjäla wird so eine Art Gefängnis für Gentlemen sein,« belehrte ich gerade Ruville, als die Tonne eintrat. Erstaunt sahen wir sie an. Die Unterhaltung starb.

Der Salon hatte ein vollkommen anderes Aussehen erhalten. Wie gemütlich war es mit einem Male geworden! Wie in einem Pastorenhause. Wozu mochte die Tonne sein? Was wollte sie dort in der Ecke? Wir rieten hin und her.

»Ich gehe jetzt endgültig schlafen,« sagte ich und erhob mich von der Pritsche. »Ich auch,« schloss sich Ruville an und stand gleichfalls auf. Dann klopfte ich an die Tür. Der wachhabende Polizist erschien. Er zeigte auf die Tonne. Heraus dürften wir nicht. Wir lachten aus vollem Halse. Auf die Bestimmung der Tonne waren wir nicht gekommen.

Wir erwachten früh am Tage. Das Waschen fiel aus. Das Frühstück auch. Gegen Mittag kam der Polizeiwachtmeister und gab uns jedem achtundzwanzig Kopeken, vierzehn für den gestrigen Tag und vierzehn für den heutigen. Das war unser Verpflegungsgeld.

Die Kollegen in den Nachbarzellen erhielten den gleichen Betrag. Kollege ist wohl ein nicht ganz zutreffender Ausdruck. Die Herren würden sich schön bedankt haben! Eine Anmaßung sondergleichen war es von uns, wenn wir es wagten, uns mit ihnen auf eine Stufe zu stellen. Nein, mein Freund, Zuchthäusler waren wir, zur höchsten Strafe verurteilt, die es überhaupt gibt: zu lebenslänglicher Zwangsarbeit! Waren wir ihre Kollegen? Aber so sind die Menschen: kaum haben sie denselben Lohn, schon dünken sie sich alle gleich.

Nein! Die größte Strafe ist der Tod. »La mort, mon fils, est un, bien pour tous les hommes; elle est la nuit de ce jour inquiet qu'on apelle la vie C'est dans le sommeil de la mort que reposent pour jamais les maladies, les douleurs, les chagrins, les craintes qui agitent sans cesse les malheureux vivants.« Was gibt es Größeres als den Heldentod? fragst du. Nun, alles zu seiner Zeit. Der Tod ist Strafe und höchstes Lob, Vergessen und Unsterblichkeit, Trost wie Ansporn, à discrétion. Der Tod ist das Leben. Meine Meinung, und für mich verbindlich.

Wir baten den Polizei-Wachtmeister, jedem von uns eine große Semmel zu kaufen. Sie kostete zehn Kopeken. Das war unser Mittagbrot.

Der Ausweis meiner Finanzen ergab am 14. April nach dem Essen 68 Kopeken. Sie hatten sich mithin binnen vierundzwanzig Stunden um 36% gemehrt. Ich wünschte, es ging mein ganzes Leben so. Es wird gleich zu sehen sein, was solche Wünsche wert sind. Erst muss ich aber etwas anderes erzählen.

Um die Vesperstunde wurden wir herausgebeten. Wohin? In den Aufenthaltsraum des Türschließers. Handschellen hingen an den Wänden. Wie wäre es, wenn man uns damit schmückte? Doch die Polizisten schüttelten die Köpfe.

Durchs Fenster erblickte ich einen Wagen. Vielleicht fuhr er in besseren Zeiten Rüben? Jetzt aber war er von der Polizei requiriert und sollte uns nach dem Bahnhof bringen. Indes wir wussten das noch nicht.

Ein Polizist legte ein zusammengefaltetes Wachstuch auf den Fußboden. Finger hoch! wer weiß, was das ist? Das ist ein Sitz. Gut. Das war ein Sitz. Ich sollte mich auf das Wachstuch setzen. Ich tat's. Keine Ahnung, was nun kommen würde. Eine Kette klirrte. Aha! Um das Gelenk meines linken Fußes legten sich zwei breite Eisenbänder. Ein schwerer Eisenhammer trieb eine Niete durch sie, und der Fußschmuck war angeschmiedet. Ich hielt jetzt das rechte Bein hin. Das war falsch. Woher sollte ich das wissen? In der Feldbefestigungsvorschrift steht's nicht. Ich sollte aufstehen.

Ruville sagte mir nachher, er wäre starr gewesen. Das hätte er nicht gedacht!

Ruville nahm Platz. Ich dachte: das sind Athleten! Jetzt hämmern sie dem Ruville auch eine halbe Kette ums Bein, und dann darf ich mich wieder setzen. Wieder war's falsch. Diesmal was ich dachte und nicht, was ich tat. Ich tat gar nichts. Die Polizisten taten die Eisenbänder vom anderen Ende meiner Kette um Ruvilles rechtes Bein.

Kein Ehering ist imstande, zwei Menschen so eng miteinander zu verbinden, wie unsere Kette uns verband. Man kann mir das glauben. Ich habe Eheleute gesehen: der Mann saß im Kontor, die Frau war bei einem andern. Bei uns war das ausgeschlossen. Wo der eine war, war der andere auch. Kastor und Pollux, wo bleibt euer Ruhm?

Die Kette wog 'was. Als Obertertianer machte ich vierzehn- oder fünfzehnmal gleicharmig Aufstemmen hintereinander. Dazu gehören Armkräfte. Ordentliche. Ich bin daher sachverständig, was das Gewicht der Kette angeht. Ruville war auch meiner Ansicht. Aber ohne so oft Aufstemmen. Er konnte den doppelten Salto dafür. Den konnte ich nicht.

Was der Ruville überhaupt alles kann! Zur Laute singen: ich nicht. Klavierspielen ohne Noten und ganz richtig: ich nicht. Auf der Geige (auch ohne Noten),ich nicht. Karten spielt er auch. Hat er hierbei Pech, so spielt er dennoch weiter. Wenn er aber gewinnt, dann hört er auf. »Ich gebe die Bank ab,« sagt er und steht auf, das ganze Portemonnaie voll Geld und die Hosentaschen auch. Ich bin für Karten zu dumm. Das haben mir meine Eltern gesagt. Die wollten mich dazu verführen. Wegen der Erziehung, und weil mir Klavier nicht gefiel. Doch ich konnte die Karten nicht unterscheiden. Es ging mir wie mit den Noten: die Augen sahen sie richtig, die Finger falsch.

Zeichnen kann er auch, und reiten, und tanzen besser als ich. Was soll ich alles aufzählen! Ich male ihn, indem ich wiederhole, was Herr Faguet vom Chevalier Bouffiers sagt: »*De tout un peu et rien supérieurement, à française. C'est assez pour charmer et il fut déclaré charmant.*« Von den Damen. Der erste Satz aber gilt nur bis aufs Fliegen. Wenn er wollte, flog er grobe Klasse.

Nun aber ergriff er den Lederriemen, der, um die Kette zu tragen, in ihrer Mitte befestigt war. Halt! So können wir nicht laufen! Gleichschritt geht nicht! Rechtes Bein, linkes Bein: rechtes Bein, linkes Bein. Das ist gar nicht leicht! Jetzt heißt's auf den Wagen klettern!

Wieder dachten wir an die schwarz-weiße Borte. Was die uns nützte! Das ahnt ja keiner! Überschlagen haben wir uns mit dem Flugzeug, abgestürzt sind wir: raus aus der Kurve, runter auf die Erde, na und was man sonst so macht, aber wir blieben ganz. Ich will das Schicksal nicht berufen; aber wirklich: die schwarz-weiße Borte, die ist großartig!

Da sausen wir im Hundertkilometertempo, es kann auch etwas mehr gewesen sein, mit dem achtzigpferdigen Benz die Chaussee entlang. In der Kurve muss man ja ein bisschen einfangen. Also neunzig. Da wird das Biest, der Benz, plötzlich wahnsinnig und springt einen Hang von drei Metern Höhe herunter. Freisprung. Mitten rein ins Grüne. Nun, es war ihm ganz recht, dass er sich die Beine brach, wenn er das nicht einmal vertrug: das bisschen Regen und die glitschige Chaussee! Das wollte ein Rennwagen sein! Ich war natürlich ganz. Die andern merkwürdigerweise auch. Die hatten auch eine schwarz-weiße Borte. Das aber war die vom Eisernen Kreuz. Der trau ich nicht einmal so weit, wie ich sie sehe. –

Da saßen wir auf dem Stroh: zwei Polizisten hinter uns, zwei vor uns, einer neben dem Kutscher. Die Bewaffnung ist bekannt: wir nichts, die Polizisten alles. –

Kaum waren wir im Abteil, da fiel uns ein, dass wir Hunger hatten. Ein Polizist besorgte Semmeln, Salz und warmen Speck. Heißes Wasser brachte er auch. Ich habe unterwegs drei Kannen ausgetrunken. Solch einen Durst hatte ich bekommen! Nachher ist mir beinahe schlecht geworden. Um Fünf fuhren wir weg. In Wirklichkeit aber war es später, wenigstens nach der Uhr. Doch weiß ich nicht, ob die Bahnhofsuhren in Russland richtig gehen. Vielleicht gehen die Züge richtig?

Die Fahrkarte Dritter brauchten wir nicht zu bezahlen. Ich hätte es auch gar nicht tun können, so war mein Geld vom Speck und dem Salz und der Semmel zusammengeschmolzen. Was nützt das da einem, dass das Vermögen in vierundzwanzig Stunden um 36% steigt, wenn es bereits in fünf Stunden um 82% fällt!

Mir war wieder besser geworden. Wir legten uns schlafen. Das konnten wir in dem fremden Land unbesorgt tun. Die Polizisten wachten, und wirklich: es geschah uns auch nichts!

Gegen 3:00 morgens stiegen wir in Brest-Litowsk um. Der neue Wagen war voller Leute. Nein, was für ein Publikum in Russland dritter Klasse reist! Und die Luft im Abteil! Pressluft! Aus allen Gerüchen. Aber nur hässlichen. Zum Glück fuhren wir nicht lange. Dann übten wir uns wieder etwas im Gehen. Oh! Wir machten Fortschritte! Dies aber wurde uns nicht gegönnt.

Das rät ja keiner, was jetzt passierte! Um dreiviertel Fünf morgens fuhren wir Droschke. Die armen Pferde! Unseres hatte keinen Schwanz. Auch das Pferd der anderen Droschke war nur mit Leder bekleidet. Ein feierlicher Schritt, das war die schnellste Gangart, in der wir uns bewegen konnten. Nach langer Fahrt hielten wir vor dem schönsten Gebäude von Bjäla. Wie ich das sah, war ich völlig beruhigt. Es gab also doch Gefängnisse für Gentlemen in Russland!

Die Polizisten klingelten und klopften. Niemand zeigte sich. Da beging einer Hausfriedensbruch.

Im Geschäftszimmer des Natschalniks[10] hingen Kaiserbilder und das Heiligenbild. Wir nahmen die Kopfbedeckung ab. Das hatten wir gelernt. Die Polizisten boten uns Stühle an. Sie selbst standen. Wir warteten. Wie schön war das! Ach! was waren wir dumm!

Der Befehlshaber des Gefängnisses kam. Wir standen auf. Er begann, zu uns zu reden. In fließendem Russisch erwiderte ich, dass wir kein Russisch sprächen. Da ging er weg und holte seine Tochter. Sie hatte in der Schule Deutsch gelernt. Ob ich ein Edelmann wäre? Ich überlegte. Adlig war ich. Das wusste ich aus der Rangliste. Edelmann? Das wird sich zwar erst nach meinem Tode erweisen, aber schließlich sagte ich: ja. Titel? Baron. Die Kellner nannten mich immer: Herr Baron! Das sind

---

10 Natschalnik: Befehlshaber; hier Gefängnisdirektor.

Menschenkenner. Folglich war kein Irrtum möglich. Unser Geld? Ich legte eine kleine Silbermünze und ein großes Kupferstück auf den Tisch. Das war alles. Von dem anderen Gelde war mir ja beinah schlecht geworden. E.K.I legte ich auch hin, Portemonnaie dazu.

Sollten wir uns vor der Tochter etwa ganz ausziehen? Vielleicht machte man solche Sachen in Russland. Seit Januar nicht mehr gebadet! Der Gedanke war mir entsetzlich. Zum Glück kam es nicht so weit. Ich hätte mich auch sonst unsagbar geschämt.

Wenn wir uns gut führen würden, sollten wir es gut haben, sagte sie noch: dann verschwand sie. –

Wenn der Befehlshaber des Gefängnisses in sein Gefängnis wollte, musste er klingeln. Dann öffnete ihm der Türschließer. Vorher sah er aber erst nach, wer da läutet.

Ich möchte wissen, wie das der Natschalnik eines Gefängnisses in Russland macht, seine Untergebenen zu überwachen? Als ich das zum ersten Male sah, wusste ich, dass ich mit Recht verurteilt worden war. Was war ich für ein jämmerlicher Untergebener! Was ist das für ein Untergebener, der seine Vorgesetzten nicht überwacht! In Russland passen die Untergebenen auf die Vorgesetzten auf. Das wusste der Generalstäbler in dem zweiten Kriegsgericht, ich aber nicht. Deshalb konnte er mich nicht begreifen und ich ihn nicht. Das Gefängnis sah von außen noch prächtiger aus als die Dienstwohnung des Natschalniks. Es glich dem Kasino in Neuruppin, und das wäre für Russland eine Sehenswürdigkeit gewesen. So herrlich schaute das Gebäude aus, auf das wir zuschritten. In der Tat, ich hielt es für ein Gefängnis für Gentlemen.

Wir traten ein. Nein, wie seltsam! In allen Kammern und Zellen sangen die Leute. In jeder anders. Jeder in jeder auch anders. Ruville sagte mir das. Ich verstehe nichts davon. Ich denke immer, das muss so sein. Ja, was sangen sie? »Heil sei dem Tag, an welchem du erschienen!« Vielleicht aber war es auch 'was anderes. Wirklich: es war überraschend schön! Ja, das war es. Und so lieb! Unsere neuen Kameraden brachten uns eine Ovation. Das hatten wir nicht erwartet. Der Sang verklang.

Wir gingen bis zur Mitte eines ziemlich breiten Korridors und dann bogen wir links ab in einen schmaleren. Links waren große Fenster. Sie sahen aus: wie die von einer Bank. Rechts waren Türen. Die Türen waren feldgrau. Eine stand offen. Sie führte in einen Raum, dessen Wände in ihrer unteren Hälfte mit schwarzer Ölfarbe, in ihrer oberen mit wei-

ßem Kalk gestrichen waren. Schwarz-weiß der ganze Raum. Die Preußenfarben! Ich freute mich. Ich bin zu närrisch. In diese beiden Farben
bin ich verliebt. Sterblich. Rettungslos. Für sie tue ich alles, leide auch
alles.

Ich leide oft. Auch dann, wenn andere etwas tun, was ich nicht machen
würde. Auch das schmerzt mich.

Die Preußenfarben sollten niemals etwas tun, was ich nicht billigen
könnte. Tun sie es aber doch, dann liebe ich sie nur noch mehr: dann
weiß ich erst, wie innig ich sie liebe: weil es mir wehe tut. –

Ein sehr schmales Bettgestell und eine kleine Tonne weckten in Ruville
sofort die kameradschaftlichsten Instinkte: »Das Bett nehm' ich,« sagte
er schnell und überließ es mir, wie Diogenes die Tonne zu wählen.

Wir standen in der Zelle. Der Natschalnik auch. Der Starschi[11] auch. Ein
Nasiratel[12] auch. Wir sollten uns ausziehen. Schön. Rock aus. Wickel-
gamaschen ab. Schuhe aufgeschnürt. Weiter geht es nicht. Wir hatten
doch noch die Kette am Bein. Runter mit den Breeches! Ja, wie denn?
Durch den eisernen Ring durchzerren! Es war eine Quälerei, aber es
ging. Wir hatten nichts mehr abzulegen.

Nein, die schöne Wäsche! Alles neu. Und wir waren doch so schmutzig.
Wie der Ruville aussah! Also Unterhosen durch den Ring. Den Schnitt
bestelle ich mir nach dem Feldzug. Hinten stand ein Segel weg, groß
wie das von der Regimentskuff. Und der Bund! Bis ans Kinn. Russisch-
feldbraune Beinkleider. Durch den Ring. Ich begreife nicht, wie man bei
einem Londoner Westend-Schneider arbeiten lassen kann? Nach Bjäla
muss man gehen, nach Bjäla! Die Hose war eine Sensation. Eine Jacke
bekamen wir. Russischfeldbraun. Ärmel, Schultern bis zur halben Brust
gefüttert. Die Jacke stand. Ganz gleich, wie man sie hinstellte. Wie die
Hollundermarkkügelchen eines geladenen Elektroskops standen meine
Arme vom Leibe. Aber ich kriegte sie heran. Ha, ich hatte doch noch
Armkräfte! Die prächtigen Fußlappen! Wie Hemd und Unterhosen aus
fabelhaft derber Sackleinwand. Die Stiefelchen, die ich anzog! Ich taxierte auf Pariser Arbeit.

---

11 Starschi: Hier etwa Oberfeldwebel, höchste Stufe der Gefangenen- Aufseher.
12 Nasiratel: Gefangenen-Aufseher.

Die Armbänder, die man uns jetzt reichte, ich muss es zugeben, sie waren ein wenig plump. Das Vorhängeschloss hätte kleiner, die Kette dafür länger und weniger schwer sein können.

Wir gingen auf den Hof. Wie schön schien doch die Sonne vom Himmel! Das wunderbarste Flugwetter. Aber wir flogen nicht. Ein Nasiratel kam mit Stemmeisen und Hammer, entfernte die gemeinsame Fessel und schmiedete meine Fußgelenke in schöne, breite Eisenbänder. Die Kette, die sie miteinander verband, war fingerdick. Maliziös sah mich Ruville an: »Ist das Dein Gefängnis für Gentlemen?«

Der Natschalnik wandte kein Auge von uns. Dann sagte er, ihm wäre ganz schlecht, so leid täten wir ihm. Er war ein guter Kerl und hat uns nur Freundlichleiten erwiesen.

Die Zellentür schloss sich hinter uns. Wir waren äußerlich in zu lebenslänglicher Zwangsarbeit verurteilte Sträflinge umgewandelt. Soweit reichte die Macht der Russen. Hier war *ihre* Grenze. *Mein* Reich umfasste weitere Gebiete.

Eine Pritsche wurde hereingebracht. Ich sagte, sie sollten sie unter das Fenster stellen. Dann nahmen sie unsere Habe und trugen sie hinaus. Ob wir nicht wenigstens unser Papier behalten könnten? Nein, das ginge nicht, aber man würde uns jedes Mal welches geben, sicherte uns der Natschalnik zu. Wir waren glücklich. Das russische Verfahren gefiel uns nämlich nicht: so ganz schnell aufstehen und die Hosen hochziehen, davor hatten wir einfach Angst. Was war ich doch noch für ein Feigling! Nach einem Vierteljahr indessen hatte ich mich auf mich selbst besonnen. Jetzt scheue ich nichts mehr. Nichts. Nur das zweite Verfahren: die Hand nachher im Schnee abwischen. So – oberflächlich. Falls wir aber gerade Sommer haben, am Stiefel oder auch an einem Baum.

Ich bitte Sie, das braucht ja doch kein Mensch zu wissen!

Wie? Nicht wissen? Nicht einmal die Sitten meiner nächsten Vorgesetzten, mit denen ich ständig zu tun hatte, soll ich schildern, die Überlegenheit slawischer Zivilisation an trefflichen Beispielen belegen dürfen? Wie? Ja, das ist so das richtige: ich soll so tun, als ob ich mit verbundenen Augen durch die Welt gegangen wäre. Fällt mir gar nicht ein! Nicht ein Wort streiche ich aus. Schreibe ich denn einen Roman?

Endlich waren wir allein. Wir sahen einander an. Das also war der elegante Ruville? Ich stand auf. Ich werde mein Auge doch nicht länger als nötig durch eine Karikatur beleidigen lassen! Ich betrachtete die Gemälde an der Wand. Sie zeigten denselben gewählten Geschmack wie in Cholm. Mir wurde klar: das waren Menschen von zäher Eigenart, denen ich jetzt Kamerad und Bruder war. »Sieh' Dir mal die Bilder an!« sagte ich zu Ruville, »da kannst Du 'was lernen.« Er saß da und grübelte. Hatte er denn den ersten Fähnrichssatz: »Die Kriegskunst ist veränderlich«, noch immer nicht begriffen?

Eine Klappe war in der Tür. Schwupps warf eine unsichtbare Hand Streichhölzer und Zigaretten auf den gedielten Fußboden. Das war praktische Nächstenliebe, eine Predigt ohne Worte. Binnen zwei Sekunden hatte Ruville alles aufgelesen. –

Die Tür ging auf. Der Starschi und ein Aufseher traten ein. In ihrer Begleitung befand sich ein Herr. Brauner Jackettanzug. Sagen wir: etwas abgetragen. Schnürschuh. Hemd gar nicht sauber; aber auch gar nicht. Nun soll es ja Leute geben, die Hemden tragen, welche aus mehreren Stücken zusammensetzbar sind: die z. B. den Kragen vermittels einer komplizierten Maschinerie an einer Halsleiste befestigen. In diese Kategorie war jedoch der Herr nicht einzureihen. Sein Hemd wies weder Kragen noch Leiste auf, dafür schmückte den Hals eine prächtig gebundene Schleife, deren Farbe mit Sicherheit anzugeben, eine Aufgabe ist, der sich meine Feder nicht gewachsen fühlt. In der rechten Tasche steckte eine zusammengelegte Radfahrermütze.

Sportsmann taxierte ich in der ersten Sekunde; ich blickte auf seine Kopfbedeckung. Taschenspieler in der zweiten; mein Auge bewunderte die Halsschleife. Taschendieb in der dritten; als ich seine unheimlich raschen Bewegungen sah. Unbedingt brauchbar; in der vierten. Das war mein feststehendes Urteil auf Grund des Gesamteindrucks. Mit einem Aufblitzen der braunen Augen hatte er Zelle, Ausstattung, Insassen gemustert, geschätzt, verschlungen, und dann war sein Blick erloschen. Das bleiche Gesicht nahm einen demütigen Ausdruck an, und das Kinn fiel matt auf die Brust. Der Herr erwies sich später als der Chef des Nachrichtenwesens, der im Bjälaer Gouvernementsgefängnis untergebrachten 157 Insassen; es war unser Freund Brod. Ausweislich seiner Papiere war er weder Sportsmann, noch Taschenspieler, noch Taschendieb. Nach seiner Aussage war er »Teelohr«; nach seiner Nationalität Jude. Nach seinem Aussehen nicht unter fünfundzwanzig, nach der vor Gericht und den Gefängnisbeamten gemachten Angabe achtzehn, in Wirklichkeit aber war er neunzehn Jahre alt. Er hatte die Aufgabe, uns

in die Geheimnisse des guten Benehmens im hiesigen Gefängnisse ein-
zuweihen.

Der Starschi sagte ihm, er solle anfangen. Er begann: »*Im Morgen, wenn
de bell iss ringing, dann misse se stäntöp.*« – »*Well,*« unterbrach ihn Ruville,
»*you speak English?*« Nicht wahr, es ist erstaunlich, was der Philipp für
musikalische Ohren hat, nich? »*We understand. You may tell your story
better in English than in German!*« – »*If it's easier for you, Sir!*« höflich war
ich immer. »*Auh, well, ei schpiek inglisch; ei woss menni jihrs in Neffyork.*« –
»*Than you may begin,*« sagte Ruville, »*we hear.*« – »*In de morning,* wenn de
bell iss ringing, juh möst stäntöp! Juh will hier ä song. Dätt iss de prejer.
Juh känn mehk juhr prejer or not. Leik juh will it. Batt juh möst stänt
uppreit. Juh niet not tu klien juhrsself. Batt juh möst mehk nössink.«
Dann kam etwas Jiddisch. Dann Deutsch. Dann Russisch. Dann halfen
wir Englisch ein. Dann hatten wir verstanden. »*Got meh help juh!*« sagte
er noch, und dann verließen Starschi, Nasiratel und Dragoman die Zelle.

»Jude macht alles!« lobte Ruville: »wer kann denn sonst noch etwas hier
zu Lande! Der Kerl ist großartig. So ein Englisch lern ich auch. Das
muss man einfach können. Ruville war begeistert. «In Neffjork war er.
Warst Du in Neffjork?«- »Ich lass Dich jetzt allein. Da kannst Du Englisch lernen. Ich starte zum Erkundungsflug.« – »Ich auch,« sagte Ruville. Ich klopfte. Hallo! Der Schließer kam. »Was? Zu dieser unvor-
schriftsmäßigen Zeit?« – »Nada!« Nada heißt: nötig. Er überlegte. »Bumaga!« sagte ich. Bumaga heißt: Papier. Er ging. Mit einem leeren For-
derungsnachweis kam er wieder. Dann schloss er auf.

Das waren ja nur vier große Kammern, an denen wir vorbei mussten.
Gitter vertraten die Türen. Es war wie in einer Menagerie. Ein Vorraum
nahm uns auf. Dann erst öffnete sich die Tür zur Toilette. Glänzend,
glänzend einfach. Bis auf den Gestank. Eine derart bequeme Einrichtung hatte ich nach allem bisherigen in Russland gar nicht für möglich
gehalten. Es war alles ganz schön; bis auf unsere Handfesseln. Höchs-
tens dreißig Zentimeter Spielraum. Zum Glück waren mir alte Voltigeu-
re.

Das Mittagessen kam: ein Essnapf Graupen. Vier Stückchen Speck, 2
mal 3 mm groß, manchmal auch kleiner, saßen wie eine Spinne in der
Mitte des völlig geschmacklosen Breis. Damit das Diner auch anschlug,
legten wir uns ein bisschen schlafen. Das war zwar gegen die Vorschrift,

war aber nicht zu ändern. Ruville klappte sein schönes Bett herunter und legte sich auf die straffgespannte Leinewand. Probeweise kletterte ich über ihn hinweg auf meine Pritsche. Da merkte er, dass es verkehrt gewesen war, das Bett zu nehmen. Von mir ging es über Ruvilles Pfühl. Zu mir ging es über Ruvilles Pfühl. Er sagte nichts. Ich aber sagte: »Du musst es nicht übel nehmen, aber fliegen kann ich hier nicht.«

Am Abend lauschten wir dem › *iwening prejer*‹. War das nicht derselbe Sang wie heute morgen? Dann hatte man uns ja gar keine Ovation gebracht! Wir waren um eine Enttäuschung reicher.

Das Morgenprejer jagte uns den Schlaf aus den Augen. Wir wuschen uns *à la Russe* über der Tonne und suchten vergeblich, das Problem zu lösen, die Nase während dieser Prozedur selbsttätig zu schließen. Das Frühstück kam. Ein Untersuchungsgefangener, dessen Widersacher im Verlauf des Wortgefechtes gefallen war, brachte zwei Näpfe mit warmem Essigwasser. Vier Kartoffeln lagen ertrunken in der Lauge, und die millimetergroßen Leichen von sechs Speckstücken schaukelten bräunlich auf der trüben Brühe.

Dazu gab es Brot. Schwarzes. Feuchtes. Häufig verschimmeltes. Nein, was das Brot für eine Wirkung auf die Verdauung und die in unserer Zelle herrschende Luft ausübte! Gar nicht zu beschreiben.

Dreimal in der Woche wurde gegen 11:00 vormittags Fleisch gereicht. Rot, grün, rötlich-grün, in allen Farben des Sonnenspektrums schillerten die Portionen von einem kleinen Holzpfeil. Die Spektralfarben aber waren vom Geruch des Fleisches abhängig. Der sachverständige Küchenchef – er trug wie ein Mann die anderthalb Jahre Gefängnis für einen bescheidenen Mord – hielt es für ›pferdigen Kopp‹. Ab und an gab es Kuheuter; an diesen Tagen stand ein großer Heiliger im Kalender.

Lecker war auch das Mittagessen. Es war so raffiniert zubereitet, dass es der Zunge unmöglich war, festzustellen, ob Graupen oder Erbsen die Aufgabe hatten, den Gaumen zu kitzeln. Im Interesse eines gesunden Schlafs sah die Gefängnisverwaltung davon ab, den Magen mit einem Nachtmahl zu überladen. –

An einem Juni-Nachmittag kam der Natschalnik mit der Nachricht, er habe gehört, Knobelsdorff käme nach Jaroslawl in ein Spezialgefängnis. »Wo liegt Jaroslawl?« – »An der Wolga.« Hm. die Wolga ist lang. »Wo an der Wolga? Kasan? Twer?« Der Natschalnik nickte ja und nein. Im neuen Gefängnis wäre alles schlecht, berichtete er. Strenges Regime! »Strenges Regime!« betonte er mit bekümmerter Miene. Ich wusste damals noch nicht, dass der Russe darunter Bummelei und Brutalität, schamloseste Ausplünderung durch die Gefängnisbeamten und feigste und niederträchtigste Misshandlung Wehrloser versteht. Auch das Essen sei dort schlecht, bereitete er mich auf die Erweiterung meiner gastronomischen Kenntnisse schonend vor. Aufrichtiges Bedauern sprach aus allen seinen Worten.

Ende Juni ging der Befehl ein, der mich nach Jaroslawl und Ruville nach Orel versetzte. Wir mussten unsere Uniformen verkaufen. Es wurde uns nicht erlaubt, sie mitzunehmen. Sie brachten uns jedem etwa fünfzehn Rubel ein.

Jetzt waren wir reich. Wir kauften uns eine blecherne Teekanne und eine emaillierte Tasse, schneeweißen Zucker, herrliche Wurst und langentbehrte Seife. Am folgenden Morgen sollte es mit der Bahn von Etappe zu Etappe gehen. Wir erteilten an die Gefängnis- Insassen die letzten Instruktionen und kratzten in die Zellenwände unsere Namen, Dienstgrad, Truppenteil, Dauer des Aufenthaltes, Verurteilung und Reiseziel ein. Vielleicht rührte sich jemand für uns, wenn die Heimat von unserem Ergehen hörte.

Am 28. Juni n. St. 6:00 vormittags standen wir auf dem Gefängnishof. Es war ein prächtiger Tag. Konvoisoldaten[13] waren damit beschäftigt, Kleider und Bündel von zwölf Sträflingen, die zu weiterer Strafverbüßung anderswohin abgeschoben wurden, nach verbotenen Dingen zu durchsuchen. Wir traten in Reih und Glied. Unsere Rohrplattenkoffer, hops: der Sack, den der Natschalnik uns großmütigerweise für die Verpackung unserer Habe zur Verfügung gestellt hatte, wurden geöffnet, Brot und Wurst mehrfach durchschnitten und alles wieder eingepackt. Wir hatten nichts zu verheimlichen, auch die Löcher im Drillichzeug nicht, denn die waren Kaiserlich-Russisch und damit erlaubt.

Wir waren soweit. Der Konvoi nahm die Abteilung in die Mitte, und wir verließen das Gefängnis für Gentlemen.

Im Wartesaal nahmen wir dem Buffet gegenüber Platz. Hinter ihm thronte die Mama. Die hätte ich vor den Nibelungenhort gesetzt. Der

---

13 Der Konvoi besteht aus besonders ausgesuchtem, zuverlässigem Material und bildet eine Truppe für sich, sie wird fast ausschließlich zu Sträflingstransporten verwandt.

Siegfried war doch ein mutiger Mensch, aber ob er *den* Drachen ange-
griffen hätte? Eine Stimme hatte sie! Seitdem ich die Madam' hab' krä-
hen hören, weiß ich, dass alle Hähne auch nur gackern. Trotzdem besaß
sie ein weiches Herz! Sie ließ jedem von der Rasselbande von Gaunern,
Dieben und sonstigem Gesindel, das da mit uns zusammen war, für 20
Pfg. Semmel, für 30 Pfg. Wurst, 2 Sooleier (macht doch auch ungefähr
20 Pfg.) und dazu noch Tee und Zucker geben. Ist das nicht geradezu
rührend!

Solches Verdienst habe ich nicht aufzuweisen. Ich bin lediglich einmal
in Uniform mit einem Herrn gegangen, der von Beruf Landstreicher
war. Er sprach mich an und fragte, ob er mich nicht ein Stückchen be-
gleiten könnte. Er roch zwar ein bisschen nach Alkohol, aber das ist
ungefähr so, als wenn unsereins ungeschickterweise nach Parfüm
riecht: man hat ein wenig zu viel genommen! »Natürlich!« sagte ich:
»kommen Sie mit!« Wir unterhielten uns sehr angeregt. Die Leute blieben alle in der großen Straße in Ruppin stehen, so wunderten sie sich
über meinen neuen Freund. Im Laufe der Unterhaltung wurde er ein
wenig zutraulich: ob ich nicht jemanden habe, den er verhauen solle?
Oder ob ich nicht einen ähnlichen Auftrag für ihn hätte? Für mich täte
er alles. Ich schenkte ihm eine Mark und sagte: »Nee.« Das war in dreißig Jahren meine einzige Ausgabe für Vagabunden und verwandte Berufe. Heute hatte ich von der guten Frau etwas gelernt. Ich bin ihr
dankbar.

Unter unseren Genossen befand sich auch ein Kosak. Da ist nun weiter
nichts dabei, denn in Russland gibt's Kosaken. Trotzdem will ich von
ihm erzählen. Zwei Bettler hatten den Wartesaal betreten. Mein Freund,
der Ruppiner Landstreicher, war im Vergleich zu diesen beiden da angezogen wie ein Sohn aus wohlhabendem Hause. Na, und wie sie gar
erst herumschlichen: da kroch das leibhaftige Elend! Meinem Kosaken
standen sofort die Tränen in den Augen. Er nahm ein großes Stück Brot,
ein anderer gab gleichfalls eins und dann legten sie mehrere große Stücke Zucker dazu.

Hierauf winkte er den einen heran. »Für Euch beide!« sagte er und
drückte dem Fechtbruder die Gabe in die Hand. Als dieser sich unbeo-
bachtet sah, strich er schnell den Zucker ein und ehrlich teilte er das
Brot mit dem andern. »Was er schlau ist!« bewunderte ihn leuchtenden
Auges der Kosak.

Wir kamen ins Gespräch. Er erzählte mir, er wäre auch schon mal in Deutschland gewesen und zwar in Kattowitz. Dort hat er erst vierzehn Tage im Gefängnis gesessen, ehe er per Schub über die Grenze befördert wurde. Was hat er in Kattowitz gemacht?

Den Wirtsleuten seiner Schlafstelle gehörte eine Kuckucksuhr. Eine Uhr, aus der ein Vogel herausspringt und Kuckuck ruft! Kuckuck! Kuckuck! So etwas hatte mein Kosak noch nicht gesehen, ja überhaupt nicht für möglich gehalten! Alle Stunden rief sie Kuckuck! versicherte er mir unter Beteuerungen. Jeden Abend sah er vor der Wunderuhr, um aufzupassen, wenn der Vogel heraussprang und dann Kuckuck! Kuckuck! rief. Unaufhörlich beschäftigte ihn der Gedanke an das kostbare Werk, und eines Tages, da war ihm klar: den Schatz musste er haben! Er wartete, bis der Vogel wieder hineinsprang und dann warf er seinen Rock schnell übers Gehäuse, um ihn am Entweichen zu hindern. Jetzt nahm er die Uhr von der Wand und verschwand heimlich mit ihr. Er kam nicht weit. Ein Gendarm, kräpki: stark – der Kosak zeigte Muskeln, die Herkules beschämt hätten, blies die Backen auf und drückte die Brust heraus: so stark war der Gendarm! – nahm ihn am Schlunks und fragte: »Weshalb läufst Du denn so? Was hast Du denn da unter dem Arm?« Seine Neuerwerbung wurde ihm zunächst 'mal fortgenommen. Dann kam er auf vierzehn Tage 'rein ins Kittchen. Doch seine Sehnsucht hat er nicht vergessen. Bevor er sich in seinem Heimatdorfe, nach Sturm und Drang, endgültig niederlässt, will er in Deutschland eine Uhr kaufen, die dann in seiner Stube alle Stunden Kuckuck! Kuckuck! Kuckuck! ruft.

Es war 5:00 nachmittags geworden. Zehn Stunden erst warteten wir auf unseren Sonderwagen. Da ging gegen 6:00 die Nachricht ein, dass er heut nicht käme. Wir konnten wieder nach Hause gehen.

Am 5. Juli n. St. 6:00 vormittags standen wir wieder auf dem Gefängnishof, und derselbe Konvoi stellte abermals fest, dass wir nichts verborgen hatten. Auch diesmal waren wir ein wenig früh am Bahnhof und hatten Zeit genug, zuzusehen, wie unaufhörlich Züge mit Soldaten, Munition und Verpflegung nach Warschau rollten.

Der Natschalnik winkte. Wir sollten 'raus. Unser Zug käme. Ich ergriff mein Gepäck und draußen stand ich auf dem Bahnsteig. Es wimmelte von Menschen. Die Sonne brannte glühend heiß. Zwei Züge aus Warschau brausten heran. Ich klemmte mein Monokel ein und sah mir ein wenig die Leute an. Das machte Effekt. Ein Kerl – allerdings tadellos rasiert – ein weißes Jockeykäpplein auf dem Kopfe, in zerrissener Drillichjacke und mit Löchern in den Hosen, an Händen und Füßen in Ketten, hielt auf dem Rücken einen Sack und in der Hand eine blecherne Teekanne, und dieses Subjekt – trug ein Monokel! Die Leute in der ersten Klasse von dem Kiewer Zuge waren starr. Mit Hilfe meines Monokels stellte ich bald fest, dass wir weder mit diesem noch mit dem Moskauer Zuge fahren würden. »Philipp, wir wollen nach Hause gehen, wir fahren heute nicht,« prophezeite ich ihm 10:00 vormittags. Wir standen noch geraume Zeit herum. Dann gingen wir wieder in den Wartesaal.

Abermals labte uns die Bahnhofswirtin mit Speise und Trank. Dann warteten wir weiter.

Um die Zeit nicht lang werden zu lassen, werde ich etwas erzählen. Ich rühmte vorhin, wie gut ich rasiert sei. Der uns rasiert hatte, verstand das Geschäft auch. In der Freiheit, da war er Fleischer. Die beim Abbrühen und Schaben der Schweine erworbenen Fähigkeiten ließen ihn im Regierungsgefängnis Bjäla zum Coiffeur und Barbier avancieren. Der Rasiersalon: ich setze mich auf einen Schemel im Korridor. Der Herr Barbier lässt sich durch das Gitter der Nachbarzelle eine Kruschka[14] mit Wasser reichen. Dann schnallt er seinen Lederriemen ab und lehnt sich an die Wand, damit die Hosen ihm nicht herunterfallen. Jetzt wird das Messer abgestrichen. Nachdem der ehemalige Fleischer hinreichend warm geworden ist, glaubt er, das Messer sei nun auch scharf. Daraufhin schnallt er den Riemen wieder um seine Taille. In eine zweite, leere Kruschka tut er das von mir mitgebrachte Stückchen Seife. Dann nimmt er aus der ersten einen tüchtigen Schluck, hält ihn einige Zeit im Munde und – mich fasste das bleiche Entsetzen, als ich das zum ersten Mal erlebte – dann speit er das Wasser auf meine Seife. Mit einem Pinsel macht er jetzt Schaum und schmiert ihn mir, wie selbstverständlich, ins Gesicht. Dann nimmt er das Messer und fängt an zu schaben. In der Tat: schaben und nicht etwa rasieren. Beim ersten Mal glaubte ich, er schabt mit dem kunstvoll stumpf und schartig gemachten Messerrücken; es war aber die Schneide. Nachdem die rechte Wange hinreichend zerhackt worden ist, wird das Messer erneut haarscharf geschliffen.

Maizière hat mich 'mal in Ruppin rasiert. Dreiundzwanzig Schnittwunden hatte er mir damals beigebracht und mich dabei wie einen Fakir zugerichtet. Und das war ein preußischer Verwaltungsbeamter! »Wis-

---

14 Emailletasse.

sen Sie nicht, dass Sie meinen ganzen Respekt vor der Regierung durch diese Untat untergraben haben?« fragte ich ihn. »Ich habe hier noch ein paar Messer,« sagte er begütigend: »vielleicht können wir sie morgen probieren?« Mordlustig funkelte mich sein Monokel an. Ich aber wünschte ihn zu allen Teufeln mit seiner Kunst. Jetzt sehnte ich ihn herbei. Er war ja ein Meister gegen diesen Menschenschlächter! Schon allein auf Grund der Leistungen als Barbier wollte ich ihm heute die Befähigung zum Regierungspräsidenten erteilen. Aber was nützen alle Versprechungen!

Die linke Wange wird zerstückt. Jeder andere Mensch wäre nach Beendigung dieser Prozedur tot gewesen. Mich aber ließ ein grausames Geschick weiter leben.

Nun kommt der Hals dran. Das Messer wird extra scharf geschliffen. Mein Peiniger schwitzt, so scharf ist jetzt das Messer. Der starke Blutverlust ist nicht ohne Einwirkung auf meine Herztätigkeit geblieben. Ich bekomme Angstzustände. Meine Phantasie beginnt zu arbeiten. Wenn das ein von den Russen gedungener Meuchelmörder ist! Ein ganz hinterlistiger! In der Maske eines russischen Barbiers – das schloss ich daraus, dass der Kerl in einer Weise aus den Ärmeln stank, Verzeihung! roch, die gar nicht zu beschreiben ist – will er uns umbringen? Wir würden wohl so dumm sein und sein Vorhaben nicht bemerken? Ha, er sollte sich verrechnet haben! Mit Argusaugen folge ich nunmehr jeder seiner Bewegungen. Da fühlt er sich durchschaut. Er gibt sein Vorhaben auf. Mein Leben ist gerettet! Mit einem Handtuch verhülle ich Gesicht und Hals. Dann wanke ich in die Zelle.

Ruville ist an der Reihe. Mochten sie ihn umbringen! Er hatte mich ohnedies geärgert. Indes der Henker glaubte, ich hätte ihn gewarnt und ließ ihn leben. Als er wieder kam – Ruville sah aus wie ein gefolterter Heiliger – fragte ich interessiert aber harmlos: »Na, wie war's? Nicht wahr, der hat 'ne leichte Hand?«

Gesicht und Hals brannten erst wie Feuer, dann schwollen beide an. Gegen Krankheiten und Verletzungen kann man sich zwiefach nur verhalten: entweder man reagiert auf sie, oder man reagiert nicht auf sie. Ich entschloss mich, nicht zu reagieren.

In der Folge aber sorgte ich für starken Zulauf zum Rasiersalon. Dies führte eines Tages sogar dazu, dass ein Scherenschleifer das Messer ganz besonders kunstvoll schliff, und so kam es schließlich dahin, dass

die Hand des Operateurs immer sicherer und geschickter wurde. Als ich nun die Reisenden der ersten Klasse des Kiewer Zuges beaugenscheinigte, hatte ich nicht nur ein Monokel, sondern auch ungefähr dreiundzwanzig Schnittwunden im Gesicht. Da darf ich wohl mit Fug und Recht behaupten, dass ich ganz tadellos rasiert war; so tadellos, wie dies nur ein Königlich-Preußischer Regierungsrat zu tun vermag! Maizière, wir sind quitt! Ihr Rasieren ist gerächt.

Es fing an, Abend zu werden. Wir wurden nach einem abgesonderten Raum geführt. Dort warteten wir weiter. Glücklicherweise war ich schon ein paar Jahre Soldat: mir war das Warten daher nichts Neues, und da Russland größer als Deutschland ist, so musste die Wartezeit hier naturgemäß auch größer sein. Die Verfolgung dieses Gedankenganges führte mich zu der Entdeckung eines allgemein gültigen Gesetzes: ›Alles, was in Deutschland unvernünftig und töricht ist, ist es in Russland auch und zwar proportional zur Größe der beiden Länder.‹ Das russische Staatsgebiet umfasst 1/6 des Festlandes der Erdkugel. Mithin verhält sich, in runden Zahlen ausgedrückt, deutsche Unvernunft zu russischer wie 1 : 40.

Aufgabe: wenn man in Deutschland auf irgend etwas sechsunddreißig Minuten zwecklos warten muss. wie lange muss man dann in Russland darauf warten? Für diejenigen, die im Rechnen nicht stark sind, will ich die Aufgabe lösen. Die Wartezeit in Russland kenne ich nicht: ich bezeichne sie daher mit x. Nun verhält sich nach dem 1. Knobelsdorffschen Gesetz die Wartezeit in Deutschland zu der in Russland wie 1 : 40. Ich kann somit die Proportion aufstellen:

$$\frac{36}{x} = \frac{1}{40}$$

$$x \quad \frac{36 \cdot 40}{1} = 1440 \text{ Minuten}$$

$$1440 \cdot 60 = 24 \text{ Stunden}$$

Jetzt rechne ich die Minuten in Stunden um: 1440 : 60 = 24 Stunden. Ich muss also in Russland 24 Stunden warten, wenn ich in Deutschland 36 Minuten warten muss.

Wenden wir nun das, was wir soeben gelernt haben, auf meinen besonderen Fall an, so ergibt sich, dass wir vom 5. 7. 6:45 vormittags bis zum 6. 7. 6:45 vormittags zu warten hatten. In der Tat erschien der Natschalnik am 6. 7. zwischen 6:30 und 7:00 vormittags (die genaue Zeit vermag ich nicht anzugeben, da die Bahnhofsuhr nur ganze und halbe Stunden schlug) und sagte, es ginge wieder ins Gefängnis zurück: unser Wagen käme nicht.

Wir wurden mit Hallo empfangen. Im Laufe des Tages ging die Weisung ein, Ruville und mich nach Brest-Litowsk abzutransportieren.

Am nächsten Morgen, dem 7. Juli n. St., gegen 7:00 vormittags bestiegen wir mit unserem Konvoi zwei kleine Leiterwagen. Die Fuhren setzten sich in Bewegung, und der Natschalnik winkte Abschiedsgrüße.

In Brest-Litowsk hielten wir zunächst im Schatten der Militär-Arrestanstalt und machten Mittag. Der Konvoi schenkte uns Brot und Wurst, und mit herrlichem Kwass löschten wir unseren Durst. Schräg über dem großen, sandigen Platz lugte aus Kastanien- und Ahornbäumen ein obwohl weiß getünchtes, doch verdächtig aussehendes Gebäude hervor. Da sollten wir sicher hin. Richtig, dahin ging die Reise.

Es war sofort zu merken, dass wir in einer Festung waren. Das Personal des Gefängnisses mit Ausnahme des Natschalniks bestand ausschließlich aus Soldaten. Unser Bündel wurde durchsucht und hierbei entdeckte ich das zweite allgemein gültige Gesetz: ›Die Leute halten sich hier zu Lande alle miteinander für Gauner.‹ Es ist der Boden dieses Grundsatzes, auf dem die gegenseitigen Beschuldigungen der Bestechlichkeit wachsen. »Er ist bestochen, er hat uns verkauft!« mit dieser Formel wird hier jeder Misserfolg erklärt. »Man kann nie wissen!« wurde ich belehrt. In der Zelle stand ein eisernes Bettgestell, und auf diesem lag ein Strohsack. Das war 'was für Ruville. Das Bettgestell hatte den zweifellosen Nachteil, dass man nicht darauf liegen konnte, wenigstens so ohne weiteres nicht. Die Stelle einer Sprungfedermatratze vertraten Eisenbänder: die aber hatte der bekannte Nager, der Zahn der Zeit, bis auf einen schmalen Rand hinweggefressen. Mit Hilfe zweier Bretter und des Strohsackes gelang es Ruville dennoch, sich ein üppiges Lager herzurichten. Eine Tonne fehlte nicht, und als Symbol der Reinlichkeit war sogar ein Besen da. An den Wänden die bereits bekannten Fresken. Ein zweites Prunkbett fand sich nicht für mich. Wir waren ohnedies bereits im Fürstenzimmer.

Weshalb gab es denn kein Abendbrot? Hatten die Leute uns am Ende gar vergessen? Wir zehrten von unseren Vorräten. Dann legte ich mein Bündel auf den Fußboden und streckte mich auf den Beton. Wo blieb das Frühstück? Was war das für 'ne Wirtschaft! Wir aßen den Rest von unserem Brot und den letzten Zipfel Wurst.

Die Tür wurde geöffnet. Wir sollten die Tonne heraustragen, ausgießen und wieder hereinbringen. Der Ernst des Lebens begann. In Bjäla hatten das andere für uns besorgt. Mit verbindlichem Lächeln ergriffen wir die Tonne und brachten sie wieder. Dann setzten wir den Soldaten vom Korridordienst dadurch in Verwunderung, dass wir uns waschen wollten. Da fiel ihm ein, dass wir verkappte Offiziere waren. Da ging's. Nach dem Waschen gab es warmes Wasser. Was sie sich in Unkosten stürzen! Nicht wahr? Wir machten uns Tee. Gegen 9:00 vormittags erhielt jeder ein Zehn- Kopekenstück. Das waren unsere nunmehrigen Tagegelder. In Russland waren sie kleiner, als im Lande zu beiden Seiten der Weichsel. Dank der Freigebigkeit unseres Konvois hatten wir unsere vierzehn Kopeken von gestern noch.

Am Abend besuchte uns der Natschalnik. Mein Bett deuchte ihm nicht komfortabel genug. Die Insassen aus der Nachbarzelle wurden hinausgeworfen, und wir zogen um. Ruville wurde sein Paradiesbett nebst Wanzen los und musste sich zu mir auf die Pritsche legen.

Da das Gefängnis in Brest-Litowsk lediglich als Sammelstelle diente, so hatten wir nur mit kurzem Aufenthalt zu rechnen. Immerhin dauerte er zehn Tage, bis zum 16. Juli n. St. abends.

Der Konvoi, dem wir nunmehr anvertraut wurden, bestand aus Spitzbuben. Was ihnen gefiel, steckten sie ein. Jetzt kam die Reihe an Ruville. Den Kerl im schmutzigen Drillichzeug konnte doch keiner für einen preußischen Offizier halten! Ruvilles Kruschka verschwand. Was sollte er auch mit ihr? Trinkt ein Russe aus 'ner Tasse? Ein Stockrusse? Steckt er nicht das Mundstück des Teekessels ins Maul? Nimmt er etwa nicht den Stückzucker zum Abbeißen in die Hand? Der Löffel war also unnötig und verschwand in einer Hosentasche.

»Was ist das?« fragte der Soldat, der die Schachtel mit dem Zahnpulver aus meinem Sacke herausgelangt hatte. »Dynamit,« antwortete ich. Da verriet einer mein Inkognito, und ich durfte alle meine Sachen behalten. Wer Geld habe, solle es gegen Quittung abgeben! Wir waren doch nicht verrückt geworden! Die Soldaten hatten eben erst festgestellt, dass wir keins hatten. Folglich besaßen wir auch keins.

Gegen 10:00 abends verließen wir Brest-Litowsk. Ich legte mich auf die Pritsche und schlief. Wenn der Jude nicht gewesen wäre, dann hätte ich auch keine Muse bekommen. So bekam ich welche in der ersten Nacht, Ruville in der zweiten. Zwei Nächte und anderthalb Tage fuhren wir über Gomel bis Brjansk. Hier kamen wir am Sonntag Vormittag an.

Zum ersten Male seit vierzehn Tagen aßen wir mittags wieder warm. Ich lobe, was ich loben kann: also, das Essen war warm. Kaum war ich damit fertig, schon musste ich wieder weg. Ein neuer Konvoi nimmt mich in Empfang; alles wird durchsucht; mein Geld wird nicht gefunden. Noch heute Abend fährt ein großer Transport nach Moskau. Wir sind bereits im Gouvernement Orel. Von hier geht Ruville direkt in das neue Heim. Rasch darf ich mich noch von ihm verabschieden. Ich finde ihn als Kranken; er ist in der Zelle ausgeglitten und hat sich den Fuß verstaucht. Wir geben uns die Hand. Wo sehen wir uns wieder?

Wir haben einen unheimlich langen Marsch vor uns. Wie wäre es, wenn ich wieder etwas erzählte? Da sitze ich also während der Fahrt nach Brjansk in meiner Ecke und sehe zum Fenster heraus. Auf einer Station werden gutgekleidete Leute in unseren Arrestantenwagen verstaut; dichtgedrängt stehen sie im Gange. »Was stellen Sie denn vor?« frage ich den ersten besten. Erschrocken blickt mich der Jude an. Scheu sieht er sich um. »Ich habe Angst zu reden,« flüstert er. »Sie können doch sprechen!« ermutige ich ihn. »Ich habe Angst,« erwidert er. Neben ihm steht ein zweiter mit grauem Haar. Furcht, Anstrengung und Alter lassen ihn am ganzen Leibe zittern. Machtlos muss ich es mit ansehen, wehrlos dulden, wie der Feind ihn höhnt. Grenzenloses Mitleid fasst mich mit dem alten Manne, und das Herz wird mir weh, so weh. War das der Krieg? Was wollte der russische Staat von dem dreiundachtzigjährigen Greise? Was will er von all den anderen Leuten? Sie sind in Galizien grundlos verhaftet worden und werden nach Sibirien abgeführt: als ›Geiseln‹!

So hinter Gomel werden sechs Arrestanten aus unserem Abteil hinausgeworfen, und vier gut angezogene ältere Männer nehmen für kurze Zeit die freigewordenen Plätze ein. Ruville und ich sagen nichts. Misstrauische Blicke treffen uns. »Wenn Sie Ihr Gepäck übereinanderstellen, sitzen Sie bequemer,« rate ich. »Sie haben recht!« sagt einer und bringt schnell seine Sachen vor mir in Sicherheit. Ich lächle. »Sie brauchen keine Angst vor mir zu haben, ich tue Ihnen nichts,« beruhige ich ihn. »Wie kommen Sie hierher? Wo fahren Sie hin?« frage ich. »Sie sprechen Deutsch?« zweifelt er noch immer. »Fließend,« versichere ich. »Ja, a-ber?« Fassungslos sieht er mich an. »Wenn es Sie nicht stört,« beeile ich mich nunmehr vorzustellen, »der da mit der Konditormütze ist der Herr v. Ruville, Leutnant in der dem Ober-Kommando der Kaiserlich Deutschen Süd-Armee zugeteilten Feld-Flieger-Abteilung 30. Ich bin der Oberleutnant v. Knobelsdorff von derselben Innung. »Wie?« fragen sie entsetzt. Ja, das waren also auch ›Geiseln‹, d. h. Leute, die der weichende Russe mir nichts, dir nichts verhaftet hatte und nun irgendwohin verschleppte. Wozu soll ich noch mehr Worte machen: die allgemeine Abrüstung müsst ihr unterstützen, *pagani*; dann seid ihr um so sicherer, gefressen zu werden: es ist Verlass auf die Menschen: insonderheit auf ihre schlechten Eigenschaften! –

Brjansk liegt hinter mir. Mir gegenüber sitzt ein Warschauer Jude mit seinem vierzehnjährigen Sohne. Ab nach Sibirien! Das sind ›Spione‹. Urteil ist überflüssig: es sind Juden. In meinem Abteil bin ich der einzige Halunke. Alle anderen sind auf administrativem Wege verschickt. Weil sie Spione sind. Alle gehen nach Sibirien. Ich führe noch zwei ›Spione‹ vor: den, der mir schräg gegenübersitzt und den rechts neben mir. Nummer Eins trägt die Medaille vom russisch-japanischen Kriege auf der Brust. Er ist Deutschrusse aus dem Cholmer Gouvernement, Bauer von Beruf. Er hat erst seine fünf Jahre abgedient (er ist Pionier und die dienen wie die Matrosen *fünf* Jahre!), dann wurde er als Reservist einberufen und machte als solcher den japanischen Krieg mit. Bei Beginn dieses Feldzuges wurde er wieder eingestellt. Im achten Feldzugsmonat erkrankte er an Lungenentzündung, wurde geheilt und dann wurde ihm aufgegeben, binnen 24 Stunden sein Besitztum zu verkaufen. Seine Frau und seine Kinder waren bereits, wer weiß wohin, abgeführt worden. In trübe Gedanken versunken, saß der ›Spion‹ vor mir.

Nummer Zwei stammte gleichfalls aus dem Cholmer Gouvernement. Auch er ist Deutschrusse. Bauer. Er war verwundet worden. Aus dem Lazarett entlassen, geht er zu völliger Wiederherstellung nach Hause. Der im Dorfe hörbar werdende Kanonendonner treibt ihn in die Kirche. Dort nimmt ihn ein Kosak fest und behauptet, er habe in der Kirche mit dem Feinde telefoniert. Ein Telefon ist weder gesehen noch gefunden worden. Wenn man auch nichts gefunden hat, so beweist das doch gar nichts. Seine Frau muss in aller Hast die Wirtschaft verkaufen. Dann wird sie mit den Kindern abgeführt. Wohin? Zeugen beweisen, dass in der Kirche kein Telefon war, dass es im ganzen Dorfe keins gibt, dass das Telefon des Kosaken ein Harmonium ist. Das nutzt alles nichts. Er ist Deutschrusse. Also auch Spion. Jetzt sitzt er mir gegenüber und fährt nach Sibirien. »Werden wir jemals unsere Weiber und Kinder wiedersehen?« fragt er den Pionier. –

Die Fahrt geht im Zickzack nach Nordosten. Die Hauptlinie Warschau-Moskau halten die Russen ängstlich frei. Sie scheinen im Westen keine guten Geschäfte zu machen. Wenn – ich breche ab. Das Wort ist mir widerlich. Den ganzen Krieg hat es uns verdorben. –

Am 19. Juli mittags hielten wir unseren Einzug in die große Halle des Moskauer Gefängnisses. Noch eine Tagereise, und ich war in Jaroslawl.

Ein kleiner Saal nahm mich auf. »Guten Tag!« sagte ich, als ich eintrat; »sind Sie auch ein ›Spion‹?« Ein misstrauischer Blick des einzigen Anwesenden, der nicht die übliche Gefängniskleidung trug, traf mich. Dann sagte er auf deutsch: »Ich spreche nicht Deutsch.« – »Ich bin nämlich bis jetzt fast ausschließlich mit Spionen gereist,« entschuldigte ich meine aufdringliche Frage, warf meinen Sack auf die Pritsche und sah mir mein Gegenüber näher an. Ein vierzig- bis fünfzigjähriger Mann. Unendlicher Kummer drückt sich in seinen Zügen aus. Bittere Tränen haben zahllose Furchen in sie hineingegraben. Aus blauen Augen sieht er mich forschend an.

Was er auch begangen haben mochte, das einzige Gefühl, das er mir einflößte, war Zuneigung und Mitleid, unendliches Mitleid. Ein solches Gesicht hatte ich noch nicht gesehen. Weint ein Mann? Wann weint er? Weint so, dass der Weg der Tränen unauslöschlich tiefe Spuren hinterlässt? Schurken und Heuchler sahen anders aus. Das war gewiss. »Mein Anzug gefällt Ihnen nicht?« brach ich das Schweigen: »es ist nicht mein Geschmack. Aber hier trägt man solche Sachen. Man hat mich als Blitzableiter frisiert, vielleicht weil ich als Flieger dem Himmel so nahe war. Sie dürfen sich durch mein Äußeres nicht stören lassen!« – »Was sind Sie?« – »Ich bin Offizier. Was kann ich anders sein?« Ich berichte aus meiner jüngsten Vergangenheit. »Ja, so sind sie,« sagte der Pole.

Er hatte in Warschau ein Haus. War Witwer mit neun Kindern. Als man ihn festsetzte, war sein ältester Sohn zwölf, die jüngste Tochter zwei Jahre alt. »Vater und Mutter musste mein Sohn zugleich sein; was ist aus den Kindern geworden?«

Acht Jahre hatte er in Nischni-Nowgorod in Untersuchungshaft gesessen, dann wurde er zu sieben Jahren Gefängnis verurteilt; macht zusammen fünfzehn.

In seinem Hause wohnte ein reicher Mann. Der hatte zwei Söhne. Die Söhne brauchten, wie das so vorkommt, Geld, viel Geld. Sie schlugen ihren Vater tot. Da hatten sie das Geld. Die Polizei bestachen sie. So blieben sie straflos, und anstatt ihrer wurde der Hausbesitzer festgenommen. Nichts geht über die Gerechtigkeit! »Und weshalb wurden Sie anstatt in Warschau in Nischni-Nowgorod verurteilt?« – »Das ist weit weg,« belehrte er mich, und seine rechte Hand zählte blankes Gold auf die Pritsche.

Neun Jahre war er in Nischni-Nowgorod. Jetzt ging er nach Smolensk. Bittschrift auf Bittschrift hatte er eingereicht, um aus der Neustädter Hölle wegzukommen. Endlich hatte man ihn erhört.

Das Nowgoroder Gefängnis war bekannt. Selbst in Bjäla wusste man von ihm. Von heißem Wasser, schimmeligem Brot und stinkender Suppe ist nicht gut zu leben. Die Zähne fallen aus. Sie haben nichts zu tun. Sinnlos werden ihre Funktionen.

Wie weit war ich doch noch von dem »*humani nihil a me alienum puto!*« Bis dahin führte noch ein weiter Weg.

»Ich habe viel geweint,« endete der Pole seine Erzählung. Gram zerschnitt sein Herz, und ich dachte an die Kinder, die weder Vater noch Mutter hatten, und an die Heimat, die im Kampfe lag. Ob sie wohl wusste, um was es ging und wie's im Leben ausschaut, wenn Fremde herrschen?

Am 27. Juli vormittags traf der Moskauer Sträflingstransport in Jaroslawl ein. Es ging zunächst ins Regierungsgefängnis. Der Pomoschtschnik[15] vom Dienst glaubte, ihn rühre der Schlag, als ich ihn durchs Monokel betrachtete, aber ich hatte mir wohlweislich in Bjäla eine Bescheinigung geben lassen, die es mir zubilligte. Die reichte ich

---

15 Oberer Gefängnisbeamter mit Offiziersrang.

ihm jetzt als stärkende Medizin, und siehe da: er genas. Ich wohnte im ersten Stock in einer schmucken, gedielten Zelle, spielte mit den Wanzen und hatte auch an den Läusen meine helle Freude. Sonnabend Mittag ging es nach dem Zuchthaus.

Das Grab der Zuchthäusler

**Der Empfang. – Zwei lettische Revolutionäre. – Obisk. –
Das Bad. – Spaziergang. – Die Zuchthausküche. – Wipiska. –
Njätu! – Gottesdienst. – Zwangsarbeit. – In der Nr. 34. –
Der Besuch der Prinzessin Croy. – Quousque tandem?**

Wir mussten uns völlig entkleiden. »Maul auf!«– »Zunge hoch!« –
»Kehrt! Rumpf vorwärts beugt!« Nichts blieb undurchsucht. Dann erhielten wir neue Sachen. Die schließbaren Handfesseln wurden mir
abgenommen, und meine Gelenke in solides Eisen geschmiedet. Rauf in
den zweiten Stock, rein in die Zelle! Von Fresken keine Rede; die kahle,
weißgetünchte Wand starrte mich an.

Sonntag Mittag werde ich in der Nr. 10 einquartiert. Die Strafzelle liegt
im Halbdunkel. Zwei Reihen starker Eisenstäbe halten vor dem kleinen
Fenster Wache. Die Tür sichern besondere Riegel. Das alles sind Maßnahmen, die zu meiner Besserung getroffen sind. Aus gleichem Grunde
wird weder Tee noch Zucker für mich für erforderlich gehalten. Nach
Ablauf von drei Wochen werde ich nach Nr. 3 versetzt. Ein Terrorist,
der Bomben warf, wird mein Gefährte. Er ist gleich mir gefesselt, aber
nicht gebändigt; ein wildes Tier, das knirschend seine Ketten trägt. Beim
Baden lerne ich den Fürsten Surowsky[16] kennen. Ob er mit mir die Zelle
teilen dürfte? »Später!« lautet die Antwort: d. h. auf deutsch: »nein!«

Der 29. August brachte mich nach der Nr. 29. Zwei Männer, ein großer
und ein kleiner, mit langen grauen Vollbärten, empfingen mich. Das
waren zwei lettische Revolutionäre: Sabak und Malta. »Ich sagte erst
kürzlich zu Sabak,« begrüßte mich Malta, »es müsste doch sehr interessant sein, mit Ihnen sich zu unterhalten, und schon sind Sie da!« – »Ja,
das sagte er,« bestätigte Sabak. Beide sprachen Deutsch, Malta fließend.
Ich wurde köstlich bewirtet. Die Nachmittags-Uborka[17] hatte soeben das
warme Wasser gebracht, und von der letzten Wipiska[18] her stammten
noch Weißbrot und Zucker. Im zehnten Jahre saßen die zwei im Zucht-

---

16 Deckname.

17 Wegräumung des Koteimers; gleichzeitig erfolgte die Lieferung von warmem Wasser.

18 Ausschreibung; hier Bestellung und Lieferung des erlaubten Verpflegungszuschus-
ses.

haus, unermüdliche Arbeiter, unerschütterliche Optimisten. Die letzte Revolution hatte sie hierher geführt.

Sabak war seines Zeichens Schuster. Mitglied der lettischen Partei, war er auch aller Vergehen, die in seinem Wohnbezirke von den Aufständischen begangen worden waren, angeklagt, aber keines überführt worden. Was sollte das Kriegsgericht mit ihm machen? Es steckte ihn auf Lebenszeit ins Zuchthaus. Vielleicht gab ihn später ein Manifest wieder frei.

Malta war Bauer. Volksschullehrer und obendrein Phantast. Als Abkömmling von Sklaven und Knechten empfand er den Hass des Paria gegen den Herrn im gleichen Maße wie seine Genossen, und da er intelligenter als die Mehrzahl von ihnen war, verstand er es auch, den Neid zu schüren. Er arbeitete nach dem alten Rezept: »Viel Irrtum und ein Fünkchen Wahrheit!« Und wie das nun so geht: die Leute halten von der Wahrheit nichts. Der Irrtum aber führte sie zu Plünderung und Blutvergießen. Dafür musste er büßen.

Sabak war Junggeselle. Malta hatte Frau und Kinder; beide standen an der Schwelle der sechzig. Dem Zusammenleben mit ihnen danke ich vieles Wissen und Verstehen. –

»Achtung!« rief der Aufseher vom Korridordienst, schloss auf, und der Otdjälonnüj[19] trat mit zwei weiteren Aufsehern zum Obisk ein. »Anzug aus!« Dies war für Malta und Sabak leichter als für mich. Die acht Jahre Hand- und Fußfesseln lagen bereits hinter ihnen, und jetzt sind sie in der auch von mir erstrebten untersten Stufe der ›Gebesserten‹. Die Kleider werden durchsucht, und was nicht niet- und nagelfest ist, wird vom Platz gerückt. Unsere Aufgabe bleibt es, alles wieder in Ordnung zu bringen und Kupferkanne, Becher und Teller erneuten Glanz zu verleihen. Von außen hat alles zu leuchten. Nach der innerlichen Sauberkeit fragt niemand. Das Geschirr wird zu Russlands Symbol: der äußere Glanz verdeckt die innere Fäulnis. Es hat sich seit Potemkin nichts geändert: der Schein regiert. –

Ich werde mich jetzt wohl wieder anziehen müssen.

Man unterhält sich nicht mit Damen, die das hier lesen, wenn man in Unterhosen steht! Auch sonst scheint mir die Gewandung nicht ganz

---

19 Oberaufseher.

angemessen. Also vervollständige ich sie im Augenblick. Gleich bin ich fertig. Die schwarzen Manchesterhosen knöpfe ich rasch von innen zu; die Fußfesseln gestatten keinen andern Schnitt. Jetzt schnell die Bluse an! Ich schließe sie mit Bündchen rechts und links und an den Ärmeln; auch dies verlangen die Ketten. Die Fußlappen ziehe ich ein wenig glatt, und angezogen bin ich. –

Diese sorgfältige Toilette hätte ich mir ruhig sparen sollen, denn draußen ruft der Nasiratel »Banja!« Baden! Ich nehme das Handtuch, steige rasselnd die schmale, eiserne Treppe nach dem untersten Korridor hinunter und trete in Reih und Glied. »Zu einem – Marsch!« befiehlt der Starschi, und wir passieren den bewachten und bewehrten Ausgang. Gleichzeitig werden wir zum zweiten Mal gezählt. Zwei Revolver halten uns im Schach; ein Schießgewehr verfolgt uns vom Wachtturm, und weiteren Mordwerkzeugen aller Art können wir auf unserem kurzen Wege nicht entgehen.

»An die Kübel!« Ich stürze den kleinen, runden Holzbottich über mich: Tod den Läusen! »Auf ins Dampfbad!« Danke. Es gibt Nasen, die gegen den dort herrschenden Duft unempfindlich sind; meine nicht. Ich tröste mich mit dem Bewusstsein, dass auch die Entsagung Charaktere erzieht.

Indessen nicht in der Förderung der Reinlichkeit liegt der Wert des Bades, nein, in der Möglichkeit, das Neueste zu erfahren. Wehe dem, der als Spitzel entlarvt wird! Er ist geächtet. Er muss allein wohnen, spazierengehen und baden. Sein Leben ist verwirkt. Wer ihn zu fassen kriegt, erwürgt ihn oder schlägt ihn tot.

»Konschatj!«[20] befiehlt der Bademeister. Wir empfangen frische, d. h. durchaus nicht: saubere Wäsche und stehen nach zwanzig Minuten wieder in der Zelle. –

Zunächst mal werden Hemd und Unterhose nach Läusen abgesucht. Die Jagd ist mühsam, aber stets ertragreich. Wir werden gestört. »Gulatj!« Spazieren! wird befohlen. Dreißig Minuten dauert das Vergnügen. Mit sechsundneunzig Schritten bist du um das Dreieck 'rum. Stumm folgt einer dem andern; hinter dem Brandstifter der Räuber und hinter diesem der Schreckensmann. Heute marschiert ein ›Politischer‹ vor mir,

---

[20]   Aufhören!

und morgen schreite ich dem Lustmörder voran. Mit einem Wort: ich bewege mich inmitten meiner Kameraden.

Ja, wie kommen denn Mörder ins Zuchthaus? Gilt nicht auch hier: was dem einen recht ist, ist dem andern billig? Nein, beileibe nicht! Das Reich des weißen Zaren kennt keine Todesstrafe. Die haben nur Barbarenländer wie z. B. Deutschland, das schamlos genug ist, jährlich etwa fünfzehn Mörder köpfen zu lassen. In dem Kulturstaate Russland dagegen werden durchschnittlich nur etwas über hundert Menschen im Jahre gehangen, da aus irgendeinem Grunde ständig über ein oder auch mehrere Gouvernements der Belagerungszustand verhängt ist, der für einzelne Vergehen eine Strafverschärfung mit sich bringt. Du hast als blutbefleckter, zwanzigfacher Mörder nur Katorga zu fürchten; doch will es dein Missgeschick, so genügt es, den Widersacher im Zorn zu erschlagen und du baumelst am Galgen. –

›Die Flucht in die Öffentlichkeit‹ hat mich für kurze Zeit die Zellenluft vergessen lassen. Die sehr einfachen Sitten meiner Kameraden sowie die ständige Anwesenheit jenes Möbels, das der Russe Paraschka, der Engländer *W. C.* nennt, gestatten mir nicht, sie als Wohlgeruch zu bezeichnen. Da ferner das dem *C.* zugehörige *W.* fehlt, und die Benutzung von Papier verboten ist, so sind alle die Erwägungen zutreffend, die mir ein Atmen in reinem Ozon nicht zubilligen; zumal wenn sie den Umstand zu berücksichtigen wissen, dass ich mit Ausnahme des seltenen Kirchgangs, des wöchentlichen Bades und des kurzen Spaziergangs ständig an die Zelle gefesselt bin.

Auch das hier verabreichte Essen trägt nicht dazu bei, der Nase mit lieblichen Düften zu schmeicheln. Die einzige Abwechslung in der Speisenfolge besteht lediglich in der Beigabe einer größeren oder geringeren Menge besonders nahrhafter Steinchen. Sie knirschen zwischen den Zähnen wie ein Bauernwagen im märkischen Sand. Aber das mag noch hingehen.

Viel schlimmer ist es, dass ich die Küche bei unlauterem Wettbewerb ertappt habe! In unlauterem Wettbewerb mit einem Rieselfeld. Dass es nicht riecht wie ein parfümiertes Bad, das ist sein gutes Recht. Ihm hierin Konkurrenz zu machen, das ist doch Unrecht von der Zuchthausküche, nicht wahr? Und wie macht sie das? Sie schmeißt in die Suppe aus fauligem Unkraut Snjätki[21] hinein!

Die ist dann an den beiden Fastentagen, dem Mittwoch und dem Freitag, von stinkender Jauche nicht zu unterscheiden. Damit bin ich um das Menü herum. An dir nun aber ist's, zu zeigen, ob dich der Ekel oder du ihn würgst. –

Im Zuchthaus fasten! Zweihundert Tage im Jahr – es können einige mehr, vielleicht auch einige weniger sein – hungern, die übrige Zeit nur hungrig sein, das halten auch die kräftigsten Katorschanje nicht aus. Zum Hunger gesellen sich Krankheiten, und um die Menschen zu zermürben, tritt noch mancherlei hinzu, von dem ich schweigen will. ...

Wie behauptet wird, konnte Jaroslawl lange Zeit hindurch mit einem jährlichen Abgang von 50-60% an Todesfällen rechnen. Es trug daher nicht zu Unrecht – wie mir scheint – den Ehrentitel: Grab der Zuchthäusler.

Wer von seinen Angehörigen nicht unterstützt wird, wer die Qual, mit gefesselten Händen zu arbeiten, nicht auf sich nimmt, wer somit die Mittel nicht besitzt, seine Nahrung zu verbessern, der geht rettungslos zugrunde.

Deshalb ist es gestattet, in gewissen Grenzen Lebensmittel sich zu kaufen.

Allmonatlich einmal findet die ›Wipiska‹ statt. Ein Katorschanin wandert mit Bestellbuch, Rechenmaschine, Tinte und Feder von Zelle zu Zelle und notiert die Aufträge. Laut Vorschrift dürfen sie zehn Kopeken für den Tag nicht übersteigen, und 1,20 Rubel im Monat ist die Höchstgrenze für Tabak, Schreibpapier und den Brief. Wie gesagt, das steht in der Vorschrift. Ein Monat nun, ist drei oder auch sieben Wochen lang, mitunter auch noch länger. Das allerdings steht nicht in der Vorschrift, das lehrt die Erfahrung. Am Ausgabetag ziehen wir mit unseren Schätzen reich beladen, freudig erregt, der heimischen Zelle zu und sind für die nächsten Wochen dem Zuchthausessen nicht ganz wehrlos preisgegeben.

---

21 Fische, eine Art Stichlinge (glaube ich): sie stanken etwa so, wie ich mir das von der Pest vorstelle.

Ich habe auch eine Postkarte erstanden. Sie soll ins neutrale Ausland gehen. Der direkte Weg in die Heimat scheint verschlossen, sonst hätte sie sich wohl längst gerührt. Ein Jahr ist dahingegangen, und ich habe von Hause nichts gehört. Ich wusste es damals noch nicht: Schwachheit, dein Name heißt Deutsche Regierung! Siebenundsechzig Tage habe ich gebraucht, um auf dem Instanzenwege zu meiner Karte zu gelangen. Immer hieß es: budet! posdno! patom! szejtschasz![22] Nicht aus bösem Willen etwa – wer wird denn auch immer gleich das Schlechteste denken – nein, das ist Geschäftsgewohnheit; denn der Starschi, der höchste Vorgesetzte im täglichen Einerlei, ist sozusagen mein Freund.

Auch neue Schuhe hat er mir zugesichert. Meine hatten keine Sohlen mehr.

Innerhalb dreier Wochen war es meinen rastlosen Bemühungen zunächst gelungen, die drei Nasiratel unseres Korridors, den Otdjälonnüj und den Starschi für die Neubeschaffung zu gewinnen. Inzwischen hatte ich mir aus einem Lappen und Tütenpapier eine Notsohle hergestellt und so konnte ich auf dieser Grundlage die Ankunft der neuen in Ruhe erwarten. »Njätu!« Haben noch keine! wurde ich inzwischen vertröstet. Endlich kamen welche. Sie waren so breit, dass ich mit beiden Füßen in einem Platz hatte, und so kurz, dass ich die Wahl hatte, entweder auf den Zehenspitzen oder auf den Hacken zu laufen. Größere? Njätu! Nach drei Wochen fand sich schließlich ein Paar, zwei linke, die zwar auch noch zu kurz, aber immerhin besser als meine sohlenlosen waren. Ich behielt sie einstweilen. Endlich, fünfzig Tage nach dem ersten Anfordern, habe ich passende Schuhe erhalten. Sie gehören verschiedenen Paaren an, das versteht sich! 365 Katorschanje sind in unserem Korpus III, rund 1200 insgesamt im hiesigen Zuchthaus untergebracht, aber es ist unmöglich, ein Paar ordentliche Schuhe zu bekommen. Njätu! Haben keine! –

Die neuen Schuhe an den Füßen, wanderte ich zum Gottesdienst. Für uns römische Katholiken fand er in einem der Sträflingssäle statt. Ein Tisch wurde zum Altar hergerichtet, und die Messe begann. Der Kirchendiener trug über seinem Anzug einen kurzen, weißen Chorrock vom Schnitt eines Damenhemdes; in dieser Verkleidung amtierte er. In Deutschland hätte der Staatsanwalt eine Profanation des Gottesdienstes darin erblickt. Hier fiel es niemandem auf. Der Messe folgte die Predigt.

---

22   wird gemacht! später! hernach! sogleich!

Wer kann eine Predigt wiedergeben, die er nicht versteht; eine Predigt, die die Zuhörer von ihren Plätzen reißt, die den Atem keuchend gehen lässt, die bleichen Wangen purpurn färbt, Tränen in die Augen presst, die Hand zur Faust ballt und dem Andächtigen einen Fluch auf die Lippen treibt! Eine Predigt, in der die Erregung sich zu Wellen türmt, gegen unsichtbare Felsen brandet, prasselnd zusammenstürzt, zurück-ebbt, lawinenartig von neuem anschwillt und donnernd alles in sich zu begraben droht; schließlich wie durch magische Gewalt plötzlich in ihrem Lauf gehemmt wird und sich in einen stillen See verwandelt, auf dessen glattem Spiegel der Hauch einer letzten, fernen Welle sich am Ufer bricht. –

Die Arbeit nimmt mich wieder gefangen. Wie Tüten geklebt werden, das brauche ich wohl nicht zu erzählen. Aber welche Schätze damit zu erwerben sind, das will ich verraten: vielleicht gelüstet es diesen oder jenen, seinen kümmerlichen Broterwerb aufzugeben und umzusatteln.

Ich setze als bekannt voraus, dass jedermann weiß, dass es große und kleine Tüten gibt, solche aus dickem und dünnem Papier, endlich einfache und gefaltete. Ich warne vor denen aus dünnem Papier und im besonderen vor den gefalteten und dünnen. Denn ihre Herstellung kostet Zeit, und Zeit ist auch beim Tütenkleben Geld.

Unsere Tagesleistung betrug durchschnittlich drei Pud, von den einfachen, dicken und großen, selbstverständlich.

Der Arbeitslohn ist so verschieden wie die Tüten. Außerdem schwankt er.

Woraus erhellt, dass die Nationalökonomie in Russland auch schon erfunden ist, obwohl gewichtige Gründe dagegen sprechen. Für das Pud werden drei bis sechs Kopeken im Durchschnitt bezahlt. Nun hat das Pud zwar bloß vierzig russische Pfund (zu 409 Gramm), trotzdem kannst du, bereits bei einer Mindestarbeitszeit von nur zwölf Stunden täglich, vielleicht zwei Rubel im Monat verdienen. Von diesen zwei Rubeln erhältst du einen ausgezahlt. Das ist nicht ganz wörtlich zu verstehen. Es will nur soviel sagen, dass du die Hälfte des erworbenen Geldes bei einer Wipiska verbrauchen darfst. Die andere wird aufgehoben. Sie wandert mit dem Katorschanin, wenn seine Strafe erst verbüßt ist, nach Sibirien. Dort aber bleibt er, und so ist es begreiflich, dass bei diesem ständigen Zufluss an Kapital Sibirien das Mutterland in vielem schon überholt hat.

Gesetzlich bin ich zur Arbeit gezwungen. Streik wird mit Arrest und Prügel geahndet. Laut Vorschrift soll es nur bis hundert Hiebe geben, laut Vorschrift! Sei es nun, dass sie gerade nicht zur Hand ist, sei es, dass der, der zählen soll, nicht zählen kann, es werden eben mehr, wie mir Empfänger berichtet haben. Im Krankenhaus wird dann wieder das Fleisch zusammengeflickt, falls es ganz auseinandergeplatzt sein sollte; für gewöhnlich aber verlässt man sich auf die Heilkraft der Arrestzelle, die den Prügeln als lindernde Medizin beizugeben nicht verabsäumt wird.

In Russland hat das Gesetz mit dem Leben im allgemeinen nichts zu tun. Dass trotzdem Leute bestraft und eingesperrt werden, ist sozusagen auch nur ein Zeichen der herrschenden Armut. Es wird daher nicht wundernehmen, dass auch das Leben im Zuchthaus mit dem Gesetz nicht ganz in Einklang steht.

Die strengsten Strafen bestehen hier wie draußen; Strafen, die wohl verhängt, aber nicht immer vollzogen werden. Dafür ist jeder Beamte Gesetz. Was der eine erlaubt, verbietet der andere. Ist das Gesetz mild, so ist der Beamte eine Bestie; ist das Gesetz unmenschlich, du kannst sicher sein, der Beamte, der es vollstrecken soll, hilft dir, es zu umgehen. Das aber ist keineswegs eine Regel ohne Ausnahme, denn die Regel ist Willkür, und die Ausnahme ist es auch. Auf diesem sumpfigen Boden ruht der russische Reichsmorast. Nirgends ist Sicherheit, alles ist ungewiss. – Am 25. Juni 1916 hielt ich meinen Einzug in die Nr. 34. Fast zehn Monate war es möglich, dass wir zu dritt in der 29 hausten. Mit einemmal geht's nicht mehr. Weil es also nicht angängig ist, dass drei zusammenwohnen, musste einer von uns weg, und der war ich. Der Starschi bringt mich bei einem kleinen Polen, mit dem gewiss nicht slawischen Namen Bochmann, unter. Er spricht kein deutsches Wort. Russisch ist unsere Verkehrssprache. So alt wie ich, und nach seinen Angaben politischer Verbrecher, gleich mir zu lebenslänglicher Zwangsarbeit verurteilt, isst er neun Jahre schon russisches Zuchthausessen. Wer ahnt in Deutschland, was das heißt! Er lebt in der Gedankenwelt des Proletariers; nichts ist für ihn gut genug; höchste Ansprüche, kleinste Leistungen; Rechte, aber keine Pflichten; ungewiss ist das Morgen, du musst der Stunde leben. Trotzdem vertrugen wir uns. –

Am 14. September, dem russischen 1., soll es der Vorschrift gemäß die Wintersachen geben. Nicht wahr, wir sind uns darin einig, dass von Wintersachen an diesem Tage nicht die Rede war. Immerhin erhielten wir sie bereits am nächsten Badetage. Ich gab das Drillichzeug, das ich ohne Unterbrechung vier Monate lang getragen hatte, ab und erhielt eine neue schwarze Bluse, sowie alte, aber ungeflickte Hosen.

Ich war gerade damit beschäftigt, die Hose mit aller Sorgfalt von zahllosen Läuse-Eiern zu befreien, da ging die Klappe in der Zellentür auf, und ein Gesicht sah herein. Das war der Starschi. Ich fragte ihn sofort, wann denn Wipiska sein werde; wir hätten zwar erst den 19., aber nunmehr solle ja zweimal monatlich Wipiska sein, wie dies doch der Natschalnik bereits Anfang August befohlen habe. Der Starschi wusste es nicht, denn im Kontor war das Problem noch immer ungelöst, wie viel Tage ein halber Monat hat. Bochmann wollte eine andere Matratze von ihm haben. Der Oberfeldwebel warf einen Blick auch auf meine, dann befahl er, für uns beide nicht nur neue Matratzen, sondern auch neue Decken zu bringen. Bis jetzt waren diese Wünsche stets an dem gescheitert: Njätu! Binnen zwei Minuten waren wir neu ausstaffiert. Nanu? Was war denn los? Es hieß, der Gefängnisinspektor käme. Nicht wahr, der Potemkin hat ein zähes Leben?

Das Mittagessen nahm seinen regelmäßigen Verlauf: ich warf es umgehend in die Paraschka und freute mich ob des missglückten Anschlags auf meinen Magen. Das üppige Mahl war vorbei. Wir putzten das Kupfer. Der Aufseher vom Dienst kam. Ich solle meine Mütze nehmen! D. h.: es geht nach dem Geschäftszimmer. Aha, da hat dir wohl Mülmann[23] wieder Geld geschickt, dachte ich. Mein lieber alter Kommandeur sorgte nämlich aus der Ferne für mich wie ein Vater. Aber es ging nicht ins Kontor. Der Natschalnik selbst öffnete die Tür seines Dienstzimmers und ließ mich herein. Russische Uniformen füllten den Raum. Am Fenster erblickte ich einen Herrn in Zivil und neben ihm stand eine Dame in grauem, eleganten Kleid. Ich war durchaus nicht im Bilde, was das Ganze vorzustellen habe.

Die Dame sprach mich an und sagte, sie wäre vom österreichischen Roten Kreuz und in Vertretung deutscher Schwestern hier; sie habe Auftrag, mir aus der Heimat Grüße zu bestellen und auch den Dank des Vaterlandes auszusprechen. Ich verbeugte mich.

---

23 Wilhelm v. Mülmann, vordem Major u. Bataillonskommandeur im Infanterie-Regiment Großherzog Friedrich Franz II. v. Mecklenburg-Schwerin (4. Brandenburgisches) Nr. 24.

Zur Bekräftigung ihrer Worte reichte mir die Prinzessin Croy zwei Schreiben. Ein Abteilungschef aus dem Kriegs-Ministerium spendete mit Schreibmaschine allen Gefangenen Dank. Das gleiche tat der Kammerherr v. Spitzemberg vom Kabinette Ihrer Majestät. Ich reichte die Schreiben zurück. Das hatte ich nicht verdient.

»Was weiß man denn von mir in Deutschland?« fragte ich die Prinzessin Croy. »Es geht das Gerücht, dass Ihnen ein galizischer Priester Proklamationen gegeben hat,« antwortete sie. »Was?« fragte ich. Ich sah sie an. Nein, sie wollte mich wirklich nicht verhöhnen. Ich berichtete meine Erlebnisse.

Was ich zu essen bekäme? »Zu essen?« fragte ich unwillkürlich voller Erstaunen, dann fiel mir ein, dass, was im Eimer lag, mein Essen war. Ob ich auch Fleisch bekäme? »Ein Stück, so groß wie Ihre Brosche.« – »Dreimal wöchentlich!« behauptete der Gefängnis-Inspektor. Aus Eins mach' Drei! Die Fastentage hatte er vergessen.

Ob ich mir nicht Bücher kaufen dürfte, fragte ich. »Ja,« sagte der Inspektor, »aber keine Belletristik.« Scherzfrage: werde ich je ein Buch erhalten?

Das habe ich ja ganz vergessen zu erzählen: also ich werde gefragt, was es zu essen gibt, und da übersetzt ein General der Prinzessin aus der Vorschrift, was es geben *soll*! Bitte: *ich* werde gefragt, und ein *anderer*, ein Offizier, ein Mann, der keine Ahnung hat, wie es in einem russischen Zuchthause zugeht, liest aus einem Buche vor, was ich bekommen *soll*! »*Du chou*«, übersetzt er. »Kohl. Kraut?« frage ich. Ich kenne doch die russischen Leckereien. In Stryj und in Cholm habe ich alle Tage Krautsuppe gegessen. Nun soll das hier mit einemmal Krautsuppe sein!

Den abgeblühten Löwenzahn und das übrige verfaulte Gemüse Kraut zu nennen, das war ein starkes Stück! Aber vielleicht bekamen die Herren auch einmal › *du chou*‹ zu essen!

Bei den wiederholten Versuchen, meine Lage zu bessern, erntete die Prinzessin Croy von den Russen nur Körbe. Stets hieß es: die Vorschriften erlauben es nicht. Meine Zeit war um. Ich half der Prinzessin in den Pelz. »Das werde ich nie vergessen!« dankte sie.

Den ganzen Herbst und Winter hindurch wartete ich auf irgend eine günstige Folge des Roten-Kreuz- Besuches. Sie blieb aus. Große Dinge aber warfen ihre Schatten voraus.

Zum zweiten Male in der Weltgeschichte hatte im vorigen Jahre[24] der Winter das weite, russische Reich gerettet und hatte uns nicht erlaubt, die unglückliche Lage Russlands auszunutzen. Aus allen Winkeln des berstenden Riesenbaues kamen nun geschäftige Leute herausgekrochen, die mit allen ihren Kräften ein gänzliches Zusammenstürzen des wankenden Gebäudes verhindern wollten. Vereine und Verbände bildeten sich, um die Armee mit den notwendigen Kriegsbedürfnissen, das Volk mit dem zum Leben Unerlässlichen zu versorgen. Gleichzeitig wurden alle Maßnahmen getroffen, um der geschwächten Front neue Kräfte zuzuführen. Zum ersten Male wieder seit langen Jahren arbeiteten Regierung und Volk in derselben Willensrichtung, und was beim Anbruch des Winters zur Revolution zu führen schien, das wurde in den Dienst des Vaterlandes gestellt und so die innere Krise überwunden. Der Lohn für die getane Arbeit blieb nicht aus. Es gelang im Sommer, das Ansehen der eigenen Waffen wieder herzustellen, dem Feinde empfindlichsten Abbruch zu tun und damit dem Bundesgenossen im Augenblicke höchster Not rettend beizustehen.

Es gelang aber nicht, den Volkskörper von dem eiternden Geschwür der Beamtenschaft zu befreien, an die Stelle der alles korrumpierenden Bestechlichkeit, die Ehrlichkeit zu setzen, und dem russischen Volke die Notwendigkeit und Unvermeidlichkeit dieses Krieges zum Bewusstsein zu bringen.

Wer führt denn den Krieg? Die russische Regierung führt ihn, der von der »Nowoje Wremja« beherrschte panslawistische Klüngel, den die britische Politik geschickt für ihre Zwecke auszunutzen weiß, nicht aber die Nation, das heilige Russland, das von einer Idee getragene Volk. Die Furcht vor der Rache der Regierung treibt Russlands Söhne in den Kampf, und zum Schrecken gesellt sich ein mit allen Mitteln künstlich geschürter Hass gegen alles Deutsche. In Petrograd wagt kein Russe mehr, einen Balten zu grüßen, aus Furcht, nach Sibirien verbannt zu werden, und keine Gemeinheit wird verschmäht, keine Dummheit ist zu albern, um sie nicht in den Dienst dieses fanatischen Hasses zu stellen. Jede Ungesetzlichkeit, soweit sie sich gegen Deutsche richtet, wird gut geheißen. Unzählig sind die Opfer einer bestellten Justiz.

Denn nicht umsonst ist Russland mit Frankreich verbündet! Von ihm hat es hassen gelernt, an die Stelle des Verstandes den Gefühlsrausch zu

---

24 1915

setzen. Hass ist das treibende Moment in der französischen Politik, und Hass gegen das Deutschtum treibt die Vertreter des Panslavismus in diese Orgie von Wahnsinn und Verbrechen hinein, die augenblicklich im Gewande der Vaterlandsliebe in Russland gefeiert wird. Sie wird nicht ohne Folgen bleiben!

Milliarde auf Milliarde wird zur Staatsschuld getürmt, ohne dass der Regierung das Gewissen erwacht. Millionen und Abermillionen deutschen Besitzes werden blind in den Rachen einer nimmersatten Menge geworfen, und damit wird der schrankenlosen Habgier willfährig Tür und Tor geöffnet. Beutelüstern blickt die Kanaille bereits um sich, bereit, bei erstbester Gelegenheit sich auf ihre Opfer zu stürzen. Schon mehren sich die Gerüchte von Aufstandsversuchen in allen großen Städten. Die Nachricht von massenhaften Gehorsamsverweigerungen des Militärs findet im ganzen Reiche Glauben. Streik der Polizei: das Unerhörte wird Ereignis. Dementis auf Dementis erscheinen im Regierungsanzeiger und werfen grelle Lichter auf die Lage. Vergeblich erheben die Besonnenen im Volke ihre Stimme und warnen vor einer Fortsetzung des Krieges, die Russland tiefer und immer tiefer in Not und Elend und damit ins Verderben stürzen muss. Allgemein im Volke ist das Verlangen nach Frieden, baldigem Frieden, um nicht in den Strudel des Bürgerkrieges hineingerissen zu werden. Aber noch immer herrscht die allmächtige Nowoje Wremja, noch hat die Regierung das Heft in Händen; doch von Tag zu Tag schwillt die Zahl derer an, die erkennt, dass Russland in diesem Kriege das willenlose Werkzeug Englands ist, dass *»faire triompher le droit et la justice«* die Selbstvernichtung des Russen-Reiches bedeutet: den Verfall seines Ansehens und die völlige Zerrüttung im Innern.

Der Tag, der die Unzufriedenen erkennen lässt, dass sie nicht schwächer als die Regierung sind, der Tag – bringt die Revolution!

Dann aber wird Russland ernten, was es im Kriege gesät. Nicht umsonst hat die fanatische Verschleuderung deutschen Besitzes die Gier gereizt. Verlangend sehen alle, die leer ausgegangen sind, nach dem Kronseigentum und beanspruchen gleichfalls ihren Beuteanteil – die Umwälzung alles Bestehenden.

(Bis hierher reichen die fortlaufenden Aufzeichnungen des Tagebuchs. Das Folgende ist 1919/20 in der Heimat geschrieben. Es stützt sich auf gelegentliche Notizen.)

Das Erwachen der Bestie

Freiheit! Gleichheit! Brüderlichkeit! – Ein politischer Verbrecher? – Die ersten Freigelassenen. – Memento. – Weitere Freilassungen. – Eine falsche und eine richtige Rechnung. – Die neue, die wahre Gerechtigkeit. – Eine belehrende Unterhaltung. – Ausblicke. – Überlegungen, Betrachtungen und Vorschläge. – Heilige Flamme, glüh'! – Ein patriotischer Vorschlag. – Was ich wollte, was ich konnte, was ich musste. – Ein Kompromiss. – Bochmanns Traum. – Allein. – Ein Fiasko. – Die Meinung des Nasiratels. – Eine indiskrete Frage.

Mit einem Male waren sie da, die Gerüchte, die Ausbruch der Revolution in Petrograd erzählten. Wie waren sie hereingekommen? Ich weiß es nicht. Sie waren da und lösten sofort Feststimmung aus.

Revolution! Die Augen brannten, ein unsichtbares Fluidum strömte vom einen zum andern über, erhitzte die Gemüter und machte sie empfänglich, die Segnungen der neuen Zeit: Freiheit, Gleichheit und Brüderlichkeit, mit Inbrunst aufzunehmen. Freiheit! Wer dürstete nicht nach ihr! Frei die Hände, frei die Füße, frei jede Gier in hemmungslosem Triebe. Freiheit, Freiheit! Es war nicht auszudenken, wie weit und groß die Welt mit einem Male schien.

Und Gleichheit auch, die sollt' es geben? Da war keiner unter uns, kein Kur- und Livländer, Russe, Pole, Lette, Tatare, kein Grusine, Kirgise, Türke, Ruthene, kein Baschkire, Wogule, Syrjäne, der nicht den Inhalt dieses Wortes als Lüge fühlte! Gleichheit? Da nagte der Zweifel. Da lauerte die Gefahr!

Brüderlichkeit! Ja. sind mir denn nicht alle Brüder? Brüder! Einer gleich dem andern? Freilich! Brüder sind wir. Gleiche, Gleiche! Und um den Zweifel zu ersticken, die Angst zu unterdrücken, das goldene Tor der Freiheit könnte für Auserwählte nur geöffnet werden, wird die Stimme des einzelnen zum Chor, zur Massenforderung Hunderttausender, die überall im Reiche sich erhebt: Brüder sind wir, Brüder! Gleiche! Daher für *Alle*: Freiheit! Gleichheit!

Rein mit der Natschalstwo in die Zellen! Jeder Beamte ein feiler Nimmersatt, der das Land bestiehlt, ein unersättlicher Vampir, der dem armen Volke das Blut aus allen Adern saugt. Mag er nun sehen, wie steinige Kascha schmeckt und Brot, auf dem der Schimmel sitzt, und wie sich's schläft, wenn Laus und Wanze dich verfolgt, und Würmer sich in deinen offenen Wunden mehren. Mag der Burschui[25] an Zellenluft sich jetzt ergötzen, mag er erfahren, was es heißt, wie wehrloses, gequältes Vieh dahinzuleben!

Es war am Freitag, den 16. März n. St., am Nachmittag. Da kamen sie. Ich sah sie kommen: eins, zwei, drei, vier, – nanu! was wollen denn diese dreizehn-, vierzehnjährigen Mädel hier? – da noch einer, sechs, sieben, keiner mehr; alle ein rotes Bändchen im Knopfloch. »Bochmann, sehen Sie?« Schon hört man sie im untersten Flur. Stimmengewirre wird laut, und knirschend öffnet ein Schlüssel eine Zelle. Schritte. Name. Wieder knarrt ein Schlüssel in einem Schloss. Das ganze Zuchthaus steht an der Tür und horcht; wieder ein Name, Knirschen eines Schlüssels, Schritte, lautes Sprechen draußen auf dem Flur, den Treppen. Da begreifen alle, alle mit einem Schlage: die politischen Verbrecher werden freigelassen! Revolution! Ein donnerndes Ura! brandet durch das Gebäude, und dann herrscht Totenstille. Name, Schlüsselknirschen, Schritte, Name, Schlüsselknirschen, Schritte, so geht das draußen fort.

Bochmanns Aufregung wächst von Minute zu Minute. Er hat das Taburett ans Fenster gestellt, um den Gefängnishof beobachten zu können; vorhin musste ich ihn dazu heben. Nun springt er in einem fort vom Fenster zur Tür und von der Tür zum Fenster. Der auch! Der auch! Und der auch! Werden sie *ihn* freilassen, frei, frei, frei?!

An seinen Händen klebte kein Blut, das hatte er mir oft genug versichert; aber er war zum Tode verurteilt worden als Aufständischer, der mit der Waffe in der Hand gekämpft hatte, und die Begnadigung zu lebenslänglicher Zwangsarbeit erfolgte, weil man bereits genug von seinen Genossen gehangen hatte.

Werden sie ihn freilassen? Die ganze Stufenleiter von größter Hoffnungsfreudigkeit bis zu dumpfer Verzweiflung fiebert der Pan herauf und herunter, auf und ab.

Die ersten Freigelassenen sind rein politische Verbrecher: Herr Rosdoff[26], dem ich mein erstes Heft verdankte, der mir Geld lieh, der stets ein freundliches Wort für mich hatte, dem ich Dank schulde für so viele, ach so winzige Freundlichkeiten, die jede aber ihn harter Strafe ausset-

---

25 Bourgeois
26 Deckname

zen musste, wenn er ertappt wurde, er kam zum Abschied an die Zellenklappe, versprach wiederzukommen und – hat Wort gehalten. Fürst Surowsky wurde entlassen. Auch er kam, um Abschied zu nehmen und hat dann später von Stockholm in meinem Interesse zu wirken gesucht, es gleichfalls aber nicht vermocht, die Heimat wachzurütteln.

Die hatte – wie ich später sah – Wichtigeres zu tun, als ernstlich sich um ihre Söhne zu kümmern, die in der Ferne darbten, in Not und Elend unter tausendfachen Qualen starben. Was war an uns auch zu verdienen? Drum lasst uns frieren, denn es kann nicht immer Sommer sein; lasst ruhig uns am Murman und Amur, in Turkestan, in Nord und Süd, in Ost und West zusammenbrechen unter der Nagaika unbarmherzigem Schlag, denn ihr, ihr fühlt es nicht; lasst uns von gierigen Seuchen raffen, fiebergeschüttelt im eigenen Kot und dem der Leichen neben, unter, über uns verzweifelnd Hilfe und Erbarmen flehen: ihr hört es nicht; lasst uns von Bestien mit jedem Mittel quälen, das Menschenhirn in Feigheit und in Hass ersann: ihr glaubt nicht dran; ihr wollt davon nichts wissen, denn ihr seid untreu euch geworden und habt Germaniens freien Geist um weniger noch als dreißig Silberlinge ans goldene Kalb verkauft. –

Sabak kam. Malta kam. Malta war die letzten Tage krank gewesen; die Erfüllung seines Traumes hatte ihn sofort gesund gemacht. Sabak konnte vor Freude kein Wort sprechen. Alles, alles Gute! Ihre Augen strahlen, ihre Bewegungen sind jung, ein letztes Händeschütteln, und sie eilen davon.

Draußen, jenseits der Panzerwand, geht es ununterbrochen weiter. Name, Knirschen einer Zellentür, Schritte. Dann und wann dröhnt Eisen auf Eisen: mit Hammer und Meißel werden die Fesseln entfernt.

Goldin kommt frei, der jüdische Anarchist. Bochmann 's Hoffnung ist im Wachsen. Auch sein Zellengenosse, ein Hehler, Dieb und Mörder wird entlassen. Des Pans Aufregung steigert sich: Schiebung!

Der Abend sinkt. Der größte Teil der politischen Verbrecher ist entlassen. Auch die sind freigekommen, die es verstanden hatten, nach dem Rezept: »Der Vortrag macht des Redners Glück!« heute einer zu werden. Bochmann aber ist noch immer nicht aufgerufen. Er tobt in der Zelle auf und ab; in meinen Notizen steht: »Der Pan wird ganz verrückt!« Das Gewarte war mir schließlich zu langweilig. Ich legte mich schlafen. Gestern noch wäre dieser Disziplinbruch mit Karzer und Hieben gesühnt worden. Heute war alles erlaubt. Nach 12:00 nachts pfiff es zur Abendpawierka. Bochmann war nicht aufgerufen worden.

Der Krieg ist gewonnen, dachte ich; Russland ist erledigt. Nun kommen die beiden andern ran. Denn das stand für mich außer allem Zweifel fest: der Krieg war für Russland verloren. Beweis: vier Kerle und drei Mädel genügen, um, ohne irgend welchen Widerstand zu finden, eine der Grundfesten Rossijas, eins seiner Wahrzeichen, zu stürzen – die Schrecken der Katorga.

Dass Russland so nicht weiter regiert werden konnte, wie es geschah, dessen war ich mir schon lange bewusst; aber, dass es so töricht sein würde, die Revolution dem Frieden vorzuziehen, den sicheren Untergang der ebenso sicheren Rettung, das wagte ich nur zu hoffen, nicht zu glauben. War es denn auch Russland, das letzten Endes die Revolution gemacht hatte? Wenn man sich an die Namen der ersten Revolutionsgrößen hält, die im Vordergrunde agierten – Iswestija vom 27. Februar 1917 Nr. 1 – könnte man es glauben. Aber nicht sie waren die Lenker der russischen Geschicke, sie waren nur Marionetten, die rücksichtslos beiseite geworfen wurden, als die Zeit erfüllt war. »Wir werden frei kommen, wir machen Revolution hier, aber eine andere als vor zehn Jahren!« sagte mir Goldin im Jahre '16, »und die Russen werden Konstantinopel ebenso wenig bekommen, wie ich meine Ohren sehen kann.« Er hat Recht behalten.

War ich denn nicht auch ein politischer Verbrecher, der Anspruch auf Freiheit hatte: verurteilt auf Grund der Paragraphen 110, 112 XXII. Buch Swod Wojennüch Postanowlenij, Gesetz von 1869 IV. Buch?

Leider war die revolutionäre Gerechtigkeit blind und taub geboren, und da konnte sie mich weder sehen noch hören. Das sollte sich sogleich herausstellen. Zunächst erkundigte ich mich beim Pomoschtschnik vom Dienst, der die Morgenpawierka machte, wie es wohl käme, dass ich nicht auch freigelassen worden sei; ich hätte es doch schriftlich, dass ich kein böser Feind, sondern nur ein harmloser politischer Verbrecher sei? Er wusste es nicht.

Im Laufe des Vormittags erschienen zwei vom Revolutionären Komitee und fragten nach dem Pan. Natürlich, es war klar, dass er zu Unrecht saß, wenn auch die Paragraphen widersprachen. Da sei 'ne Kommission, die würde seinen Fall noch prüfen; dann könne er raus.

Ich musste mir die neuen Herrscher doch auch ansehen, die Helden mit der reinen Stirn, die das verruchte alte System gestürzt, die goldene neue Zeit heraufgeführt, und nun nach ihren Lehren in Menschlichkeit und Liebe die Brüder sich regieren lassen wollten.

Ich fragte – na, wie man so fragt – weshalb ich wohl noch säße? Es muss wohl an mir liegen, dass meine Fragen in der Regel sauer schmecken; anders kann ich es mir nicht erklären; den Herren vom Revolutionären Komitee verschlug's zunächst die Sprache. Dann erklärten sie: mit mir dürften sie nicht reden, ich sei Feind! Es wäre besser, wenn ich als einzelner hier umkäme, als dass draußen an der Front zehntausend Brüder stürben. »Schön,« sagte ich. »wenn wir nicht miteinander reden dürfen, dann können wir vielleicht miteinander sprechen?« Das ging. »Also bitte: ich will auch raus.« Na, ich sei doch Feind! Für mich könnten sie nichts tun. Die neue Regierung müsse befehlen, was mit mir zu machen sei. »Gut, hat sie schon: die politischen Verbrecher sind *ohne jede Ausnahme* freizulassen. Weshalb lasst Ihr mich da nicht frei? Ist das die neue Gerechtigkeit, dass die Gesetze parteiisch anzuwenden sind? Dem Bochmann habt Ihr eben erklärt, dass die verfluchte Ungerechtigkeit abgeschafft und dass es Eure Aufgabe sei, den Unterdrückten zu ihrem Rechte zu verhelfen! Wenn ich bis gestern sagte, ich sei Feind und will als ehrlicher Feind behandelt werden, dann sagtet Ihr, ich sei ein politischer Verbrecher, aber kein Feind. Jetzt aber, wo das Gesetz für mich ist, da bin ich mit einem Male Feind, aber kein politischer Verbrecher?«

England und Frankreich unterstützten die Revolution, erzählen sie. Die ganze Nacht wären sie auf gewesen. Große Begeisterung herrsche. Umzüge in der Stadt. Es lebe die Freiheit! Früher sei in Russland keine Freiheit gewesen, aber jetzt wird welche sein; früher ... Im übrigen würden sie uns verdammte Deutsche alle totschlagen. Kampf bis aufs Messer sei jetzt die Parole!

Was die beiden Halunken mit einem Male in Patriotismus machten! Bis gestern saßen sie mit mir als Sträflinge im selben Zuchthaus, freuten sich über jede Niederlage, die das Kaiserliche Russland erlitt, heute saßen sie im Revolutionären Komitee der Stadt Jaroslawl und redeten zusammenhanglos, wie Halbverrückte auf mich ein.

Ich konnte mit dem Ergebnis meiner Unterhaltung zufrieden sein: Russland war in guten Händen! Kein Krieg würde es jemals so schwächen können, als wie es selbst sich schwächte. Ich werde den Triumph von

Freiheit, Gleichheit, Brüderlichkeit wohl noch erleben, überlegte ich: den Einsturz alles festgefügten staatlichen Lebens, den Zusammenbruch des Heeres, der Autorität, der Finanzen, den Untergang der wenigen Industrien, die Lähmung und dann das Verschwinden von jeglichem Verkehr und damit die Erdrosselung von Handel und Wandel, das gegenseitige Schädeleinschlagen im Namen der Menschlichkeit und Nächstenliebe, die Unterdrückung jeder Meinungsäußerung im Namen der Gedankenfreiheit, den Zuchthausstaat des heiligen Sozialismus, den Untergang von Bildung und Kultur; als Krone des Ganzen schließlich eine gewisse Sippschaft auf fetter Pfründe sitzen sehen zu Häupten des betörten Volkes. Blickt nach Osten!

Was wurde wohl aus mir? Die Lage hatte sich zunächst zu meinen Ungunsten verschoben. Der Deutschenhass, der ab und zu in diesem und jenem beamteten Russen aufgeflackert war, hatte sich in den letzten Monaten gelegt. Die Sträflinge waren bislang alles andere eher als Deutschenfeinde gewesen. Daher war mir die eben gehörte Melodie neu. Wenn ich ihr einen Sinn unterzulegen versuchte, dann war es der: England und Frankreich unterstützten die Halunken, die die Revolution machten, unter der Bedingung, dass sie bei der Stange blieben und noch einmal versuchten, den deutschen Wall zu durchbrechen.

Halunken? Wir dürfen sie ruhig so nennen, denn nur Schurken oder Idioten werden dem Vaterlande in den Rücken fallen, wenn es im Kampfe steht.

Pst! Du bist in Deutschland.

Ich weiß, doch ich spreche von Russland.

Es wurde daher schnell die Parole ausgegeben, was dem verfluchten alten System nicht gelungen sei, das werde das freie Russland vollbringen: den Feind aus der Heimat vertreiben und dem unterworfenen Gegner den Frieden diktieren! Wer *jetzt* Frieden wolle, der sei ein Verräter an Russlands heiliger Sache!

Hei! wie lustig flatterte die Flagge des demokratischen Russlands im Winde! Ihr zu folgen, bedeutete von nun an, Anspruch auf die heiß ersehnte Macht zu haben, an der gefüllten Futterkrippe zu sitzen und auf den geringsten persönlichen Vorteil bedacht sein zu können. Alles andere war vom Übel. Wer wird die tadeln wollen, die ihr folgten?

Für uns Deutsche aber ziehe ich die Nutzanwendung: werft Mut und Tapferkeit ins Feuer – sie waren ja nur Inhalt alter Heldenmären und haben uns in beispiellosen Taten aus Not und Elend in das Licht geführt – und greift statt ihrer zu der Frechheit, wie dies so jedem Wicht geziemt. Die Ehre, die uns Achtung schuf, die müssen wir durch alle Gossen schleifen, damit uns jeder Paria verachten kann. Wenn dann von einem freien Mann in uns noch etwas lebt, ersticken wir es in Erbärmlichkeit, weil tausendfältige Schmach sich nicht mit Anstand, Sitte, Recht verträgt. Wenn wir das alles wohl besorgt, dann endlich sind wir unserem Vorbild gleich, und auf dem weiten Erdenrund wird sich nicht eine Stimme finden, die uns den Namen Lumpenpack verweigert.

Die russischen Lumpen, mit denen ich zusammen war, hatten eine gute Witterung dafür, woher der Wind wehte. Wer auch nur einige Aussicht hatte, frei zu kommen, nahm die Parole auf, und ein frischer Wind aufs neu erwachten Deutschenhasses wehte durch das Zuchthaus. Der erste Hauch war in meine Zelle gedrungen.

Was wurde aus mir? Als im Januar und Februar die Schwierigkeiten für das Kaiserliche Russland sich häuften, da fürchtete so mancher Katorschanin, dass die Regierung nach berühmtem Muster kurzerhand den Befehl geben könnte: alles, was im Zuchthaus sitzt, ist aufzuhängen! Niemand zweifelte an der Zweckmäßigkeit dieser Maßregel, alle erwarteten sie. Der glatte Zusammenbruch der zaristischen Herrschaft indessen hatte die Katorschanje von diesem Alp befreit. Als nun die Parole aufflammte: »Kampf den Deutschen bis aufs Messer!« da fanden sich mit einem Male eine Menge Leute, die ihr patriotisches Herz entdeckten. Von einer sichtbaren Bekundung ihres Patriotismus' erhofften sie die Freiheit. Wie aber konnten sie die Vaterlandsliebe, die in ihnen glühte, für alle erkennbar zum Ausdruck bringen; denen beweisen, deren Gesinnung etwa niederträchtig genug war, an ihrem Vorhandensein überhaupt zu zweifeln? Nun, da war doch nichts einfacher, es lag ja geradezu auf der Hand, und man empfahl sich den neuen Gewalthabern sicherlich aufs beste damit, wenn alles, was an Deutschen im Zuchthaus saß, totgeschlagen wurde. Natürlich, so musste es gemacht werden! Konnte es einen stärkeren Beweis heiliger Liebe zum Vaterland geben, als eine solche von berechtigtem Zorne vollbrachte Tat?

Der diese Idee aufs wärmste befürwortete und aufs lebhafteste propagierte, war ein Kerl, dessen Augen wie die Schienen eines Stellwerks auseinanderliefen: so schielte er. Er befand sich mit einem Mal im Gefolge des Revolutionären Komitees, als es zu einer Rückfrage an der Zellenklappe erschien. »Hui tebja,« sagte er, »Du musst totgeschlagen werden!« »Durak.« besänftigte ich ihn, »Deine Augen laufen ja wie die Ansichten in der Duma auseinander.« Die Komiteemitglieder lachten, seine Augen aber sprühten irrsinnigen Hass, rollten die hellen Wände entlang, kreuzten sich am Fenster und standen plötzlich verkehrt in ihren 181 Höhlen wieder. Weshalb saß der Patriot nicht in seiner Zelle? Freunde waren wir soeben wohl nicht geworden. Wenn er jetzt als Propagandaredner von Zelle zu Zelle reiste, dann konnte es bald einen kleinen Auflauf vor meiner Wohnung geben, denn der einzige Deutsche im Hause war ich. Zunächst mal eins mit einer Brechstange über den Schädel zu bekommen, dann über die Brüstung vom zweiten Stock herunter auf den Beton des untersten Flures zu fliegen, pfui Teufel, diese Aussicht bot wenig Verlockendes.

Durch die Entlassung der politischen Verbrecher war die Solidarität der Sträflinge geborsten. Jeder trachtete danach, den augenblicklichen Wirrwarr sich zunutze zu machen und freizukommen. Wenn es noch dazu durch ein so verdienstvolles und ungefährliches Unternehmen, wie das Totschlagen eines an Händen und Füßen gefesselten Deutschen geschehen konnte, dann fanden sich gewiss viele, die zu diesem patriotischen Beginnen bereit waren.

Wie könnte ich sie daran hindern, fragte ich mich: vor allem, was wollte ich? Der Umstand allein, dass diese beiden Fragen gestellt wurden, beweist erneut, dass es leider nicht immer identisch ist, das, was man kann und das, was man will.

Also, was wollte ich? Ich wollte an Leib und Seele möglichst unbeschädigt dorthin, wo ich hingehörte: zurück in die Heimat, die immer noch im Kampfe stand. Dies Ziel wollte ich, wie bisher, mit allen Mitteln verfolgen, mit allen Mitteln, nur mit dem einen nicht: weder durch Wort noch durch Miene irgendwen um Gnade anzubetteln. Mit diesem Streben ging Hand in Hand die Pflicht, dem Feind zu schaden, wo und wie viel auch immer ich nur konnte. Zur Durchführung meines Wollens standen mir der Einsatz meines Lebens und meines Wesens stets zur Verfügung: über die äußeren Umstände gebot ich nicht. Nachdem ich mir über mein Wollen erneut klar geworden war, wusste ich auch, was ich tun musste. Ich konnte mich gegebenenfalls zur Wehr setzen. Monatelanges Üben hatte mich dahin gebracht, die linke Handfessel nach Belieben ab- und wieder anzustreifen. Die schweren Eisenbänder an

eiserner Kette in meiner rechten Hand hätten dafür gesorgt, dass ich
nicht ohne Gegenwehr, wie ein Märtyrer, gestorben wäre. Die Wahl
dieses Weges aber hätte mich nicht einmal als Leiche nach Hause gebracht. Mithin hatte ich ihn zu meiden. Das war klar. Irgendwelcher
Schutz von den Aufsehern war nicht zu erwarten. Sie liefen mit verstör-
ten Mienen umher und haschten nach dem Wohlwollen der Sträflinge.
Ich hatte selbst für meine Sicherheit zu sorgen. –

Bochmann trabte in der Zelle auf und ab. Er präparierte an der Rede,
die er vor der Kommission halten wollte. Ich hörte geduldig zu. Dann
sagte ich ihm, er sei verrückt. Wenn er das den Leuten erzählen würde,
was er hier vorbrächte, käme er nie heraus. Ich hatte Mitleid mit ihm.
Ich wollte ihm gern helfen, aber die Erregung, in der er sich befand,
machte ihn Vernunftgründen unzugänglich. Wir kamen hart aneinan-
der. Schließlich vertrugen wir uns wieder. Die Basis, auf der wir uns
geeinigt hatten, duldete beide Auffassungen: seine Erklärung, genau so,
wie er hier vor mir spreche, müsse er es auch vor der Kommission tun:
er könne nicht anders. Mein Gutachten: er sei komplett verrückt, wenn
er das tue und nicht auf mich höre.

Am späten Nachmittag wurde er vor das Revolutionäre Komitee gerufen. Er ergriff seine wenigen Habseligkeiten. Vom Augenblicke über-
wältigt, traten ihm die Tränen in die Augen; er schlang seine Arme um
meinen Hals und küsste mich. Alles Gute!

Er ging voller Hoffnung und voller Zweifel. Wenn er an seine Rede
dachte, die er nun halten würde: »Genossen!« wollte er sagen, »Kameraden! Hochverehrtes Revolutionäres Tribunal!« dann – ja dann musste
er unbedingt freikommen: aber wenn ihm sein Traum einfiel, dieser
schreckliche Traum von heute Nacht, dann kam ihm das Frösteln an,
und er wollte verzagen. Er war in einer Kirche gewesen – eine Kirche im
Traum sehen, bedeutet Gefängnis – einer schönen Kirche, und da sei sie
plötzlich zusammengestürzt und habe ihn unter ihren Trümmern begraben: er werde wohl bis an sein Lebensende im Zuchthaus sitzen
müssen. Dann wieder peitschte ihn neue Hoffnung aus seiner Verzweiflung: es waren doch so viele freigekommen, deren Vergehen zu den
politischen Paragraphen in gleichem Zusammenhang standen, wie die
Weichsel mit dem Kaukasus. War er denn nicht besser als sie! Gewiss,
es musste ihm glücken: seine Augen leuchteten in irrem Glanze und er
memorierte weiter an seiner Rede: »Genossen!« wollte er sagen, »Kameraden! Hochverehrtes Revolutionäres Tribunal!« – –

Der Nasiratel vom Korridordienst sah hinein. Nun wäre ich allein, sagte er. »Ja, ich bin allein,« antwortete ich. »Ja, ja,« wiederholte er, seufzte und ging weiter.

Mein Blick fiel auf das blanke Kupfer. Nun musst du den ganzen Krempel wieder allein putzen, dachte ich. Ich wurde mir der Schattenseiten der standesgemäßen Einzelhaft erneut bewusst. Den Staub auf dem Fußboden darfst du jetzt auch allein mit deinen Händen zusammenfegen, fiel mir ein: einen Handfeger gab es schon seit Monaten im ganzen Zuchthaus nicht mehr. *C'est la guerre!* sagte der Franzose, aber der Russe zog nicht die Folgerungen daraus: er verlangte, dass der Beton auch ohne Besen blitzsauber sei. So lernte ich mit den Handflächen eine Zelle fegen, wie ich früher die anderen russischen Kunststücke auch gelernt hatte. Alles in allem: mehr Arbeit, überlegte ich, aber sie wird durch das Hochgefühl des Mit-Sich-Alleinseins reichlich aufgewogen.

Ich wanderte in der Zelle auf und ab. Jenseits der Tür herrschte das ungewohnte Leben und Treiben, das die Revolution mit sich gebracht hatte. Jetzt stand der Pan vor den Halunken, die jedes Recht verhöhnten, indem sie sich selbst zu Richtern machten – im Namen des Gesetzes. Ich wanderte weiter auf und ab. Himmel und Hölle musste ich in Bewegung setzen, um hier herauszukommen, aber wie? Darüber grübelte ich.

Eine Stunde mochte vergangen sein. Stimmen. Schritte. Man hält vor meiner Zelle. Die Tür krächzt in ihren Angeln. »Bitte!« höre ich im gleichen Augenblick. Der Nasiratel tritt zurück, und Bochmann, leichenblass, mit eingefallenen Wangen, Schweiß auf der Stirn, taumelt in die Zelle. Irgendwo fällt sein Sack mit dem Brot, der Zahnbürste und der Kruschka zu Boden. Tief in ihren Höhlen brennen seine dunklen Augen. »Ja propall,« sagt er und sinkt auf das Taburett nieder. »Nicht darüber nachdenken!« tröstete ich ihn und gab damit einen Rat weiter, den mir einst ein Räuber aus dem Kaukasus in Moskau gegeben hatte, als ich dort auf den Gefängnishof starrte. Mitleid zerriss mein Herz. »Nicht verzweifeln,« munterte ich ihn auf, »was beim ersten Male nicht gelang, gelingt beim zweiten!« Er hatte seine große Rede gehalten, dann war er herausgeworfen worden. »Genossen!« hatte er gesagt, »Kameraden! Hochverehrtes Revolutionäres Tribunal! Ich bin nicht gekommen, um Euch um etwas zu bitten, als Gleicher stehe ich vor Euch und will mein Recht.« Dann hatte er mit der Erschaffung der Welt begonnen und schließlich erklärt: »Ich bin kein Halunke, wie Ihr sie bereits haufenweise herausgelassen habt, nur weil sie Euch richtig um den Bart gegangen sind. Ich bin kein Spitzbube, wie dieses vollgefressene Schwein da unter Euch. Ich bin nicht Euer Genosse, denn ich habe niemanden begaunert oder betrogen. Ich bin nicht Euer Kamerad, denn vor Euch kann ich nur ausspucken. Frei will ich sein! Herauslassen sollt Ihr mich aus dieser Hölle! Denn Ihr habt kein Recht, mich hier zu behalten, weil ich solche Lumpen, wie Euch, niemals als ein Revolutionäres Tribunal, als meine Richter anerkennen werde.«

Der Nasiratel vom Nachtdienst reichte durch die Klappe den Stellschlüssel hinein, um das ›Bett‹ von der Wand zu schließen. »Nun, was?« fragte er. Bochmann erzählte ihm von seiner Niederlage. Der Nasiratel schüttelte den Kopf. »Ja, ja.« meinte er dann, »das war nicht richtig, ja, ja.« Er wünschte noch »Gute Nacht!« dann schloss er die Klappe.

Die Revolution hatte uns die erste Erleichterung gebracht. Während sonst die Betten erst kurz vor dem Schlafengehen freigegeben wurden, geschah es heute bereits gleich nach dem Abendbrot. Ich begrüßte diese Neuerung mit Freuden. Ich war an diesem Abend noch naiv genug, an nichts anderes zu denken, als dass es herrlich sei, sich eine Stunde früher als sonst auf gefaserter Lindenrinde auszustrecken.

Es pfiff zur Abendpawierka. Es dauerte endlos lange bis der Trupp, der da von Zelle zu Zelle ging, zu der unsrigen kam. Ein unbekannter Staatsanwalt fragte, ob wir politische Verbrecher wären.

Die revolutionäre Regierung hatte für das ganze Reich befohlen, dass die zuständigen Gerichte durch ihre Organe nachzuprüfen hätten, ob auch tatsächlich alle politischen Verbrecher befehlsgemäß freigelassen worden waren.

Bochmann schwieg. Seine Augen aber hielten eine Anklagerede. Ich fragte – ich betrieb es nunmehr als Sport – weshalb ich nicht freigelassen sei? Zugleich verfolgte ich damit eine kleine Nebenabsicht. So wie ich meine Russen von Seiner Hochwohlgeboren an aufwärts kannte, musste es sie schwer kränken, wenn ich mich teilnahmsvoll nach dem Ergehen der neuen Regierung erkundigte, wenn es auch nur, wie hier, zart durch die Blume geschah. Der Prokuror verstand auch prompt kein Deutsch. Daraufhin wiederholte ich meine Frage auf Französisch. Russisch sprach und verstand ich nur, wenn es mir passte. »Das ist Knobelsdorff,« wurde der Staatsanwalt vom Pomoschtschnik vom Nachtdienst belehrt: »der Kriegsgefangene,« echote einer aus dem Gefolge. Ich sei Kriegsgefangener, belehrte mich daraufhin die juristische Autorität. Ob er mir dann vielleicht sagen könne, wer nun eigentlich in Russland regiere? Ich bäte, meine Frage als offiziell gestellt zu betrachten. »Njeiswjästno,« unbekannt, weiß nicht, erpresste ich ihm das Geständnis. Ich lächelte, diskret, zartfühlend, verständnisvoll, nachsichtig; vielleicht das Lächeln eines Bischofs über eine kleine menschliche Schwäche ...

Silhouetten und Ereignisse

Zwei Glaubensartikel. – Von zwei Zeitungen. – Gestern
noch auf stolzen Rossen. – Ein aussichtsloses Unternehmen. –
In tyrannos. – Instanzenpolonaise. – Beim Natschalnik. –
Prinzipiis obsta! – Der Geist Friedrichs des Großen. –
Vier Forderungen. – Selbstregierung. – Der Besuch des
Gubernators. – Zuchthausrevirement. – Meine Intervention. –
Ein ungeschriebenes Gesetz. – Versammlungen und Forderungen. –
Die Aufklärung der Wachtsoldaten. – Das Kriegsziel. –
Heilige Flamme, glüh', glüh' und verlösche nie! – Neue Sitten. –
Ein einflussreicher Freund. – Eine interessante Zelle. –
Zwei Exzellenzen. – Hungerstreik. – Die Befreiung von den Fesseln. –
Die Militärkommission. – Das Ehrenwort der Sieben. – Si duo idem
faciunt. – Mut in der Brust. – Der Wiedereinzug der abgesetzten
Beamtenschaft. – Regen in der Dürre. – Eine Beratungsstelle für
Deserteure. – Zwei inhaltsreiche Visitenkarten. – Kostümwechsel. –
So leb' denn wohl, du stilles Haus!

Schuld am Kriege hat immer der andere. Diese Regel gilt allgemein. Gälte sie nicht, gäbe es keine Kriege. Das wussten die Russen, und so traf die Deutschen die Schuld. Dass es sich tatsächlich aber um in der Entwicklung der Menschheit ruhende Gesetze handelt – das wird wohlweislich verschwiegen. Das Vaterland muss verteidigt werden, heißt der zweite Satz. Gälte auch er nicht, so gäbe es gleichfalls keine Kriege. Auch dies wussten die Russen, und in flammenden Worten wurde zur Verteidigung der Heimat aufgerufen. Das weitere ist allen bekannt.

Wenige aber werden wissen, dass eines Tages der Regierungsanzeiger die Nachricht brachte: die Sträflinge des Xstadter Zuchthauses haben unter sich eine Sammlung veranstaltet und von dem durch Zwangsarbeit mühselig Verdienten einen Teil der Regierung, sagen wir: fürs Rote Kreuz, zur Verfügung gestellt. Diese Nachricht brachte der Regierungsanzeiger. Eine bewunderungswürdige Opferfreudigkeit, schrieb er dazu, der Nachahmung wert; deutlich zeige sie die Einmütigkeit aller russischen Söhne, in diesem Kampfe zusammenzustehen, und nichts beweise mehr, als diese Tat der Ausgestoßenen, wie in allen Kreisen volkstümlich dieser von einem frechen Feinde aufgezwungene Krieg sei.

Bald darauf brachte das Blatt in der Spalte: »Orden« die Verleihung eines Heiligen der soundsovielten Stufe an den Direktor der Strafanstalt, die eine so rühmliche Gesinnung an den Tag gelegt hatte, zur allgemeinen Kenntnis. Pardauz! das schlug ein. Ich lasse es dahingestellt, was als der stärkste Anreiz wirkte bei dem, was nun folgte: das gute Beispiel, das Lob des Regierungsanzeigers, der Orden – kurz und gut, der Regierungsanzeiger war in den nächsten Tagen wiederholt in der Lage, zu melden, dass auch die Sträflinge dieser und jener Anstalt sich von gleicher Opferwilligkeit wie die von Xstadt gezeigt hätten, ja, dass die meisten der zur Verfügung gestellten Summen die Zeichnung des Xstadter Zuchthauses überträfen. Den Namen des Jaroslawler Zwangsarbeits-Gefängnisses aber vermisste der interessierte Leser. Aus dem Grabe der Zuchthäusler kam auch nicht eine Kopeke.

Ob der Natschalnik sich selbst sagte, dass das unmöglich einen guten Eindruck machen könne; ob es die oberste Verwaltungsbehörde aller Strafanstalten ihm nahe legte, dass der Name seiner Anstalt in der Gabenliste fehle; ob er sich einen gewaltigen Eindruck davon versprach, wenn auch der Name seines Zuchthauses mit einer stattlichen Summe genannt wurde, ich weiß es nicht: ich weiß nur, dass er zur Zeichnung eines Beitrages aufforderte, um ihn dem bedrohten Vaterlande zum Zeichen der Hingabe zu opfern. Hohngelächter war die Antwort. Dies konnte er unmöglich in der Gabenliste buchen lassen. Fürs Rote Kreuz, aber auch nur fürs Rote Kreuz, da wäre vielleicht etwas zu haben, aber ohne Gegenleistung auch dafür nicht eine rote Kopeke.

Was sie wollten? Zeitungen! Zeitungen aller Parteien und jeder beliebigen Stadt. Ausgeschlossen. Dann gäbe es auch kein Geld; und sie wüssten nicht, ob das ein gutes Licht auf ihn werfen würde. Na ja, die täglichen Telegramme mit den Siegesnachrichten könnten wir haben. Das ist immerhin schon etwas; wir werden sehen, wie viel auf dieses Anerbieten hin zusammenkommt.

Die gezeichnete Summe war so klein, dass sie als Herausforderung wirken musste. »Ihr müsst mehr geben!« – »Bewilligt die Zeitungen!« – »Nun denn, um Euch zu zeigen, dass ich ein milder Herr bin; den Regierungsanzeiger und den ›Invaliden‹ sollt Ihr haben. Das ist mein letztes Wort.« Die Katorschanje zeichneten fürs Rote Kreuz. Jaroslawl prunkte in der Liste. Regierungsanzeiger und Russkij Invalid durften bestellt werden.

Die Revolution hatte ihr Aussehen verändert. Wir tragen ja auch nicht zu allen Jahreszeiten den gleichen Rock; das neue Gewand befremdete mich daher nicht. Ein Blick in den Inhalt aber zeigte, dass in Russland das unterste zu oberst gekehrt war. –

Die Natschalstwo des Zuchthauses war über Nacht ganz klein geworden. Die Wärter siezten uns mit einem Mal und auch die unfreundlichen Hofhunde – so hieß der technische Ausdruck im Zuchthausjargon – die uns beim Spaziergang bewachten, wagten kein Wort zu sagen, wenn wir miteinander sprachen oder sogar – *horibile dictu*! – zu zweien nebeneinander gingen. Das gute Beispiel kam von oben, vom Natschalnik. Der Mann, der mutig genug war, mich anzubrüllen und mit Karzer zu bedrohen, weil ich einmal einen Knopf am Kragen meiner Bluse offen hatte, als er unerwartet die Zelle betrat, er fand auch jetzt Gelegenheit zu rühmlichen Taten: betrank sich mit den freigelassenen Sträflingen im Kontor und stellte sich mit jedermann auf du und du. »Brüder,« entschuldigte er sein früheres Verhalten, »wir sind alle Menschen: jeder hat seine Fehler: verzeiht mir, wenn ich Euch beleidigt habe. Prost!« Und sie verziehen ihm.

Jeder weitere Tag brachte neue Freilassungen. Die Zellen rings um mich begannen auszusterben. Im Geschäftszimmer tagte eine Kommission, die immer noch neue ›politische‹ Verbrecher entdeckte und freiließ. Obwohl ich weder der Brandstiftung, der Hehlerei in Tateinheit mit Raub, weder eines Sittlichkeitsverbrechens, noch der Falschmünzerei angeklagt und wegen eines dieser Vergehen verurteilt worden war, so beschloss ich doch, die Kommission aufzusuchen, um meine Freilassung zu erreichen. Ich pfiff.

Wenn ein Sträfling etwas wollte, so hatte er bescheiden an die Tür zu klopfen. Passte es dem Nasiratel, so fragte er nach dem Begehr. Passte es ihm nicht, und manchen passte es nie, ließ er den Katorschanin weiterklopfen und zeigte ihn dann wegen Lärmens in der Zelle an. Das gab regelmäßig Arrest. Auch ich klopfte natürlich stets, nur bei einem nicht, den pfiff ich zur stets erneuten Freude des ganzen Korpus III wie einen Hund heran. Das hat mir viele Sympathien eingebracht. Unhörbar schlich der Aufseher von Zellentür zu Zellentür, geräuschlos bewegte er den Schieber am Guckloch, und wehe dem, den er bei irgend einem und sei es noch so kleinen Verstoße gegen die Zuchthausordnung ertappte. Karzer war ihm gewiss. Gegen mich hegte er einen ohnmächtigen Groll. Gleich das erste Begegnungsgefecht hatte für ihn mit einer schweren

Niederlage geendet. Als er das erste Mal zum Obisk in unserer Zelle war, gelang es ihm, ihr in wenigen Minuten das Aussehen eines Schweinestalles zu geben. Es kostete den Ordnungsfanatiker Bochmann eine ungeheure Selbstüberwindung, dass er diesem Vertreter des ›strengen‹ Regimes nicht an die Kehle sprang. Alles, was in der Zelle war, lag durcheinandergewühlt auf dem Boden; das blanke Kupfer trug die Spuren seiner schmutzigen Finger. »Verfluchter Hund!« murmelte der Pan in ingrimmiger Wut, als sich die Tür wieder geschlossen hatte. »Was tun?« fuhr er resigniert fort, und die Schatten bitterer Qual verdüsterten seine Züge. »Der Nasiratel wird gleich selbst Ordnung machen,« versicherte ich. »Der Nasiratel?« mich traf ein Blick, der an meinem Verstande zweifelte. Ich klopfte. Der Oberaufseher öffnete die Klappe. »Was is' los?« – »Ich lasse den Starschi bitten, sofort persönlich herzukommen.« - »Weshalb?« - »Ich will ihn fragen, ob das ein neuer Befehl ist, dass beim Obisk die Zelle so zugerichtet werden soll, als ob ein Schwein darin gehaust hätte, und ob es Vorschrift geworden ist, dass die Nasiratel dabei mit schmutzigen Fingern unser reines Geschirr zu besudeln haben?« - »Was?« staunte der Oberaufseher, der vorhin nicht einen Blick in die Zelle geworfen hatte, weil er von der Brüstung herunter mit irgend jemandem sprach, »was?« - »Ja, das will ich fragen,« beharrte ich. »Wozu?« – »Wenn das Vorschrift ist, dann werde ich die Sachen aufheben, andernfalls aber werde ich den Starschi bitten, dem Nasiratel zu befehlen, alles wieder auf seinen Platz zu stellen.«

Wie erinnerlich, war der Starschi mein Freund. Er war ein ruhiger älterer Mann, der seine Leute an der Strippe hatte und die Sträflinge nie schikanierte. Das kann auch dir an den Kragen gehen, sagte sich der Ötdjälonnüj: denn anstatt aufzupassen, hatte er sich unterhalten. »Was hast Du da gemacht?« fragte er den Nasiratel, indem er tat, als ob er die Unordnung in unserer Zelle soeben selber entdeckt hätte. »Stell schnell die Sachen wieder ordentlich hin!« befahl er, schloss auf, und die Angst vor Strafwache, Arrest und Lohnabzug half dem Aufseher beim Aufräumen. »Danke!« sagte ich, als er fertig war, und der Oberaufseher glaubte, ich zolle seiner Energie Anerkennung, der Nasiratel aber, dass ich ihn verhöhnte.

Einige Wochen später - er hatte gerade Dienst - klopfte ich. Er kam nicht. Die Tür mit Trommelfeuer zu belegen, das hätte mich todsicher in Arrest gebracht. Ich signalisierte daher nach rechts und links: »Ihr habt gehört, dass ich geklopft habe?« - »Ja.« - »Gut.« Ich musste mir erst die

Zeugen sichern; stand Aussage gegen Aussage, bekam der Aufseher recht, und die Strafe erhöhte sich. Ich pfiff. Tatitata, schmetterte es gellend durch den Spalt an der Klappe in die Stille des weitläufigen Gebäudes, Tatitata! Mit einem Sprunge war er da. »Du warst's!« triumphierte er. »Ja,« bestätigte ich, »ich weiß nicht, ob der Natschalnik Sie dafür beloben wird, wenn er erfährt, dass Sie sich geweigert haben, die Proschenje, auf die er wartet, in Empfang zu nehmen.« Es gelang mir späterhin, ihn noch ein paar Mal schwer zu kränken. –

»Da ist der Hund,« sagte der Pan, als der Nasiratel den Kopf in der Tür zeigte. »Ich möchte zum Natschalnik!« Das war der vorgeschriebene Weg: der Aufseher meldet den Wunsch dem Oberaufseher, dieser dem Starschi, der wieder dem Pomoschtschnik vom Dienst und dieser lässt ihn dann auf irgend eine geheimnisvolle Weise, die ich nie ergründet habe, an den Natschalnik gelangen. Dieser setzt Tag und Stunde der Audienz fest, und über Pomoschtschnik, Starschi, Oberaufseher, Aufseher gelangt der Bescheid zum Sträfling, der zur befohlenen Stunde unter abermaliger Inanspruchnahme von Aufseher, Oberaufseher, Starschi, Pomoschtschnik und einer besonderen Wache hingeführt und wieder zurückgebracht wird. »Bitte!« schmeichelte die Stimme des Kermeisters; er schloss auf, und damit waren alle Formalitäten, um zum Natschalnik zu gelangen, erledigt.

Die Fabrikanlagen trennten die Einzelzellen von der Wolgafront. Dort lagen die ›Allgemeinen Kammern‹ (Säle, die zur Unterbringung ganzer Sträflingskompanien hinreichten) und der Sitz der Zuchthausverwaltung. Auf den ersten Blick war zu erkennen, dass die organisierte Unordnung, die sonst herrschte, einem Chaos Platz gemacht hatte. Das Durcheinander von Akten, Papier und Büchern, halbgefüllten und leeren Teegläsern, Staub, Asche und Zigarettenüberresten bildete mit dem von Schmutz starrenden Fußboden, den auf Tischen und niedrigen Regalen sitzenden, sich unterhaltenden und nichtstuenden Beamten und Schreibern eine treffliche Illustration der ›Neuen Ordnung‹. Auch die allgemeine Gleichheit fand in dem Bilde charakteristischen Ausdruck: die Oberbeamten durften in militärischer Haltung den entlassenen Sträflingen, die sich auf den Stühlen breit machten, Rede und Antwort stehen. Als ich das alles sah, wurde mir klar, dass diese ungebundenen Geister vergebens nach der Vollendung reiner Höhe streben. Aber durch den Krieg an vielerlei Schrecken gewöhnt, fasste ich mir ein Herz und fragte irgendwen nach dem Natschalnik, weil mir eine innere

Stimme sagte, dass er irgendwo zwischen Zigaretten, Wodka, Akten, Teegläsern und Betrunkenen zu finden sein müsse. Richtig! er war da. Sofort brachte ich meine Frage an: »Weshalb werde ich nicht freigelassen?« Dabei wies ich auf den Regierungserlass in den ›Nachrichten‹ in dem mich die amnestierten Paragraphen von aller Schuld und Sühne freisprachen. Der Natschalnik, der mit der verstaubten Literatur in seinem Kontor eine verzweifelte Ähnlichkeit bekommen hatte, verriet mir, dass ein Delegat des Kriegsministeriums gegen meine Freilassung Widerspruch erhoben habe. Somit blieb mir nichts anderes übrig, als meinem höchsten Vorgesetzten eine Abschiedsverbeugung zu machen und dabei in Ermangelung von Sporen mit den Ketten zu klappern. Ich hatte das eklig 'raus. –

Die Allgemeinen Kammern, mit ihrer Anhäufung von Verbrechern jeder Art auf engstem Räume, bildeten das unerschöpfliche Reservoir, aus dem der Strom der revolutionären Freiheit immer neue Nahrung sog, um schließlich so anzuschwellen, dass er die letzten Dämme der alten Ordnung zerbrach. Er warf sie nieder, weil überall das Leben den gleichen Gesetzen gehorcht. Die kraftlose Zuchthausverwaltung hatte in, wie sie glaubte, kleinen Dingen den Sträflingen nachgegeben, um sich dadurch, wie sie hoffte, von weitergehenden Zugeständnissen, die die Strafanstalt lediglich zu einem Asyl für Obdachlose machen mussten, freikaufen zu können. Hatte die Revolutions-Regierung zunächst nur die politischen Verbrecher amnestiert, so sah sie sich alsbald gezwungen, dem Drängen der Demagogen nachzugeben, die die Sache der übrigen Gesetzesbrecher zu ihrer eigenen machten, und im Namen von Freiheit, Gleichheit und Brüderlichkeit eine erweiterte Amnestie in Aussicht zu stellen. Damit legte sie den Grundstein zu ihrem Sturz. Dienstag, den 3. April, hieß es, erscheint die Amnestie. Aber wir hatten erst Anfang März! Solange sollen wir noch warten? Unerträglicher Gedanke. Soldaten- und Arbeiter-Abgeordnete vom Ausführenden Komitee jenseits der Wolga werden zitiert, bearbeitet, die Unsinnigkeit dieses Ansinnens wird ihnen bewiesen und die sofortige Freilassung gefordert.

Das ist mir auch späterhin in den anderen Gefängnissen, die mich als Gast sahen, aufgefallen: stets war der Wunsch der Sträflinge den ›Volks‹-Beauftragten Befehl! Die waren immer für ihre besten Truppen zu haben, unsere Fürsten – leider – nicht. Ihre Schuld war es daher, dass sie so sang- und klanglos von der Bildfläche verschwanden. Hätten sie »als König zu denken, zu leben und zu *sterben*« vermocht, wären sie

Persönlichkeiten gewesen, die diese Dreifaltigkeit in sich einten, sie säßen – es ist nicht unwahrscheinlich – alle noch auf ihren Thronen. Wer aber für seine Sache nicht mehr einzusetzen wusste, als die Unterschrift unter die Abdankungsurkunde, dem wurde nicht ganz ohne Unrecht zugerufen: gehabt Euch wohl, edler Herr! –

Die Leute vom Revolutionären Komitee hielten den Wunsch der Katorschanje für berechtigt, und da sie sich ihnen im Glanze ihrer Macht zu zeigen wünschten, beraumten sie für den Nachmittag desselben Tages eine Versammlung aller Sträflinge an.

In dieser wurde beschlossen:

1. Das gesamte Zuchthaus-Personal legt die Waffen ab;
2. Die Sträflinge verwalten und regieren sich selbst;
3. Die Amnestie hat sich unterschiedslos auf alle unter dem alten Regime Verurteilten zu erstrecken:
4. Die Beschlüsse treten sofort in Kraft.

Die Jaroslawler Komitee-Mitglieder sagten zu allem Ja und Amen. Die Mehrheit hatte es beschlossen. Der Wille der Mehrheit musste geschehen. Der Wahnsinn war Methode geworden.

Nur ein Bedenken kannten die Abgeordneten vom Arbeiter- und Soldatenrat, ein einziges, kleines Bedenken: gefährdeten sie auch nicht durch die Beschlüsse ihre eigene Stellung? Denn die Regel lautet: mag's tausendmal Verrat an allem sein, es soll geschehen, wenn es dir nützt; was allen frommt, das bleibe ungetan, wenn du dir dabei selber schadest. In Moskau, hieß es, wären längst schon alle frei. Wie aber, wenn in Petrograd ein gleiches für Jaroslawl nicht gebilligt würde? Da ist es vielleicht ratsam anzufragen; bei einem Nein auf die in Petrograd zu weisen.

»Brüder,« sagt der Präsident, »Euer Wille geschehe. Doch ich habe eine Bitte an Euch, nur eine einzige kleine Bitte. Seht, ich könnte es Euch befehlen, denn alle Gewalt hat *uns* das Volk übertragen. Aber ich tue es nicht, das verfluchte alte Regime mit seinem Zwang das ist dahin, ich bitte Euch lediglich: geduldet Euch noch eine kleine Weile! Wir fragen inzwischen in Petrograd rasch telegraphisch an, ob wir Euch heute schon die Freiheit geben dürfen und bringen dann selber Euch die Antwort her. Bis dahin mögt Ihr hier so tun, wie Ihr beschlossen habt.« –

»Organisiert euch!« das war das Modewort des Tages geworden. Die Sträflinge organisierten sich. Es gab ein Ausführendes Komitee, es gab Delegierte und vor allen Dingen gab es Versammlungen. Wenn doch all die Zeit, die ans feile Wort verschwendet wird, in nutzbringender Arbeit zum allgemeinen Besten verwendet würde! Es gäbe keine soziale Frage mehr, das ist gewiss. –

Die Beamtenschaft legte die Waffen ab und tat gemeinsam mit den Sträflingen Dienst. Der vereinfachte sich. Die Katorschanje hatten das ›Ehrenwort‹ gegeben, nicht auszurücken. Die Zellentüren wurden geöffnet. Der Verkehr innerhalb des Zuchthauses war frei. In jedem Flügel war ein Delegat für die Ordnung verantwortlich. Ein Beamter, von zwei Sträflingen begleitet, machte morgens und abends die Pawierka. Der Schließerdienst war fast überflüssig geworden.

Fast: die freigewordenen Zellen hatten sich mit neuen Insassen gefüllt, Männern, deren Dienstlaufbahn sonst nicht mit dem Zuchthaus zu enden pflegt. Gleich bei Beginn der Revolution war der Oberpräsident des Gouvernements, Gubernator heißt es im Russischen, Fürst Obolenskij (wenn ich nicht irre)[27], geflohen. Ich habe auch die zweifelhafte Ehre, ihn zu kennen. Gelegentlich eines Zuchthaus-Besuches wurden ihm die Raritäten der Strafanstalt vorgeführt. Ich gehörte zu den Schaustücken, die man gesehen haben musste. Mit großem Gefolge betrat er meine Zelle; der Rest seiner Umgebung drängte sich vor der Tür. »Achtung!« kommandierte der Kommandant des Korpus III. »Gesundheit!« grüßte der Natschalnik. »Ich wünsche Euer Hohen Exzellenz Gesundheit,« betete der Pan seine Formel her. »Guten Tag,« erwiderte ich deutsch.

Eine sehr große, sehr gut sitzende Uniform stand vor mir. Ein Gesicht, an die geistlosen angloamerikanischen Gefrieser erinnernd, ragte aus dem Kragen hervor. Ein paar blank geputzte Knöpfe stellten die Augen dar. Im übrigen war die Puppe stumm. Nachdem sie längere Zeit in der Zelle gestanden und sich an meinem Anblick geweidet hatte, bewegte sie sich wieder zur Tür hinaus. Da es im Zuchthaus nicht Sitte war, Besuche zu erwidern, so bin ich Seiner Hohen Exzellenz, dem Fürsten Obolenskij, den meinen schuldig geblieben.

---

27 Im diplomatisch-statistischen Jahrbuch für 1916 wird Graf Tatischtschew als Gouverneur genannt. Ich konnte mich seinerzeit nur auf die Angaben von Nasirateln und Sträflingen stützen. Es bleibt somit die Begebenheit, der Name zerfließt in Schall und Rauch.

Diesen pflichtbewussten Beamten hatten die neuen Gewalthaber zu ihrem Leidwesen nicht erwischt. Dafür hatten sie den Polizeipräsidenten, den Gendarmerieobersten, zahlreiche Beamte der Ochrana[28] und wen sie sonst noch fassen konnten, in den sicheren Gewahrsam des Zuchthauses gebracht. Diese Leute mussten bewacht werden.

Außer ihnen ein lieber Kerl. Ein im ersten Freiheitstaumel von interessierter Seite eingebrachter Beschluss hatte allen Beamten des Zuchthauses Amnestie gewährt, nur einem nicht, dem Zuchthaus-Arzt. Eine der ersten Taten der Sträflinge und die einzige, mit der ich mich rückhaltlos einverstanden erklärte, war die Festsetzung dieses ›Massenmörders‹.[29] Was aus ihm geworden ist, weiß ich nicht. Da er einer der gewissenlosesten Menschen war, die ich kenne, so wird er wohl frei gekommen sein.

Auch die Korridorschtschiki, die ihre Kameraden bestahlen und schikanierten, wo sie konnten, wenn sie nicht bestochen wurden, wurden hinter Schloss und Riegel gesetzt. Nun hatten sie Muße, über eine gerechtere Verteilung des Essens nachzudenken.

Das diebische Küchenpersonal, das sich vom Besten der Zuchthaus-Vorräte mästete und die übrigen Katorschanje mit dem fütterte, was es selbst nicht hinunterwürgen konnte, wurde durch die ersetzt, die am lautesten über die Verpflegung geschimpft hatten. Aber das Essen wurde nicht besser. Dafür erschien es unregelmäßig; es wurde bisweilen 4:00 nachmittags, ehe es kam. Es verschlechterte sich sogar noch, und dann stellte sich heraus, dass die, die alles besser mussten und am meisten getobt hatten, und auf Grund dieses Verdienstes und Befähigungsnachweises die Interessen der Gesamtheit wahrnehmen sollten, viel ärger stahlen und noch mehr auf ihren Vorteil bedacht waren, als dies je die Leute in den alten Zeiten gewagt hatten.

Auch sonst stellten sich gleich in den ersten Tagen der neuen Selbstverwaltung zahlreiche Missstände heraus. Die Posten der Korridorschtschiki, zu deren Aufgaben auch das Ausgießen und Reinigen der Koteimer gehörte, waren nicht mehr besetzt worden, denn die sich selbst regierenden Sträflinge hatten niemanden gefunden, der ein Amt angenommen hätte, das irgendwelche wirkliche Arbeitsleistung im Gesamt-

---

28 Geheime politische Polizei.
29 So nannten ihn die Sträflinge (nicht mit Spitznamen, sondern aus – Gewissheit).

interesse erforderte. Wie einst in Brest-Litowsk, so herrschte jetzt auch hier völlige Selbstbedienung, die nach den Bedürfnissen und nach den Auffassungen von Reinlichkeit in den einzelnen Zellen eine sehr verschiedene war.

Das Zuchthaus hatte keine Kanalisation, Kot und Jauche wurden täglich abgefahren. Jetzt aber ruhte jegliche Arbeit, und wir drohten im Schmutz zu ersticken.

Ich muss es leider eingestehen: ich war ein angesehener Mann im Katorschnaja Tjurma. Viele hatten mir schon zu Zeiten der alten Regierung nicht geglaubt, dass ich ein politischer Verbrecher sei; der Zar werde einen feindlichen Offizier, einen Flieger noch dazu, ins Zuchthaus sperren, nur weil er Feind sei! Das sollte ich anderen vorreden: nee, nee, ich müsse ganz was Dolles gemacht haben!

Als sich nun bei der Amnestie der politischen Verbrecher die Türen des Gefängnisses nicht auch mir geöffnet hatten, da galt es als erwiesen, dass ich Dinge auf dem Kerbholz haben müsste, an die nur ein ganz schwerer Junge sich herangetraut haben konnte, denn die Quittung dafür war ja allen lesbar: am Galgen vorbei, ins Zuchthaus, lebenslänglich. Wohl war ich Feind, und solange Russland mit uns im Kampfe stand, musste ich mich jedes Geschehens freuen, das seine Niederlage beschleunigte. Aber in den russischen Untergang mit hineingezogen zu werden, dazu verspürte ich keinerlei Neigung. Ich machte daher den einflussreichsten Delegaten klar, dass keiner vom ganzen Zuchthause lebend herauskommen werde, wenn erst mal das große Sterben mit Typhus, Cholera und Pest bei uns seinen Einzug gehalten haben werde. Was meine Worte vielleicht nicht vermochten, die Furcht vor dem Tode, der Selbsterhaltungstrieb brachten es fertig, dass eine Stunde nach meiner grausigen Schilderung mit der Leerung des Sammelbeckens begonnen und in der Folge für die prompte Abfuhr des Kots gesorgt wurde. Im übrigen ließ ich die Bande machen, was sie wollte. Mich ging es nichts an. Ich hatte nur über meine Person zu wachen, und das war in den ersten Tagen der Selbstverwaltung dringend nötig.

Die Revolutions-Regierung hatte einen Heidenschreck bekommen, als sie in der Zeitung las, dass da und dort die Gefängnisse geöffnet worden waren, und ihr Inhalt sich auf die Straße ergossen hatte. Nach dem ungeschriebenen Gesetz aller Revolutionen ist der im Recht, der eine Regierung stürzt und damit selbst zur Macht gelangt. Die von der Entente ausgehaltene Kerenskij-Regierung hatte die Zarenherrschaft nur ein wenig beseitigen und, sich an ihre Stelle setzend, nur das tun wollen, was man eine kleine Schiebung nennt. Bei diesem Unterfangen hatte sie aber den nicht unwichtigen Umstand übersehen, dass sie jeder Gruppe und jedem Grüppchen, das sich in demselben Taschenspielerstück versuchen wollte, automatisch das Recht einräumte, mit ihr ebenso zu verfahren, wie sie selbst zur Herrschaft gelangt war. Das fiel ihr nun und natürlich zu spät ein. Sie hatte jetzt nur noch die Wahl, entweder sofort abzutreten und die Unentwegtesten ans Ruder zu lassen, oder ihr Verschwinden noch ein wenig hinauszuzögern. Ein anderer Entschluss war nicht zu fassen.

Da nun die »Regierung von Russlands besten Söhnen« an der Macht bleiben wollte, sah sie sich gezwungen, die Forderung der Freilassung sämtlicher Sträflinge abzulehnen. Bevor sie aber ihre Antwort bekannt werden ließ, legte sie zunächst eine Kompanie Infanterie als Wache ins Zuchthaus. Dann kam vom Ausführenden Komitee der abschlägige telephonische Bescheid. Auf zur Protest-Versammlung! Die Realpolitiker aber entdeckten aufs neue ihr patriotisches Herz. Die Parole vom ersten Revolutionstage: Kampf den Deutschen bis aufs Messer! die sie längst alle wieder vergessen hatten, wurde aus der Erinnerung ausgegraben und von einem Häuflein als Leiter benutzt, mit deren Hilfe sie hofften, in das goldene Land der Freiheit jenseits der Gefängnismauern herabklettern zu können. Ja, wir haben gesündigt, gestanden sie: aber was sollen wir hier tatenlos sitzen, lasst uns an die Front! Als Soldaten wollen wir sühnen, was wir als Bürger gefehlt. Die Forderung: wer gewillt sei, an der Front zu kämpfen, der solle sofort freigelassen werden, wurde an das Ausführende Komitee gerichtet.

Was konnte man bis zum Eingang einer Antwort tun? Man konnte das Eisenband, das einzelnen Zellen außen vorlag, abschrauben: in der Schlosserei lag Werkzeug genug. Man konnte die in der Wand eingelassenen Eisenstangen, die Stützen von Tisch und eingemauertem Sitz, abbrechen. Ein wenig Schrauben hier, ein wenig Zerren und Treten da, und du hattest, was du wolltest: etwas, das weniger beachtlichen Gründen eher Geltung zu schaffen vermochte.

Am Nachmittag wurde erneut eine Versammlung einberufen. In ihr wurde erklärt: das Zusammenarbeiten mit der alten Beamtenschaft sei für jeden anständigen Zuchthäusler zur Unmöglichkeit geworden. Die neue Regierung habe bewiesen, dass sie nicht besser, nein, schlimmer als die des Zaren sei. Einem zielbewussten Anhänger, der ›Wahren Freiheit‹ sei es daher nicht mehr möglich, weiter mit der Natschalstwo zusammen zu wirken. Die Nasiratel sollten sich noch heute zum Teufel scheren und wenn sich noch einer im Zuchthaus blicken ließe, dann wollten sie ihn totschlagen. Das war der Beschluss.

Die Aufseher verschwanden. Die Wachtkompanie blieb. Rings um den ganzen Zuchthausbereich standen ihre Posten. Eine starke Wache, sechzig bis achtzig Mann, wurde in den Korpus III gelegt. Der freie Verkehr wurde nicht gehindert, aber überall standen die Doppelposten. Die Bereitschaft lagerte dicht gedrängt im untersten Flur. Das war Grund genug, um sich wieder zu versammeln. Beschluss: bewaffnete Soldaten sind ein Zeichen von Misstrauen. Die Katorschanje können sich allein regieren, ohne Nasiratel und ohne Soldaten. Die Wache ist ›aufzuklären‹ und zum Ablegen der Waffen zu bewegen.

Es dauerte nicht lange, und die Wache war aufgeklärt. Die Soldaten verbrüderten sich mit den Sträflingen in den Zellen. Die Waffen lagen irgendwo auf einem Haufen, nur einige ganz besonders Misstrauische hatten sie mit in die Zellen genommen. Am Mittag des folgenden Tages wurde die Kompanie abgelöst. In mehr als zweihundert urteilslose Schädel war Verwirrung getragen. Die gleiche Zahl rückte an, und das Ergebnis war dasselbe. So ging es Tag um Tag. Vier Ersatz-Regimenter Infanterie lagen in Jaroslawl. Es dauerte nicht lange, und alle Truppenteile waren in Fäulnisherde umgewandelt. – Draußen, außerhalb der Mauern, wurden die Massen mit Wort und Schrift aufgepeitscht. Es ging um Sieg oder Niederlage, dessen war sich die Entente bewusst. Nein! bei ihr ging es nur um den Sieg! Um nichts anderes. Ihre Staatsmänner kannten nur ein Ziel: den Sieg; ein Wollen: den Sieg: ein einziges Mittel, um zum gewollten Ziel zu gelangen: den Sieg. Nichts anderes kannten sie. Das ›Oder‹ kannten nur die unfähigen Erben Bismarckscher Staatskunst, die bei uns am Ruder saßen und uns damit in sichere Niederlage stürzen mussten. Mussten! Wer Raum in seinem Kopfe für ein ›Oder‹ hat, hat sich als Staatsmann selbst gerichtet: gewogen und zu leicht befunden. Weil die Entente den Sieg wollte, musste Russland an der Stange bleiben, musste die neue Regierung, als Knecht der Entente, das Volk immer weiter in den Abgrund treiben.

Organisiert euch! Kampf den Deutschen bis aufs Messer! Immer wieder wurde diese Losung ins Volk geworfen. Kämpfen aber heißt: ran an den Feind! Mit brausendem Ura wurde die Ansprache eines Offiziers aufgenommen, der zum Eintritt in die Armee aufforderte. Gelang es erst 'mal, auf diese Weise herauszukommen, dann würde sich das Weitere schon finden. Zunächst aber galt es, durch eine Tat zu beweisen, dass selbstverständlicher Deutschenhass in der Brust eines jeden schlummerte.

Ich saß in der Zelle und schrieb an einem Bericht. Irgend jemand machte sich an der Zellentür zu schaffen. Ich drehte mich um und sah, wie einer die Klappe zuwarf. Im nächsten Augenblick bewegte sich ein Schlüssel, das Schloss ächzte, der Riegel schob sich vor, ich war eingeschlossen. Ich stand auf. Vor meiner Tür stand ein Sträfling Wache. Er gehörte zur Miliz; das war die aus den Sträflingen gebildete Zuchthaus-Polizei. Schritte entfernten sich, und eine mir bekannte Stimme grollte: »Verfluchtes Schwein! Totschlagen sollte man die deutschen Hunde alle.« Es war der Augenakrobat. Wie mochte er das Schlüsselloch gefunden haben?

»Was ist los?« Der Offizier hätte befohlen, mich einzuschließen; ich sei kein freier Katorschanin, ich sei Feind. Ich schrieb weiter. Meine Freunde, die beiden Delegaten, der Kommandant der Miliz und ein Ukrainer, kamen, um mir das Neueste zu erzählen. »Nanu?« – »Warum sperrt Ihr mich wieder ein?« – »Wer hat Sie eingesperrt?« – »Ich weiß nicht; aber der mit den Augen kegeln kann, der war dabei.« – »Genosse, hol den Schlüssel,« befahl der Kommandeur der Zuchthausgarde. »Gleiches Recht für alle,« fuhr er zu mir gewandt fort, »ohne meine Erlaubnis wird niemand eingeschlossen.« Die Tür wurde geöffnet.

Der freie Verkehr von Zelle zu Zelle hatte seine Vor- und Nachteile. Es wurde gestohlen. Wer die Zelle verließ, ohne sie verschlossen zu haben, büßte unweigerlich seine wenigen Habseligkeiten ein. Der eiserne Zusammenhalt im Korpus III hatte sich gelockert. Neue Sitten waren aufgekommen. Sich in aller Freundschaft zu bestehlen, war erlaubt. Es galt zwar nicht als fair, das wäre zu viel gesagt, aber es war ein schöner Brauch.

Der Pan war infolge der vielen Aufregung krank geworden und lag drüben im Lazarett. Ich musste mein Eigentum selbst hüten. In der Hauptsache bestand es aus Lebensmitteln. Die Revolution hatte die Aussichten auf die nächste Wipiska auf den St. Nimmerleinstag verschoben, und das Gedächtnis versagte, wenn es sich an die letzte erinnern sollte. Mit dieser zarten Umschreibung will ich andeuten, dass ich den üblichen Hunger hatte. Ich habe vorweg genommen, dass es mir gelungen war, ein wenig für mich zu sorgen. Da war ein Soldat eingeliefert worden: lebenslängliche Zwangsarbeit. Er hatte einen Arm verloren. Ich weiß nicht, was ihn ins Zuchthaus gebracht hatte. Er hatte ein nicht unsympathisches Gesicht und war ein ruhiger Mann. Seit einigen Monaten hauste er am gleichen Korridor wie ich. Sein Tabakvorrat war ihm gelegentlich ausgegangen. Auf seine Bitte schickte ich ihm 1/8 Pfd. Machorka und einen Bogen Papier. Jetzt war er Delegat. Er saß im Kontor und überwachte die Ausgaben;: ohne seine Unterschrift rollte keine Kopeke aus dem Kassenschrank der Zuchthaus-Verwaltung. »Ich möchte Wipiska haben,« sagte ich ihm. »Wie viel?« fragte er. »Dreißig Rubel.« Er unterschrieb den Bon, und so kam ich in den Besitz von Butter, Eiern, Käse, Speck, Tee, Tabak und Zigarettenpapier. –

Es ist nicht gut, dass der Mensch sich zu viel mit irdischem Gut behängt, das war des Lebens Leitstern für die meisten Katorschanje. Dafür schätzten sie den Besitz an anderen. Stets waren sie bereit, in dessen Genuss einzutreten und sich des doppelten Vorteils zu erfreuen, ihn ohne jegliche Mühe des Erwerbes zu haben. Vielleicht weil die Mehrzahl von ihnen so dachte, vielleicht auch, weil meine Zelle den nicht ganz unbegründeten Ruf der Gastfreiheit hatte, vielleicht auch, weil ich jedem meiner ›Kollegen‹ unter irgend einem Gesichtspunkte sehenswert war, kurz, der Zusammenfluss dieser drei Annahmen ergoss sich als stattlicher Strom in meine Zelle. Es herrschte ein fast beständiges Kommen und Gehen. Viele kamen und bedankten sich bei mir, weil sie Deutschland ihre sicher nun bald bevorstehende Befreiung zu danken hätten; bedankten sich, weil sie das wenige, was sie wussten, von irgendwohin verschlagenen Deutschen hatten. Das war ja alles ganz schön und gut, aber wenn man selber schon ein, zwei Jahre lang in unterschiedlichen Gefängnissen mit jeder Art Halunken zusammenlebte, dann mussten die ständigen Besuche an jeglichem Interesse verlieren und konnten schließlich nur noch störend empfunden werden. Ich sah mich daher gezwungen, den Strom der Besucher stark einzudämmen. Ich ließ mich einschließen und war nur für diejenigen zu sprechen, die mir passten. Das ist nun wieder ein wenig zuviel gesagt, denn es gab nur einen einzigen Menschen im ganzen Zuchthaus, auf den diese Bedingung zutraf, jenen grundehrlichen und durch und durch anständigen Mann, der das Herausbringen meiner Tagebücher aus dem Gefängnis übernahm und den lediglich die einäugige russische Justiz seiner Freiheit beraubt hatte. Diese Maßnahme erlaubte mir den im wesentlichen ungestörten Genuss meiner Wipiska, hielt unerwünschte Besucher fern und ermöglichte, die Zelle zu verlassen, wann ich es wollte.

Die Umwandlung des Zuchthauses in eine Herberge für zwangsweise Obdachlose hatte mich in näheren Verkehr mit einem Balten gebracht. Herr v. Grotthuß war einige sechzig Jahre alt, Staatsrat, Exzellenz gewesen. Seine Aburteilung war im Zusammenhang mit dem Mjassojedoffschen Spionage-Prozess erfolgt, der zu Beginn des Krieges in Russland großes Aufsehen erregt haben soll. Seinen Angehörigen ist es später gelungen, seine Rehabilitierung durchzusetzen. In der Erzählung von Anekdoten war er Meister; über sein Vaterland sprach er mit der gebührenden Zurückhaltung, die dem Feinde, mir gegenüber, am Platze war. Außer Herrn v. Grotthuß hatten wir noch eine Exzellenz im Zuchthaus, den Verteidiger von Kowno, General der Infanterie Gregorijeff. Ob der Zar um diesen General wohl zu beneiden war? Man habe ihn zum Sündenbock für den Fall der Festung gemacht, sagte er. Aber wenn ihm auch jetzt die Gnade Seiner Majestät des Kaisers entzogen sei, so werde sie ihm doch wieder leuchten, so hoffte er. In allen Wechselfällen des Geschicks jedoch werde er seinem Herrscherhaus treu ergeben sein. So klang Sr. Exzellenz Rede vor der Revolution. Die Gesinnung, die sich in diesen Worten äußerte, musste auch ein Gegner anerkennen. Nun kam die Probe aufs Exempel, die Umwälzung. Mir hat es meine Kinderstube verboten, die gestürzten Größen in der Form des Umganges ihr Versinken in das Nichts empfinden zu lassen: dabei war ich Feind, ein Feind, der nie ein Hehl daraus gemacht hatte, dass er es sei. Die Russen dachten anders. Vor der Revolution verneigte sich Seine Exzellenz tief vor jedem Nasiratel, und zog dabei die Mütze wie ein Schulbub. Jetzt aber grüßte Seine Exzellenz die machtlose Natschalstwo nicht mehr. Jetzt grüßte der General der Infanterie seine Kollegen, die Sträflinge, und ganz besonders ehrerbietig die von ihnen, die Soldat gewesen waren. Von weitem schon schwang er die Mütze; ein joviales Mützenschwenken, wenn er irgendeinem Katorschanin begegnete, eins, das unverkennbar Hochachtung ausdrückte, wenn die Kopfbedeckung sich vor einem Gesicht senkte, in dem nicht gleich zu lesen war, ob es in ihm noch einen Burschui oder noch weniger als seinesgleichen sah. Nein, wie er vertraulich den Kerlen auf die Schulter klopfen konnte! Prachtvoll geradezu! Vielleicht muss man russischer General und Hohe Exzellenz gewesen sein, um das zu können.

Die Revolutions-Regierung war, wie ich berichtete, zu Anfang etwas schwerhörig, was eine allgemeine Amnestie anging. In einer der Versammlungen, die sie forderte, trat auch Exzellenz Gregorijeff als Redner auf. Es musste ihm wohl unbekannt gewesen sein, dass der Staatsanwalt auftragsgemäß nur die entlassen konnte, auf welche die Amnestie sich erstreckte, denn sonst hätte die ehemalige Stütze von Thron und Altar doch nicht vorschlagen können: »Wenn der Prokuror uns nicht alle freilässt, dann wollen wir ihn selber einsperren!« Nicht übel, was? »Kameraden,« empfahl er sich zum Schluss dem allgemeinen Wohlwollen, »ich bin in meinem Herzen schon immer Anarchist gewesen. Aber unter dem verruchten alten System – dem er vierzig lange Jahre gedient hatte! – konnte ich mein Innerstes nicht offenbaren.« – »Herr General!« – die republikanische Höflichkeit gebietet die Anrede mit dem Range und wendet sich verächtlich von jedem Titel – erhob sich ein ehemaliger Soldat, »Sie brauchen vor uns keine Angst zu haben. Wir tun Ihnen nichts, wenngleich Sie das nicht verdient haben. Vor einem Jahre noch sprachen Sie anders. Ich kenne Sie doch von Kowno her. Genossen!« fuhr er fort, »wir wollen ihm nichts tun, obgleich er mich in Katorga gebracht hat. Erlaubt mir aber, dass ich vor ihm ausspucke.« Wie gesagt, so manche Russen dachten anders. –

Weg von hier! Das war der Gedanke, der in allen Gesprächen, in allen Versammlungen und in allen Forderungen immer wieder auftauchte. Weg von hier! Im Zuchthaus begann es zu gären. Lässt man uns nicht gutwillig hinaus, gut, dann gehen wir mit Gewalt! hieß der Satz, für den nunmehr Stimmung gemacht wurde. Er hatte große Zugkraft. Nur schwer noch gelang es den besonneneren Elementen, die Masse in Zaum zu halten. Als letztes friedliches Mittel, um unsere Freilassung zu erwirken, wollen wir in den Hungerstreik treten, wurde verkündet. Was jeder an Brot, Tee, Zucker und sonstigem Essbaren besaß, wurde ins Geschäftszimmer gebracht, und die Wohnung des Natschalniks mit den Nahrungsmitteln verbarrikadiert. Die Wachkompanie, vom 209. Ersatz-Regiment gestellt, mit ihrem Führer an der Spitze, unterstützte die Forderung der Sträflinge, indem sie sich gleichfalls am Hungerstreik beteiligte und ihre Verpflegung zum allgemeinen Haufen warf. Gegen 9:00 vormittags begann der Streik. Gegen 11:00 vormittags war er zu Ende. Eine Militär-Kommission würde zunächst die für den Dienst im Heere Tauglichen aussuchen, die übrigen möchten sich noch ein wenig gedulden.

Um weiter zur allgemeinen Beruhigung beizutragen, wurde ein Regierungs-Erlass sofort zur Ausführung gebracht: am 30. März 1917 wurden uns die Handfesseln, am 2. April die Fußfesseln abgenommen. Amboss, Stemmeisen und Kammer arbeiteten um die Wette. Die Ketten sanken in den Staub. Ich habe die meinen zwei Jahre weniger einige Tage getragen.

Die Militär-Kommission erschien. Je nach Wunsch schrieb sie die einen für sofort einstellungsfähig, andere für tauglich nach drei Monaten Erholungsurlaub. Viele aber erklärten: Soldaten werden wir nicht! Wir wollen nichts anderes als freigelassen werden: das wollen wir! Der Pan erhielt drei Monate Erholungsurlaub. Aber wo sollte er ihn verbringen? Geld besaß er nicht. Nach Hause konnte er nicht. Wovon sollte er leben? Die meisten befanden sich in gleicher Lage. Ich weiß nicht, wie das Ausführende Komitee den Leuten half.

Die Mitglieder der Militär-Kommission waren taktvolle Menschen; ich konnte das an den russischen Offizieren gelegentlich schon loben! Es war am späten Abend; sie ließen sich meine Zelle aufschließen und traten ein. Ein Haufen Sträflinge umdrängte sie. Keins von den Kommissions-Mitgliedern grüßte. Dafür starrten sie mich an, starrten mich an, wie eben nur ein Russe einen Menschen anstarrt. Schließlich sagte einer von meinen russischen Kameraden, der die Abzeichen eines Obersten trug, zu den herumstehenden Zuchthäuslern: »Für den scheint Alexandra[30] nichts getan zu haben, dass er hier noch sitzt.«

Das Erscheinen der Militär-Kommission hatte die Wogen des Patriotismus erneut hochgehen lassen, wenigstens für zwei Tage. Am dritten Tage hatten die Gemüter sich wieder beruhigt.

Ich überlegte, was ich für Aussichten hätte, wenn ich jetzt ausrückte. Ich kam zum Schluss, dass alles fürs Misslingen sprach. Auch ein freundliches Anerbieten, Mitglied einer Räuber- und Diebesbande zu werden, schlug ich aus. Die Tage wurden lang. Das Leben inmitten der wüsten Unordnung wurde immer widerwärtiger. Um mir ein wenig Unterhaltung zu verschaffen, setzte ich eine Beschwerde auf und trug sie nach dem Geschäftszimmer. Dort herrschte große Aufregung. Sieben Zuchthäusler waren trotz »Ehrenwort« ausgerückt. Den Mitgliedern vom

---

30 Alexandra Feodorowna, geb. Prinzessin Alix von Hessen und bei Rhein, Kaiserin von Russland.

Arbeiter- und Soldatenrat fehlten die Pelze und Pelzmützen, die sie im Vorzimmer aufgehängt hatten. In diese gehüllt, hatten die Sieben dem Zuchthaus Lebewohl gesagt.

Zu den Kennzeichen eines gemeinen Charakters und beschränkten Kopfes gehört der Neid, die Sucht, über das Eigentum eines Dritten, also über etwas, das dir gar nicht gehört, verfügen zu wollen. Kommunalisierung, Sozialisierung, Kommunismus scheinen in der Praxis nur Umschreibungen zu sein für eine Reihe der niedrigsten menschlichen Eigenschaften, und das Bekenntnis zu ihnen spricht eben nicht für die Güte der menschlichen Natur. Gleichzeitig bildet es einen trefflichen Beleg dafür, dass für die Masse Verstand ein in keiner Weise vermisster Bedarfsartikel ist; dass, um Menschen zu führen, es weiser ist, sich auf ihre geradezu gigantische Dummheit zu verlassen, als Eigenschaften bei der Menge zu suchen, die sie ihrer Natur nach gar nicht haben kann. Das weiß jeder Gimpelfänger, und das ist sein Rezept: sieh! der hat und du hast nicht; du musst ihm nehmen, dann hast du auch; du greifst zu und hast am Ende nichts; nur einer hat, sitzt im Trockenen und lacht sich ins Fäustchen, sitzt in fetter Pfründe als Vollstecker deines Willens, der genau der seine ist: ohne Wissen, ohne Können, ohne Mühe, ohne Arbeit dorthin zu gelangen, wo sonst nur der Bewährte sitzt. Du aber bleibst an deinem Platz – wenn du nicht tiefer sinkst! – zerfressen von des Lebens Kümmernissen, mit wirrem Sinn, das Herz vergiftet. Auch das ist überall das gleiche: wehe dir, wenn du dem, den du emporgehoben hast, ein gleiches wie den andern tust! Dann sind sie da, des Menschen alte Rechte, das Recht auf Eigentum und auf Gesetz. Wie waren die Leute zur Macht gekommen, die jetzt Regierung spielen wollten? Sie nahmen, was ihnen keiner wehrte. Wie waren die Katorschanje zu den Pelzen gekommen? Sie nahmen sich, was ihnen keiner wehrte. Wo liegt der Unterschied? Nun hießen sie Diebe, weil sie die Pelze sich genommen hatten. Die Logik verstehe, wer will. Im Zuchthaus war nicht einer, der den Besitzwechsel nicht recht und billig fand. Die waren sachverständig und irrten sicher nicht in ihrem Urteil. Was sie von ihresgleichen schied, von den Gesinnungsgenossen, die erfolgreich waren, war nur die Mauer, nicht die Tat. Deshalb verurteilten sie das Ausführende Komitee, weil es Diebstahl nannte, was es mit gleichem Rechte selbst getan: sich etwas angeeignet hatte, das ihm nicht gehörte.

So ungerührt die Mitglieder vom Arbeiter- und Soldatenrat sich zeigten, wenn es darum ging, den Burschui zu entrubeln oder seine Wohnungen mit Beschlag zu belegen, so empfindlich waren sie, wenn es sich um ihren eigenen Beutel handelte. Das war sogleich zu spüren. Jetzt, wo die Hauptschreier in Truppenteile eingereiht waren, glaubten sie um so mutiger gegen die vorgehen zu können, die ihnen gar nichts getan hatten, nämlich gegen die, die ruhig im Zuchthaus saßen und auf die allgemeine Amnestie warteten. Als erste Maßnahme wurde die alte Beamtenschaft wieder eingesetzt. Das hatte wenig zu sagen, solange sie sich nicht innerhalb der Zuchthausmauern zeigte. Aber sie sollte wieder Dienst tun. Dazu musste sie herein ins Gefängnis. Bei uns im Korpus III gestaltete sich der Wiedereinzug der Aufseher so:

Eine Kompanie, die als besonders zuverlässig galt, wurde auf dem Innenhof aufgestellt. Die Mannschaften bildeten eine Kette und schlossen das Gebäude ein. Dann wurden die Gewehre geladen. Für Augenblicke vergaß ich völlig, dass ich Feind war: ich war um das Leben der Leute besorgt, die da unten mit den Flinten hantierten. Ein Wunder geschah: keinem passierte etwas dabei. Ich atmete auf. Der Feldwebel auch, der mir gegenüber kommandierte. Einem Teil der vortrefflichen Soldaten hatte er selbst die Knarre schussfertig gemacht, jedem zweiten eine Ladehemmung beseitigt. Nun waren sie so weit. Manche standen mit Gewehr bei Fuß, andere hielten die Mündung drohend nach oben. Sie sahen aus wie unsere verflossene Reichswehr: bewaffnet, aber ungefährlich. Das einzige, was an ihnen Besorgnis einflößen konnte, war ihre Unkenntnis der Waffe. Wie leicht konnte ein Schuss losgehen, und wer garantierte dann dafür, dass er niemanden verletzte? Nun konnten die Nasiratel kommen. Sie kamen. Eine ganze Division rückte an. Ich hatte nie geahnt, dass es so viele Aufseher gab. Ein Starschi führte sie an. Ras, dwa, tri, tschetüre dröhnten ihre Schritte auf dem Zement. Nun traten sie ein. Im untersten Korridor stand ein Zug Infanterie. Ein Offizier befehligte ihn. Das beruhigte die klopfenden Herzen der Nasiratel. Auf der anderen Seite, den Soldaten gegenüber, standen einige Sträflinge. Standen mit den Händen in den Hosentaschen und sahen sich die alten Bekannten an. »Geht in Eure Zellen!« forderte ein Starschi die Katorschanje auf. »Was?« fragte mein Freund Rogoschkin, Räuber oder Mörder im Zivilberuf, jetzt Zellennachbar links von mir, nahm den Starschi vorn am Schlunks und haute ihm zwei gewaltige Ohrfeigen, eine rechts und eine links. Das war das Zeichen zur Flucht für die Nasiratel. Gleichzeitig erhob sich ein Höllenlärm im ganzen Hause. Kupferne Wasserkrüge schlugen gegen die eisenbeschlagenen Türen, Waschbecken rasselten auf dem Beton, »daloi!« brüllte es aus drei Stockwerken, und dazu schrillten die Alarmsignale wie irrsinnig. »Freier Abzug für die Aufseher!« flehte der befehligende Offizier. Hei, wie sie rennen können! Zwanzig mit einemmal speit die Tür unten aus. Die Soldaten draußen kriegen einen Heidenschreck. Die Katorschanje brechen aus! denken sie, dann aber sehen sie die Nasiratel um die Ecke brausen. Peng! ging ein Gewehr los, und das Echo der hohen Mauern machte einen Kanonenschuss daraus. Die Soldaten standen wie gelähmt. Dann rückten sie ab. Die achtzig Mann im Hause blieben.

Er hätte sonst für die Aufrechterhaltung der Ordnung nicht einstehen können, deshalb musste er die Nasiratel laufen lassen, meinte der Offizier. Alles blieb beim alten. In meinen Notizen steht: »Es ist zum Speien.« Vier von denen, die ausgerückt waren, brachten ihr Ehrenwort zurück. Sie waren einigermaßen enttäuscht. Sie hatten sich die goldene Freiheit ein wenig anders vorgestellt.

One Merkwürdigkeit darf ich keinesfalls unterschlagen: wiederholt erhielt ich in diesen Tagen den Besuch von Offizieren, die es ihrem ganzen Benehmen nach auch waren. Den wenigen, die sich auch als Feinde wie ein Gentleman benahmen, glaube ich das Bekenntnis an dieser Stelle schuldig zu sein, dass sie erquickend wirkten wie Regen in der Dürre. Gern schlägt man sich nur mit seinesgleichen! Der zweifelhafte Ruhm, »weiß, aber Franzose« zu sein, sollte niemandes Ehrgeiz wecken, und das Vorrecht, sich auch an Wehrlosen vergreifen zu dürfen, das darf allgemein ohne Bedenken den Landsleuten der Sieger vom »Baralong«[31] eingeräumt werden. Das sind so einige unverbindliche Ratschläge, erteilt zur Erleichterung internationaler Verständigung.

Meine Aufzeichnungen in Jaroslawl reichen bis zum 13. April 1917. An diesem Tage verschwand mein letztes Tagebuch. Schweren Herzens gab ich es fort. Ich musste mitten im Satz abbrechen. In den nächsten Tagen hatte ich viele Audienzen zu erteilen, um von zur Front abgehenden Sträflingen die Versicherung entgegen zu nehmen, dass sie gegen Deutschland nicht kämpfen würden: sollte Missgeschick es jedoch wollen, dass sie in die Kampfzone gebracht würden, dann bäten sie um Verhaltungsmaßregeln für den Fall ihrer glücklichen Gefangennahme. Die wurden bereitwillig erteilt.

---

31 19. August 1915: Die Besatzung des britischen Hilfskreuzers »Baralong« ermordete
    die wehrlos im Wasser schwimmende Mannschaft des in den Grund gebohrten deut-
    schen U-Bootes »U 27«.

Mit dieser Tätigkeit hielt das Schicksal meine Katorga-Mission wohl für beendet, denn ein paar Tage später sorgte es für meine anderweitige Unterkunft. Um mich nicht allzu sehr zu erschrecken, hatte es Boten vorausgesandt, die mich auf kommende Geschehnisse vorbereiten sollten. Eines schönen Tages, mitten im größten Revolutionstrubel, erhielt ich durch den Staatsanwalt zwei Visitenkarten zugestellt. Sie waren zwar nicht an mich gerichtet, aber ihren Inhalt begrüßte ich mit tausend Freuden. Schwester E. v. P., die, wie ich mit Vergnügen sah, auch dem Französischen mit Energie zu Leibe ging, schrieb: »*Je vous prie de dire à monsieur von K. 1000 Grüße d'une soeur allemande, qui lui envoit ces affaires; et de lui dire, qu'on ne l'oubliera pas. Je vous remircie infiniment, Mde.*« *Herr Edvard Saltoft, Représentant p. i de la Croix Rouge Danoise en Russie* teilte mit: »*Madame, j'ai l'honneur de vous envoiyer les vêtements pour le lieutenant Knobelsdorff.*« Eine Dame also, wahrscheinlich auch vom Roten Kreuz, hatte Kleider für mich und sollte sie mir zustellen: was in meiner Macht stand, sollte schon geschehen, um in ihren Besitz zu gelangen. Ich schrieb an alle Welt, an alte und neue Gewalten, ließ telefonieren und siehe da, sie kamen, die zwei kleinen Strohschachteln, die die Schätze bargen. Mein Herz schlug höher. Ein Delegat erzählte mir obendrein, ich käme in ein Gefangenenlager. Endlich unter Menschen!

Dienstag, den 17. April, wurde ich nach dem Geschäftszimmer gerufen. Konvoi-Soldaten waren da. Sie sollten mich nach der Kommandantur bringen. Aber ehe es soweit war, hatte ich noch allerlei zu ordnen. Den Pan setzte ich zum Erben aller meiner Habseligkeiten ein, die in der Zelle waren. Hierauf kam er mit, um mir zu helfen. Im Zimmer des Natschalniks zog ich mich um; zog den blauen Mannschafts-Waffenrock an: die schwarze Mannschafts-Hose, die immerhin bis über die Wade reichte; die prächtigen Schwedenschuhe, die über den Strümpfen saßen, als müsste es so sein. Setzte die Feldmütze auf. Ach, sie war viel zu klein! Das reine Zerevis. Ich wollte doch auf keinen Kommers! Nein, die musste wieder 'rein in den Koffer. Ich griff statt ihrer zu der Pelzmütze. Die passte. Dann zog ich den Mantel an. Auch der saß. ›Brötchen‹ hatte er auch, wie der Rock.

Mein Schneider würde mich ausgelacht haben, wenn er das gesehen hätte. Uhr und Kette, die sich all die Zeit über im Kassenschrank gut ausgeruht hatten, ich konnte sie wieder in Gebrauch nehmen. Sie stammten noch aus meines Vaters Leutnants- und Feldzugstagen und waren mir daher besonders ans Herz gewachsen. Ich habe sie auch späterhin zurückgebracht. Auch das E. K. war noch da. So, nun war ich fertig. Ein Taschentuch hatte ich eingesteckt. Die Handschuhe hielt ich in der Hand. Der Pan hatte die Strohdeckel wieder aufeinandergepasst und zugeschnallt. Mein Reisegepäck stand bereit.

Jetzt hatte ich nur noch mein Vermögen abzuheben, das in den letzten Monaten endlich gewachsen war, und dann konnte ich mit meinen drei Mann Gefolge neuen Erlebnissen entgegengehen. Ich ging zum Kassenbeamten. »Wie viel Geld habe ich noch?« – »Hundert und so und soviel Rubel.« – »Schön, bitte geben Sie mir hundertfünfundzwanzig. Den Rest übertragen Sie auf das Konto von Bochmann.« Die Augen vom Pan strahlten. Schließlich forderte ich noch mein Arbeitsbuch und die erarbeiteten Kapitalien. Das Original müsse bei den Akten bleiben, erklärte der Beamte; er ließ mir eine Zweitausfertigung ausstellen. Zu guter Letzt bescheinigte ich, dass ich nichts mehr zu fordern habe. Dann ergriffen die Konvoi-Soldaten mein Gepäck, und wir marschierten ab.

Von Europa nach Asien

In der Garnison-Arrest-Anstalt. – Das Rote Kreuz. –
Die Stimme der Armee. – Die falsche Karte. – Wieder ins Gefängnis. –
Eingeschlossen. – Die Befreiung. – Hinter dem Gelde her. –
Dankbarkeit. – Die ersten Reichsdeutschen. – Regierungskunst. –
Abtransport. – Am Bahnhof. – Von Räubern und Dieben. –
Landsleute. – Verkehrte Welt. – In Wologda. – Weiter nach Osten. –
Am Jenissei. – Versuch ich wohl, euch festzuhalten? – Die Perissilna-
ja. – Ein ›feiner Hund‹. – Zuwachs. – Eine von vielen Nächten. – Ein
gelungener Pump. – Im Gefängnis Krasjnojarsk. – Ohne Papiere. –
Ein paar Feststellungen. – Der ›Maikäfer‹ – Magenfragen. – Die
schwedische Hilfe. – So war's. – Nochmals der ›feine Hund‹. –
Korrekte Beamte. – Abschied.

Es war ein wundervoller Tag. Am frühen Nachmittag trafen wir im
Garnison-Kommando ein. Das Gebäude war wie ausgestorben. Nach
langem Suchen fand der Führer meines Konvois endlich einen Schreiber. Der konnte jedoch keine Auskunft geben, was mit mir geschehen
sollte. Immerhin war er gefällig und ging, um einen Offizier zu suchen.
Die Revolution hatte an den Wartezeiten in Russland nichts geändert.
Wir warteten stundenlang. Gegen Abend kam der Schreiber zurück. Er
brachte einen schriftlichen Befehl für den Begleit-Unteroffizier mit. Die
Soldaten ergriffen meine Sachen.

Ich wollte mich überraschen lassen und fragte daher nicht nach dem
Ziel. Durch belebte Straßen, an zahlreichen Kirchen vorbei, ging es in
die anbrechende Nacht hinein. Endlich hielten wir vor der Garnison-
Arrest-Anstalt. Der wachhabende Offizier nahm mir gegen Quittung
mein Geld ab. Alles andere ließ er mir. In dem Offizier-Arrestzimmer
wurde ich untergebracht.

Als ich jetzt daran ging, meine Habe des Näheren zu untersuchen, fand
ich, dass in geradezu vorbildlicher und rührender Weise an alles gedacht war, was im Lande der unbegreiflichen Vergesslichkeiten vonnö-
ten war: von allem ein wenig und alles sehr, sehr einfach; es genügte
doch, um in mir das Gefühl der herzlichsten Dankbarkeit auszulösen.

Ich weiß nicht, worin der Dank des Vaterlandes bestanden hat, den es
diesen mutigen, unermüdlichen und in aufopfernder Tätigkeit arbei-
tenden Schwestern schuldet. Abertausenden haben sie wohlgetan und
Tausenden haben sie versucht zu helfen. Deshalb sei es wenigstens an

dieser Stelle ausgesprochen, dass in ungezählten Herzen ein treues Gedenken für all die Teilnahme und Fürsorge lebt.

Dank der eingepackten Lebensmittel brauchte ich nicht zu hungern. Verpflegung gab es nicht. Das heiße Wasser für den Tee brachte mir der Wachthabende. Am Mantel trug er den Georg IV. Das auffallend junge Gesicht des Unteroffiziers veranlasste mich zu der Frage nach seinem Alter. »18 Jahre.« Wobei er den Georg bekommen habe? Seine Kompanie sei am Stochod völlig aufgerieben worden, durch Feuer, Hunger und Kälte. Er und drei Mann seien übrig geblieben. Sie hätten den Georg erhalten, weil sie lebendig zurückgekommen seien; gleichzeitig sei er zum Unteroffizier ernannt worden.

Ich fragte ihn und andere Soldaten der Wache, die an der Front gewesen waren, was sie von der Neuordnung der Dinge, wie merkwürdigerweise die Auflösung alles Bestehenden genannt wurde, hielten. Da war nicht einer, der nicht die Revolution verwarf. Mit wie vielen Soldaten - wohlgemerkt: Soldaten! - Offizieren und Mannschaften ich auch sonst gesprochen habe, vom Gebiet der nördlichen Wolga bis zum Zusammenstrom des Ussuri mit dem Amur, da war keiner, der nicht die Revolution ein Verbrechen nannte. Ich habe Leute fast jeden Alters, fast jeden Standes, fast jeden Berufes gefragt, alle waren gleich in ihrer Vaterlandsliebe, gleich in ihrem verdammenden Urteil. Das lässt mich die Frage auswerfen: weshalb mag wohl der russische Soldat weitergekämpft haben, als die Revolution sein Land verriet? Kann im Ernst ein Vernünftiger glauben, dass eine inmitten eines Krieges durchgeführte Umwälzung der staatlichen Ordnung, eine Revolution mit all ihren unvermeidlichen Begleiterscheinungen ein Volk aus Fährnis zu führen vermag? Bleibt eine Brücke tragfähig, wenn ich sie der Stützen beraube? Wie dem auch sei, die Tatsache besteht, die Russen haben sich weiter geschlagen. Die Gegner einer Fortsetzung des Kampfes vertraten die Meinung, dass das Heer keinesfalls mit der Revolution gehen dürfe. Mochte die neue Regierung zusehen, wo sie ohne die Truppe blieb. Damit war dem Soldaten die Freiheit des Handelns zurückgegeben: er konnte in der Hand der Führer bleiben und der machtlosen Regierung seinen Willen aufzwingen. Wolle man aber diesen Weg nicht beschreiten, dann sei einem Paktieren mit den neuen Machthabern die sofortige Auflösung der Armee immer noch vorzuziehen: jeder habe zuzusehen, wie er nach Hause käme. Hierbei würde das Vaterland ein zwar heftiges, doch kurzes Fieber schütteln, an dem es schlimmstenfalls auch nur sterben könne, was es aber ganz gewiss tun werde, wenn es weiter kämpfe. Die obsiegende Anschauung indessen, die sich auch die oberen Kommandostellen zu eigen gemacht hatten, war: ein jeder bleibt auf seinem Posten und versucht zu retten, was zu retten ist; geht es über das eigene Vermögen, dann bleibt immer noch das Bewusstsein, der Heimat bis zum äußersten treu gewesen zu sein.

Um es vorweg zu nehmen: in mir hat diese Losung, die später – leider – auch bei uns von der Obersten Heeresleitung ausgegeben wurde, keinen begeisterten Anhänger gefunden. Indessen ihr musste gehorcht werden. Was sie genutzt oder verhütet haben soll, ist mir unerfindlich. Doch ich spreche von Russland.

Die Nummer 56 des Ruskij Invalid vom 5. März 1917 a. St. brachte in der vierten Spalte die Antwort-Telegramme der Heeres-Gruppen-Kommandeure an der Westfront, der Generale Brussiloff und Ruskij, an die Revolutions-Regierung. Brussiloff hatte telegraphiert: »Habe Ihr Telegramm erhalten. Werde meine Pflicht Heimat und Zar gegenüber erfüllen.« Inhaltlich das gleiche sagt Ruskij. In der Nummer 2 der Iswjästija vom 28. Februar 1917 a. St. stehen die Reden Rodsjankos an das Erste Garde-Regiment (Preobraschenzen) und die Leib-Grenadiere, sowie die anderer Redner an weitere Truppenteile. Der Erfolg? Offizier-Korps und Mannschaften gehen mit der Revolutions-Regierung.

Ein Jahr später kannst du dir von russischen Offizieren in Uniform Streichhölzer auf der Straße kaufen oder auch die Stiefel reinigen lassen, wie du willst. Mit dem sozialen Niedergang des russischen Offizier-Korps hielt der Verfall seiner Heimat gleichen Schritt. Ist jemand zu finden, der glauben wollte, dass die russischen Generale und das Offizier-Korps beabsichtigten, den Untergang ihres Vaterlandes und ihres Standes dadurch herbeizuführen, dass sie sich der Revolutions-Regierung zur Verfügung stellten? Nein, retten wollten sie ihr Vaterland, retten! Also scheint der von ihnen eingeschlagene Weg der verkehrte gewesen zu sein. Nein, scheint nicht nur, sondern war es. Es war eine ungeheure Selbsttäuschung, die da glaubte, noch retten zu können, wo nichts mehr zu retten war. Es war ein gewaltsames Nicht-Sehen-Wollen, dass nicht nur der Krieg, sondern auch die Heimat verloren war. Die Armee hatte auf die falsche Karte gesetzt, sie durfte die Revolutionäre nicht unterstützen, und das Schicksal zog unerbittlich den Einsatz ein. --

Die Einrichtung des Offizier-Zimmers in der Garnison-Arrestanstalt Jaroslawl lässt sich nicht gut mit der eines Salonwagens vergleichen. Ich war daher angenehm überrascht, als am nächsten Tage ein neuer Konvoi erschien, um mich abzuholen. Doch zunächst erhielt meine Freude einen Dämpfer. Als ich mein gestern abgegebenes Geld forderte, wurde mir erklärt, es sei dem Garnison-Kommando abgeliefert worden. Ich musste ohne meine Barschaft abziehen. Der Weg führte uns an Klöstern und Kirchen vorbei, die mir außerordentlich bekannt vorkamen, und als wir um eine Straßenecke bogen, da lag es vor uns, das Gouvernement-Gefängnis. Freundlich winkte es mir im Frühlingssonnenschein zu, ein paar Schritte noch, und ich stand wieder, wie im Juli '15, in derselben Halle, in der zu Ehren meines Monokels ein Kaiserlich Russischer Pomoschtschnik einst einen Niggertanz aufgeführt hatte.

Der Offizier der Wache und ein Beamter bemühten sich um meine Unterbringung. Es dauerte nicht lange, und eine schmucke Zelle nahm mich auf. Sie hatte das übliche Inventar sowie das zugehörige Ungeziefer.

Ich gestehe: die Insassen eines Zuchthauses sind mir lieber als die eines Gefängnisses. Gewiss sind auch da reizende Leute, aber das Gros besteht doch aus schwankenden Gestalten: halb wollen sie ehrliche Leute sein, und zu dreiviertel sind es erbärmliche Spitzbuben. Allein schon aus dieser Arithmetik ist zu lernen, dass niemals ein ganzer Kerl im Gefängnis zu finden ist. Meine neuen Gefährten gefielen mir nicht. Sie waren nichts für mich.

Natürlich herrschte auch Freizügigkeit im Gefängnis, das versteht sich. Jedweder Zuzug erweckte das Interesse aller. Leider beruhte das nicht auf Gegenseitigkeit. Ich soll sehr kurz angebunden sein können. Dessen erinnerte ich mich. Mir einem alten Katorschanin, einem aus der höchsten Kaste: einem Bessrotschnik[32] wollten diese Anfänger ihre Gesellschaft aufdrängen? Mir? Sie machten, dass sie davon kamen!

Aber am nächsten Tage rächten sie sich. Als die neue Wache kam, ließen sie mich von ihr unter irgend einem Vorwande einsperren: Vaterland in Gefahr, Spion und so. Der Wachthabende war nicht zu erreichen. Ich saß also wieder 'mal hinter Schloss und Riegel, ließ die Wanzen exerzieren und lauschte dem Gesang der Läuse. Am Vormittag des

---

32 Beßrotschnik: ein zu lebenslänglicher Zwangsarbeit Verurteilter.

nächsten Tages sagte eine Stimme durch das Guckloch in der Zellentür: »Guten Tag, Herr Leutnant! Warum sind Sie eingesperrt? Wollen Sie, dass Ihre Zelle verschlossen ist?« Ich gehe zur Tür. Da steht draußen einer, mit dem ich drüben, jenseits der Wolga, im Zuchthaus gesessen hatte. »Nein,« gebe ich Bescheid, »die neue Wache hat mich eingesperrt.« – »Woll'n Sie raus?« – »Ja.« Fünf Minuten später war die Tür offen. Der Wachthabende kam selbst und entschuldigte sich. Um ihn herum standen an zwanzig Katorschanje. Was war denn los?

Wer gleich Soldat werden wollte, den hatte man eingestellt. Wer Urlaub wollte, hatte Urlaub erhalten. Aber da waren noch die, die weder Aufschub haben, noch Soldat werden wollten. Freigelassen wollten sie werden, bedingungslos, mehr nicht. Um nicht vor dem Willen der Katorschanje gänzlich zurückweichen zu müssen, war das Ausführende Komitee auf einen Ausweg verfallen: zwangsweise Ansiedlung auf die Dauer von drei Jahren in Sibirien. Einige vierzig Mann hatten sich hierzu bereit erklärt. Sie waren bis zu ihrem Abtransport im Gefängnis einquartiert worden. Hier hatten sie zunächst nachgeprüft, ob die Freiheit es auch bequem genug im neuen Heim habe. Dabei stellten sie zu ihrem Befremden fest, dass die Männer von den Weibern immer noch ein verschlossenes Gitter trennte. Selbstverständlich wurde diesem Übelstand sofort abgeholfen. Dann fanden sie meine Tür verschlossen. Gegen meinen Willen verschlossen; die Zelle eines Mannes, der ihnen Genosse gewesen war, mit ihnen gelitten und geduldet hatte, und bei ihnen etwas galt. Das sollte Freiheit sein? Wenn die Soldaten nicht wollten, dass sie auf der Stelle von ihnen wegen Freiheitsberaubung eingesperrt würden, wenn sie nicht wollten, dass sie sofort das ganze Zuchthaus zu Hilfe riefen, wenn sie nicht wollten, dass man ein paar von ihnen den Kragen umdrehte, dann sollten sie augenblicklich meine Zelle aufschließen: das sagten sie ihnen. Von Stund an wusste jeder im Gefängnis, dass ich eine Großmacht war. –

Meine Bemühungen, mein Geld vom Garnison-Kommando zurückzubekommen, hatten bislang keinen Erfolg gehabt. Jetzt, wo ich im Gefängnis wieder frei aus- und eingehen konnte, musste ich die Gelegenheit benutzen, um wieder in den Besitz meines Vermögens zu gelangen. Das Beste schien mir, selbst nach dem Kommando zu gehen und es aus der Tasche oder Kasse, in die es geflossen war, zu holen. Das zu tun, war wenigstens in seinem ersten Teil sehr einfach. Ich ging ins Nachtlokal, sagte, dass ich zum Garnison-Kommando ginge, trug mich in eine

Liste ein und versprach, am Abend wieder zurück zu sein. Damit waren alle Formalitäten erfüllt, die einen Sträfling ans Gefängnis banden. Manche schliefen hier nur. Tagsüber gingen sie ihrer Beschäftigung nach. So sparten sie die Miete für die Wohnung. Das Ganze aber hieß: Strafverbüßung.

Mir taten die Offiziere leid, die inmitten des Revolutionstohuwabohus in den Geschäftszimmern arbeiten sollten. Sie beneideten mich und schämten sich vor mir, weil ich damals noch einem Volke angehörte, von dem so ungeheurer Frevel am Vaterlande nicht denkbar schien. Die Armen! Eineinhalb Jahre später konnten sie die gleichen Bilder bei uns sehen.

Der Mann, der über mein Geld verfügte, war nicht da; ich müsse noch einmal vorsprechen. Ich tat es zwei Tage darauf und erhielt meine Barschaft. Ich käme nach dem Lager Blagowjäschtschensk am Amur, erfuhr ich. Bis zum Abtransport aber vergingen noch einige Tage. Ich beschäftigte mich damit, Zeitungen aller Parteirichtungen zu lesen.

Sträflinge, die in die Stadt zum Bummeln gingen, oder auch ehemalige Katorschanje, die jetzt Soldaten waren und zu Besuch zu mir kamen, brachten sie mir mit. Diesem oder jenem hatte ich gelegentlich etwas Tabak geschenkt oder eine Karte an seinen in deutscher Gefangenschaft befindlichen Bruder geschrieben. Das hatten sie nicht vergessen und nun kamen sie, und kamen nie mit leeren Händen. Eier, Butter, Tee, Zucker, Heringe, Kuchen, Tabak, von allem, was sie selber gern mochten, brachten sie mir. Die dankbare Gesinnung, die sich hierin offenbarte, wird mir unvergesslich sein. –

Im Gefängnis befanden sich auch einige Deutsche, die irgendwo im Sirjänischen Gebiet interniert und nach wochenlangen Märschen hier eingetroffen waren, um sich vor Gericht zu verantworten. Der Paragraph aber, gegen den sie sich vergangen hatten, war von der Revolution weggespült worden.

Es waren die ersten Reichsdeutschen, die ich seit meiner Gefangennahme traf. Pfui Teufel, war das 'ne Sorte! Einen nehme ich aus, der war ein ordentlicher Mann. Die anderen aber hatten sich teils in den Tagen der Mobilmachung, teils als die Berufung ihres Jahrganges in Sicht war, gedrückt. Sie gehörten durchweg der Handelsmarine an und hatten es verstanden, die Internierung als Lebensversicherung ausfindig zu machen. Was war ihnen das Vaterland? Ballast, dessen sie sich entledigten,

wenn es im Augenblicke günstig schien: eine melkende Kuh, an die sie sich pfleglich hielten, wenn dies die Stunde erheischte. Leider, leider vergalt die Heimat nicht Gleiches mit Gleichem; teilte Geld und Liebesgaben aus, ohne nach der Würdigkeit zu fragen.

Wenn ich mir überlege, wie es so manchem oft an dem Nötigsten fehlte, der mit jeder Faser seines Herzens an der Heimat hing und unter Entbehrungen und zahllosen Gefahren den Weg zu ihr sich zu erkämpfen suchte; wenn ich bedenke, wie oft durch das Fehlen weniger Rubel all ihre unsäglichen Mühen und Anstrengungen schließlich doch vergebens waren; dann krampft Bitterkeit das Herz zusammen, dass das, was jenen fehlte, an ein Gesindel verschwendet wurde, von dem es gänzlich gleichgültig war, wo es verreckte.

Gerechtigkeit aber gebietet, einzugestehen, dass diese Fahnenflüchtigen nicht gut anders handeln konnten, als sie es taten. Die unter der falschen Flagge der Volkserlösung betriebene Aufwiegelung der breiten Masse hatte sie den falschen Weg gewiesen. Nun standen sie dicht vor dem Ziele, zu dem er geführt hatte: von Freund und Feind verachtet, getreten und gestoßen, wehr- und schutzlos, irgendwo und -wann zu sterben und zu verderben. –

Trotz aller Nachgiebigkeit den dunkelsten Elementen und ihren Trieben gegenüber, drohte dem Ausführenden Komitee jegliche Regierungsgewalt zu entgleiten. Die Furcht, auch noch den letzten Rest von Ansehen zu verlieren, bewirkte den Entschluss, abermals nachzugeben und die jetzt lautesten Schreier, die für die Ansiedlung in Sibirien bestimmten Sträflinge, ihrem Verlangen gemäß, beschleunigt abzuschieben. Mit einem Wort, die Jaroslawler taten, was alle Leute tun, die vom Regieren keine Ahnung haben: sie holten die Zauberformel vor, die noch jeden Staat zugrunde gerichtet hat, und – gaben nach.

Ein Konvoi erschien, die Liste der ehemaligen Zuchthäusler wurde verlesen, ich wurde dem Transport zugeteilt, und wir setzten uns in Bewegung. Das war Montag, den 23. April.

Am Bahnhof herrschte Leben. Ich setzte mich auf die oberste Leiste eines Zauns, ließ die Beine herabbaumeln und schaute in das Getriebe.

Neben mir lehnte am Zaun und hockte auf dem Boden meine Leibwache. Die letzte Revolution hatte sie ins Zuchthaus gebracht. Damals waren sie junge Leute, und der Revolutionsbetrieb hatte ihnen Mordsspaß gemacht. »Hände hoch!« – und schon warst du deine Barschaft los.

»Hände hoch!« – und im Nu floss die Postkasse in ihre Taschen. Das sah man so einander ab. Junge Leute auf der Straße. Der Raub war ein Vergnügen, wie jedes andere auch. Heute dachten sie anders über die Späße von damals. Wir hatten uns zusammengetan, weil es notwendig war, gegenseitig auf das Eigentum zu achten.

Der Räuber verachtet den Dieb. In aller Heimlichkeit zu kommen und zu stehlen: pfui, wie gemein! Er war fast immer eine liebenswürdige Persönlichkeit, von ausgesuchter Höflichkeit, bisweilen sogar Ritterlichkeit. »Fünfzig Rubel. Dein Ganzes? Lauf!... Halt! Bleib stehen! Hier hast Du noch hundert dazu, für den ausgestandenen Schreck.« So etwa sah ein Räuber aus.

Ein Mann trat auf mich zu. »Guten Tag, Herr Leutnant!« redete er mich auf Berlinisch an. »Guten Tag,« erwiderte ich. »Das sind bulgarische Truppen?« fragte er und zeigte auf die Katorschanje. die in ihren schwarzen Anzügen mit den braunen Kragen und braunen Unterärmeln die Täuschung wachgerufen hatten. »Nee,« lachte ich, »die Bulgaren heißen hierzulande Zuchthäusler.« Er war Gemüsehändler in Berlin; das Geschäft ging gut. Hier ging es ihm auch gut.

In Russland ging es nämlich nicht allen Kriegsgefangenen schlecht. Viele, viele lebten da besser als zu Hause. Hatten sich die Frau eines Russen, der im Felde stand, oder auch gefallen war, zugelegt; konnten ihr Handwerk ausüben, das in der Regel viel einbrachte; oder sonst irgend einer Beschäftigung nachgehen. Wie es gerade traf.

Die Mittagssonne brannte vom Himmel. »Sie erlauben doch, dass ich Ihnen etwas Milch anbiete?« – »Gerne.« Er ging weg. Bald darauf kam er in Begleitung einiger Leute wieder, die auch Gefangene waren. Sie brachten Milch, Weißbrot, Wurst, Bonbons. »Tausend Dank!« Ich trank einen Stalleimer Milch. Mehr ging beim besten Willen nicht. Den Rest bekam mein Stab. Die Esswaren packte ich ein. Der Zug nach Wologda war da. Nochmaliger Dank. Mein Gefolge ergriff mein Gepäck.

Wir kletterten in den Arrestantenwagen. Der Konvoi wurde über seine Pflichten von uns belehrt: das Gitter bleibt unverschlossen; Einkäufe werden ohne Begleitung besorgt: kurz, nichts wurde verabsäumt, um ihm verständlich zu machen, dass er gänzlich überflüssig war.

Am nächsten Vormittag waren wir in Wologda. Tiefer Frieden herrschte noch im Gouvernement, das, wenn ich nicht irre, ein Gebiet von etwa Preußens Größe umfasst. Friedlich und still lagen die Straßen da. Eine neue Regierung hatte sich in Petrograd aufgetan? Weshalb nicht? Der alte Gubernator regierte ruhig weiter.

Wir standen vor dem Gefängnis. Das Tor ging auf. Wir traten ein: siebenundvierzig Mann und ein Kriegsgefangener. Der Konvoi hatte uns richtig abgeliefert. Der Konvoi ging. Die Nasiratel waren nicht freundlich. Nein, sie waren nicht freundlich. »Seid ruhig! wir wollen es uns doch erst mal ansehen.« Wir sollten zu zweien und dreien eingeschlossen werden. Wir! Bedingungsweise freigelassene Katorschanje und ein Kriegsgefangener! »Was?!« – »Vorwärts! Geht!« wollte ein Nasiratel die Vordersten in die Zelle drängen. Rums, schon knallte er gegen die nächste Tür, taumelte, kam zum Stehen und blickte verstört um sich. Seine Kollegen kamen nicht dazu, sich einzumengen. »Weg die Waffen!« Die Revolver flogen auf den Fußboden, die Säbel hinterdrein. »Türen auf!« Die Türen wurden aufgeschlossen. »Rein mit den Nasirateln!« Schon saßen sie drin.

Die Freiheit hatte in dem Gouvernement Wologda Einzug gehalten.

Wie man uns zu behandeln wagte! Ha, hier musste Ordnung geschaffen werden. Auf ins Geschäftszimmer! Den Ton kannten sie hier noch nicht. »Alles, was Ihr wollt!« Eine Abordnung ging zum Gubernator. Es wären keine Wagen zum Weitertransport da, wir müssten einige Tage hier warten. »Dann schafft welche! Wir wollen weiter! Rasch! Jetzt gehen wir uns die Stadt ansehen.« Dreißig Katorschanje wiegelten in der Stadt die Leute auf. Das war ihr gutes Recht, denn sie waren freie Bürger, wenigstens beinahe freie Bürger: bedingungsweise freigelassene Zuchthäusler!

Der Regierung wurde himmelangst. Nur 'raus mit der Gesellschaft! Unablässig arbeitete der Telegraph. Am Abend waren Wagen da. Ein Konvoi holte uns ab. Wir rollten in die Nacht hinein nach Osten.

Tag und Nacht, Nacht und Tag flossen dahin. Wir fuhren und fuhren. In Wjatka wechselte der Konvoi. Wir fuhren weiter. Die Kama lag hinter uns. Sacht ging es den Ural hinan. Schlanke Brücken brachten uns über den Tobol, Irtisch, Ob. Die Barabinskische Steppe dehnte sich rechts und links. Wir fuhren weiter nach Osten. Krasnojarsk, das war das Ziel. Im Gouvernement Jenisseisk sollten sich die Katorschanje niederlassen.

In unendlichen Debatten wurde die Zeit totgeschlagen. Karten halfen dabei. Pläne wurden gemacht. Das war sicher: keiner blieb da. Schließlich ging das Fortkommen noch leichter, als sie alle gedacht. Wie der in den See geworfene Stein immer weitere Kreise zieht, so erfasste der

Petrograder Freiheitstaumel auch immer weitere Gebiete. Die erste Kunde von der Revolution hatte der Telegraph in jene Gebiete getragen, Gerüchte hatten sie weiter verbreitet, Gefängnisse hatten sich hier und da geöffnet, aber niemand hatte bislang Augen- und Ohrenzeugen der großen Begebenheiten gesehen, die sich im Reiche abspielten. Nun kamen wir, die ersten Freiheitszeugen, bedingungsweise freigelassene Zuchthäusler von der oberen Wolga.

Um 3. Mai trafen wir ein. Ein eisiger Wind wehte. Blau wölbte sich der Himmel. Kein Baum, kein Strauch blühte. Zwischen massigen Bergrücken lag die Stadt: düstere Holzhäuser, soweit das Auge reichte. Hoch ragten die goldenen Zwiebeln zweier Kirchen und blitzten im Sonnenschein. Wir waren am Jenissei, in Krasnojarsk.

Weitläufig lag das Gefängnis da. Eine Stadt für sich. Das Tor knirschte in den Angeln. Eine schnurgerade Straße kroch vor uns her. Rechts und links von ihr bildeten Gebäude Spalier. Da stand das Männergefängnis, die Kapelle, das Weibergefängnis, das Badehaus und das Lazarett. Links waren die Geschäftszimmer, Nasiratel-Wohnungen, der Laden und ein Dorf für sich, die Perissilnaja, das Überführungsgefängnis.

Wir hielten auf der Gefängnisstraße. An dreitausend Werst hatten wir zurückgelegt. Jetzt gingen wir keinen Schritt mehr weiter, weder ins Männergefängnis, noch in die Perissilnaja. Schluss. Es lebe die Freiheit!

Wo ist die Freiheit? Ist das die Freiheit, dass man uns mehr als dreitausend Werst von einem Gefängnishof in den andern schleift? Was? Ist das die Freiheit, dass wir jetzt hier stehen und auf den Herrn Prokuror warten dürfen? Wie? Habt Ihr denn noch immer kein Ausführendes Komitee? Wollt Ihr das nicht gefälligst rufen lassen? Oder sollen wir die Stadt anzünden, damit endlich Licht in Eure verdammten Schädel dringt?

Da stehen sie, die Sendboten der neuen Zeit, und predigen. Wie wird das erst werden, wenn auch sie noch die Stadt unsicher machen? Schon ist es so, dass keine Nacht mehr ohne Verbrechen ist. Ungehindert, straflos und frei geht es seinen Weg. Was tun? Da endlich haben sie das bewahrte Mittel: es liegt zum Greifen nahe: was keiner will, das gibt er fort. »Brüder! was wollt Ihr hier? Was sollt Ihr hier? Fahrt nach Hause, Genossen! Dort seid Ihr bei den Euren. Wir spenden Euch den Freifahrtschein und fünfzig Rubel Zehrgeld obendrein. Glückliche Reise, Kameraden!« Sprach's und ward nicht mehr geseh'n. War das ein erleuchteter

Kopf! Heiliges Deutschland, wenn du nur nicht die Menge von der gleichen Sorte hättest!

Was aber wird mit mir? Morgen rollt ein Transport weiter nach Osten. Mit dem soll ich mitgehen. Bis zum Abmarsch jedoch muss ich in die Perissilnaja. Dazu ist sie da.

Die ständigen Insassen der Gefängnisse sind von denen getrennt, die nur vorübergehend dort weilen, von den Sträflingstransporten, die von Etappe zu Etappe schleichen, bis sie schließlich irgendwo am Ziele sind. Früher ging's zu Fuß, durch Glut und Eis. In Ketten. Jetzt fährst du mit der Bahn. Nur was abseits vom Schienenstrang liegt, was auch zu Wasser nicht zu erreichen ist, das kennt auch heute noch die fürchterlichen Todeskarawanen. Was ist dein Leid, gemessen an den Martern und den Qualen, von denen diese Wege und Halte wissen? Was bist du, Mensch? Wer kann es sagen?

Ich steuerte auf eins der Gebäude zu. Sie enthielten ein Erdgeschoß und ein oberes Stockwerk. Je ein Saal erfüllte den ganzen Raum. Holzpritschen standen in mehreren Kolonnen nebeneinander. Ein Ofen lehnte an der einen Schmalwand. Das war die Einrichtung.

Erster Stock! entschied ich mich. Der Saal hatte nur einen Zugang, war also leicht zu bewachen. Unten konnte zu leicht einer durchs Fenster verschwinden.

In den Spalten der Pritschen wimmelte es von Ungeziefer. Die vorsorgliche Schwester hatte mich auch mit Insektenpulver versehen. Ich kann sie nicht genug loben; glänzend hatte sie mich ausgerüstet.

Ich suchte mir einen Platz an der hinteren Schmalwand. Dann nahm ich das Insektenpulver und streute Gift in meinem Bereich. Auf diese Unterlage stellte ich meinen Strohkoffer. Ob du dir's zutraust, dich auf die Pritsche hinzuhauen? Brr, der Ekel schüttelte mich. Hoho! ich war also schon wieder obenauf!

»Wir kommen sämtlich heute noch weg; alle Schreiber sitzen und machen unsere Papiere fertig,« erzählt Besuch. »Ein deutscher Offizier sitzt im Gefängnis; soll ich machen, dass Sie ihn zu sehen bekommen?« Ein deutscher Offizier! Der Gedanke elektrisierte mich. »Ich werde ihm sagen, er soll verlangen, nach dem Laden zu gehen: kommen Sie dann in einer halben Stunde auch hin!«

Innerhalb der Perissilnaija konnte ich nach Belieben schalten und walten; verlassen aber durfte ich sie nicht. »Ich möchte nach dem Laden,« erklärte ich an der Pforte. »Gut.« Einer von den Wächtern ging mit. Der Laden war eng. Sträflinge und Aufseher drängten sich an der Theke. »Da kommt er.« Einer meiner bisherigen Reisegefährten zeigte auf mich. Ein blonder Kopf wandte sich um: ich blickte in ein lebhaftes, frisches Gesicht; in tadellosem Feldgrau stand ein Leutnant vor mir. »Knobelsdorff,« sagte ich; »von Strenger,« stellte er sich vor. Der Ton lag auf dem »Von«. Kling! unterstrichen ein paar blitzende Anschnallsporen das Adelsprädikat. Feiner Hund! dachte ich und sah mir mein Gegenüber nochmals von oben bis unten für den Bruchteil einer Sekunde an. Alles war tadellos. Noch bevor wir ein weiteres Wort sprachen, drängte ihn sein Begleiter, ein graubärtiger Nasiratel, zum Gehen. »Ja, ich komm' schon,« versuchte er ihn abzuwehren. »Ich gehe morgen mit dem Transport nach Blagowjäschtschensk, « informierte ich ihn rasch. »Und ich mit demselben nach Chabarowsk,« ruft er mir von der Tür her zu. »Auf Wiedersehen!« Schon stand er draußen. Sein Begleitmann hatte ihn hinausbugsiert. Ich kaufte eine Kleinigkeit: der Zweck war erreicht.

Von Strenger? Der Name war mir nicht geläufig. In meinem Regimente würden sie gefeixt haben, wenn ich mich einem Kalckreuth oder Oertzen mit ›von‹ Knobelsdorff vorgestellt hätte. Man trug seinen alten Namen, hatte ihm Ehre zu machen, und damit war der Fall erledigt. Von Strenger! Ich lächelte ....

Mittag war vorüber. Das war leicht daran zu merken, dass es nichts zu essen gab. Sorg' für dich selbst, ein anderer tut's nicht, das hatte ich schon längst gelernt. Meine Mahlzeit war beendet. Da wurden ein paar hereingetrieben, Chinesen, Tataren, und noch drei, die im Gefängnis groß geworden waren. Prüfend glitt mein Auge über die Gestalten, die da näher kamen. Schlag weiter, Herz! Was ist der Krieg? Gewiss, er ist gehäuftes Leid, doch tausend Dinge gibt's, die grausiger sind.

Den Dreien gefiel ich nicht. Mein Haus war ihnen nicht schön genug. Sie suchten sich ein anderes. Die reingekommen waren, warfen ihre Habe hin und streckten sich am Ofen. Er brannte nicht.

Der Wind hatte sich gelegt: die Sonne lockte ins Freie. Die Ankömmlinge verließen den Saal: nur die Wachen blieben. Ich wartete noch eine Weile, dann ging auch ich: die dageblieben waren, würden mir wohl nichts stehlen. Ich nahm die Tüte mit den Eiern und dem gekochten

Schinken, den ich vorhin erstanden hatte, und im Vorbeigehen steckte ich die Sachen dem matten Graukopf zu, dem Siechtum, Elend, Jammer aus den Zügen blickten.

Fieber schüttelte einen von den Chinesen; gierig trank er die Wärme. Wie lange noch?

Niemand darf wissen, dass du ein paar Rubel bei dir trägst, das ist eins der Gebote, die in der Perissilnaja keiner ungestraft übertritt. Um einer einzigen Kopeke willen verlor schon mancher da sein Leben. Was gilt ein Leben? Nichts. Eine Kopeke? Viel. Allein schon das Papier für zwanzig Zigaretten! Braucht einer das Papier, und du hast die Kopeke, so ist das Grund genug für dich, zu sterben. Wild rauschte das Leben in den Menschheitstiefen, in welche das Schicksal mich geschleudert hatte.

Eine kleine, winzige Wohltat da, und du sprachst dir dort das Todesurteil. Vorsichtig musste man sein und auf sich bedacht.

Ich ging vor dem Hause auf und ab. Konnte ich dem Kranken helfen? Wie konnte ich das tun? Nun ein paar Kopeken kannst du ruhig entbehren, sagte ich mir. Kopeken? Auch zwei, drei Rubel! Natürlich kannst du das; das sind hier keine Leute, die zu fürchten sind. Meine Barschaft war unterwegs ein wenig zusammengeschmolzen: herrlich war die gebratene Ente in der Barabinstischen Steppe gewesen, wahrhaftig, sie war ihre drei Rubel wert. Die Butter, die Eier, die Milch, die Wurst, sie alle hatten an meinem Kapital gezehrt, denn die fünfzig Kopeken Tagegeld, die es jetzt gab, langten knapp für das tägliche Brot. Doch zwei, drei Rubel, die konnte ich gewiss ganz gut entbehren.

Ich blickte nach dem Fiebernden herüber. Schweig! befahl ich. Ja, sprachen seine Augen. Dann ließ ich in Pausen mein Silber in seine Taschen gleiten. Er verzog keine Miene.

Ich erzähle das hier nun nicht, um mich zu rühmen. Jeder, der ein Herz im Leibe hat, hätte das gleiche, wenn nicht noch mehr getan. Ich erzähle es lediglich, damit in unserem überfressenen Europa dieser oder jener gelegentlich daran denkt, dass es auch hungrige Menschen gibt, und dass ein kleines Scherflein oft genug hinreicht, Trauer in Freude, Hass in Dankbarkeit zu wandeln. Um dies zuwege zu bringen, ist es durchaus nicht nötig, bis nach Sibirien zu wandern. Es braucht auch keiner am eigenen Leibe zu erfahren, was es heißt, Wochen und Monate hindurch von so gut wie nichts zu leben: er spende der Not, wo er sie findet, und was er dem einen tut, hat er allen anderen auch getan. –

Die Sonne hatte ihre Kraft verloren. Es fing an, kühl zu werden. Ich ging ins Haus. Als ich den Saal betrat, erblickte mich der Graukopf. Mühsam erhob er sich von seiner Pritsche, kroch auf mich zu, kniete nieder und küsste meine Füße. Erschüttert und erschrocken hob ich ihn auf.

Ich verbrachte die Nacht, wie ich, ach, so viele Nächte meines Lebens verbracht habe: von Ungeziefer und Schmutz angeekelt, zog ich es vor, durchzuwachen, anstatt mich von allerlei blutgierigem Getier peinigen zu lassen. Es war bitterkalt: alles schwärmte aus, um Holz zu suchen. Da sich kein anderes fand, mussten ein paar Latten von den Pritschen herhalten.

Gegen 4:00 Uhr morgens erschien ein Nasiratel und forderte uns auf, den Saal zu verlassen. Mit zwei Griffen nahm jeder sein Bündel und folgte dem Aufseher.

Wir betraten einen großen Raum in einem Gebäude an der Gefängnisstraße. Eine kleine Petroleumlampe verbreitete spärliches Licht. Sie hatte die Aufgabe, auch den Nebenraum zu erhellen, den man durch eine offene Tür ahnte: die Finsternis zu durchdringen, vermochte das Auge nicht. Ein Tisch stand an der Verbindungstür. Ein paar Konvoisoldaten standen herum. Der Transportführer und ein Gefängnisbeamter saßen am Tisch. Alle anderen hüllte Dunkelheit ein. Namen wurden verlesen. Die Aufgerufenen traten an den Tisch. Der Starschi blickte vom Überweisungspapier auf, nickte mit dem Kopf, und einer nach dem anderen verschwand durch die Tür im Finstern.

Eine neue Kolonne trat ein, Gefängnisinsassen, die weiter sollten. Unter ihnen befand sich Strenger. Trotz der Dunkelheit fanden mich seine Augen überraschend schnell. »Guten Morgen,« grüßten wir. »Wo kommen Sie her?« fragte ich. Er erzählte eine Geschichte, der ich nicht zu folgen vermochte, vielleicht weil ich mit einem Ohr der Verlesung der Namen lauschte: immer gespannter lauschte: mein Name wurde immer noch nicht genannt. In zehn Sätzen berichtete ich auf die Gegenfrage über mein Woher und Wohin. »Können Sie mir wohl einige Rubel leihen?« bat er, als ich geendigt hatte. Verdammt noch mal! Das durfte nicht kommen. Ich besaß noch knapp achtzig Rubel, gerade genug, um bequem bis in mein Gefangenenlager zu gelangen.

In Feindesland ohne Geld, überlegte ich; ich wusste nur zu gut, was das bedeutet. Mit fünfzig Kopeken täglich konnte man auch bei mehrtägiger Fahrt keinen Speck ansetzen. Ihm die Hälfte abgeben? Das schien mir denn doch zu übertriebene Kameradschaft. Ein Drittel meiner Barschaft genügte wohl auch. Ich gab ihm fünfundzwanzig Rubel.

»In welchem Regiment sind Sie eigentlich?« interessierte ich mich. »A-lexander.« Alexander? »Sie sind Reserveoffizier?« fragte ich. »Nein,« erwiderte er, »ich war im Spionagebüro.«

Sein Name wird aufgerufen. »Sdieß,« meldete er sich. »Wir sehen uns nachher,« sagte er noch; dann ging er am Tisch vorbei zu den anderen.

Den stauchst du nachher, nahm ich mir vor, spricht hier als Deutscher Russisch, ohne Not. In Feindesland spricht man seine Muttersprache! Nur wenn du vom Gegner etwas erreichen willst, das nicht anders zu erlangen ist, dann darfst du dich im offiziellen Verkehr seiner Sprache bedienen. Das ist doch klar!

Wo war er, fiel mir ein, im Spionagebüro? Spionagebüro? Seit wann haben wir ein ›Spionagebüro‹? Misstrauen erwachte. Noch drei Namen werden aufgerufen, und dann stehe ich allein im Zimmer.

»Sind Sie nicht verlesen?« werde ich gefragt. »Nein.« – »Ihr Name?« – »Viktor v. Knobelsdorff.« Blatt für Blatt wird nachgesehen. Die Über-weisungspapiere enthalten meinen Namen nicht. »Dann müssen Sie hier bleiben,« entscheidet der Transportführer. Ohne Überweisungspa-piere ist nichts zu machen. Verfluchte Schweinerei!

5:30 morgens werde ich im Krasnojarsker Gefängnis eingeliefert. Ein Nasiratel führt mich in eine leere Zelle im ersten Stock. Ganz anständige Unterbringung, sehe ich. Die Zelle ist groß und geräumig; die Ausrüs-tung wie üblich: der Fußboden aus Beton. Wie, woher, warum, erkun-digt sich der Nasiratel. Er hatte früher einem deutschen Herrn gedient. Keine Spur von Feindschaft ist in ihm.

Bei der Morgenpawierka verlange ich nach dem Natschalnik. Im Laufe des Vormittags werde ich zu ihm geführt. Der Prokuror ist auch da. Ich bitte sehr höflich, mich nach dem Lager Blagowjäschtschensk weiterzu-schicken. Natschalnik wie Prokuror sind beide gleichfalls sehr höflich; erklären, mir gern glauben zu wollen, seien aber außerstande, mich ohne irgendwelchen Ausweis ziehen zu lassen.

Das war der wunde Punkt. Meine Überweisungspapiere lagen entwe-der noch in Wologda, oder einer der wechselnden Konvois hatte sie verbummelt. Das einzige Papier, das von mir vorhanden war, war mein in Bjäla aufgenommenes Signalement. Es zeigte mein Gesicht von vorn und von der Seite, hatte in Stempelfarbe meine Fingerabdrücke und sagte aus, dass ich zuletzt zum Tode durch den Strang verurteilt, diese Strafe aber in lebenslängliche Zwangsarbeit abgeändert worden sei. Niemandem konnte es verargt werden, wenn man mich 4000 km ab vom Schauplatz dieser Dinge, allein auf diesen Ausweis angewiesen, nicht ohne weiteres weiterziehen lassen wollte. Ich sollte solange dableiben, bis die Bestätigung meiner Angaben eingegangen sei. Die Beamten handelten korrekt. Ich musste mich fügen.

Die Freiheit, die im Krasnojarsker Gefängnis im Mai 1917 herrschte, war eine kümmerliche Stiefschwester der in Jaroslawl gekannten. Wohl herrschte Freizügigkeit im Gefängnis, aber nur von Pawierka zu Pawierka, von morgens 6:00 bis abends 6:00. Die andere Hälfte des Tages waren die Zellen geschlossen. Es gab keine Delegierten und keine Sträflingsmiliz. Dieselben Leute, die unter der Herrschaft des Zaren in der Küche gestohlen hatten, stahlen auch unter dem neuen Regime weiter. Alles war beim alten geblieben, nur die Zellen waren tagsüber auf. Dafür war in den Insassen eine kleine Wandlung eingetreten. Alle, die wirklich große Halunken waren, oder sonst schwere Strafen zu verbüßen hatten, waren längst fort. Was sich jetzt noch innerhalb der Gefängnismauern herumtrieb, das war Geschmeiß. Zu ihm gesellten sich als Neuerscheinung einige Spitzel der alten Regierung. All das war kein Umgang für mich. Das stellte sich auf den ersten Blick heraus.

Ein kurzer Rundgang durch das Gefängnis belehrte mich, dass es zweifellos nicht zu den Unmöglichkeiten gehörte, von hier fortzukommen. Das einzige, was ich hierzu brauchte, war Geld. Das hatte ich aber nicht. Die letzte Vermögensabgabe hatte mein Kapital auf rund dreiundfünfzig Rubel zusammenschmelzen lassen. Diese, auf dem Gefängnishof angestellten, Überlegungen wurden dadurch unterbrochen, dass ein Garde- Füsilier eine tadellose Ehrenbezeugung vor mir ausführte. Die Sachen, die er am Leibe hatte, waren zwar fünfte Garnitur, aber ihre Sauberkeit ließ sie wie einen Brillanten leuchten inmitten von wertlosem Glas. Ich gab ihm die Hand. Er war gelernter Tischler und verwundet in Feindeshand geraten. Im Kansker Lager hatte er einem Kosaken, der ihn und seine Kameraden bei der Arbeit drangsalierte, eine gelangt, die nicht von schlechten Eltern war. Diese schnelle Selbsthilfe hatte ihn ins Gefängnis gebracht. Nun saß er hier, einer von jenen Abertausenden deutscher Söhne, die dem Vaterlande die Treue gehalten hatten.

Ich erkundigte mich nach seinen Verhältnissen. Nun, sie waren so, wie die eines Kriegsgefangenen eben sind, der im Gefängnis sitzt. Dreiundfünfzig Rubel dachte ich, dreiundfünfzig Rubel. Gleichviel, ein Deutscher, der seinen Dienst getan: wir teilen. »Wir wollen zusammen in meiner Zelle essen,« schlug ich zunächst vor, »im übrigen bin ich für Sie stets zu sprechen.« Bescheiden lehnte er ab. Aber da half keine Widerrede. Das wäre ja noch schöner! Offizier und Soldat gehören zusammen, wo immer auch die Not sie hinstellt. Rang und Pflichten, Bildung und Erziehung scheiden sie genug voneinander, um plumpe Vertraulichkeit nicht aufkommen zu lassen.

Mittags erschien der Maikäfer in meiner Zelle. Die Gefängniskost war auch in Krasnojarsk die gleiche, wie sonst in Russland. Die Gründe sind nunmehr hinreichend bekannt. Die von mir mitgebrachten Nahrungsmittel erlaubten, den Fraß in ein geradezu lukullisches Mahl zu veredeln. Bei Tisch erzählte mir mein Gast, dass außer ihm noch ein Ungar, ein Honved-Soldat, im Gefängnis sitze. Der Ungar wurde geholt. Er sprach leidlich Deutsch. Von nun an waren beide täglich meine Gäste.

Wenn man aus dem allgemeinen Dreck halbwegs ungefährdet herauskommen wollte, dann musste in erster Linie dafür Sorge getragen werden, dass der Körper widerstandsfähig blieb. Dazu gehörte als Grundbedingung einwandfreie Ernährung und Reinlichkeit. Die Armee erzog ihre Angehörigen, wenn sie nicht von Haus aus schon daran gewöhnt waren, zur Sauberkeit. Was der Deutsche einmal gelernt hat, das pflegt er auch nicht zu vergessen. Mich über das Thema Reinlichkeit (soweit sie unter den ungünstigen Verhältnissen möglich war) zu verbreiten, das konnte ich mir daher sparen. Desto eingehender wurde die Ernährungsfrage erörtert. Ich erklärte: ich gebe das Geld, und Ihr sorgt für das Essen!

Der Ungar arbeitete häufig in der Stadt, in der Regel bei der Straßenreinigung - sie wurde durch Sträflinge besorgt. Da hatte er Gelegenheit, Fleisch oder was es sonst gab, mitzubringen. Zum Glück war alles noch verhältnismäßig billig. Ging es nicht, in der Stadt einzukaufen, dann wurde dem Gefängniskoch das Nötige abgehandelt. Die anderen Insassen bekamen dann mindestens um so viel weniger, als wir erstanden hatten, und wir kauften nicht wenig. Rechnet man hinzu, was das Küchenpersonal über seine Portion hinaus verschlang, was vielleicht sonstige Interessenten noch erhielten, dann wird man sich ungefähr eine Vorstellung davon machen können, wie groß schließlich die Portionen sein mussten, die zur Verteilung gelangten. Ich hatte erst meine Bedenken, ob ich die Gefängnisinsassen dadurch schädigen sollte, dass ich ihnen wegaß, was sie andernfalls vielleicht bekommen hätten. Ich wusste, was hungern heißt: die zweihundert Fastentage im Jahr und der in der fastenfreien Zeit ein- bis zweimal in der Woche verabreichte eine Brocken Fleisch, die hatten es mir beigebracht. Aber ich war Feind! Was war den Russen gleichgültiger, als wenn ich krepierte! Dazu aber durfte ich keinesfalls beitragen. Das Gegenteil hatte ich zu tun, denn Russland focht noch immer gegen uns. Weil ich dem Gegner hatte schaden wollen, war ich verurteilt worden. Also konnte ich ihm getrost weiter schaden. Der Ungar und der Maikäfer sorgten für das schönste Essen. Natürlich waren es keine Leckereien, die es gab, immerhin aber ein anständiges Mahl.

Es war nicht vorauszusehen, wann ungefähr die Bestätigung meiner Angaben eintreffen konnte, wohl aber konnten wir uns an den Fingern abzählen, dass mein Geld längstens für drei Wochen reichen würde. Mir blieb daher nichts anderes übrig, als eine Geldquelle zu finden. Mit Genehmigung des Staatsanwalts schrieb und telegrafierte ich an die Schwedische Gesandtschaft. Acht Tage später erhielt ich die erbetenen fünfhundert Rubel telegraphisch.

Die Verhältnisse haben mich später wiederholt gezwungen, schwedische Hilfe und Unterstützung in Anspruch zu nehmen, und immer wieder hatte ich Gelegenheit, die Tatkraft, Umsicht und nimmermüde und selbstlose Hilfsbereitschaft der schwedischen Vertreter zu bewundern. Das waren ganze Männer und ganze Frauen! Zu ganz besonderem Danke aber bin ich dem Grafen Bonde[33] und den Herren seines engeren Stabes verpflichtet, und in lebhafter Erinnerung steht mir der Genuss, den ich empfand, als ich im fernen Osten mit zwei leibhaftigen Damen, Frau v. Heidenstam und Fräulein Brandström einige Minuten verplaudern durfte.

Niemals werden Worte allein es vermögen, Deutschlands Dankesschuld an Schweden abzutragen. Schweden hat als Vertreter deutscher Interessen in Russland unendlich viel getan. –

Nicht allein die Zubereitung des Essens war eine freiwillig übernommene Aufgabe des Maikäfers, er betrachtete es auch als selbstverständ-

---

33 Bevollmächtigter vom Schwedischen Roten Kreuz.

lich, die Reinigung meiner Zelle und meiner Kleider zu übernehmen. Das war mir nicht nur angenehm, es hatte auch die Wirkung, zunächst wenigstens im Bereich des Gefängnisses, alle die Gerüchte Lügen zu strafen, die den deutschen Soldaten als das beklagenswerte Opfer der unmenschlichen Brutalität seiner Offiziere hinstellten, denen er nur widerwillig und aus Furcht vor Strafe folge. »Glaubt Ihr denn,« fragte mein Maikäfer die Russen auf eine Anzapfung hin, »dass wir deutsche Soldaten erbärmlich genug sind, unsere Offiziere aufsitzen zu lassen, wenn sie in Not sind? Glaubt Ihr denn, wir machten das so wie Ihr? Wir!«

An vielem war zu merken, dass der Garde-Füsilier weder in der Etappe, noch in der Heimat gesessen, sondern in der Front gefochten hatte. »Da war bis heute auch ein Offizier hier, Herr Oberleutnant,« erzählte er, »aber ich glaube, das war gar kein Offizier. Er ist mit einem Transport gekommen und war längere Zeit hier im Lazarett. Vor ein paar Tagen ist er dann hier eingeliefert worden und heute morgen mit dem Schub nach Irkutsk gegangen.« – »Wie hieß er?« fragte ich. »Von Strenger.« Das Spionagebüro fiel mir ein. »Wie kommen Sie darauf,« forschte ich weiter. »Ja, Herr Oberleutnant, wie soll ich das so sagen. So wie unsere Offiziere war er nicht. Das fühlt man, was ein Offizier ist; aber sagen kann man es schlecht. Und auch so.« Also das ‚Und-Auch-So‘ fehlte bei näherem Zusehen. Gerade das, was den Offizier ausmacht. Wie soll ich es erklären? Es ist dasselbe, nur in anderer Form, das aus der Frau die Dame macht; dasselbe, das nach Schlieffens Wort den General zum Feldherrn werden lässt: es war der Funke, der sich im Genie entzündet, in dessen Schatten das Talent gedeiht. Das ›Und-Auch-So‹, das wird so mancher heute nicht besitzen: wir sind im dritten Kriegsjahr! dachte ich.

»Er wusste nicht einmal, was ich meinte, als ich auf seine Frage sagte: ich bin Maikäfer! Aber er hat ins Lager raufgeschrieben und Geld und Wäsche, eine Uniform und Kaffee, Zucker und Kakao von dort bekommen. Da wurde ich wieder irre. Der Janos hat den Brief besorgt, und ein Leutnant v. Gayl hat alles hergeschickt. Sie hätten ihm doch nichts geschickt, wenn er keiner gewesen wäre.« – »Gayl?« fragte ich, »vom 1. Garde-Regiment?« – ‚Ich kenne ihn sehr gut,‘ hat der Leutnant von Strenger erzählt, ‚denn wir sind in derselben Brigade gewesen »aber, Herr Oberleutnant, das kann doch nicht gut sein, denn wir haben in der Instruktion gelernt: eins und drei sind zusammen und Elisabeth und Alexander.« – »Sie haben recht,« erwiderte ich, »der Strenger war ein

Schwindler; das ist mir jetzt klar. Mich hat er auch hereingelegt. Vielleicht kann ich ihm noch das Handwerk legen.« – »Haben Sie sonst noch was vom Leutnant v. Gayl gehört,« fragte ich. »O ja, der hat schon zweimal einen Fluchtversuch gemacht, ist aber beide Male erwischt worden.« Todsicher, das war er: ebensoviel Pech wie Schneid, das gab's nur einmal in der Armee.

Ich schrieb an ihn, berichtete von Ruville und mir. Janos besorgte den Brief. Die Antwort traf mich nicht mehr an. Ich hätte sonst erfahren, dass im Lager Ruville war. –

Ich kann der oberen Natschalstwo des Krasnojarsker Gefängnisses das Zeugnis ausstellen, dass sie durchaus Verständnis für meine Lage hatte. Man darf als Feind den guten Willen des Gegners nicht für sich in Anspruch nehmen wollen. Mich auf einstweilen eigene Verantwortung ins Offizierlager zu stecken, wie ich vorgeschlagen, das wollten weder Prokuror noch Natschalnik. Meine Angaben – siehe Strenger – konnten ebenso gut erlogen sein. An der Echtheit meines Signalements war leider nicht zu zweifeln. Wenn ich aber lieber nach Irkutsk ins Gefängnis wollte, um dann von dort aus zu versuchen, weiterzukommen, da wollten sie mir keine Schwierigkeiten in den Weg legen. Auf nach Irkutsk! Vielleicht war dort die Aussicht größer, endlich aus der Gefängnismisere herauszukommen.

Ich nahm herzlichen Abschied von dem Maikäfer und dem Ungarn. So gut ich konnte, sorgte ich für die zwei. In dem Gardefüsilier hatte ich einen durch und durch anständigen Menschen und furchtlosen Soldaten kennengelernt: wenn ich seinen Namen unterschlage, so geschieht es aus dem einfachen Grunde, weil ich ihn vergessen habe. –

In der Hauptstadt des General- Gouvernements Ost-Sibirien

**Abfahrt von Krasnojarsk. – Die Reisegesellschaft. –
Ein großer Tag. – Taube Nüsse. – Ein kleines Scharmützel. –
Wieder ins Gefängnis. – Dr. Barkenitz. – Für fünf Rubel Angst. –
Vergebliche Bemühungen. – Unerwartete Hilfe. – Vom
Regiment 24 und dem 31. August. – Graf Bondes Intervention. –
Dir kannst du nicht entflieh'n! – Im Arrest. – Ein Fluchtversuch. –
Erneute Anstrengungen. – Mein Abtransport.**

Es war wieder ein buntes Völkergemisch, das am 7. Mai nach Erledigung der üblichen Formalitäten in die bereitgehaltenen Arrestantenwagen stieg. Sie waren bereits teilweise besetzt. In meinem steckten zehn, zwölf Männer, Österreicher, Geiseln, aus dem Karpatengebiet. Wohl keiner von ihnen war unter fünfzig Jahren. Ihrem Beruf nach waren sie Waldhüter, Förster, Kaufleute. Eine jener nur Russen verständlichen Verfügungen verschickte sie, nachdem sie jahrelang in West-Sibirien dem Ablauf der Zeit zugesehen hatten, ins General-Gouvernement Ost-Sibirien. Jahrelang und grundlos waren sie von den Ihren getrennt worden, und nun lebten nur noch Furcht und Hass in ihnen. Die Furcht, dass es ihnen noch schlechter als bisher ergehen könnte, und ein ohnmächtiger Hass, der ihren Peinigern alles Üble der Welt in unaufhörlichem Wechsel wünschte. Leider gab die Furcht bei allen ihren Handlungen den Ausschlag, und damit wurden sie zum willenlosen Spielball des Geschicks, zu einer ungefährlichen Herde, die heute hierhin und morgen dorthin getrieben werden konnte, so wie es die Laune gerade eingab. Ich suchte ihr Selbstvertrauen zu heben. Es war vergebliches Bemühen. Beim ersten leisen Windhauch fielen sie um.

Rund tausend Werst waren es bis Irkutsk, dem ostsibirischen Paris, der Hauptstadt des General-Gouvernements. Der Konvoi ließ sich die Zeit nicht lang werden. Die unglaublichsten Klater hatte er für seinen eigenen Bedarf auf die Reise mitgenommen, und was sich sonst an Weibern in den Wagen herumtrieb, das waren Seuchenherde, seltene Schaustücke für jedes medizinische Museum. Was blieb bei diesem Pack vom Menschen übrig? Es waren Tiere, die fraßen und verdauten, schliefen und sich begatteten.

Einer aus dem Völkergewimmel starb unterwegs. Starb? Kann man das sterben nennen, wenn sich einer im verwahrlosten Abort des Wagens im Fieberwahn im eigenen Kote wälzt? Da lag er in der offenen Tür. Wen störte das? Keine Hand rührte sich, um ihm zu helfen. Pesthauch drang durch den Nebel, den der Rauch ungezählter Zigaretten, die Ausdünstung der Insassen und ihrer stinkenden Kleider geschaffen hatten, und den die Lunge als Luft zu atmen versuchte. Schließlich fasste ich an. Mein Beispiel riss einen zweiten von der Pritsche, und auf einer Station luden wir den lebenden Leichnam aus. –

Jenseits der Angara, die ihre eisigen Wasser aus dem Baikalsee trinkt, dehnt sich die Stadt. Die Häuser waren aus Holz; die Kirchen aus Stein. Riesenhaft lag das Gefängnis vor uns, ein ungeheures Viereck aus Ziegeln, Beton und eisernen Gittern, mit zahlreichen Nebengebäuden.

Es war ein großer Tag, an dem wir angekommen waren. Die wahre Freiheit hatte heute auch Ost-Sibiriens Hauptstadt in ihre Kreise einbezogen. Am Vormittag hatten die roten Fahnen in den Straßen geweht, und Militärmusik hatte den Umzug der Sträflinge begleitet, die heute dem Zuchthaus den Rücken gekehrt hatten, und als Soldaten die freieste Republik der Welt verteidigen, Konstantinopel den Türken entreißen und siegreich in Berlin einziehen wollten. Das Programm war zu reichhaltig, als dass es je, auch von den geschicktesten Akteuren nicht, mit Erfolg zu Ende gespielt werden konnte. Das beruhigte mich, denn die Begeisterung war groß.

Überall im Lande hatten sich Todesbataillone, Todesbatterien, Todesschwadronen gebildet und ein wenig voreilig, ehe sie überhaupt den Feind gesehen, diese stolzen und verpflichtenden Namen sich zugelegt. Was mussten nun gar erst für Heldenscharen gegen uns anrücken, wenn in diese Truppenteile Verbrecher eingereiht wurden, Unholde, die vor keiner Untat gescheut hatten, und die sich nun dazu drängten, anstatt tatenlos im Zuchthaus zu sitzen, die Reihen der Soldaten mit wildem Mute zu erfüllen! »Ich gratuliere,« sagte ich den Leuten, die es mir brühwarm erzählten, »wenn Ihr sonst durch kein anderes Mittel kleinzukriegen wäret, mit diesem habt Ihr Euch selbst den Untergang bereitet. Ich war selber in Katorga.« – Wir traten ein. Den Zugang sicherte eine Abteilung Soldaten. Über den Gefängnishof – groß, wie der einer Kaserne lag er da – ging es nach einem der Häuser der Perissilnaja. Der übliche Saal nahm uns auf. Nach einiger Zeit erschien ein Pomoschtschnik und eine Schar Nasiratel. Die Namen wurden verlesen. Prompt antwortete alles mit »sdjeß«, auch Österreichs Staatsbürger. »Viktor v. Knobelsdorff!« kam ich an die Reihe. In mir kochte es. Dass

die Österreicher beim Verlesen auf russisch antworteten, hatte mich
bereits geärgert. Dass diese so viel älteren Leute von einem so viel jün-
geren Beamten sich auch noch duzen ließen, als müsste das alles so sein,
das hatte mich aufgebracht. Es bedurfte nur noch des geringsten Anlas-
ses, und ich wusste, der Krach war da, und mein Weiterkommen auf
unbestimmte Zeit hinausgeschoben. »Hier!« antwortete ich. Der Pomoschtschnik blickte von meinem Signalement auf und sah mich an.
»Viktor v. Knobelsdorff!« rief er mich abermals auf. »Hier!« wiederholte
ich. Ist das ein frecher Hund! das stand deutlich in den Gesichtern der
Nasiratel geschrieben. Jetzt ging es um das Ansehen des Po-
moschtschniks. Jeder fühlte es. Totenstill war es im Raum. »Das bist
Du?« fragte er.

Nun war der Augenblick da, Russisch zu sprechen, mein Russisch, im
Zuchthaus von Zuchthäuslern gelernt. Aus einem Meer der gemeinsten
Ausdrücke konnte ich, wann ich wollte, schöpfen, und wie man in
Russland zu einem Untergebenen zu sprechen hat, das hatte ich an
ungezählten Beispielen erlebt. Aber ehe ich die Pferde durchgehen ließ,
wollte ich es zunächst noch einmal mit einigem Zureden versuchen:
»Wie kannst Du es wagen, mich zu duzen,« fuhr ich ihn an, »bin ich
Deinesgleichen? Zweimal schon habe ich Dir gesagt,« belehrte ich ihn
weiter, »dass ich Knobelsdorff bin. Wenn Du zu dumm bist, das zu begreifen, dann musst Du Dich nicht hierherstellen. Deine Nasiratel sind
ja schlauer als Du! Die haben längst begriffen, wer ich bin.« Die Wirkung meiner nur ein wenig schlichten Worte ließ bereits erkennen, dass
ich auf die schwere Artillerie verzichten konnte; das hatte noch keiner
im ganzen Saal erlebt: ein Arrestant fuhr einen Pomoschtschnik an, und
der Himmel stürzte darob nicht ein. Etwas ganz anderes geschah. Der
Pomoschtschnik trat einen Schritt zurück. Nun stand er in der Reihe der
Nasiratel. Der Konvoi lachte schadenfroh. »Was wollen Sie?« fragte er.
Sieh einer an! »Ich will nach dem Kriegsgefangenenlager Blagowjäschtschensk. Irgendwer hat meine Papiere verbummelt, die anordneten,
dass ich aus dem Zuchthause in Jaroslawl nach dem Gefangenenlager
zu überführen sei.« Hämisch blitzte es in dem Beamten auf. Wenn es
nach ihm ginge, dann käme ich jetzt in den Karzer, nachdem vorher
hundert Hiebe meine Haut und mein Fleisch in Stücke gerissen hätten,
niemals aber in ein Gefangenenlager. »Sie waren Beßrotschnik?« fragte
er. »Ja.« – »Zwei Jahre haben Sie von Ihrer Strafe verbüßt, also haben Sie
noch dreizehn Jahre abzusitzen,« verfügte er. Die Revolution hatte die
lebenslängliche Zwangsarbeit beseitigt; fünfzehn Jahre Zuchthaus bilde-

ten nun das Höchstmaß, das jedes Verbrechen sühnte. Ich sagte nichts. Jedes Wort hätte ihn gefreut.

»Dem haben Sie es aber ordentlich gegeben,« sagten die Österreicher und drückten mir die Hand. »Wir können nicht so, wie wir wollen,« entschuldigten sie sich. Ich aber konnte wieder 'rein ins Gefängnis, während sie an ihrem Bestimmungsorte angelangt waren und die Perissilnaja verlassen durften. Im wievielten war ich nun? Cholm, Bjäla, Brest-Litowsk, Briansk, Moskau, Jaroslawl (Gubernskaja), Jaroslawl (Katorschnaja), Jaroslawl (Gubernskaja), Wologda, Krasnojarsk; es war also mein elftes. Nicht gerechnet ist die Unterbringung in Stryi, in den Arrestanstalten von Cholm und Jaroslawl. Ja, mich musste man auf einen Erkundungsflug schicken! Wo ich da so überall hinkam!

Alle, die mit dem Transport gekommen waren, wurden bis auf mich und zwei äußerst verdächtig aussehende Gestalten freigelassen. Die beiden brauchten keinerlei Papiere; in ihren Vogelgesichtern stand geschrieben, dass sie Strolche übelster Sorte waren. Wieder ging es über den großen Hof. Wir wurden in einem fensterlosen Raum eingeschlossen. Ein Gitter vertrat die Stelle einer Tür. Ich weiß nicht, weshalb ich so viel Worte mache: es war ein Käfig, in dem wir eingesperrt wurden, genau wie der eines zoologischen Gartens. Wir warteten. Meine beiden Kollegen vertrieben sich die Zeit damit, indem sie ihre Notdurft in einer Ecke verrichteten. Ich erinnerte mich, dass die zur Schau gestellten Tiere mit der gleichen Beschäftigung die Einförmigkeit ihres Daseins unterbrechen.

Ich stand im Dunkel des Käfigs und blickte auf den Flur. Mit lebhaften Schritten kam irgendwoher ein mittelgroßer Mann ans Gitter. Jede Bewegung verriet den Turner. »Barkenitz«,[34] stellte er sich vor, »Doktor Barkenitz«. Falls ich hier bliebe und es wolle, dann möchte ich mit ihm die Zelle teilen. Schön. Schritte näherten sich. Er verschwand. Willst du es tun? fragte ich mich. Erfahrungen sprachen dafür und dawider. Probieren!

Ein Nasiratel erschien. Er hatte den Auftrag, uns unterzubringen. »Ich möchte zu Barkenitz,« sagte ich. Das schien eine Empfehlung zu sein. »Bitte,« erwiderte der Nasiratel freundlich. Die beiden konfiszierten Gesichter waren für Unterbringung in einer der allgemeinen Kammern.

---

34 Deckname.

Dr. Barkenitz' Zelle lag im Erdgeschoß. Sie war geräumig wie die in Krasnojarsk. Das vergitterte Fenster lag hoch. Trotzdem gab es Licht genug. Die Einrichtung war die übliche. Wir unterhielten uns bis 3:00 morgens.

Der Ausbruch des Krieges hatte seiner Tätigkeit als technischem Leiter eines sibirischen Goldbergwerks ein jähes Ende bereitet; er war in Wercholensk an der oberen Lena interniert worden. Unter Larven die einzig fühlende Brust. Was sonst da an Leuten deutscher Nationalität mit ihm zusammen war, nicht zum Vorzeigen. Meistens übles Pack, dessen einziges Sinnen und Trachten dahin ging – wie er erzählte – möglichst hohe Unterstützungen vom Reich herauszuschlagen und einen guten Tag zu leben. Mochte geschehen, was will; wenn es nur ihnen gut ging. Keiner mit abgeschlossener Schulbildung, nicht einer mit auch nur etwas Kinderstube.

Die erste Gelegenheit von dort fort und nach der Heimat zu kommen, benutzte er. Tagelange Fahrten im Schlitten. Dann kam die Panne. Irgendeine Tücke des Geschicks, die wohlgezimmerte Pläne zusammenbrechen lässt und im Fallen die Hoffnung unter sich begräbt. Nun saß er im Gefängnis. Der erste Versuch war missglückt. Vielleicht gelang der zweite?

Dr. Barkenitz war ein wenig älter als ich und hatte viel gesehen. In Spanien, Südafrika und wer weiß sonst wo noch hatte er praktisch gearbeitet und Ingenieurstellen innegehabt. In verhältnismäßig jungen Jahren war er zum Leiter des großen Unternehmens berufen worden. Seiner ganzen Persönlichkeit nach schien er da der richtige Mann am richtigen Fleck zu sein. Das war einer, der dem deutschen Namen im Ausland Ansehen schuf. Er hatte 'was gelernt und konnte 'was. Sprach ein halbes Dutzend Sprachen und war in Naturwissenschaften, Philosophie und Literatur bewandert. O, ich genoss diese Tage! Auch die persönlichen Gewohnheiten des Dr. Barkenitz machten ihn zu einem sympathischen Zellengenossen.

Sein Fluchtgepäck barg alles, was ein zivilisierter Mensch zu seinen Bedürfnissen rechnet. Seine Emailleteller und sein verhältnismäßig reichhaltiges Besteck erlaubten, das Gefängnisessen zu einem einfachen Diner umzuformen. Nach Tisch wuschen wir gemeinsam auf, und das Speisezimmer verwandelte sich wieder in die einfache Unterbringung eines Notquartiers.

Vierzehn Tage war ich mit Dr. Barkenitz zusammen. Dann war es seinen Bemühungen gelungen, aus dem Gefängnis herauszukommen. –

Zu den brauchbaren Leuten, die ich hier kennen lernte, zählte ein Lette. Was war er von Beruf? Wenn ich ihn Gastwirt nenne, so sagt das zu wenig. Er besaß ein Haus, in dem sich unten eine Gastwirtschaft befand, und oben möblierte Zimmer zu mieten waren. Wenn ich ihn auf diesen Tatbestand hin einen Hotelbesitzer nenne, so glaube ich, dem Ansehen dieses Standes Einbuße zu tun; denn in den Wirtschaftsräumen fand der einsame Wanderer nicht nur Speise und Trank, auch willfährige Weiber waren da, um die Gäste, ganz nach Wunsch, auch anderweitig zu erquicken, oder zu ermüden. Die möblierten Zimmer nun konntest du nach Belieben auf Stunden, Tage, Wochen und auch noch länger haben. Gepäck war nicht erforderlich; unerlässlich aber, dass du im voraus bezahltest. Das Geschäft ging gut und ertrug finanziell mit Leichtigkeit auch längere Abwesenheit des Chefs. Diesmal saß er wegen unerlaubten Handels mit alkoholischen Getränken. In seiner Art war er ein absolut ehrlicher und zuverlässiger Mann. Seine unerschütterliche Ruhe, seine hünenhafte Gestalt und seine Hände, diese ungeheuren eisernen Pranken, machten ihn besonders geeignet für seinen Beruf.

Er war verheiratet und auch nicht verheiratet. Wie das in Sibirien so Sitte ist. Graschdanskaia Schena, so heißt dort die Frau, die sich einem Manne ohne Mitwirkung von Staat und Kirche zu gemeinsamem Lebenswege auf Gedeih und Verderb angeschlossen hat. Ich habe mir sagen lassen, dass die Mehrzahl dieser Ehen glücklicher ist, als die in aller Form geschlossenen. Glücklicher, weil sie jederzeit lösbar, und dieser Umstand beide Parteien zwingt, rücksichtsvoller gegeneinander als in unlöslicher Gemeinschaft zu sein.

Der Beihilfe des Letten und seiner Frau danke ich es, dass es mir Ende Juni gelang, Briefe nach Haus sowie einen ausführlichen Bericht an das Preußische Kriegsministerium gelangen zu lassen.

Es war nicht ganz leicht, trotzdem die Umstände günstig waren, den Bericht abzufassen, und vor allem, ihn auch sicher an den Mann zu bringen. Doch der Augenblick musste genutzt werden, und so schrieb ich in rasender Eile, bis die Hand dem Willen versagte.

Ich hatte eine Gelegenheit erkundet, die mir Gewähr genug bot, die Schreiben unter Vermeidung jeglicher Zensur nach der Heimat zu bekommen. Waren sie erst mal im Besitze des Überbringers, dann konnten nur ungünstige Umstände verhindern, dass sie ihre Empfänger nicht erreichten.

Die Übermittlung war für alle Teile gefahrvoll. Denn die erst kürzlich wieder eingeführte Todesstrafe würde in russischen Händen nicht viel Unterschied zwischen dem Verfasser und den Vermittlern gemacht haben. Die Anklage auf Spionage und Beihilfe hierzu war gewiss. Diese Vergehen aber wurden mit dem Tode geahndet.

Ich hatte mich daher zu entscheiden, ob die Nachrichten, die ich geben konnte, auch den Einsatz fremden Lebens rechtfertigten? Die Frage war zu bejahen. Pflicht gebot, alles, was dem Vaterlande nützen konnte, daheim zur Kenntnis zu bringen. Also tat ich es. Die Summe aller eingehenden Nachrichten musste zu einer gewissen Kenntnis der Verhältnisse beim Gegner führen; ihre Auswertung, Politik und Heeresleitung in ihren Entschlüssen entscheidend beeinflussen. Meine Aufgabe war erfüllt, wenn ich mitteilte, was ich wusste.

Meinen Helfern indessen durfte ich keinen reinen Wein einschenken, denn nie wären sie bereit gewesen, sich bewusst fremder Interessen wegen zu opfern. Ich sprach daher nur von Schreiben, die ich unter Vermeidung jeglicher Zensur gern nach der Heimat befördert haben wollte. »Weshalb nicht? Aber gern.«

Die Frau des Letten hatte meinen dicken Brief bei einer bestimmten Person abzugeben; hier sollte er abgeholt werden. Sollte! Ich gab dem Letten die nötigen Unterweisungen; zehn Minuten später war seine Frau im Bilde; zwei Tage darauf musste ich im Besitze der Empfangsbescheinigung sein.

Die Tage vergingen, aber die Frau kam nicht. Der dritte, vierte, fünfte Tag verstrich, die Frau ließ sich nicht blicken. Da wurde der Lette unruhig; ich war es schon längst. Was mochte sich draußen zugetragen haben? Keine Nachricht. Ob sie die Frau gegriffen hatten? Das war gar nicht auszudenken. Der sechste Tag sank ins Grab. Der siebente folgte ihm. Ob es wirklich nur Briefe gewesen wären, fragte der Lette. »Ja, natürlich.«

Es war unverständlich, weshalb die Frau nicht kam; mit militärischer Pünktlichkeit pflegte sie sonst an den Besuchstagen zu bestimmter Stunde zu erscheinen.

Der achte Tag. Vergebens hielt ich mir alles vor, was gegen die Verhaftung der Frau sprach. Ich wurde die von Stunde zu Stunde, von Minute zu Minute sich steigernde Angst nicht los, dass meine Schreiben abgefangen sein könnten. Lange vor den Besuchszeiten zog ich mechanisch die Uhr aus der Tasche und blickte aufs Zifferblatt, ohne die Zeit zu wissen. Wieder klappte der Sprungdeckel und mahnte: sieh her! Abermals löste sich die Feder, der Deckel sprang erneut zurück und gab das Zifferblatt frei; aber das Hirn dachte: »Wird sie heute kommen?« und die Ungewissheit ertappte das Auge, wie es vor sich hinstarrte, und die Hand, wie sie sinnlos, den Daumen am Druckknopf, das Zifferblatt freigab und es wieder verschloss.

Der Lette ging über den Hof nach dem Empfangsraum. Nach einer halben Stunde, die mir endlos schien, kam er zurück: »Hier ist die Quittung,« sagte er. »Danke,« erwiderte ich.

Schnurstracks vom Gefängnis war die Frau in das Haus des Adressaten gegangen. Sie klingelte, gab den Brief ab und bat um die Empfangsbescheinigung. Alles war schön und gut. Auch der Fall war vorgesehen, dass der Empfänger gerade nicht zu Hause war. Dann sollten die Schreiben bis zu seiner Ankunft dort liegen bleiben. »Oh, an meinen Mann?« hatte die Frau des Hauses gefragt und dann den Brief geöffnet. Der Fall war nicht vorgesehen. Sie zerrte aus dem Umschlag einen Brief, der eine andere Aufschrift trug. Keine Zeile, kein Wort lag diesem Briefe bei. Sie las die Anschrift. »Ja, da müssen Sie ins Zentralhotel gehen,« erklärte sie, »der Herr wohnt nicht hier.« – »Wie heißt er?« fragte die Frau des Letten. Dann ging sie nach dem Central-Hotel, dem ersten Hotel der Stadt.

»Ins Central-Hotel?« unterbrach ich: ich fühlte, wie meine Knie zitterten. »Ja,« wiederholte der Lette.

Mein Mann wohnte im Central-Hotel, inmitten der Höhle des Löwen: englische und französische Missionen. Zeitungsleute der Entente, ihr geheimer Nachrichtendienst, die hatten dort ihr Hauptquartier aufgeschlagen. Deshalb sollte mein Brief nicht dahin. »Kann ich Herrn Xyz sprechen?« hatte die Frau den Portier gefragt. »Was will die Frau hier?« erkundigten sich ein paar Neugierige. Sie passte so gar nicht in die Halle. »Nitschewo, sie sucht einen Herrn. Der Herr ist verreist.« – »Danke! Wann kommt er zurück?« – »In vier oder fünf Tagen.« – »Auf Wiedersehen,« sagte sie und ging.

Sie dürfe unter keinen Umständen ohne Quittung wiederkommen, hatte ihr der Lette eingeschärft. Also hieß es warten. Am sechsten Tage war sie unabkömmlich, am siebenten ging sie wieder ins Hotel. Ja, er sei da; er erwarte sie in seinem Zimmer. Sie habe sich erst vergewissert, ob er auch der Richtige sei, dann habe sie den Brief gegen die mitgebrachte Empfangsbescheinigung abgegeben. So sei es gekommen, dass sie erst heute käme. Ich gab dem Letten die vereinbarten fünf Rubel für die Zustellung. Nie in meinem Leben habe ich für so wenig Geld so viel Angst ausgestanden.

Ich habe ein wenig nachzuholen. Gleich mein erster Gang führte mich nach dem Geschäftszimmer, um dort meine Freilassung zu erwirken. Aber den Beamten war nichts gleichgültiger, als was ich ihnen erzählte; ich begegnete offener Feindseligkeit. Da verlegte ich mich aufs Schreiben. Schrieb an den Staatsanwalt, an das Ausführende Komitee und an die Schwedische Gesandtschaft nach Petrograd. Vielleicht, dass eine dieser Stellen mir zum Recht verhalf.

Wohl hatte man den Gossudar Imperator vom Throne stürzen, doch den Volkscharakter damit nicht ändern können; was früher gegolten hatte, das galt heute erst recht. So wie einst, hieß es auch jetzt: Russland ist groß, und der Zar ist weit. Kümmerten sie sich früher schon blutwenig um Recht und Gesetz, so hatte heute jede Sicherheit aufgehört. Das Volk regierte, und das hieß zu allen Zeiten: keiner gehorchte. Deshalb war von den Russen wenig zu erwarten, und die Umstände mussten sich schon besonders günstig fügen, wenn der Einfluss der deutschen Interessenvertretung mir zugute kommen sollte. Immerhin erweckten die Schreiben die Hoffnung auf bessere Zeiten in mir. Einstweilen aber blieb mir nichts anderes übrig, als mich in der von mir vielgeübten Kunst des Wartens wieder einmal zu versuchen.

Da kamen eines Tages einige Sträflinge in meine Zelle gestürzt und berichteten, dass soeben der schwedische Konsul ins Geschäftszimmer gekommen sei. Der schwedische Konsul? Das darf man nicht ganz wörtlich nehmen, denn für die Masse war jeder Vertreter einer fremden Macht: der Konsul. Wir schrieben den 24. Juni. Die Ankunft des Schweden konnte unmöglich eine Folge meines Schreibens an die Gesandtschaft sein, rechnete ich mir rasch aus. Das aber war ja nebensächlich. Wesentlich war, dass ein Mensch ins Gefängnis hereingefunden hatte, und dass ich mir seine Hilfe sichern musste. »Wir haben ihm bereits gesagt, dass Sie hier sind,« fügten meine Gewährsleute noch hinzu. Die Nachricht genügte, um mich zu alarmieren.

In Windeseile zog ich meinen Waffenrock an. Für gewöhnlich pflegte ich das Kleid des deutschen Soldaten im Gefängnis nicht zu tragen. Für mich war es ein Ehrenkleid und insbesondere das meines alten Regiments. Garde mag ja ganz schön gewesen sein, Vierundzwanziger aber war stolzer und schöner: Napoleons Garde sank durch sie bei Waterloo ins Grab: im Weltkrieg entrissen sie den Douaumont den Franzosen mit stürmender Hand: und auch Britanniens Gordon Highlander vermochten nicht zu widerstehen und gingen vor ihnen mit flatternden Rockschößen auf und davon. Von Düppel, Alsen, Vionville und allem anderen ganz zu schweigen. Auf welchem Schlachtfeld immer auch des Regimentes Fahnen wehten, sie trugen Ruhm und Sieg davon. Da wird es zu verstehen sein, dass ich meinen Waffenrock nicht zur Sträflingstracht degradieren wollte, sondern wohlverwahrt bei meinen Sachen hielt.

Ich war kaum angezogen, als ein Nasiratel mich nach dem Geschäftszimmer holen kam.

Zwei Herren erwarteten mich dort: Graf Bonde und ein Herr seiner Begleitung. Ich unterrichtete den Grafen von allem Wissenswerten.

Im Laufe der Unterhaltung erzählte er mir von Boelke, Immelmann und anderen des glänzenden Nachwuchses der deutschen Fliegerei.

Die Zeiten waren andere geworden. Die A.E.G.-Maschinen, mit denen wir ins Feld gezogen waren, hatten bald erwiesen, dass ein abgenutzter Regenschirm ein besseres Flugzeug war, als diese staatlich konzessionierten Selbstumbringer. Nach sechs Wochen tauschten wir sie gegen die neuen Rumpler ein. Die kletterten wie ein Affe, wie uns schien. Jetzt standen die Luftsiege im Heeresbericht. Zu Feldzugsanfang aber wurde noch keine Notiz von ihnen genommen. Wir quälten uns mit unserer Kiste mühsam ein paar hundert Meter hoch, schossen mit Karabiner, Browning, Leuchtpistole um uns, logen uns am Feind mit Not und Mühe durch und flickten nach jedem Fluge die Löcher sorgsam zu, die er dem Kahn in den Leib geschlagen hatte. Jeder zehnte Flug war eine Panne. In den ersten sechzig Feldzugstagen flog ich an fünfzig Tagen fünfundachtzig mal. Das galt als viel.

Eine Spezialisierung gab es noch nicht. Wir taten, was wir konnten: klärten auf, machten Lichtbildaufnahmen, überbrachten Nachrichten, jagten uns, schossen Artillerie ein und warfen Bomben.

Ja sogar die Zeitungen beschäftigten sich mit uns! Die Pariser Presse! Spaltenlange Artikel! Die Londoner Journale brachten Bilder dazu, doch nicht von uns, von den Pariser Häusern, die wir etwas angekratzt hatten. »Alter Freund«, titulierte mich das eine Blatt. Was sollte die plumpe Vertraulichkeit?

Am 31. August '14 erschien ich auftragsgemäß mit Philipp über der Festung. Sechshundert Meter hoch waren wir, als die Forts den Ehrensalut für uns abgaben. Dann kletterten wir, immer hübsch langsam, an die Tausend heran. Wir wurden aufs freudigste begrüßt. Von der Erde, vom Eiffelturm, aus der Luft, überall her knallte es. Dreizehn Löcher hatte die Maschine, Ruvilles Schal am Hals ein Loch. Wir setzten unsere paar Bomben ab: Sicherung los und glückliche Reise! Hierauf sahen wir uns die Stadt ein bisschen an; Paris muss man doch gesehen haben! Das gehört zur allgemeinen Bildung. Ich hatte auch noch eine Kleinigkeit für die Pariser. »*A la ville de Paris*«, stand als Anschrift über meinen Zeilen, »*J'ai l'honneur*«, hatte ich begonnen. Das war ich mir schuldig. Dann hatte ich ein wenig indiskret vom deutschen Sieg bei St. Quentin und der Schlacht bei Tannenberg geplaudert. Die Pariser sollten auch einmal die Wahrheit hören! Schwarz-weiß-rot zog der Abwurfwimpel über dem Häusermeer dahin, verfolgt von Hunderttausenden von Augen. Das gefiel den Leuten. Dann ging er auf der Place de Victoires, an der Bildsäule Ludwigs XIV nieder.

Die Zeitungsleute schrieben ihre Federn stumpf. Aber ich hatte keine Zeit, das Geschriebene zu lesen. Später zeigten sie mir beim General-Kommando vom II. Korps die gesammelte Literatur. Ich warf einen Blick hinein und las am Schluss einer Spalte: »*Mon vieil ami, nous te connaissons. Ta source est suspecte.*«

Als wir zurückkamen, stieß der Kommandierende General mit uns an. Das war höchste Anerkennung. Heute machte man natürlich andere Sachen: unser Tun verblasste. –

Graf Bonde sagte mir seine Unterstützung in liebenswürdigster Weise zu. Er wollte mich nicht nur aus dem Gefängnis herausbekommen, er wollte sogar versuchen, mir die Weiterfahrt nach dem fernen Osten zu ersparen und mich in dem Irkutsker Gefangenenlager unterzubringen.

Ich war gern mit seinem Vorschlag einverstanden. Meine Hoffnung auf die schwedische Hilfe war über alles Erwarten schnell in Erfüllung gegangen.

Vier Tage später erschien der Prokuror und nahm meine Angaben zu Protokoll. Am Tage darauf kam Graf Bonde, um mir mitzuteilen, dass meine Entlassung aus dem Gefängnis ihm zugesagt worden sei und unmittelbar bevorstände. Gleichzeitig brachte er mir einen sehr schönen Panamahut mit, da meine Pelzmütze Ende Juni bei über 30 ° im Schatten eine etwas unzeitgemäße Kopfbedeckung darstellte. Auch Grüße von den deutschen Herren, die im Irkutsker Lager saßen, bestellte der Graf: sie hätten alles für meine Aufnahme vorbereitet. Ich freute mich, dass meine Sträflingszeit nun endlich bald zu Ende sein sollte.

Einstweilen aber blieb es bei der Freude. Tag um Tag verging, aber nichts erfolgte. In nichts Wesentlichem hatte die Revolution Russland verändert. Versprochen wurde auch heute alles, gehalten nichts. Die erste Juliwoche ging zu Ende. Die zweite folgte. Ich saß noch immer im Gefängnis. Saß da, als ob sich nie ein Mensch um mich bekümmert hätte.

Da erschien in der dritten Woche abermals Graf Bonde. Mit den russischen Gewohnheiten vertraut, hatte er es für notwendig gehalten, sich selbst davon zu überzeugen, inwieweit die ihm gegebenen Zusagen gehalten worden waren. Er versprach mir, abermals vorstellig zu werden. Tags darauf kam er wieder und eröffnete mir folgendes: die Irkutsker Regierung sei bereit, mich aus dem Gefängnis zu entlassen und mich ins Gefangenenlager Irkutsk zu überführen, wenn er dafür bürge, dass meine Angaben richtig seien. Ich hätte ihm gegenüber eine entsprechende Erklärung abzugeben. Von Krasnojarsk aus hatte ich bereits wegen meiner Papiere geschrieben. Das war Anfang Mai. Jetzt standen wir in der zweiten Hälfte des Juli. Die Dokumente konnten also jeden Tag eintreffen und mussten meine Angaben als wahr erweisen. Ich gab die Erklärung ab, und schon am nächsten Tage konnte der Graf mir mitteilen, dass meine Überführung ins Gefangenenlager nunmehr erfolgen werde.

An einem Julisonntag kam der Konvoi, um mich abzuholen. Der Weg vom Gefängnis bis zum Lager war weit. Ich nahm eine Droschke, und so kamen wir verhältnismäßig schnell hin. Ich wurde nach der Lagerkommandantur gebracht; ein paar Schreiber waren da. Wir mussten warten. Ich benutzte die Zeit, um mich umzusehen. Das erste, was ich auf einem der Tische erblickte, waren meine Papiere. »Da sind ja meine Dokumente! Erlauben Sie?« redete ich einen Schreiber an und prüfte die Schriftstücke. Sie waren es wirklich. Da stand klar und deutlich, dass ich wieder ein kriegsgefangener preußischer Offizier geworden war. Graf Bonde war seiner Bürgschaft ledig. Nach etwa einstündigem Warten wurde ich unter Bedeckung in Marsch gesetzt. Wir hielten vor der Arrestanstalt des Russenlagers; im gleichen Gebäude war die Lagerwache untergebracht. Hinter einem der vergitterten Fenster stand ein österreichischer Offizier. Der Truppführer sprach ein paar Worte mit dem Wachthabenden. In der nächsten Minute war ich in einer Einzelzelle eingeschlossen.

Das war die Einlösung der von den Russen dem Grafen Bonde gegebenen Zusage; das war meine Überführung in das Lager für kriegsgefangene Offiziere in Irkutsk!

Alle meine Erlebnisse hatten bis zur Stunde noch nicht hingereicht, um mich klug zu machen. Ich glaubte zuerst an eine vorübergehende Unterbringung. Es war ja Sonntag, da musste manches diesem Umstande zugute gehalten werden, suchte ich mir einzureden. Die Wirklichkeit indessen sah anders aus. Die ritterliche Gesinnung russischer Offiziere wollte nur wieder einmal zeigen, welch heldenmütiger Taten sie gegen einen wehrlosen Gegner fähig war. Was kümmerte den Lagerkommandanten, einen General, die klare Weisung, mich im Offizierlager unterzubringen? Was einen seiner Offiziere? Fragte ich den General, weshalb ich in Arrest gesteckt worden sei, antwortete er, er müsse den Adjutanten fragen. Fragte ich den Adjutanten, erwiderte er, er müsse den General fragen. Nie bekam ich beide zur gleichen Zeit zu Gesicht. Es war dieselbe Niedertracht, die sich hier im kleinen, wie anderwärts im großen zeigte und es zu ihrem Teil verständlich scheinen lässt, dass in den Russen der Wunsch erwachte, sich gegenseitig den Schädel einzuschlagen und einander wie Ungeziefer von der Erde zu vertilgen.

Meine Unterbringung war die jammervollste, die mir je in Ruhland zuteil wurde, und das will viel sagen. Eine schmale Holzpritsche hatte sich des vorhandenen Raumes bemächtigt. Sie duldete es nicht, in dem Käfig auf- und abzugehen. Ein eingemauertes eisernes Gitter sperrte den Läusen, Wanzen und Würmern den Weg ins Freie, und so mussten sie in ungezählten Scharen gedrängt und übereinander liegend, die Spalten der Pritsche, des Fußbodens und der Wände füllen. Ein Doppelposten sicherte den Ein- und Ausgang des Hauses; auf dem Flur standen mehrere Posten Wache. Oh! die Regierung hatte dafür gesorgt, dass die Wahrzeichen Russlands nicht gestohlen werden konnten! Die übrigen Insassen waren russische Soldaten. Sie bewohnten zu mehreren die größeren Räume. Die sechs Einzelzellen aber waren besonderen Gästen vorbehalten.

Ich hatte mir die neue Umgebung kaum richtig angesehen, als sich auch schon die ersten Neugierigen an der Türe zeigten. Jetzt kam es vor allem darauf an, die Arrestanten für mich zu gewinnen. Daher wurde Rede und Antwort gestanden, und die Schlechtigkeit aller Gewalthaber – was stets ein leichtes ist – gehörig in das richtige Licht gesetzt.

Auch der Bundesgenosse meldete sich, ein Oberleutnant Strunk, seines Zeichens Dragoner in einem weltverlorenen galizischen Nest. Er war noch mehr. Er war Offizier. Dafür saß er jetzt auch eingesperrt. Es gelang uns, durchzusetzen, dass wir zusammen in der Offizier-Arreststube untergebracht wurden. Sie lag am Ende des Flures. Zwei ihrer Fenster führten nach der Hauptstraße, zwei nach einer Lagergasse.

Dem ›Trojane‹ war gleichfalls von den Russen übel mitgespielt worden. Auch er legte keinerlei Wert darauf, sich länger als unbedingt nötig in ihrem Lande aufzuhalten. Es galt nur, das Wie zu finden, um es so schnell wie möglich zu verlassen. Wir fanden es. Der schwierigere Teil aber war, den Gedanken in die Tat umzusetzen.

Ich spiele nicht Schach. Ich weiß davon nur, dass dieses Spiel viele Möglichleiten bietet, den Gegner zu schlagen, dass es aber auch Partien kennt, in denen du schließlich hoffnungslos festsitzt und weder vorwärts noch rückwärts kannst. So ähnlich geht es auch mit Fluchtplänen und ihrer Durchführung. Manch einer bringt dich sicher in die Heimat. Viele gibt's, die dir wohl aus dem Gefängnis heraus, aber nicht weiter helfen. Endlich haben wir noch die, die weder zu dem einen, noch zu dem andern Ziel führen. Wie überall, sind auch hier die Unbrauchbaren in erdrückender Mehrheit.

Da nun jeder Fluchtversuch automatisch eine Verschlimmerung des Loses der Zurückgebliebenen mit sich brachte, so musste von der Ehrenhaftigkeit des Einzelnen mit Recht gefordert werden, dass er nicht durch ein leichtfertiges Unternehmen die Lage seiner Kameraden verschlimmerte. Wie aber alles auf die Spitze getrieben werden kann, so auch der Wunsch, als Gefangener möglichst allen weiteren Misshelligkeiten entrückt zu sein. Dieser Wunsch hatte in einzelnen Lagern – soweit mir bekannt: nicht deutschen – dazu geführt, dass der rangälteste kriegsgefangene Offizier kurzerhand jeglichen Fluchtversuch verbot.

Wie alle irrsinnigen Befehle, Verordnungen und Gesetze durch Nichtbeachtung ihr verdientes Schicksal erleiden, so kümmerten sich selbstverständlich alle diejenigen, die in der Gefangenschaft nichts anderes, als lediglich eine gewaltsame Unterbrechung ihrer Tätigkeit im Dienste der Heimat erblickten, nicht um ein solches aus Feigheit und Bequemlichkeit geborenes Diktat. Auch in Irkutsk war ein solches Fluchtverbot von dem ältesten österreichischen Stabsoffizier erlassen worden. Mochte er für sich und seine Genossen befehlen, was er wollte, wir scheren uns den Teufel darum, dachten wir und handelten danach.

Zunächst galt es, die Zahl der Mitwisser auf ein Minimum zu beschränken. Auf Strunks Bruder, der gleichfalls im Gefangenenlager Irkutsk saß, und die deutschen Offiziere war sicherer Verlass. Das bedeutete die Möglichkeit für uns, zu verschwinden, ohne dass sie im Lager vorzeitig davon Wind bekamen.

Jede Flucht bedarf mehr oder minder umfangreicher Vorbereitungen. Eine, die dich über mehr als 6000 km Luftlinie nach der Heimat bringen soll, kann mit Aussicht auf Erfolg nicht aus dem Stegreif durchgeführt werden. Wie jede, so erforderte auch sie einen Plan, Geld und Glück. Mit anderen Worten, auch zu kleinen Taten werden die gleichen Ingredienzien gebraucht, wie zu großen: das Wollen, die Mittel und das Glück; nur die Ausmaße sind verschieden. Wichtiger als das Wollen, notwendiger als die Mittel, unerlässlich ist das Glück. Nichts geschah, ohne dass es half, alles versagte, wo es fehlte. Das Glück vor allem musste mit uns sein, von Anfang bis zu Ende. Würde es uns lächeln?

Wir brauchten Geld. Allmächtig ist das Geld. Mächtiger als Pflicht und Ehre, Treu und Glauben, Liebe, Vaterland. Allmächtig bei allen, die dafür empfänglich sind. Nichts vermag es bei denen auszurichten, die es verachten.

Verwandlungsfähig wie Proteus, weiß es vielerlei Gestalt anzunehmen, den Menschen zu betrügen und zu unterjochen: Saht ihr es nicht, wie es euch in Zeitungen, Flugblättern und Plakaten Frieden, Freiheit, Brot versprach? Saht ihr es nicht, wie es in gleisnerischen Reden ohne Zahl das Erbe eurer Väter euch verächtlich machte? Saht ihr es nicht, wie es die allgemeine Gleichheit predigte und Not und Elend, die sie notwendig im Gefolge führt, euch verschwieg? Saht ihr es nicht, wie Deutschlands Jugend, einst Deutschlands Stolz, in frecher Zuchtlosigkeit sich in den Ruf erniederte: »Lichter aus! Messer raus!« Saht ihr es nicht, wie es an die Stelle der Throne willfährige Diener seines Wollens setzte?

Sprich nicht davon, dass es auch anderes schuf! Kein Übel gibt es, das nicht auch Gutes brächte. Deshalb, weil Geld gefährlich ist, gib acht, wenn du es hast, und sieh dich vor, dass es eines Tages dich nicht hat! Dann reißt es dir das Herz aus deiner Brust: denn es ist kalt, gefühllos, unersättlich und charakterlos und will, dass du ihm ähnlich seist.-

Ich verschaffte das Geld, das uns zur Freiheit verhelfen und dessen Macht der Gegner erliegen sollte. -

Der Plan: Strunk und ich, wir waren nur zwei Mitglieder der kleinen Expedition, die sich anschickte, nach der Heimat zu gelangen. Ich hatte sie im wesentlichen finanziert, meine zahlreichen Beziehungen vom Gefängnis her zur Verfügung gestellt und den ersten Unterschlupf, unter Umständen auch für längere Zeit, gesichert. Die Grundzüge des Unternehmens hatten bereits vor meinem Eintreffen festgestanden. Geldmangel und das fehlende Unterkommen hatten bislang das Inswerksetzen hinausgezögert. Nun konnte es losgehen. Ein ungarischer Fähnrich, der sich bei seiner Gefangennahme von vornherein zu den Mannschaften geschmuggelt hatte, und drei zuverlässige Soldaten zählten zu uns.

Der gemeine Mann, zumal der k. und k. Armee, hatte im allgemeinen in Sibirien wohl nicht allzu viel auszustehen. Wer auf halbwegs günstige Arbeitsverhältnisse traf, richtete sich dort für die Dauer ein, und erfreute sich einer ziemlich großen Freiheit. Für die Wintermonate wurde dann allerdings alles, was keine bleibende Beschäftigung hatte, wieder ins Lager getrieben. Im Umgang mit den Landeseinwohnern lernten diese Leute ziemlich schnell deren Sprache und wurden mit Sitten und Gebräuchen vertraut. Der Fähnrich arbeitete in einer lithographischen Anstalt; jeder erforderliche Ausweis konnte also leicht selbst hergestellt werden.

Wir wollten über Petersburg, Finnland, Richtung Tornea nach Hause. Das schwierigste war der Grenzübergang. So mancher, der Russisch wie ein Moskal sprach, hatte sich, im Vertrauen auf die völlige Beherrschung der Sprache, mit den schönsten Ausweisen versehen, allein auf den Weg gemacht, um letzten Endes an der Grenze von der Interalliierten Überwachung doch gefasst zu werden. Deshalb sollte Tornea selbst vermieden werden. Der Ungar, der im März die hundert Rubel hatte sparen wollen, die ein durchaus sicherer anderer Übergang gekostet hätte, und den damals der Ehrgeiz plagte, sagen zu können: ich habe ohne jede Hilfe die Flucht mitten durch die offizielle Pass-Kontrolle glatt bewerkstelligt, war schließlich an der Pass-Prüfungsstelle in Tornea auf Veranlassung eines Franzosen verhaftet worden, nachdem er bereits die ersten Formalitäten ohne jegliche Beanstandung hinter sich hatte. Die damals erkundete, aber verschmähte Übergangsgelegenheit erlaubte es, dass mehrere gleichzeitig das Land des unfreiwilligen Aufenthalts verlassen konnten. Dieser Umstand sollte ausgenutzt werden.

Wie jedes derartige Unternehmen zum Misslingen verurteilt ist, wenn der einzelne sich unterwegs in zwecklose Unterhaltungen einlässt, die bei der russischen Neugier, Geschwätzigkeit und Spionenfurcht nur zu leicht Verdacht erregen konnten, so musste unser Plan, sollte er gelingen, darauf bedacht sein, dieses Gefahrenmoment auszuschalten.

Strunk und ich hatten daher Staatsverbrecher vorzustellen, die unter der Bedeckung von einem Offizier (dem Fähnrich) und drei Mann nach gegebenem Ziel sicher zu transportieren waren. Es versteht sich von selbst, dass der sichere Transport nur gewährleistet war, wenn Gefangene und Konvoi in einem Abteil erster Klasse abgesondert von den übrigen Reisenden untergebracht wurden. Bei längerem Aufenthalt auf den einzelnen Stationen konnte dann noch ein übriges getan und ein Mann als Posten vor die Tür gestellt werden, um möglichst barsch jede Neugier abzuschrecken.

Uniformen und Waffen wurden besorgt und im Unterschlupf bereitgestellt. Dort sollten dann Strunk und ich photographiert und unsere Bilder, mit prächtigen Stempeln versehen, in die ausgefertigten Signalements eingeklebt werden. Der Abreise selbst konnten nach den gemachten Beobachtungen keinerlei Schwierigkeiten sich in den Weg stellen. Saßen wir erst einmal im Zuge, dann durfte es auch als sicher gelten, dass wir unser Ziel erreichten.

Wenige Tage genügten zur Ausführung der Vorbereitungen. Jetzt hieß es, aus der Arrestanstalt verschwinden. Durch einen Bekannten vom Gefängnis her verschaffte ich mir eine Stahlsäge. Während Strunk an der Türluke gegen den Flurposten sicherte, beobachtete ich die Posten an der Vorderfront und sägte gleichzeitig das Gitter eines Fensters an der Seitengasse durch. Es gelang nach mehrstündiger, schwerer Arbeit. Unzählige Male musste ich aufhören, mit unerwünschtem Besuch plaudern und jeden Augenblick gewärtig sein, dass irgend ein unglücklicher Umstand alles verriet. Meine Finger bluteten, aber der Weg zur Freiheit war gebahnt.

Am späten Nachmittag hörte ich durch meinen Vertrauensmann, im Lager sei das Gerücht verbreitet, dass wir fliehen wollten. Wir hatten uns dort das Notwendigste verschafft, auch unsere Uniformhosen ändern lassen, wie das unsere Rolle vorschrieb. Sollte im Zusammenhang hiermit ein unbedachtes Wort gefallen sein? Dann drohte Gefahr, denn es war uns bekannt, dass Offiziere der k. und k. Armee Spitzeldienste für die Russen taten. Es war somit höchste Zeit, dass wir verschwanden.

Abredegemäß hatten wir am gleichen Tage Punkt 10:00 abends durch das Fenster zu steigen. Zur selben Zeit erwartete uns ein Wagen draußen vor dem Lager. Da meldet 9:00 abends unser Verbindungsmann: alles verschiebt sich um vierundzwanzig Stunden! Verflucht noch Mal! Wenn dir ein Vorortzug an der Nase vorbeifährt, das ist schon ärgerlich genug. Hier aber konnte jede Minute Versäumnis die Entdeckung bringen. Was tun? Gehen wir? Dann reiten wir womöglich die andern herein. Bleiben wir? Was man heute nicht entdeckte, wird man morgen hoffentlich auch nicht finden. Wir blieben. Sorgfältig prüfte ich noch einmal das durchsägte Gitter, das ich mit Schwarzbrot kunstgerecht geflickt hatte. Ein flüchtiges Auge vermochte es zu täuschen.

Im Zuchthaus hätte ich mir einen solchen Scherz nicht erlauben dürfen. Dort wurden die Gitter zweimal täglich mit einem Hammer abgeklopft. Aber hier! Niemand im Lager, auch Strunks Bruder nicht, wusste, wann wir fortwollten. Und die Russen würden wohl nicht eher daran glauben, als bis wir fort waren. Morgen würde schon alles glatt gehen, weshalb auch nicht? Der größere Teil unseres Gepäcks musste natürlich dableiben. Schade um die Sachen! Aber ohne Einsatz ist nirgends etwas zu gewinnen.

Mein Geld trug ich wohlverwahrt bei mir. Eine kleine Summe für die täglichen Ausgaben hatte ich in der Tasche. Ging die Sache schief, dann verlor ich wahrscheinlich nur diesen kleinsten Teil meines Besitzes. Denn die erste Aufforderung nach erfolgter Festnahme heißt stets: »Dein Geld! Deine Wertsachen!« Schnell wirst du diese Dinge los, und schwer ist es, sie wiederzubekommen.

Im Zuchthaus lernt man mancherlei: in diesem und jenem war ich ein gelehriger Schüler. Ich lernte einen Hundertrubelschein derart falten, dass er zusammengelegt nicht größer als eine Erbse ist. Und eine Erbse wirst du doch so verstecken können, dass sie fürs erste nicht zu finden ist, nicht wahr? Natürlich kannst du dein Geld auch einnähen, aber jeder Katorschanin würde dir den Rock oder die Hose wegen sträflichen Leichtsinns um die Ohren schlagen. Ein Beßrotschnik jedoch, der lässt sich nicht erwischen. Ich wusste, was ich meiner früheren sozialen Stellung schuldig war. Ich trug Kleidungsstücke aus Geld, die kostbarsten, die ich je besessen habe. Acht Tage und länger haben die Russen später wiederholt meinen ganzen Besitz in Händen gehabt und doch nichts finden können. »Aber Sie haben doch selbst eingestanden, dass Sie noch Geld haben?« erpresste mich eine hohe Natschalstwo. »Ja,« erwiderte ich, »wenn Sie nichts finden können, dann muss ich selbst nachsehen, ob es noch da ist.« – »Es ist nichts mehr drin,« sagte ich, als ich die Sachen zurückgab. Ich sprach die Wahrheit. Jetzt hatte ich es. So versteckt man sein Geld. Viele hundert Rubel! –

Am nächsten Vormittag verschwand die Stahlsäge. Sie hatte ihren Dienst getan. Ihr weiteres Verbleiben war von Übel. Ich war unruhig. Ich konnte mich im Zimmer hinstellen, wohin ich wollte: immer fiel mein Blick auf das gekittete Gitter. Bei jedem, der eintrat, dachte ich: er *muss* es sehen! Niemand sah es. Unendlich langsam kroch der Tag dahin. Endlich stand die Sonne tief im Westen. Bald musste es anfangen zu dunkeln.

Etwas war im Gange, das fühlten wir. Was aber war es? Ein paar Mann kamen vom Lager heraufmarschiert. Sie werden doch nicht? Doch, doch! Schon schwenken sie vor unserem Hause ein. Gleich darauf hallen ihre Schritte im Flur.

Ich stand am Fenster und sah auf die Hauptstraße. Wen sollten die Krieger holen? Der Wachthabende trat aus der Tür. Ein paar Soldaten folgten ihm. Je einen stellte er vor unsere beiden Fenster an der Vorderfront, je einen an die beiden Fenster, die auf die Seitengasse führten. Was sollte das?

Die Posten unterhielten sich. Rauchten eine Zigarette. Ab und an gingen sie ein paar Schritte auf und ab. Jetzt, jetzt musste das durchsägte Gitter bemerkt werden! Auf und ab ging der Posten, rauchte eine Zigarette, unterhielt sich, blickte herein, die durchsägten Stäbe sah er nicht.

Kriegsrat. Noch eine Viertelstunde, dann warteten sie draußen auf uns. Bei *der* Bewachung kommen wir nicht fort. Wir sind verpfiffen worden, das war klar. Nein, es gab keine Erbärmlichkeit in diesem Kriege, die nicht aus ihrem Schlupfwinkel herausgekrochen wäre, und nicht auf Feindes Seite sich geschlagen hätte. Wie hieß es doch: gleich und gleich: gewiss, das musste wohl so sein.

Ob die Posten müde werden? Schlafen? Vielleicht. Wir legen uns reisefertig auf unsere Betten und warten. Ablösung zieht auf. Wir hören die neue Wache reden, sehen sie rauchen. Ab und zu presst einer die Stirn gegen die Außenscheiben, versucht im Dunkel des Zimmers etwas zu erkennen. Wir spähen hinaus, unser Verbindungsmann zeigt sich nicht wieder. Die Sterne beginnen zu bleichen. Nach wie vor stehen die Posten vor den Fenstern, rauchen, schwatzen, gehen auf und ab. Was soll das zwecklose Warten? Wir wollen versuchen, ein wenig zu schlafen. Vielleicht müssen wir die morgige Nacht uns auch um die Ohren schlagen ...

10 Uhr vormittags. Glühend steht die Julisonne am Himmel. »Sieh!« sagt der eine Posten und holt den anderen an das durchsägte Gitter heran. Das Brot ist trocken geworden. Deutlich sind die verletzten Stellen der Stäbe zu erkennen. Das äußere Fenster ist nur angelehnt. Es wird geöffnet. Der Posten kratzt mit den Fingern an dem Eisen herum. »Brot!« sagt er. Leise klopfen die Krumen aufs Fensterbrett. In bläulichem Glanze blinken die Schnittflächen. Wir sehen zu, wie die Soldaten mein Werk zerstören. Einer zeigt auf uns. Der Wachthabende wird geholt. Die ganze Wache folgt ihm. Alles befühlt die starke Eisenwehr. Schüttelt die Köpfe: vier Stäbe und ein breites Band glatt durchschnitten, und niemand hat etwas gesehen oder gehört. Bewundernde Blicke treffen uns und auch solche, aus denen blinde Feindschaft spricht. Der Wachthabende ist bleich geworden. Wie leicht, wie leicht hätten wir entwischen können! Dann hätte ihn die Schuld getroffen. Nun, die Gefahr war vorüber. Zwei Mann Posten stellt er uns ins Zimmer.

Draußen streiten sie sich. »Klar! Mit'm Messer hat er's getan. Natürlich, womit denn sonst!« – »Der Deutsche war's. Der Österreicher sitzt schon lange hier, ein guter Mensch. Aber der Deutsche! Schweinehund, verfluchter!« – »Totschlagen soll man das Aas!« – »Alle beide!« Angenehme Aussichten. Hoffentlich legt sich die Wut. Der schönste Ort wird dir verleidet, wenn sie so hässlich von dir sprechen.

Der Offizier vom Tagesdienst erscheint. Der Adjutant ist da. Wie sie sich beeilen können, wenn man nichts von ihnen will! Da! zeigt der Wachthabende, und da! und da! und dort! Die Stäbe sind durchgenagt und bleiben es. Die Offiziere blicken aufs Gitter, blicken uns an. Ratlosigkeit steht in ihrem Gesicht. Solange sie denken können, in ihrer Vorstellung war ein Gitter immer ganz. Dies aber ist entzwei. Steht eingemauert in der Fensterluke, aber seine Glieder sind zerschnitten. »Der Preuße war's.« sagt einer. »Waren Sie's?« fragt der Adjutant. »Ja.« antworte ich. »Wie haben Sie das gemacht?« – »Das festzustellen, ist Ihre, aber nicht meine Sache,« gebe ich die Auskunft. »Hier mit dem Messer,« weist ein Soldat auf ein altes Taschenmesser, das auf dem einen Fensterbrett lag; wir benutzten es zum Öffnen der Konservenbüchsen. Die einzige Klinge trug die Spuren davon; sie war schartig geworden. Der Adjutant beschlagnahmte das Messer.

»Wann haben Sie das getan?« wollte er wissen. »Als ich im Zimmer war,« belehrte ich ihn. »Sie wussten doch, dass es verboten war,« wandte er sich an Strunk, »weshalb haben Sie nichts gesagt?« – »Würden Sie Ihren Kameraden verraten, der entfliehen will, wenn Sie in Gefangenschaft säßen?« fragte Strunk zurück.

Wir hatten ausgemacht: nur einer gibt die Absicht der Flucht zu, und dieser eine, der war ich. Wir hatten unsere Gründe hierfür. Die Wache durchsuchte unsere Sachen. Mit einem gewöhnlichen Taschenmesser mehr als daumendicke Eisenstäbe durchzusägen, das war wirklich allerhand. Vielleicht fiel ihnen irgend ein anderes Werkzeug in die Hände, das die Tatsache besser erklärte. Sie fanden nichts.

Weshalb ich das getan hätte, fragten sie mich noch. Ich hielt dem versammelten Kriegsvolk ein Sündenregister vor, an dessen Ende mir russische Niedertracht widerwillig einen Glorienschein ums Haupt erstrahlen ließ. Deshalb hätte ich es getan. Jeder von ihnen hätte es längst schon zehnmal versucht, wenn er an meiner Stelle säße. »Gewiss!« stimmten einige von den Soldaten bei. Ich war Ankläger geworden. Da zogen es die Offiziere vor, die Zelle zu verlassen. Ein wenig später wurden wir wieder in unseren alten Käfigen untergebracht. Ein Posten stand vor der Zellentür, einer vor dem Fenster.

Mittags zog die neue Wache auf. Neugierig kamen die Mannschaften, um uns anzustieren. Ihre Meinungen über die Tat waren geteilt. Die Feigen, das war die Mehrzahl, verdammten sie. Ein paar dagegen fanden es ganz in der Ordnung, dass man lieber in Freiheit als eingesperrt sein wollte.

Die alte Wache hatte den Kameraden im Lager von der missglückten Flucht erzählt. Nun kamen sie, um das Fenster und uns zu sehen. Erst waren es nur ein paar, dann zwanzig, fünfzig, hundert. Die ganze Lagergasse wimmelte von Soldaten. Ein durchsägtes Gitter und niemand entflohen, das war ein bisschen wenig. Binnen kurzem hatte das Gerücht mehr daraus gemacht. Zwei Wachtposten hatte ich erschlagen, dann hatten sie mich gehascht. Zwei Kameraden kaltlächelnd umgebracht! Jedem von ihnen hätte es passieren können, wenn er gerade Posten gestanden hätte! »So ein Schwein!- »Wagt es, auszubrechen und schlägt tot, was ihm gerade im Wege steht!« - »So ein Mörder!« - »Wollen wir es uns gefallen lassen, dass er unsere Kameraden totschlägt? Was?« - »Wollen wir warten, bis er den nächsten abwürgt? He?« - »Totschlagen den Hund!« schlägt eine Stimme aus der Menge vor. »Zertrampeln!« missbilligt eine andere den Vorschlag. »Brei aus seinen Knochen machen,« übertrumpft ein dritter die beiden ersten. »Vorwärts auf die Spitzen von den Bajonetten mit ihm!« feuert einer an. - »Zaudert nicht!« mahnt ein anderer. - »Schon sind es heute zwei, die er von euch geschlachtet hat, wie viele werden es morgen sein?« Die Menge setzt sich in Bewegung. - »Verfluchter Deutscher,« heulen sie im Chor. Kolben schlagen gegen die Tür. Einer spuckt herein. »Räudiger Hund!« Die Wache schweigt. Sie hat aufzupassen, dass wir nicht fortlaufen: wenn wir kalt gemacht werden, ist es nicht ihre Schuld.

Sie hat ihre Pflicht getan: verhindert, dass wir entkommen.

»Der blutige Dolch liegt in der Kanzlei. Der Adjutant hat ihn.« - »Wen hat er?« frage ich. »den Dolch? Der Adjutant hat die Hosen voll, dass es jetzt 'rauskommen wird, dass er mich hier eingesperrt hält. Wo sind die Leichen? Wer fehlt von Euch?« - »Ruhe!« schrie einer. »Was wollt Ihr von mir? Wem von Euch tut es weh, dass das lumpige Gitter kaputt ist? Wenn einer von Euch aus der Gefangenschaft ausrückt, dann wird er Georgs-Kavalier! In der Zeitung steht er mit seinem vollen Namen und alle sagen, er ist ein Held! Ist er ein Schweinehund? Ein räudiges Aas? Das aber sagt Ihr von mir! Wem von Euch habe ich etwas getan, dass Ihr mich so beschimpfen dürft? Wenn Ihr in Gefangenschaft kämt und würdet ohne Grund in Arrest gesperrt, was würdet Ihr da tun? Wenn ich aber dasselbe tue, was Ihr an meiner Stelle auch tun würdet, nicht wahr, dann reißt Ihr den Schnabel auf! Habt Ihr Grund dazu? Habt Ihr oder ich schuldlos im Gefängnis gesessen? Habt Ihr oder ich im Zuchthause gesessen? Hat man Euch wie mich erschießen und hängen wollen? Und weshalb das alles? Weil es dem verfluchten alten Regime gefallen hat, dies alles mit mir zu tun! Jetzt hat mich die Revolution befreit, aber dem Herrn General und dem Adjutanten gefällt das nicht; da sind sie tapfer gegen mich, fünftausend Werst hinter der Front, weil ich keine Waffen habe! Weshalb gehen sie denn nicht an die Front, wenn sie solche Helden sind? Weshalb bleiben *sie* hier und schicken *Euch* dorthin? Ich habe als Offizier nicht hinter der Front gesessen und die Soldaten ins Feuer geschickt. Da säße ich nicht hier. Und jetzt will ich auch dort sein, wo meine Soldaten sind. Ist das ein Verbrechen? Ist das Unrecht von mir?« – »Nein, nein!« stimmten ein paar zu. »Wenn ich also im Rechte bin, was macht Ihr dann hier wie Halunken Radau? Sorgt lieber dafür, dass ich wie ein Soldat behandelt werde, und nicht wie ein Verbrecher. Auch Ihr seid Soldaten. Ich mag nicht glauben, dass Ihr weniger tapfer seid, als Eure Kameraden an der Front.« – »Er hat das Eiserne Kreuz Erster Klasse,« sagte einer unvermittelt. »Recht hat er,« ein zweiter. Sie blieben noch eine ganze Weile und sahen mich wortlos an. Dann gingen sie.

Ich war erregt wie nach dem Besuch der Fürstin Croy. Zum ersten Male merkte ich. dass die bisher dreißig Monate meiner Gefangenschaft doch nicht ganz spurlos an mir vorübergegangen waren. Das war kein Wunder. Ich hatte in den letzten Jahren wenig Gelegenheit, zu leben wie ein Patient in einer Nerven-Heilanstalt.

Was nun? Das, was wir als für nicht besonders schwierig angesehen hatten, war missglückt. Unsere Lage hatte sich verschlechtert. Wie kamen wir aus diesem Ungeziefermeeting heil heraus? Ich übertreibe nicht: die Zelle war kleiner als ein modernes Klubsofa Raum für sich beansprucht, bot dagegen Platz genug, um von Abertausenden blutgieriger Bestien angefallen zu werden. Das Haus ruhte ungefähr vierzig Zentimeter über der Erde auf niedrigen Steinpfeilern, die je eine Bohlenlänge voneinander entfernt, aus der Erde ragten. Der Fußboden unter der Pritsche war morsch: wenn ich zwei Bretter löste, kam ich ins Freie. Aber ohne irgend ein geeignetes Werkzeug war das nicht zu machen. Dazu kam: was dem einen Posten etwa entging, musste der andere sehen. Preisfrage: wie löst du zwei Dielen unter einer niedrigen Pritsche, ohne Geräusch zu verursachen, und ohne dass die vier Augen, die dich beobachten, etwas davon merken? Da musste sich schon einer unter das Haus pirschen und ob es dann gelang, das war immer noch fraglich.

Gab es keine andere Möglichkeit zu entweichen? Ich zermarterte mein Hirn. Wie räume ich das verfluchte Gitter aus dem Wege? Wie? Durchs Fenster führte der Weg ins Freie. Schon am zweiten Tage fand es der Fensterposten kurzweiliger, sich mit seinen Kollegen zu unterhalten, die sechs Schritt von ihm am Eingang standen, als dauernd in die kahle Zelle zu stieren. Das war ein Fingerzeig. Nun musste Strunk zeigen, was er konnte. Das Stichwort für seine Rolle war gefallen.

Natürlich wollte er zuerst als treuer Kamerad die gleiche Schuld auf sich nehmen. Das schien mir aber sinnlos. Er hatte vielmehr mit den Unsrigen in Verbindung zu bleiben. Die durfte nicht abreißen, wenn nicht viel kostbare Zeit verloren gehen sollte. Die Übernahme der Schuld durch mich hatte sich als nützlich erwiesen. ›Der gute Mensch‹ saß zwar genau in einem gleichen Käfig wie ich, aber die Verbindung mit der Außenwelt war ihm geblieben.

Ist es möglich, die Posten so abzulenken, dass wir nach Eintritt der Dunkelheit durchs Fenster auf und davon können, ließ ich fragen. Ja, kam die Antwort, das ginge. Vor den Augen der Posten aber zum zweiten Male das Gitter zu zersägen, das war ein Ding der Unmöglichkeit. Nein, das ging nicht. Was konnte ich tun? Was? Da kam mir der Gedanke: es muss doch irgend eine Säure geben, die das Eisen rasch und geräuschlos zerfrisst! Hatte ich während des Chemie-Unterrichts nicht immer die französischen Rennberichte gelesen, dann wüsste ich vielleicht heute, welche in Frage kam. So aber musste ich es ausprobieren. Zwei Tage darauf bekam ich Salzsäure. Während ich scheinbar dem Leben auf der Hauptstraße zuschaute, goss ich einen schmalen Streifen der ätzenden Flüssigkeit auf das unterste Eisenband. Ob sie es durchfressen, die Flucht ermöglichen würde? Die Salzsäure glänzte in der Sonne. Tatenlos lag sie da. Sie zischte nicht, sie rauchte nicht: ruhig lag sie in der Sonne. Ich setzte die Teekanne wieder fort, mit der ich etwa heftig aufsteigende Dämpfe sofort löschen wollte. *Die* Sorge war überflüssig. Ich beobachtete weiter. Ob die Säure wohl, wie Wasser in die Erde, in die Poren des rostigen Eisens sickerte? Fiel ihr gar nicht ein. Sie rekelte sich ein wenig in der Sonne und streikte. Vielleicht musst du ein wenig nachhelfen? Ich nahm ein Streichholz und stocherte damit herum; ich wollte eine Rille in das Eisen graben, die die Säure vertiefen sollte. Doch das Eisen war härter als das dünne Holz. Nun, nun, wie

wäre es, wenn ich etwas wartete? Nach zwei Stunden sah ich wieder
hin. Anstatt in Mürbeteig griff ich auf festes Eisen. Salzsäure war also
nichts. Ich hätte die französischen Rennberichte lieber doch nicht lesen
sollen! Ich musste es mit einem anderen Mittel versuchen. Ich verlangte
es. Wie schön sich das anhört: ich verlangte, ich erhielt,

ich schickte, ich bekam. Sieht aus wie der Betrieb in der Halle eines Lu-
xus-Hotels. Dem aber ähnelte es wenig. Was kann dir geschehen, wenn
du dir da einen Mandarinette bestellst? Du kriegst die Rechnung hinterher, das ist alles. Traust du dir aber zu, einen Stein, der die Nachricht
trägt, durch ein vergittertes Fenster auf zwanzig, dreißig Schritt so zu
werfen, dass er das Gitter glatt passiert, und dass der Posten nichts bemerkt? Ich zitterte jedes Mal, dass es misslingen könnte. Wie oft zog
doch das Unheil um Haaresbreite vorbei, und doch war es nichts anderes als: ich verlangte, ich erhielt, ich schickte und ich bekam. In gleichen
Kleidern stecken verschiedene Menschen, das gleiche Wort birgt man-
nigfachen Inhalt. Du darfst dich vom Äußern nicht betrügen lassen!

In zwei, drei Tagen konnte ich die notwendigen Zutaten für meine weiteren chemischen Versuche haben. Misslangen sie, dann mussten meine
Freunde aus dem Zuchthaus, von denen viele jetzt in der Truppe steckten, mich mit Gewalt herausholen. Ein anderer Weg blieb nicht übrig.
So weit aber sollte es nicht kommen.

Zwei Mitglieder des Ausführenden Komitees fanden sich ein. Sie kamen
mir gerade recht. Ich redete wie ein Wasserfall, wunderbare Kaskaden
revolutionärer Schlagworte. Ich versäumte nicht, ihn bengalisch zu be-
leuchten. Das bezwang die Leute. Am nächsten Vormittag kamen sie
wieder. Sie hätten sich dafür verwandt, dass ich in ein Offizier-Lager
käme; hier aber bliebe ich nicht.

Neue Aussichten eröffneten sich. Ob es wohl so ganz unmöglich war,
unterwegs zu entkommen? Wie aber war das anzufangen? Durch Beste-
chung? Ich führte nicht Abertausende bei mir. Nein, ich musste fliehen,
während der Konvoi im Schlummer lag. Aber er würde nicht schlafen,
wach würde er sein, raunte mir die Erfahrung zu. Wach! Auf mich aufpassen! Misstrauisch mich ständig beobachten! Niemals mich allein
lassen! Wo ich bin, da wird auch er sein. Nein, er wird nicht schlafen:
schießen wird er, wenn ich davonlaufe. Und das ganze Volk wird hinter
mir her sein: Weiber, Kinder, Männer. Alte und Junge. »Halt ihn! Halt
ihn!« werden sie schreien, und irgendwie versinke ich dann in Nacht.

Nein, ich kann nicht fliehen, solange er wacht. Schlafen muss er. Du musst ihn mit Morphium schlafen machen, durchzuckte es mich. Das war die Lösung.

»Strunk, Sie müssen unbedingt so viel Morphium verschaffen, als es irgend geht! Für acht bis zehn Personen muss es reichen.« Strunk verschaffte das Morphium. Hoffentlich haben sie sich in der Itrutsker Klinik nicht allzu sehr gewundert, wo die Hälfte des Bestandes mit einem Male geblieben war. Strunks Bruder erhielt es. Behielt es. An Stelle des Morphiums kam ein Brief: er solle nicht verzagen, wie groß auch seine Leiden seien, Christus habe mehr gelitten. Ein Brief des Bruders an den Selbstmordkandidaten. Auch die deutschen Herren äußerten sich zur Sache: Kopf hoch! Noch ist nicht aller Tage Abend. Erst dachten mir, sie sind im Lager verrückt geworden. Dann erst begriffen mir. Bote hin! Kostbare Zeit verstreicht. Im Lager halten sie Kriegsrat, ob sie das Morphium freigeben sollten.

Keine Nachricht. Der Tag verrinnt. Morgen würden sie es hoffentlich schicken. Am anderen Vormittag kommt ein Offizier: ich soll meine Sachen packen!

Mir fiel ein Stein vom Herzen. »Was ihr nicht in euch fühlt, ihr werdet's nicht erjagen«: ich war entschlossen gewesen, wieder einmal mit trotzigem Willen gegen mein Gefühl zu handeln, obwohl ich dunkel fühlte, dass alles, was ich auch jetzt unternehmen würde, zum Misslingen verurteilt sei. Nun führte mich ein gütiges Geschick aus der Sackgasse heraus, in die ich mich verrannt hatte. Ich fühlte mich von dem eisernen Griff meines Willens befreit. Schonungslos hatte er mich vorwärts getrieben, unbarmherzig gezwungen, mit jedem Mittel die immer neu aufsteigenden Hindernisse zu brechen. Jetzt wusste ich, dass meine Zeit noch nicht gekommen war. Die Stunde, die mein Handeln forderte, ruhte noch im Schoße der Zukunft. Es galt, sie nicht zu verschlafen. Oh, sie sollte mich wach finden! Das war mein Entschluss.

»Leben Sie wohl, Strunk!«

Es gelang ihm, im Frühjahr '18 sich aus dem Staube zu machen.

Unter sicherem Geleit werde ich nach dem Geschäftszimmer gebracht. Ein telegraphischer Befehl vom Generalstab in Petrograd ist eingegangen. Dem hatten sie Meldung von der misslungenen Flucht erstattet. Ich sei unter starker Bedeckung nach Krasnaja Rjätschka zu überführen, in strenges Regime, ist verfügt.

Ich warte. Endlich ist mein Konvoi zusammen: ein Feldwebel und drei Mann. Die Gewehre werden geladen. Ich soll wissen, dass sie losgehen, falls ich fortlaufe. In der Mittagshitze eines glühendheißen Augusttages gehen wir nach dem Lagerbahnhof. Rechts und links, vor und hinter mir, marschiert je einer. Als mein Nachbar mit mir reden wollte, verbot es ihm der Feldwebel. Schöne Anweisungen schienen sie zu haben! Ein Soldat trägt mein Gepäck hinterher. An der Haltestelle entlohne ich ihn. Das macht Eindruck auf meine Begleitung. Das Trinkgeld, das ich dem Gepäckträger gegeben hatte, machte sie in ihrem instruierten Glauben an meine Gefährlichkeit wankend. Einer, der die Grenze zwischen Herr und Diener zieht, läuft nicht wie ein überraschter Spitzbube davon. Wir kamen ins Gespräch; so lernte ich sie kennen. Furcht ist der beste Wächter. In dem kommandierenden Feldwebel war ich einer Aufsicht anvertraut worden, deren ängstliche Vorsicht schwerlich zu überbieten war. An fünfzehn Jahre diente er bereits. Kam ich abhanden, verlor er die Tressen und gewärtigte schwere Strafe. Dem wollte er sich nicht aussetzen. Lieber des Guten ein wenig zu viel getan, als durch Versäumnis fehlen. Das war seine Auffassung. Auch die anderen drei waren gute Hüter. Sie alle waren zuvorkommend und höflich, aber streng in ihrer Dienstauffassung – nach russischen Begriffen. Die nächsten Tage bestätigten den ersten Eindruck.

Nach kurzer Fahrt erreichten wir Irkutsk. Wir stiegen aus und warteten auf den Zug, der uns nach dem fernen Osten bringen sollte. Soldaten aller Waffengattungen wimmelten in großen Herden auf dem Bahnsteig und in den Wartesälen herum. Vereinzelt drängten sich Offiziere durch das Gewühl. Noch seltener waren die Ehrenbezeugungen, die ihnen erwiesen wurden. Es ging zu Ende mit dem Bären. Das zeigte sich überall. Darüber vermochte kein noch so lauter Wortschwall hinwegzutäuschen.

»Was ist mit ihm?« fragten Soldaten den Konvoi. Sie bekamen Auskunft. »Heruntergeschossen?« wandten sie sich an mich. »Nein, Motordefekt.« Das war ein wunder Punkt in vielen Patriotenherzen. Unsere Gefangennahme hatte niemandem Ruhm gebracht. Ein versagender Motor, der zur Landung zwingt, lässt beim Feind die Herzen nicht höher schlagen, wie ein Sieg im Feld. Auch das war keine kühne Tat, dass mir, dem Waffenlosen, die Kugeln der Kosaken den Weg zur Freiheit sperrten. Ich war in Feindeshand geraten, wie ein Vermögen in den Schoß des Erben fällt. Das dünkte manchen zu billiges Verdienst.

Endlich lief unser Zug ein. Es war noch hell, als wir Irkutsk verließen.
Wir fuhren 3. Klasse. Ich hatte einen Platz am Fenster. In der Ecke war
ich gut eingeschlossen. Der Konvoi saß mit den Waffen in der Hand.
Auf die Dauer empfand er dies als unbequem. Schließlich genügte es ja,
wenn nur einer mit schussfertigem Gewehr Wache hielt. Drei von ihnen
aber mussten ständig um mich sein. –

Im Osten

**Durch Transbaikalien. – In Mandschurija. –
Deutschland und England. – Grenzrevision. – In der
Mandschurei. – Eine wenig angenehme Unterhaltung. –
Menschenjagd. – Chinesen. – Meine Papiere. – In Charbin. –
Handelnde Soldaten. – Eine gefährliche Weissagung. – Ein
wenig Erdkunde. – Schnatternde Gänse. – In Krasnaja
Rjätschka. – Im Strafpavillon. – Zum dritten Mal:
der ›feine Hund‹. – Ein annehmbarer Vorschlag. –
Getäuschte Hoffnung.**

Jeder Kilometer, der uns weiter nach Osten brachte, bildete für die Rückkehr ein Hindernis von jetzt noch nicht abzuschätzender Größe. In Russland ertrinkst du im Land. Würden die Kräfte ausreichen, um die Riesenstrecke glatt wieder hinter dich zu bringen?

Ohne Zwischenfall kamen wir durch die Tunnel der Baikalstrecke. Stunden und Aberstunden fuhren wir am See entlang. Ich wünschte mir ein Haus auf beherrschender Höhe an diesem größten Alpen-See der Erde. Weiter führten die Schienen über die Selenga auf Tschita zu. Die schlanken Masten der Funkenstation blickten tief hinein ins Land. Endlich war die Stadt erreicht. Das erste Drittel des Wegs lag hinter uns. Weiter ging es über das Jablonoi-Gebirge, die Schilka nach der Mandschurischen Grenze.

Mandschurija! Gegen 5°° morgens trafen wir ein. Ein starkes Aufgebot Gendarmen und Soldaten hielt den Bahnhof besetzt. Es stand unter englischem Kommando; russische Offiziere waren nicht zu sehen. Sowie der Zug hielt, wurden sämtliche Ausgänge an den Wagen besetzt. Längs des Zuges patrouillierten Posten; niemand durfte ihn verlassen. Die Shag-Pfeife im Munde, die Kragen der braunen Wettermäntel, die sie über weißen Leinenuniformen trugen, hochgeklappt, gingen die Briten in weißen Tennisschuhen mit sicheren Schritten auf und ab und überwachten die Ausführung ihrer Anordnungen. Trotz der frühen Stunde waren sie tadellos rasiert und angezogen, wie aus dem Ei gepellt. Von weitem schon konnte jeder sehen: sie waren die Herren der Welt und wussten, was sie wollten.

So wie hier saßen sie an allen wichtigen Punkten der Erde, und nichts geschah ohne ihre Einwilligung. Das wurde mir klar. Ob wir sie schlagen würden? Dazu gehörten andere Leute an die Spitze als die, die bei

uns führten: und die es vermochten, durften wahrscheinlich nicht ans
Licht. Noch schien die Not nicht groß genug, dass sie auf jeden wichtigen Platz einen Mann verlangte. Verhängnisvoller aber als dieser Irrtum, dieser Mangel, schien mir ein anderer Umstand. Hatte das deutsche Volk auch in seiner Masse den Herrengeist, der es berufen machte,
Englands Erbe anzutreten? Denn nach diesem musste es als Kampfpreis
langen, nachdem es nun einmal in den Krieg gegangen war. Sich mit
einem geringeren zu bescheiden, bedeutete: dem Gegner zur Selbstvernichtung die Hand zu reichen. Nach diesem Ziele aber konnte Deutschland nur streben, wenn es vom Herrengeist mehr besaß, als Albions
Söhne. Freier als diese musste es im Denken und im Handeln sein. Bewusst musste es sich auf Gedeih und Verderb einem Willen beugen
können, der aller Wollen zu dem einen Ziele, dem Siege, führen sollte.
Nur dann war er ihm gewiss. Konnte es das?

Seine Leistungen im Frieden und so manche Großtat im Kriege sagten:
ja. Ich glaubte auch daran. Dann kamen die Zweifel. Wohl ist der Deutsche dem Engländer in vielem überlegen, aber Englands Kultur ist geschlossener, selbstsicherer: in größerer Ruhe vermochte sie sich kräftig
zu entwickeln und konnte im Laufe der Jahrhunderte tief in weite
Schichten der Bevölkerung dringen und in bewusster Zucht in Eton und
in Harwich, in Oxford und in Cambridge dem Volke die Führer liefern,
die es zu seiner Größe führten. Der Gentleman entstand, die Herrenna-
tur in ihrer höchsten Vollendung und im weitesten Sinne des Wortes:
die führende Persönlichkeit, der der Geführte auf Grund der guten Erfahrungen und im Vertrauen auf ihre Überlegenheit blindlings folgt –
im schroffen Gegensatz zu uns, mit den Führern von Amts wegen und
der Gefolgschaft aus- –Gehorsam. So steht, ein fertiges Produkt von
»race, milieu et circonstances«, der Brite heute vor uns. Seine Entwicklung ist abgeschlossen. Sein Charakter ist eine mess- und bestimmbare
Größe geworden. Nicht mit einem unbekannten Gegner hatten wir es
zu tun, nicht mit einem, dessen Genie uns Überraschungen bringen
konnte, nein, klar lag sein voraussichtliches Tun vor uns, so unverkennbar war es, wie nur irgend ein Wort aus seinen Buchstaben deutlich
lesbar ist. Den stärksten und klügsten Gegner der Erde hatten wir gegenüber.

In welchem Gegensatz zu dessen steter und bewusster Entwicklung
stand die deutsche! Das Schlachtfeld Europas waren Germaniens Fluren. Kein Landstrich, den nicht der Krieg mehr als einmal verwüstete.

Trotzdem ward die Not der Zeit immer wieder überwunden und unvergängliche Werke des Geistes und der Tat zeugen von der Kraft des Volkes, die für ihre ruhige Entfaltung noch keine Muße fand. Ungeheures musste sie leisten können, wenn jeder einzelne sie bewusst gebrauchte. Noch war dies Wissen nicht Gemeingut aller. Aber es musste es werden, wenn das Gebot der Stunde die Anspannung aller Kräfte erforderte. Im Vertrauen hierauf konnte das ungeheure Wagnis dieses Krieges auch zu so ungelegener Stunde unternommen werden. Allmählich aber begann es, sich zu zeigen, dass auch hier eiserne Gesetze walten. Die Kraft, die in Jahrhunderten ruhiger Entwicklung ihre Wurzeln hatte, begann die eben wieder aufkeimende deutsche zu überwuchern. Es zeigte sich, dass in der Heimat breite Schichten wurzellos, ein Spielzeug jedes raueren Windes waren. Nichts von diszipliniertem Machtwillen, von Herrentum steckte in ihnen. Eine Herde waren sie, die jedem als Beute zufiel, der ihr schmackhaftes Futter versprach. Was war ihr deutsche Weltgeltung? Mühe und Arbeit, Siechtum vielleicht, am Ende gar der Tod: die Ängste des Sklaven. Wer ihnen diese nahm, musste sie gewinnen. Davon träumten sie und vergaßen darüber die Wirklichkeit. Die aber forderte den Einsatz der Persönlichkeit: den Mut zu sterben, um zu leben. Güter, die dem Sklaven fremd und auch durch höchste Intelligenz nicht zu ersetzen sind und eben deren Mangel ihn zum Heloten macht. Auf sie durfte man nicht rechnen. Freie nur ordnen sich Freien unter, Sklaven werden zum Dienst gepresst. Man muss sie nehmen können; wir hatten keinen Dolmetsch, der auch ihre Sprache sprach. So gab es zwei Lager im Reich. Welten trennten sie im Denken und im handeln. Gelang es nicht, sie zu einen, war *Aller* Schicksal besiegelt. Die Kunde, die aus der Heimat drang, verriet, dass nicht alle am gleichen Strange zogen. Darin lag ein Todeskeim, verderblicher als jeder Mangel, jeder Irrtum. Werden sie zu Hause es fertig bringen, ihm den Nährboden zu entziehen? War es noch Zeit dazu? Nur dann schlugen mir Groß-Britannien! –

Die Engländer hatten sich überzeugt, dass keine Maus, ohne bemerkt zu werden, den Zug verlassen konnte. Nun machten sie sich daran, Reisende und Gepäck zu kontrollieren. Gendarmen stellten fest, dass in unserem Abteil nichts verborgen war. Unter Aufsicht verließen wir jetzt den Zug. Ein englischer Offizier winkte meinen Konvoi zu sich heran. »Gepäck vorzeigen!« befahl er. Die Soldaten öffneten ihre Bündel und ihre kleinen Kofferkisten. Gendarmen stöberten in den Habseligkeiten herum. Dann unterzogen sie den Konvoi einer Leibesdurchsuchung.

»Nichts!« meldeten sie dem Engländer. Ein Wink von ihm entließ meine Begleitung. Beim Aussteigen hatte mich ein kurzer Blick des Offiziers gestreift. Er grüßte nicht, ich grüßte nicht. Er tat seinen Dienst, ich sah zu. Der Konvoi ergriff mein Gepäck. Dreimal so groß als das ihre stand es zugeschnallt auf dem Bahnsteig. Eine ablehnende Gebärde des Engländers sagte, dass er auf meine und meiner Sachen Durchsuchung verzichte.

Wir stiegen in den Mandschurischen Zug. Hart nördlich des Dalai-Nor betrat er die Mandschurei. Dann folgte er ein paar hundert Kilometer dem oberen Argun, kletterte über das Chingan-Gebirge, ging bei Tsitsikar über den Nonni und eilte schnurgerade auf Charbin zu. Die Gegend bot keine Reize; westlich des Chingan dehnte sich die öde Hochfläche der letzten Ausläufer des Scha-Mo, um dann allmählich nach Osten zu bebauten Feldern Platz zu machen. Im Gebiete der Chunchusen glichen die Stationen bisweilen mittelalterlichen Festungen. Die Taktik dieser Räuber-Nomaden gestattet noch den Bau verhältnismäßig primitiver Befestigungen: sie ähneln den Stationen in unseren früheren Kolonien. Die Haltestellen wiesen fast durchweg saubere und schöne Gebäude auf: gepflegte Anlagen und Ziersträucher verrieten überall eine sorgende Hand. In wohltuendem Gegensatz zu den rein russischen Bahnen ist mir die mandschurische in der Erinnerung geblieben.

Zu Beginn der Fahrt wurde ich in eine stundenlange, heftige Auseinandersetzung mit einem fanatischen russischen Bauern verwickelt. Einer seiner Söhne focht im russischen Kontingent in Frankreich gegen uns. Die ungeheuerlichen Lügen, die jahrelang von unseren Feinden über uns systematisch verbreitet wurden, hatten in dem Manne blinden Glauben gefunden. Er vermochte es nicht zu fassen, dass nicht jeder Deutsche, dessen der Gegner habhaft wurde, wie ein toller Hund totgeschlagen wurde. Diese Geistesverfassung machte die Verständigung zunächst einigermaßen schwierig. Schließlich hatte ich doch die Genugtuung, ihn und eine Anzahl Mitreisender anderen Sinnes gemacht zu haben. Trotzdem war ich heilsfroh, als ich endlich diese lästige Gesellschaft los wurde. Die Situation hatte sich bisweilen so zugespitzt, dass es schwer war, zu wissen, was die nächste Minute bringen würde. Gewiss war nur, dass sich mein Konvoi in eine für seine Landsleute wohlwollende Neutralität gerettet hätte.

Die Untaten, die in Deutschland im Gefolge der Revolution von reißenden Tieren in Menschengestalt verübt wurden, werden auch minder skeptischen Gemütern gezeigt haben, wessen der homo sapiens, sich selbst überlassen, fähig ist. Ein Beitrag hierzu: ein paar Soldaten saßen in Nachbarwagen – wohlgemerkt Russen! – die wegen irgend welcher geringfügiger Vergehen von einem Ort zum andern gebracht werden sollten. Wir näherten uns dem lang gestreckten Rücken des Chingan. Der Zug hatte grade eine Station verlassen, als er nach wenigen Minuten Fahrt mitten in der Steppe hielt. Aufregung, Geschrei draußen. Was ist los? Der Konvoi der Arrestanten hatte die Notleine gezogen. Einer war durch das Fenster des Aborts soeben entsprungen. Dort lief er. Eine Gestalt, nicht viel größer als ein Hund, eilte über die Ebene dem Flusse zu. »Was gibt's, was gibt's?« Endlich haben es alle begriffen. Zugpersonal, Soldaten, Reisende, Männer, Frauen, Kinder, alle stehen sie draußen längs der Strecke und folgen mit den Augen dem Flüchtling. Einer ruft: »Ihm nach!« und als ob sie auf das Kommando gewartet hätten, rennen sie alle los, hinein in die Steppe, dem Flusse zu. Lautes Geheul erfüllt die Luft. Sind das Tiere, die da brüllen? Nein, Menschen! Menschen auf der Menschenjagd. In der Nähe des Flusses weiden Rinder: berittene Hirten bewachen sie. Weithin schallt das Geschrei der Menge. Zerrissene, mordgierige Laute klingen ans Ohr. Dort laufen nicht mehr Menschen, nicht Männer, Frauen, Kinder: eine lüsterne, Beute witternde Bestie hat sich aufgemacht, um ihre Pranken in den Leib des erspähten Opfers zu schlagen. Dieses wittert die Gefahr, die ihm droht. Schnurgerade hält es auf den Fluss zu. Es geht um sein Leben! Von weitem schauen die Hirten der Jagd zu. Regungslos siehst du sie auf ihren kleinen Pferden sitzen. Da kommt Bewegung in sie. Wilde Schreie, drohende, befehlende Arme haben sie auf die Szene gerufen. Wie der Wind fegen die Reiter über das Blachfeld hin, näher immer näher, an den fliehenden Mann heran. Du siehst, wie seine Kräfte zu erlahmen beginnen. Langsamer wird sein Lauf, schwerer setzt er die Füße. Die Hirten suchen ihm den Weg zu verlegen. Gleich, jetzt, schon sind sie zwischen Fluss und Flüchtling. Da erst erkennt er den neuen Gegner. Rechtsum! Du siehst, wie er nunmehr sinnlos dem noch fernen Gebirge zueilt, mit letzter Kraft um sein Leben läuft. Laut heult die Menge auf, schwenkt ein, jagt weiter.

Beim Zuge sind ein paar Soldaten geblieben. »Schießen! Schießen!« schreit der Zugführer, der unter meinem Fenster steht, reißt einem Soldaten das Gewehr aus der Hand, legt an, drückt ab: rrummmm! dröhnt der Schuss in die Steppe hinein. Die anderen folgen seinem Beispiel. Ein wildes Geknatter hebt an. Ungezielt verfehlen die Kugeln ihr Ziel.

Inzwischen haben die Reiter den Mann gestellt. Die Menge hält. Schrill gellt ihr Triumphgeschrei übers Feld. Dann setzt sie sich wieder in Bewegung. Die ersten haben ihr Opfer erreicht. Ohne Besinnen schlagen sie auf es ein. Russen auf den Landsmann! Du siehst, wie die Faust niederfällt. Ins Gesicht, auf den Rücken, da ein Tritt ins Gesäß. Der Soldat wankt. Wehrt sich.

Ein dichter Knäuel ist um ihn. Mehr, immer mehr strömen zu. Der Haufe setzt sich in Bewegung, ab und zu hält er, wird dichter, lichtet sich. Außer Atem, keuchend, langsam kommen sie heran. Du siehst, wie wieder einer an den Gefangenen herantritt, die Faust hebt, ihn schlägt. Der schlägt zurück. Da reißen, treten sie ihn nieder. Ein unentwirrbarer, dichter Knäuel stampft dort vor deinen Augen auf und nieder. Du siehst nur noch, wie einer auf einem Fuße steht, das andere Bein hebt, das Knie anzieht und mit aller Kraft dem Arrestanten den schweren Stiefel in den Leib tritt. Siehst, siehst es voller Ekel und Entsetzen und kannst den Blick nicht wenden. Männer, Frauen. Kinder, alles drängt und stößt dort mit herum. Schauder fasst dich.

Da sind sie, die Überlebenden, die Sieger, Achthundert gegen Einen. Gierende Mordlust flammt aus dem Blick von Männern, Frauen und Kindern. Wo ist das nächste Opfer? Du siehst, wie die Frage in ihren Augen flackert, stille steht und dann verfliegt. Später ziehen zwei Soldaten von Wagen zu Wagen, Arm in Arm. Einer hat drei, der andere vier Georgs- Kreuze auf der Brust. »Er ist voller Ritter des Georgs- Ordens,« erklärt mir einer: »die beiden haben angefangen, ihn umzubringen,« flüstert mir ein anderer zu. Die sieben Georgs-Kreuze stehen bei meinem Konvoi. »Er ist voller Ritter des Eisernen Kreuzes,« erklärt mein Nachbar, »er hat auch alle Klassen,« und zeigt dabei auf das E.K. auf meiner Brust. Die Georgs-Ritter fühlen sich geehrt. Ich weiß nicht, wodurch. »Wofür?« eröffnet der eine die Unterhaltung. »Flieger,« antwortet mein Konvoi. Da konnt' und konnte ich's nicht lassen: »Dafür?« frage ich und zeige mit dem Finger durchs Fenster in die Steppe und dann auf ihre Brust. Die Ordensritter sahen mich böse an, dann senkten sie den Blick und gingen. »Was ein Deutscher!« sagten sie im Abteil. Ich aber dachte mit Grauen an den Brei aus Knochen, Blut und Erde. –

Schweigend sah ich in die Landschaft hinaus. Unbarmherzig dörrte sie eine glühende Sonne. Wieder hielten wir an einer schmucken Station. Chinesen stiegen ein. Alle Achtung, sahen die sauber aus! Mir begann es zu dämmern, dass der Orient nicht so ganz zu unrecht auf die Kulturträger des Abendlandes bisweilen mit Verachtung blickt. Wie sie höflich sind, wenn sie sich begrüßen oder Abschied voneinander nehmen! Da kannst du 'was lernen. Was sie wohl beim Anblick dieser schmierigen Russen denken mögen? Die sind fast alle ungewaschen, ungekämmt und unrasiert, ihre Kleider fettig und nicht gereinigt: das übliche Bild. Zwei Kulturen, zwei Zivilisationen berührten sich hier. Ihr Vergleich fiel nicht zugunsten der russischen aus.

Auf einer der kleinen Stationen kaufte ich billig, wie mir schien, von einem Chinesen einen flachen Korb mit Himbeeren. Wunderbar lecker waren sie anzusehen; sauber lagen sie übereinander geschichtet. Als der Zug sich wieder in Bewegung setzte, begann ich zu essen. So schön die Früchte der obersten Reihe schmeckten, so miserabel waren die, die darunter lagen. Glänzend hatte der Chinese es verstanden, seine Früchte fürs Auge herzurichten. Diese Geschicklichkeit hatte es ihm erlaubt, den Käufer zu betrügen. Er strich ein paar Kopeken mehr ein, als die Ware wert war. War das nun ein vorteilhafter Handel? Mir wie meinen Mitreisenden hatte er für wenig Geld die Augen über chinesische Geschäftspraktiken geöffnet. Es mag vielleicht sein, dass er der einzige Gauner an der Strecke war. Wer aber fragt danach? Kaufst du vom Chinesen, wirst du betrogen! Deshalb hüte dich vor dem, was er dir anpreist! Das war die Lehre, die er allen erteilte. Werft, Landsleute, niemals minderwertige Ware auf den Markt. Unendlich viel größer und nachhaltiger als jeder augenblickliche Gewinn ist der künftige Schaden.

In Tsitsikar besuchten wir den Bazar am Bahnhof. In nichts wesentlichem unterschied er sich von einem deutschen Jahrmarkt. Nur die Konkurrenz der Händler schien weit schärfer. Gewitzigt durch den Himbeerkauf besahen wir alles, aber erstanden nichts.

Wir hatten noch etwa achtzehn Stunden Eisenbahnfahrt bis Charbin. Eine fast unerträgliche Hitze herrschte. Der Feldwebel stand auf der Plattform: der dort herrschende Luftzug sollte ihm Kühlung fächeln. Da kam er mit verstörtem Gesicht herein. Ein Windstoß hatte ihm seine Mütze entführt. In der Mütze aber, unter dem Deckel, hatte er die Ausweise des Konvois und meine Überweisungspapiere. Nun war alles weg. Was sollte er tun? Ich riet: zum Zuge herausspringen. Das wollte er nicht. Notleine? Verrückt! Alle an der nächsten Haltestelle heraus! Was, wir raus? Wo wir doch ganz stillgesessen und nichts getan hatten! Nee, Freundchen! such deinen Hut alleine. Es wurde abgemacht, dass wir nach Charbin vorausfahren und dort auf dem Bahnhof warten sollten. Beim nächsten Halt verließ der Feldwebel den Zug. Er sollte zusehen, wie er wieder zu seinen Papieren kam.

Charbin! Das Schicksal kam mir entgegen. Den Hauptaufpasser war ich los. Ob es gelingen würde, die drei andern schnell abzuschütteln? Ich wusste, an wen ich mich in der Stadt zu wenden hatte.

Am frühen Morgen langten wir an. Großstädtischer Betrieb herrschte, wohin das Auge blickte. Chinesische Gendarmen sorgten für Ordnung. Vom Wort hielten sie nicht viel, - ihre Anweisungen gaben sie durch Pantomimen. Tsst! sauste der dicke lange Rohrstock auf den Rücken der Zopfträger, wenn irgendwo ihre Anwesenheit überflüssig schien. Dabei ist China Republik! Republiken aber haben bekanntlich die Menschenwürde gepachtet. So also sah sie in der Nähe aus. Wie weit waren wir doch in unserer rückständigen Monarchie noch von ihr entfernt!

Wir ließen unser Gepäck zurück und gingen in die Stadt. Wie werde ich meinen Konvoi los? Mit ihm konnte ich nicht gut zu denen gehen, die mir weiterhelfen sollten. Vielleicht fand sich eine Gelegenheit, die ein Entkommen ermöglichte? Besser war es schon, ich schuf sie. »Wohin wollen wir denn?« – »Ja, wohin? Wie wär's zunächst 'mal hier die Straße herunter, dann wollen mir weiter sehen.« Die Häuser sind noch geschlossen. Wir sind ein wenig früh auf. Nanu? Was will denn diese Mietskaserne zwischen all den niedrigen Holzgebäuden? Ihr roter Ziegelbau zerstörte brutal das ganze Straßenbild. Eine Symphonie der Hässlichkeit in Stein und Mörtel zog sie das Auge gewaltsam auf sich. Schlafwagen-Karten! schrien riesige Reklamebuchstaben von der fensterlosen Schmalwand des Eckgebäudes unaufhörlich in die stille Straße hinein, Schlafwagen-Karten! »Grand Hotel« stand irgendwo: eine überdachte Biergartenterrasse mimte den Ehrenhof. Ich musste zugeben: Europa verstand es, im fernen Osten zu repräsentieren. Nicht übel, nicht übel! Noch ein paar Schritte und ich wusste: *die* Richtung war falsch. Da wohnten meine Leute nicht.

Der Tag versprach warm zu werden. Ein Gedanke wollte vorübereilen. Ich hielt ihn fest. »Könnten wir nicht irgendwo baden gehen?« Großartiger Einfall! Eine Droschke bringt uns nach der Chinesenstadt. Dort musste ich hin. Chinesische Gemüsehändler, die Körbe mit Grünzeug auf dem Kopfe, durcheilen die Straßen und wecken sie mit dem Geschrei ihrer Anpreisungen. Der Wagen hält vor einem Badehause. Noch ist es geschlossen. Wir warten geduldig. Endlich wird geöffnet. Auf so frühen Besuch ist man nicht eingerichtet. Ob wir zusammen in ein Zimmer wollten? Es würde schnell hergerichtet werden. »Weshalb nicht,« sagte der Konvoi, »wozu noch länger warten?« Der Traum verfliegt. »Mädchen auch?« – »Danke: nein.« Der Auskleideraum ist groß und gut eingerichtet. Ruhebetten, Polsterstühle, kurz alles, was man in Charbin zum Baden nötig hat, ist da. Das Badezimmer steht an Pracht nicht nach. Die herrliche Wanne ist für mich. Für die anderen gibt es heißes und kaltes Wasser von allen Seiten.

Aus dem Bad geht es zum Friseur. »Wo frühstücken wir?« – »Grand Hotel«, schlage ich vor. Die Hoffnung, ein Badezimmer allein zu erhalten, hatte sich nicht erfüllt. Der Konvoi musste auf andere Weise abgeschüttelt werden. Die gedeckten Tische der Terrasse warteten auf Gäste. Ich sollte an dem einen Platz nehmen; meine Krieger wollten von dem danebenaus Wache halten. »Ich lade Euch ein,« sagte ich. Da mussten sie sich zu mir setzen. »Würden das deutsche Soldaten auch tun?« fragten sie mich. »Ich würde lügen, wenn ich ›ja‹ antwortete,« erklärte ich. »Aber es wäre auch nicht richtig, wenn ich ›nein‹ behauptete. Ich weiß es nicht: aber soviel ich davon verstehe, könnt Ihr an meinem Tisch ebenso gut auf mich aufpassen, wie von dem daneben.« Das sahen sie ein und blieben sitzen. »Was wollt Ihr haben?« – »Wodka!« Wir waren im gelobten Lande. Das zu Kriegsbeginn erlassene allgemeine Alkoholverbot hatte den Russen den heißgeliebten Schnaps entzogen. Hier aber in der Mandschurei war alles zu haben, was das Herz begehrte. In vino veritas! Wurden sie raubeinig, wenn sie tranken, oder umarmten sie alle Welt? Auf zur Generalprobe! Also zunächst: Wodka! Sie gossen das Zeug wie Wasser herunter. »Schinken, Brot und Butter, bitte! Portwein!« Sie hatten kaum zwei Bissen gegessen, da war die Flasche leer. Noch eine Flasche! Sie hatten noch Brot und Butter und Schinken auf den Tellern liegen, da war der Wein schon wieder zu Ende. Nochmals Wodka!

So, nun ist es genug.

»Nun gehen wir, uns ein wenig die Stadt anzusehen! Ich will mir auch noch ein paar Sachen kaufen.« Wir zogen los, die besten Freunde. Was brauchte ich? Wäsche vor allen Dingen, einen Selbstbinder und noch ein paar Kleinigkeiten, die zum Gewand des Bürgers gehören. Was ich an Gepäck am Bahnhof besaß, musste ich als verloren betrachten. Diesen Verlust wollte ich schon verschmerzen, wenn ich nur davonkam. Im Warenhaus sah ich, dass Amerika und Japan um die Beherrschung des

Marktes stritten. Ich kaufte Sachen, die aus San Francisco stammten. Sie waren billiger als die japanischen und vor allem: kein Schund wie diese. Beide aber reichten nicht an deutsche Erzeugnisse heran. Die flüchtig heruntergerasselten Nähte der seidenen Hemden erzählten vom Schnelligkeitsrekord, mit dem sie angefertigt waren. Qualitätsware sah anders aus. So anspruchsvoll aber sind sie in den Vereinigten Staaten nicht. Dort begnügen sie sich mit Massen- Erzeugung und Massen-Verbrauch, Massen-Geschmack und Massen-Meinung. Herrliche Ideale, nicht?

So, nun hatte ich alles, was ich selber brauchte. Eine Flasche Wodka werde ich vielleicht noch nötig haben; den Curacao da, den auch. Genug. Wir waren fertig und gingen. Muss ich erwähnen, dass die Verkäufer Deutsch verstanden und auch sprachen? Es mag sein, dass man in London Englisch und in Paris Französisch spricht, Deutsch aber spricht man in der ganzen Welt!

Wir schlenderten nach dem Grand-Hotel zurück zum Mittagessen. Der Speisesaal war leer, weit standen seine Fenster auf. Von der Terrasse aus konnte er völlig übersehen werden. »Haben Sie nicht einen abgesonderten Raum?« – »Bitte.« Der Oberkellner führte uns in ein Separee. Seit mehr als zwei Jahren aß ich zum ersten Mal wieder von einem weißgedeckten Tisch, aß ein ausgezeichnetes Essen. Als die Vorspeise aufgetragen wurde, setzte im Saal Streichmusik ein. Für einen Augenblick vergaß ich alles. Wir waren uns darin einig, dass der Tag gefeiert werden müsse. »Was trinken wir?« – »Wodka.« – »Schön: Wodka!« – »Nun habe ich getrunken, was Euch schmeckt. Jetzt wollen wir trinken, was mir schmeckt. Weinkarte!« – »Pommery und Greno« 25 Rubel, stand da. »Den trinken wir!« Ich mischte den Freiheitstrank: Sekt und Curacao. Goldgelb funkelte er in dem geschliffenen Kristall. Die danse macabre trug ihre Klänge herüber, als wir anstießen: »Auf Ihre Gesundheit!« Von der Terrasse klang Stimmengewirr zu uns. Das mahnte, sie beim Verlassen des Hotels zu meiden. Soviel ich mich auf Alkohol und seine Wirkungen verstand, war jetzt die Luftveränderung am Platze, um die gewünschten Folgen der soliden Mischung auszulösen. »Ich glaube, wir könnten 'mal nach unserem Gepäck sehen,« schlug ich daher vor. – »Richtig! Wir haben ja unsere Sachen auf dem Bahnhof.« Während ich die Rechnung beglich – etwa 60 Rubel – trank jeder noch rasch einen Wodka. »Wohl bekomm's!« wünschte ich.

»Diese Tür ist zu. Herr!« sagte der Ober. Mit dem Nebenausgang war es also nichts. Wir mussten über die Terrasse. Ich hatte die Spitze. Mein

Erscheinen im Türrahmen wirkte auf die mir zunächst Sitzenden wie das eines Gespenstes um Mitternacht. Entgeistert starrten sie mich an. Ich schritt dem Ausgang zu. Hinter mir wankte die Wache. Die Terrasse war gepfropft voll, englische und französische Laute schlugen an mein Ohr. An allen Tischen wandten sich die Köpfe. Da höre ich meinen Namen hinter mir. Das muss eine Täuschung sein. Wer soll mich hier kennen? Da, noch einmal. Ich drehe mich um. Drei Herren haben sich von einem Tisch in einer Ecke der Terrasse erhoben und eilen auf mich zu. »Was machen Sie denn hier?« fragte mich voller Erstaunen Graf Bonde. Wir treten auf den Bürgersteig herunter, etwas abseits der Terrasse. Den einen Herrn der Begleitung kenne ich, dem anderen stelle ich mich vor. Da steht noch einer, eine halbe Handbreit hinter dem Grafen. »Gehört der Herr auch zu Ihrer Begleitung, Graf?« frage ich. Graf Bonde wandte sich um. »Sie wünschen?« erkundigte er sich bei dem aufdringlichen Zuhörer. »Ich bin der Sicherheit wegen hier,« antwortete der Engländer; »es geht nicht, dass Unbekannte mit dem Kriegsgefangenen sprechen.« Der Graf lehnte die Einmischung des Geheimpolizisten ab. Aus einigen Schritten Entfernung belauerte er dann die Unterhaltung. Mein Konvoi steht ratlos auf der Straße. Ich berichte die Ereignisse der letzten Wochen, angebotene Hilfe lehne ich dankend ab. »Ich weiß, wo Sie zu finden sind. Wenn es nottut, darf ich mich an Sie wenden.« Wir trennen uns. Das Stehen in der Mittagsglut war meinen Soldaten keineswegs bekömmlich gewesen. Die Beine wollen den Dienst versagen. Da winken sie eine Droschke heran. Wir fahren zum Bahnhof. Gleichzeitig mit uns langt der Gentleman an, der dies zudringliche Interesse an meiner Person bekundete. Was er wohl ausgerechnet stets da zu tun haben mochte, wo wir uns befanden? Mit einem uniformierten Kollegen wechselt er einige Worte. Der sorgt dafür, dass wir dem Publikum nicht im Wege stehen und weist uns einen Raum an. Die russische Bahnhofs-Wache zeigt sich für unsere Tür merkwürdig interessiert. Es war wie verhext; ich sollte also durchaus die abgelegensten Gegenden kennen lernen! Wie schön ist es doch, wenn andere sich darum bemühen, dass wir uns nicht in Ungewisse Abenteuer stürzen!

Gegen Abend trifft der Feldwebel ein. Er hatte Glück gehabt. Nach halbstündigem Warten hatte er eine Lokomotive gefasst, die die Strecke zurückfuhr. Sie nahm ihn mit. Wir waren noch keine Stunde fort, da hatte er seine Mütze nebst sämtlichen Papieren wieder. Ein Strauch hatte sie ihm aufbewahrt. Wir übernachteten auf dem Bahnsteig. Auch das hatte seine Reize.

Am frühen Vormittag setzten wir die Reise fort. Die Revolutionserscheinung des handeltreibenden Soldaten zwang auch meinen Konvoi in ihren Bann. Er kaufte billige Zigaretten ein, um sie ein paar hundert Kilometer weiter östlich, wo sie teurer waren, an den Mann zu bringen. Ganze Körbe Eier erhandelten meine Leute, die nachher im Küstengebiet mit erheblichem Aufschlag verhökert wurden. Die Gier nach möglichst raschem und mühelosem Gewinn flackerte aus aller Augen. *Non olet!* Heißt's nicht so vom Golde, das man aus den Taschen anderer gräbt?

An einem Nachmittag kamen wir in Nikolsk Ussurisk an. Ich benutzte den Aufenthalt, um mir die Stadt anzusehen. Wir waren wieder auf russischem Boden. Dennoch trat das japanische Element stark hervor. Wenn im nächsten Kriege Japan mit englischer Hilfe Amerika schlägt, wird Wladiwostok, das nur achtzig Kilometer südlich von Nikolsk Ussurisk liegt, die längste Zeit den Osten beherrscht haben. Das ganze Küstengebiet wird an Japan fallen und Ostsibirien bis zum Baikal-See dem japanischen Einfluss erliegen.

Kurz vor Eintritt der Dunkelheit bestiegen wir den Zug, der dem Tale des Ussuri folgt. Noch 600 Kilometer nach Norden herauf, dann waren wir am Ziele. Rund 3000 Kilometer trennten es von dem ostsibirischen Paris, 9000 von der Heimat. Das kommt einer Entfernung Berlin–Buenos Aires oder Berlin–Makassar gleich. Die Strecke Berlin–Kapstadt, Berlin–New York ist um ein Fünftel kürzer. In diese – man muss es zugeben – ein wenig abgelegene Gegend schickten die Russen diejenigen kriegsgefangenen Offiziere und Mannschaften, denen sie am wenigsten trauten. Dort dünkten sie ihnen sicher verwahrt. Zudem hatten sie noch ein übriges getan: sie hatten in Krasnaja Rjätschka einen Straf-Pavillon eingerichtet, ein besonderes Gefängnis, in dem die Gefangenen ausgesuchten Strafmaßnahmen unterworfen waren. In dieses Erholungsheim sollte ich. Das war die höchste Auszeichnung, die die Russen an einen Kriegsgefangenen zu vergeben hatten.

Ich hatte kaum Platz genommen, als zuerst eins, dann ein paar der mitfahrenden Weiber die Unterhaltung damit begannen, dass sie unaufhörlich: »Feind! – Feind! – Feind!« vor sich herschnatterten. »Feind! – Feind! – Feind! – Feind!« Hasserfüllt stießen sie das eine Wort hervor, immerzu nur das eine Wort. Ich sah die eine an. Sie verstummte: die anderen gackerten weiter. So ging das eine ganze Weile. Aber die anwesenden Männer verspürten aus irgend einem Grunde keine Lust zu

Heldentaten. Als das die Weiber endlich merkten, hörten sie auf, ihre patriotische Gesinnung zu betätigen, tranken Tee und schliefen.

Am 15. August nachmittags kamen wir in Krasnaja Rjätschka an.

Anderthalb Stunden darauf standen wir vor der Lagerwache: ein wenig später erschien der Lagerkommandant, ein gut genährter Mann mit intelligentem Gesicht. Er war russischer Pole, Rechtsanwalt von Beruf und trug jetzt die Zeichen eines Hauptmanns. Er rühmte sich, dass es noch keinem seiner Gefangenen geglückt sei, zu entweichen. Er lebte völlig seinem Amt, und die in seinem Berufe erworbene Fertigkeit, mit Advokatenkniffen zu arbeiten, erlaubte ihm, die Lagerinsassen zu peinigen, ohne sich selbst eine sichtbare Blöße zu geben. Neigung wie Befähigung machten ihn zu einem in der Vollendung hinterhältigen und tückischen Schinder wehrloser Kriegsgefangener. Als solcher war er mustergültig und verdiente somit uneingeschränktes Lob. »Sie sind als ein besonders scharf zu überwachender Kriegsgefangener für das Strenge Regime überwiesen worden,« sagte er liebenswürdig; »Sie haben daher keinen Anspruch darauf, wie die übrigen Kriegsgefangenen behandelt zu werden,« fuhr er fort, und es hörte sich an, als erfülle er eine Bitte, die mir besonders am Herzen lag. »Die Strafmaßnahmen sind zurzeit verschärft,« belehrte er mich mit größtem Wohlwollen weiter: »die Verpflegung kann Ihnen augenblicklich nur in dem zur Erhaltung des Lebens unumgänglich notwendigen Maße zugeführt werden. Dies stellt eine Repressalie gegen Ihre Regierung dar, um sie zu veranlassen, die Vergeltungsmaßregeln gegen unsere Gefangenen aufzuheben. Im übrigen aber werden Sie eine ganz ausgezeichnete Gesellschaft vorfinden. Ich bin sicher, dass Sie sich den Umständen nach hier wohlfühlen werden.«

Nach diesen einleitenden Worten machten wir uns auf den Weg zum Straf-Pavillon. Unterwegs erzählte er mir noch vieles von dem, was ich auszustehen haben werde, und was dank seiner ausgezeichneten Anordnungen – leider – mit in Kauf genommen werden müsse. Ich erwies mich erkenntlich und bemerkte trocken und dankbar, dass ich aus seinen Schilderungen mit Vergnügen erkenne, dass ich doch endlich besseren Zeiten entgegenginge. Ganz besonders freue ich mich aber, in ihm einem Gentleman zu begegnen, der es – auch an seinem bescheidenen Platze – nicht verschmähe, dem beklagenswerten Schicksal der Kriegsgefangenen das rege Interesse seiner ganzen Persönlichkeit zuzuwenden. Die Hand des militarisierten Anwalts machte eine einschränkende

Bewegung, von der es ungewiss war, ob sie die ihm gezollte Schmeiche-
lei nicht in ihrem ganzen Umfange gelten lassen, oder ob sie einen leisen Dämpfer auf die Vorfreude setzen wollte, mit der ich dem geschil-
derten Paradiese entgegenging.

Bald hatten wir es erreicht. Inmitten eines hohen Zauns aus Holz und
Stacheldraht stand ein einstöckiges Ziegelgebäude. Am Zugang stand
ein Posten. Auf den Wachttürmen in den vier Ecken standen Posten.
Auf dem Mittelturme der Rückfront stand ein Posten. Abends zogen
Nachtposten auf, die außerdem innerhalb der Umfriedigung um das
Haus patrouillierten. Im Hause lag eine Wache. In den kleinen Fluren
beider Stockwerke standen Posten. Die Fenster hatten Gitter. Die Türen
der Zimmer waren abgeschlossen.

Das war das äußere Bild des Strafpavillons. »Nun, wie gefällt Ihnen die
Aufmachung?« stand in der siegesgewissen Miene des Lager-
Kommandanten, als er mit weltmännischer Gewandtheit auf die Vor-
kehrungen hinwies, die der russische Riese für notwendig hielt, um
noch nicht zwei Dutzend waffenlose deutsche Offiziere und ein paar
Mann, die Burschendienste taten, festzuhalten.

Der rangälteste deutsche Offizier, Hauptmann v. Plotho, wurde geholt.
Ich meldete mich bei ihm und wurde herzlich begrüßt.

Wir betraten ein kleines zweifenstriges Zimmer. Es schien, nur aus Betten zu bestehen. Den Rest des freien Raums verschlang ein Tisch. Eine
Tür führte in ein dahinter liegendes ebenso großes Zimmer von gleichem Aussehen. Acht oder zehnmal sagte ich: »Knobelsdorff«, dann
war die Vorstellung beendet. Tee und Zwieback wurde mir angeboten.
Während ich aß und trank, wurde ich ins Gebet genommen. »Ich will
Ihnen in fünf Worten alles erzählen, was Sie wissen müssen,« gelobte
ich und sprach – einen Band von Lexikonformat. »Aber nicht in fünf
Worten!« hieß von Stund an die Beschwörungsformel, mit der wir eine
längere Erzählung von vornherein ablehnten.

»Er ist echt,« stellte der Rittmeister v. d. Trenck fest, als ich geendet
hatte. (Einen Augenblick! der kurzen Rede dunkler Sinn wird gleich
klar werden.) »Weshalb sind Sie eigentlich noch nicht ausgerückt?«
fragte ich, als ich wieder Atem geholt hatte. Ich berührte einen wunden
Punkt. Vor kurzem erst war ein mit unendlicher Mühe gegrabener Stollen durch einen Österreicher (Tschechen) verraten worden. »Sind Sie

nur erst ein paar Tage hier, dann werden Sie es auch wissen,« war die Antwort.

Die andere Hälfte des Hauses füllten Offiziere der k. und k. Armee, die sich gleiche oder ähnliche Vergehen wie die deutschen hatten zuschulden kommen lassen.

Tätlicher Widerstand gegen den Feind nach der Gefangennahme, eine missglückte Flucht oder sonst etwas gaben Anspruch auf Unterbringung im Strengen Regime für unbegrenzte Dauer. Der Gedanke an Selbstbefreiung beherrschte alle. Manch einer hatte beispiellose Strapazen hinter sich und unerschütterlichen Mut bewiesen, als ihn widrige Umstände erneut dem Gegner auslieferten. Keinen aber hatte das Unglück in seinem Vorhaben wankend gemacht. Es waren Männer.

»Er ist echt,« hatte der Rittmeister v. d. Trenck festgestellt, als ich meinen Bericht geschlossen hatte. Wer ist echt? Nun: ich, und kein anderer, der sich für mich ausgab oder in meinem Auftrage zu handeln vorgab. Es war erst einige Wochen her, dass sie einen entlarvt hatten, der sich als Offizier und noch obendrein als meinen Flugzeug-Beobachter ausgegeben hatte. Da hatten sie natürlich allen Grund, mich zuerst mit kritischen Augen zu mustern, zumal ich – ich selber sein wollte. War da im Lager Blagowjäschtschensk am Amur einer erschienen und hatte den rasch zusammengerufenen Offizieren in beweglichen Worten ein schreckliches Lied von meinem Schicksal in Ketten und Kerkern vorgetragen. Ich sei dem Tode nahe, nur Geld, möglichst viel Geld könnte mich retten. Er sei der uneigennützige Mann, der es mir in meinem Auftrage bringen solle. Er sei mein Beobachter und mein Freund.

Jeder griff in die Tasche, in wenigen Minuten waren ein paar hundert Rubel zusammen. Kaum hatte mein Retter in der Not das Ergebnis der Sammlung eingesteckt, als auch schon die Russen ihn holen kamen, um ihn weiter zu schleifen. So hatte ein im Strafpavillon frisch eingelieferter österreichischer Pionier erzählt, und als er gerade geendet hatte, da tat sich die Tür der Umfriedigung auf, und der Lagerkommandant brachte wiederum einen, der für das Strenge Regime reif war, diesmal einen Deutschen, tipptopp vom Scheitel bis zur Zehe anzuschauen. »Da kommt er selber, der Beobachter von Knobelsdorff; das ist er,« zeigte der Pionier auf den Neuankömmling. Er wurde mit offenen Armen empfangen. »Von Strenger,« stellte er sich vor. Er sollte von meinem Schicksal berichten. »In Blagowjäschtschensk haben Sie aber etwas ganz anderes erzählt,« bemerkte der Pionier, dessen Gesichtszüge dem angeblichen Herrn vom Regiment Alexander und tätigen Mitglied des deutschen ›Spionage-Büros‹ im Gewühl der Menge nicht im Gedächtnis haften geblieben waren. Eine Frage gab die andere. Jede Antwort stempelte ihn zum Hochstapler. Jetzt tat er unten Burschendienste. Mein Geld aber sah ich nicht wieder. –

Der Kommandant der »Magdeburg«, Korvetten- Kapitän Habenicht, bestellte mich eines Tages – es war Ende September – zu sich. Er saß mit seinem Adjutanten und ein paar Seeoffizieren, an deren dienstlicher Tätigkeit die Russen Anstoß genommen hatten, gleichfalls im Strengen Regime. »Knobel,« empfing er mich, »wollen Sie mit mir und meinem Burschen ausrücken?«

Wir wohnten beide im ersten Stock. Das war als kleine Unliebenswürdigkeit von den Russen gedacht: durch diese Maßnahme wollten sie eine Flucht erschweren. Ohne größere Geldmittel war nichts zu machen; die aber besaßen wir beide nicht, denn die Insassen des Strafpavillons erhielten keine Kopeke bares Geld in die Hand. Was der einzelne besaß – und jeder hatte etwas – das war eingeschmuggelt und wurde von den Russen immer wieder und stets vergeblich gesucht.

»Wie?« fragte ich. »Ich habe gehört,« erklärte der Kapitän, »wir kommen demnächst in ein anderes Gebäude. Es hat nur ein Erdgeschoß. Ein Eiskeller liegt daneben. Von dem aus graben wir einen Stollen unter dem Zaun hindurch ins Freie. Hier von meinem Fenster aus können Sie sehen, wo er enden muss. Da! Von dort aus über den gefrorenen Ussuri sind es 75 Kilometer bis zur nächsten chinesischen Karawanenstation. Die müssen wir laufen. Von dieser über Peking nach Shanghai und dann weiter.« – »Ich mache mit, Herr Kapitän.« – Ich schlüpfte aus seinem Zimmer; der gegenseitige Besuch war verboten. Das war in großen Zügen der Plan. Es folgten noch eine Reihe von Besprechungen.

Der Tag des Umzugs kam. Sämtliche Herren der k. und k. Armee wurden in das österreichische Gefangenenlager überführt. Ihre Lage besserte sich. Die Deutschen blieben im Strengen Regime.

Endlich brach der Winter ins Land. Wir konnten beginnen. Da brachte – Ende November war es – der Draht die Kunde vom Abschluss eines Waffenstillstandes. Alle Gründe sprachen für einen baldigen Friedensschluss mit Russland. Ein rascher Abtransport nach der Heimat schien gewiss. Hatte es da noch Zweck, Zeit und unendlich mühsame Arbeit auf den Bau des Stollens zu verwenden? Nein! glaubten wir und gaben den Plan auf.

Tag um Tag verrann. In unserer Lage änderte sich nichts. Was kümmerte es die Gewalthaber hier im Küsten-Gebiet, was Abertausende von Werst weit weg im Westen vor sich ging? Auch der ersehnte Frieden kam nicht. Dafür zeigten Amerikaner und Japaner plötzlich großes Interesse für uns. Da war es an der Zeit, die Lenkung des Geschicks wieder ein wenig in die eigene Hand zu nehmen.

Die Flucht

**Plotho nimmt mich mit. – Das russische Wunder. –
Ein paar Überraschungen. – Der Einbruch in das Lager von
Chabarowsk. – Erneute Vorbereitungen. – Los! – Im Zuge. – ,
Wieder in Irkutsk. – Weiter nach Westen. – In Moskau. –
Die Fahrt des Artilleristen. – Am Ziel.**

Ich habe auch an Sie gedacht,« sagte mir Hauptmann v. Plotho und entwickelte die Einzelheiten eines Unternehmens, dessen Durchführung uns in die Heimat bringen sollte. Es ähnelte dem Irkutsker Versuch, wie ein Bruder dem anderen. Ein Telephonogramm musste uns nach Petrograd zur Verfügung des Großen Generalstabes rufen. Das konnte Gutes, aber auch Schlimmes für uns bedeuten. Was wir dort sollten, das war ungewiss, und das war gut. Denn diese Ungewissheit würde jeden etwa aufsteigenden Verdacht von vornherein ersticken. Selbstverständlich würde uns ein Konvoi transportieren. Das aber hatte auch seine gute Seite; wir sparten so die Ausgabe für die Fahrkarte.

Unterwegs hatte dann jeder zuzusehen, wie er sich loslöste. Vielleicht auch brachte uns der Konvoi gar nicht bis nach Petrograd, sondern begnügte sich damit, bis zu seinem Heimat-Gouvernement mitzufahren, um sich dort selbst von der Fahne zu beurlauben. Mit einigem Geschick und ein wenig mehr Geld war wohl auch dieses zu erreichen. Sollte jedoch ein Fortkommen unterwegs nicht möglich sein, nun, dann mussten wir in Petrograd zusehen, was sich da machen ließ. Zunächst kam es darauf an, hier fort und möglichst bis hinter den Baikal-See zu gelangen. Dort waren wir vor dem Zugriff dritter Mächte sicher. Natürlich würde das Ganze eine Stange Gold kosten. Aber das notwendige Geld ließe sich beschaffen.

Was war da noch zu überlegen? Ich gab meine Zusage.

Besondere Vorkehrungen waren für die lange Reise nicht zu treffen: ich besaß alles, was ich brauchte. Das einzige, was ich zu tun hatte, war, mit keiner Miene zu verraten, dass ich meine Zimmergenossen bald verlassen würde. An ihrer Zuverlässigkeit war nicht zu zweifeln: aber die Erfahrung gebot, zu schweigen.

Die Finanzierung der Flucht erledigte sich ohne besondere Schwierigkeiten. So streng auch unsere Bewachung von außen anzusehen war, so wies sie doch in ihrer Handhabung Lücken auf, die groß genug waren.

um der Tätigkeit eines Mittelsmannes freien Spielraum zu gewähren. Durch diesen traten wir an einen russischen Geldmann heran. Der ausgezeichnete Ruf, den das Deutsche Offizier-Korps in der Welt besaß, trug Früchte. Ohne dass einer von uns den Geldgeber jemals sah, erhielt jeder, was er anforderte, auf die einfache Verpflichtung hin, es zu bestimmtem Zeitpunkte zurückzuzahlen. Wo in aller Welt ist ein Beispiel gleich vertrauensvoller Kreditgewährung zu finden!

Ein Kommandoschreiber wurde angeworben. Ihm lag ob, während der Dienststunden am Fernsprecher einen Befehl entgegenzunehmen, ihn, wie üblich, niederzuschreiben, zu wiederholen und zur Eintragung ins Tagebuch weiterzureichen. Dann hatte er als Begleitmannschaften für uns nur solche Leute auszuwählen, die in den östlichen Gouvernements Russlands beheimatet waren. Er hatte also nichts anderes, als seine tägliche Arbeit zu tun. Kein Außenstehender, weder Russe noch Lagergefährte, konnte merken, dass das Getriebe militärischer Geschäftsgepflogenheiten in den Dienst unserer Absicht gestellt wurde.

Planmäßig ging alles vor sich. Die in der Lagerkommandantur als Hilfsarbeiter beschäftigten Kriegsgefangenen erfuhren als erste von unserem Abtransport. Einen Augenblick später war er im Lager der Österreicher bekannt. Ein paar Minuten darauf kam in Begleitung eines Wachtmannes unser ausgezeichneter Feldprediger Wiese freudestrahlend in den Pavillon und verkündete, dass soeben ein Telephonogramm des General-Kommandos Chabarowsk eingegangen sei: »Die Hauptleute Freiherr v. Plotho und Maske, die Oberleutnants v. Knobelsdorff und v. Roques, die Leutnants Graf Plauen, v. Bergmann und Hertramph, Fähnrich v. Boetticher und Franz, der Bursche, sind auf Befehl des Großen Generalstabes sofort zu seiner Verfügung nach Petrograd in Marsch zu setzen.« – »Bitte noch einmal, wer alles?« Die Genannten heuchelten erstaunte, freudige und auch besorgte Mienen. Was sollten sie da? Keine Ahnung! Ausgetauscht werden? Für irgendwelche Vergehen dort vors Gericht? Oh, alles war möglich. Man riet hin, man riet her. Nichts war gewiss. Nur die Tatsache blieb. Wollen sie ausrücken? Auch der Gedanke tauchte auf, aber er ließ sich durch nichts begründen. Schließlich war es ja etwas Alltägliches, dass Gefangene von einem Ort zum andern verschickt wurden.

»Vorwärts, macht Euch reisefertig!« – »Wann geht's dann fort?« Ah, so schnell geht das nicht! Überweisungspapiere und Fahrscheine müssen erst ausgefertigt, ein Konvoi muss bestimmt werden. Das Lager hatte kürzlich einen neuen Kommandanten erhalten; der wollte auch erst die einschlägigen Bestimmungen studieren, ehe er uns entließ. Nein, so schnell ging das nicht. Übermorgen, da wäre alles bereit.

Aus deutschem feldgrauem Sommerstoff hatte ich mir zu Wintersanfang an Stelle einer Uniform einen schmucken Zivilanzug bauen lassen. Die Stunde seiner Verwendung war gekommen. Jetzt hatte ich mir nur noch eine geeignete Kopfbedeckung zu verschaffen, denn meinen Panamahut konnte ich im Winter doch nicht gut tragen, und mit meiner Pelzmütze war Dietze[35] durchgegangen. Ich nahm schließlich eine Fellmütze, die ein freundlicher Zimmergenosse einst in Taschkent erstanden hatte.

Die Stimmung derer, die zurückbleiben sollten, war nicht gerade rosig. Schließlich trösteten sie sich mit dem Gedanken, dass auch ihnen die Stunde der Erlösung, hoffentlich bald, schlagen würde. Was sollten wir auch vor ihnen voraushaben?

Mittwoch, der 6. Februar 1918, war für die Abfahrt bestimmt. Die Papiere waren fertig. Der Konvoi lungerte bereits herum. Zwei Drittel der Bestechungsgelder waren gezahlt. Wir warteten startbereit. Da – geschah das russische Wunder.

Der Konvoi wurde zum Empfang der letzten Anweisungen ins Geschäftszimmer gerufen. In Vertretung eines erkrankten Schreibers hatte ihn ein Offizier abzufertigen. Dieser war von Deutschland gegen andere Schwerverwundete ausgetauscht worden; nun tat er hier Bürodienst. »Wo sind die Papiere?« – »Hier!« – »Wohin geht der Transport?« Nach Petrograd, entziffert er, zur Verfügung des Großen Generalstabs. »Nach Petrograd? Ich habe doch eben irgendwo gelesen, dass Transporte nach Petrograd nicht mehr in Marsch zu setzen sind?« Er blättert im Tagebuch und sucht den Befehl. Richtig! Da steht es: »Infolge drohender Hungersnot sind Transporte nach Petrograd nicht mehr in Marsch zu setzen. Großer Generalstab.« Nie wäre einem Russen, der nichts anderes als seine Heimat kannte, eingefallen, irgendwelche Bedenken in sich aufkommen zu lassen. »Zieht los!« hätte jeder gesagt. Diesem aber war in der Gefangenschaft der Sinn für Ordnung geweckt wurden. »Wo ist der Befehl für den Abtransport?« fragte er. Ein Schreiber reichte ihn. Da stand's: »Der und der und der und der sind sofort zur Verfügung des

---

35   Konstantin v. Dietze, Leutnant im Ulanen-Regiment 3.

Generalstabs nach Petrograd in Marsch zu setzen. Petrograd, den 2. Februar '18. Großer Generalstab.« Soll der Transport nun abgehen oder nicht? Einmal heißt's so und dann wieder anders. Wie schön ist's da doch, wenn man sich um die Verantwortung drücken und sie seinen Vorgesetzten zuschieben kann. Mögen die entscheiden: war's falsch, trifft sie die Schuld. Du aber giltst als ein gewissenhafter Mann, der in Treue seine Pflicht erfüllte.

»Ob der Transport nach Petrograd abgehen soll?« erkundigt er sich am Fernsprecher in Chabarowsk. »Was für ein Transport?« fragt das ahnungslose General-Kommando zurück. »Na, die Neune aus dem Strengen Regime!« – »Welche Neune?« -- Er nennt die Namen. »Anhalten! Hier ist nichts davon bekannt. Das muss erst festgestellt werden.« – »Wartet!« wird dem Konvoi befohlen. Zwei Minuten später wissen wir alles. Was nun?

Dableiben? Ausgeschlossen. Also fort. Aber wie? Das musste sich finden. Unwiderruflich stand in uns der Entschluss fest, auf und davon zu gehen. Soviel ich weiß, glückte es allen. --

Natürlich gab es kluge Leute, die jetzt, nachdem sie alles wussten, das sichere Misslingen unseres Planes bestimmt, ganz bestimmt hätten voraussagen können. Ein glatter Wahnsinn war's zu glauben, dass jemals kranke Phantasie in rauer Wirklichkeit Ereignis werden könnte. Wir aber dachten: »*Better a witty fool, than a foolish wit*« und handelten danach.

Schön war das Wetter am Nachmittag des 6. nicht, und am Abend setzte Schneesturm ein. Unter diesen Umständen dachte die Bewachung nicht daran, dass einer fliehen könnte; sie war ohne Argwohn und wurde zudem noch sorglos gemacht. Des weiteren sorgte das Glück dafür, dass die abendliche Zählung durch den Offizier vom Lagerdienst ausfiel. Was Wunder, dass alle Genannten bis auf Plotho, Maske, mich und den Burschen bis zum nächsten Morgen verschwunden waren. Jeder besah irgend einen Ausweis, mit dessen Hilfe er sich durchzulügen hoffte. Für meinen hatte ich 25 Rubel im Voraus bezahlt. Als ich ihn in der Hand hielt, sah ich, dass er wertlos war. Dennoch musste er fürs erste genügen. Vielleicht gelang es, unterwegs bessere Papiere zu kaufen.

Von einer bequemen Reise konnte nun nicht mehr die Rede sein. Was du am Leibe trugst, das hatte auch dein Gepäck vorzustellen. Herrlich war die seidene Wäsche. Ein Hemd beanspruchte kaum mehr Platz in der Rocktasche, als ein leinenes Schnupftuch: trotzdem konnte ich von meiner unter mancherlei Entbehrungen erstandenen Habe nur den geringsten Teil mit mir führen. Alles, was nicht unbedingt notwendig war, gab ich - nicht ohne Seufzer – fort. Die Hose aus Sommerstoff, nun, die konnte ich jetzt nicht anziehen: die musste in den Koffer: der Bund wärmte Rücken und Schultern, und die kreuzweise übereinander gelegten Beine panzerten die Brust. Statt ihrer kam eine aus Jaroslawl mitgebrachte, die Sensation des Pavillons, wieder zu Ehren. Herrn v. Bergmann hatte sie gelegentlich zu dem schönen Vers begeistert:

> Wir haben hier auch 'nen Neuruppiner,
> Der geht gekleidet wie ein Wiener.
> Besonders seine Hose,
> Die hat mir scheußlich imponiert,
> Sie sitzt so schick und lose.

Nun sollte die von Dichtermund besungene im Verein mit einem kurzen Pelz von ähnlicher Façon, der noch des preisenden Sängers harrte, mich durch jede Fährnis tragen.

Zwischen Wecken und Morgenzählung stahlen wir uns davon. Durch das noch menschenleere Lager der Österreicher ging es nach dem Zimmer des Kapitäns Habenicht, der sich seit einiger Zeit größerer Freiheit erfreute, und nun wie die übrigen Kriegsgefangenen gehalten wurde. Dort warteten wir. Dann brachte uns ein zuverlässiger Österreicher durch die Lagerwache. »Nach dem Lazarett!« rief er in die Wachtstube hinein. Der Wachthabende trat heraus, musterte uns. »Ein Mann Begleitung!« befahl er. »Schließ auf!« rief er dem Posten zu. Niemand durfte ohne Ausweis das Tor passieren. Gehorsam öffnete der Posten die Pforte. Wir gingen voran. Der Wachtmann folgte.

Etwa zehn Minuten Wegs waren zurückzulegen. Wir waren ein Stück gegangen, da drehte Plotho sich um und sagte zu dem Wachtmanne: »Wir finden schon allein den Weg. Du kannst ruhig wieder zurückgehen!« Es war kalt. Vielleicht wirkte die Kälte noch überzeugender als die Worte: der Russe kehrte um.

Im Lazarett versorgte uns ein deutscher Sanitäter mit Frühstück, während wir auf Nachricht warteten. Die Frage war: müssen wir zu Fuß nach Chabarowsk, oder bringt uns ein Schlitten hin? Wir können einen

Schlitten bekommen. Gut. Auf ins Dorf! Mit langen Schritten hasten wir ihm zu. In gleißendem Sonnenschein durcheilen wir ein funkelndes, glitzerndes Schneefeld. Das schönste Wetter ist unser Begleiter und verspricht uns weiteres Gelingen.

Alles hatte bislang geklappt, so wie es gestern verabredet worden war.

Drüben im Lager mussten sie inzwischen das Nest leer gefunden haben. Was sie dabei wohl für Gesichter machten? Wo mochten sie uns suchen? Der Weg fiel nach dem Flusse zu ab und entzog uns rasch den Augen etwaiger Verfolger.

Tief im Schnee vergraben lag das Dorf. Bald hatten wir es erreicht. Wir gingen in ein Haus. Ob uns wohl ein Schlitten zu Einkäufen nach der Stadt bringen könne? Ja, das ginge. Rasch einigten wir uns über den Preis. Der Bauer spannte an. Der Schlitten stand bereit: ein auf Kufen gesetzter Waschkorb. Stroh bedeckte den Boden. Wir nahmen Platz, einigten uns mit den Beinen, und los ging die Fahrt.

Ich saß mit dem Rücken zum Kutscher. Schnee, wohin das Auge blickte. Schnee. Schnee. Schnee. Eis und Schnee. In gemächlichem Trab ziehen wir dahin. Dann und wann überholen wir einen Fußgänger, begegnen einem Schlitten. Weiter, immer weiter lassen wir das Lager zurück, näher, immer näher trägt uns unser Gefährt einer Ungewissen Zukunft entgegen.

Was wollten wir? Zunächst 'mal 'rein in die Stadt! Dort sollte uns einer weiter helfen. Wie? Ich wusste es nicht. Würde es gelingen? Ungewissheit erfüllte mein Herz. Hoffnung und Furcht lagen in erbittertem Streit.

Wir fahren über das Eis des Stromes. Mittag liegt hinter uns. Da taucht ein dunkler Punkt am Horizonte auf, saust mit Windeseile heran, scheint jetzt ein jagender Wolf, und ist einen Herzschlag später eine Troïka, die pfeilschnell auf uns zufliegt. Uniformen werden erkennbar. Offiziere! Der Lagerkommandant! Ungewiss ist's, wie du aus der ›Kiste‹ steigst, wenn sie vom Himmel trudelt und weder Verwindung noch Steuer gehorcht, ungewiss bis zur Landung. Ungewiss war, was nun kommen würde. Verfolgten sie uns? Was führte sie zur gleichen Stunde den gleichen Weg? Unbeantwortet blieben die Fragen, mussten es bis zur Entscheidung bleiben. Stärker aber zerrten sie an den Nerven, als es je Feind und Gefahr vermochten.

Da ist die Troïka heran. Horch! Wie schlägt dein Herz! Jetzt überholt sie
uns. Du kaust an einem Strohhalm. Spuckst ein Stückchen aus: so! kaust
weiter. Die Troïka fliegt vorbei. Musternd ruhen die Augen der Offiziere auf den Insassen des Schlittens. Jedem einzelnen sind wir genau bekannt. Keiner erkennt uns.

Chabarowsk! Langsam klettert der Schlitten das Ufer hoch. Wir sind da.
Eine Sekunde später gehen wir die Straße entlang. Plotho führt. Wir
folgen, jeder für sich, mit einigem Abstand.

Plotho betritt einen Laden. Maske folgt ihm. Franz sieht nur hinein,
dreht um. »Leute!« raunt er mir im Vorübergehen zu. Soldaten verlassen das Geschäft. Frei? Ich trete ein. Soldaten stehen wartend am Ladentisch, ein Verkäufer bedient. Etwas abseits spricht Plotho mit dem Besitzer. Wo ist Maske?

Hinter dem Ladentisch, halbrechts in der Ecke, ist eine Tür. Ich sehe
nichts, wie diese Tür, denke nichts, wie diese Tür, gehe um den Ladentisch herum und öffne die Tür. Tu', als wenn ich zum Hause gehörte.
Der Verkäufer will mir nach. »Es ist gut,« winkt der Besitzer ab. Ich
gehe weiter. An Regalen mit Vorräten vorbei, gelange ich in einen Vor-
ratsraum, bleibe dort am Fenster stehen und warte. Was nun? Alles
geschah wie im Traum.

Nach einer geraumen Weile sieht der Besitzer hinein. »Guten Tag!«
wünsche ich. Er nickt mit dem Kopf, verschwindet. Endlos scheint mir
die Zeit.

Wo sind die anderen? Was wollen wir hier?

Endlich tritt Plotho aus einer Tür. Winkt. Ich folge. Da sitzen sie in einem dürftig eingerichteten Zimmer. »Knobel, Sie haben vorhin die Nerven verloren.« sagt Plotho. Stimmt. Er war fein heraus, sprach russisch
wie ein Universitätsprofessor, ich, wie ein Räuber. Die Vokabeln kannte
ich nicht, die ich hier in diesem Laden hätte brauchen können. Von
meinem Umgang hatte ich sie nie gehört.

Was Plotho dem Besitzer erzählt hatte, weiß ich nicht mehr. Immerhin
war er freundlich genug, uns zu erlauben, den Einbruch der Dunkelheit
bei ihm abzuwarten.

Jedem war klar, dass wir mit unseren mangelhaften Ausweisen nicht
weit kommen würden. Bei der ersten Kontrolle wurden wir gefasst. Wir
mussten uns gute Pässe und bis zu ihrer Erlangung ein sicheres Quar-

tier verschaffen. Es gab da einen in der Stadt, der dazu vielleicht verhelfen konnte. Franz musste fragen gehen. Vor dem Kriege hatte er bereits als Arbeiter lange Jahre in Russland gelebt. In nichts unterschied er sich in seinem Äußeren von den Einheimischen. Er konnte uns also nur nutzen. Deshalb wurde er mitgenommen. Irgend welche Mittel besaß er nicht.

Nach einer Stunde kam er zurück. Wir würden bei Einbruch der Dunkelheit erwartet. Zugang von hinten, durch den Hof.

Es dunkelte. Wir verließen den Unterschlupf. Viele drehten sich – wie heute Mittag schon – nach mir um. Später erfuhr ich den Grund: am Amur trug man andere Mützen als zwischen Tschu und Syr-Darja! Meine Kopfbedeckung wirkte in den Straßen von Chabarowsk wie ein Reiherhut auf einer Kirchweih.

Wir folgten der belebten Straße. Plötzlich war Franz verschwunden. Aha! hier musste es wo sein! Da, durch die kleine Tür. Sie führte durch einen Hof zu einem größeren Gebäude. Im Flur des Hauses empfing uns ein Herr. Wir stellten uns vor und äußerten unsere Wünsche. Er öffnete eine Kellertür. Wir stiegen hinab.

Ein großes Gewölbe nahm uns auf. Es war bereits bewohnt. Offiziere vom Gefangenenlager Chabarowsk hielten sich hier verborgen und warteten auf die Gelegenheit, weiterzukommen. Sieh da, sieh da! Da waren ja auch zwei von den Ausreißern aus dem Pavillon! Wie man sich doch wieder zusammenfand.

Hier im nächtlichen Dunkel hatten wir uns nun für die nächste Zeit einzurichten. Wir fühlten uns geborgen. Die Spannung ließ nach, der Körper verlangte sein Recht. Seit dem frühen Morgen hatten wir nichts gegessen. Franz ging, um Wurst und Brot zu kaufen.

Ich suchte mir in einem Gang, der hinten im Dunkel in das Gewölbe mündete, einen Platz für die Nacht und legte dort meinen Pelz nieder. Hierauf setzte ich mich zu den anderen.

Unser Wirt tritt ein. »Darf ich Sie bitten, meine Herren, herzuhören,« wendet er sich an uns: »wie ich soeben erfahre, soll es zur Kenntnis der Russen gelangt sein, dass ich Sie hier beherberge. Um nicht kompromittiert zu werden, ist es notwendig, dass Sie sämtlich innerhalb fünf Minuten den Platz geräumt haben.« Alles stob auseinander, riss die paar Habseligkeiten an sich und jagte davon. Jeder dachte nur an sich: Weg!

Fort! Ich sah gerade noch ein paar schattenhafte Gestalten verschwinden, als auch ich eine halbe Minute später im Freien stand.

Ich war allein. Wo mochten die anderen geblieben sein? Wo hatte ich sie zu suchen? Ich wanderte den gleichen Weg zurück, den wir gekommen waren, und stieß auf Franz, der das eingeholte Abendbrot brachte. Keiner war ihm begegnet. Wir zogen Straß' auf, Straß' ab, niemand war zu finden.

Wo blieben wir die Nacht und wo die nächsten Tage? Wir schrieben den 7. Februar n. St. und befanden uns unter dem gleichen Breitengrad mit den Kurilen. Was soviel besagen will, wie: es ist verflucht kalt da oben in der Gegend zu dieser Jahreszeit!

In der Stadt war kein Unterkommen zu finden. Hotel- wie möblierte Zimmer gab es jetzt nur noch mit Erlaubnis des Ausführenden Komitees. An dieses aber konnten wir uns nicht wenden, denn Tschechen und dergleichen Kameraden der k. und k. Armee leisteten dort Spitzeldienste. Auch den Bahnhof machten sie unsicher, indem sie vor Abgang der Züge nach deutschen Gesichtern fahndeten. Das Geisha-Viertel der Stadt aufzusuchen, das hatte gleichfalls keinen Sinn: die Freuden der Venus wurden längstens für eine Nacht gewährt, und damit war nichts gewonnen. »Wo mögen nur die anderen sein?« grübelte ich; was für uns galt, das galt doch auch für sie!

Sie waren fast alle zum Bahnhof geeilt und in den ersten besten Zug gesprungen; unterwegs sind sie dann verhaftet und wieder eingesperrt worden. Plotho und Masle glückte es, noch rasch einen Treffpunkt mit unserem Wirt zu verabreden; er brachte sie anderweitig unter. Aber bei einem Ausgange erkannte sie ein Bundesgenosse und verriet ihren Schlupfwinkel den Russen. Die steckten sie nunmehr ins Lager Chabarowsk, wohin auch die übrigen Insassen des Strafpavillons infolge unserer Massenflucht überführt worden waren. Dies alles erfuhr ich in der Folge. Am späten Abend des 7. Februar aber wussten wir nichts von unseren Gefährten. Immer wieder klapperten wir die Straßen ab und suchten sie. So war es 10.00 abends geworden. Da gaben wir die Hoffnung auf, sie zu finden.

Was sollten wir nun beginnen? »Franz, da gibt es nur noch eins! Wir brechen im Chabarowsker Lager ein und sehen zu, wie wir von dort weiterkommen!« Unter einigen hundert Offizieren und ein paar Dutzend Mannschaften mussten wir uns doch so verkrümeln können, dass wir nicht entdeckt wurden? Natürlich, das musste gehen! Kitty würde helfen, die Asphaltblume. Gleich nach meiner Einlieferung ins Strenge Regime hatte Kettler die Verbindung mit mir aufgenommen. Jetzt war ich ihm über alles Erwarten nahe.

Ich nahm einen Schlitten, und wir fuhren in die mondhelle Nacht hinaus. Als wir das Lager erblickten, lohnte ich den Kutscher ab. Wir gingen zu Fuß weiter. Nun, das war keine Überraschung mehr, die sich uns da darbot: der hohe Zaun, der Stacheldraht, die Wachttürme, die Posten, die Patrouillen, ja, das kannten wir ja alles. Aus der Einfriedigung ragten die massigen Silhouetten großer steinerner Gebäude. Unbemerkt kamen wir an die Umzäunung heran. Nun hatte ich mich als Fassadenkletterer zu bewähren, denn das Gelände jenseits des Zauns muhte erst erkundet werden. Geräuschlos kletterte ich an der senkrechten Wand empor. Wahrhaftig! Das war nicht leicht! Mir wurde warm wie im Juli. Wenn die Patrouille vorbei war, mussten wir die paar Meter herunterspringen, dann auf den Lichtschimmer dort loslaufen. Das war der Feldzugsplan.

Franz warf Brot und Wurst über den Zaun: wir wollten doch nicht mit leeren Händen kommen! Still! Der Posten! Tapp, tapp, tapp, treten die Filzstiefel den weichen Schnee, kommen näher, gehen vorüber, treten weiter. Auf den Türmen dösen die Wachen vor sich hin und stampfen mit den Füßen. Achtung! Jetzt! Los! Runter von dem Wolkenkratzer! Glatte Landung. Ein Griff, die Wurst ist da. Das Brot ist nicht zu finden. Weiter!

Wir stürzen in den Schatten der Gebäude, schleichen uns an das Licht heran. Durchs Fenster ist nichts zu erkennen. Rein ins Haus! Ich öffne die nächste Tür und blicke in eine Kasernenstube russischer Soldaten. Zu! und raus aus dem Haus! Dorthin! Eine Gestalt wächst aus der Nacht. »Steh!« befehle ich auf russisch. »Halt's Maul, dummes Luder!« werde ich zur Ruhe gemahnt. Aha! ein Offizier! Gerettet.

»Knobelsdorff.« stelle ich mich vor. »Ah. Sie?« - »Ja,« antworte ich, »ich komme aus Krasnaja Rjätschka.

Können Sie mir vielleicht sagen, wo Kettler wohnt?« –»Ich führe Sie!«

Über eine schwach erleuchtete Treppe geht's hinauf in den ersten Stock der nächsten Kaserne. »Hier!« Ein großes Zimmer voll kleiner Verschläge. Ganz hinten rechts am Fenster schläft Kettler. Da und dort brennt noch Licht. »Guten Tag, Kitty!« wecke ich ihn, »da habe ich Dir 'ne

Wurst mitgebracht!« – »Knobel!« begrüßt er mich, »ich hab's ja immer gesagt, dass Du hier nochmal auftauchen würdest!« – »Also Du musst uns verstecken, bis wir weiter können!« Franz wird untergebracht. Mir wird ein freies Bett neben Kittys Verschlag angeboten: morgen früh aber, noch vor der Zählung, darf ich nicht mehr zu sehen sein.

Zweimal, auch dreimal am Tage werden die Gefangenen von der immer gleichen Innenwache gezählt. Sie kennt jedes Gesicht ihres Bereichs. Vor ihr darf ich mich nicht blicken lassen. Auch das geht zu machen, und so bleibe ich im ›Kinderzimmer‹ heimatsberechtigt.

Am nächsten Morgen melde ich mich beim dienstältesten Offizier. Er bietet seine Hilfe an. »Danke, ich will niemandem lästig fallen. Auch wird meines Bleibens hier wohl nicht allzu lange sein, so hoffe ich.«

Kettler will auch fort. Aber noch fehlt es ihm an diesem und jenem. Es ist ihm erst später geglückt.

Tag um Tag verrinnt. Die Insassen des Strafpavillons haben ihren Einzug gehalten. Plotho und Maske sind eingeliefert worden, ich warte noch immer auf meinen Pass. Endlich ist es so weit. Aber mittlerweile ist Krohn[36] mit dem ich anfangs zusammen fort wollte, in Arrest gesteckt worden. Ungewiss ist's, wie lange er dort bleiben wird. Sicher, dass ich nicht noch länger warten will. Doch nur Krohn allein kann die Pässe bekommen. Da bleibt nichts weiter übrig: Krohn muss hin! Ich werde ihn so lange im Arrest vertreten. Zur festgesetzten Stunde erwarte ich ihn im Abort. Pelzkragen hoch, Mütze tief im Gesicht kommt er herein. Während seine Wache in der Tür wartet, tauschen wir schnell wie Verwandlungskünstler Pelzmützen und Mäntel. Pelzkragen hoch, Mütze tief im Gesicht verlasse ich die ungewöhnliche Garderobe und werde als ein anderer zurückgeführt. Während der Zählung bin ich krank. Wozu braucht der wachhabende Offizier mein Gesicht zu sehen: genügt es nicht, dass ich im Bett liege?

Krohn ist zurück. Wenn Schiller heute noch lebte, ob er da wohl noch auf den guten Damon zurückgreifen würde? Der gleiche Trick wird noch einmal exerziert, und als Krohn verlasse ich die Arreststube, um draußen wieder Knobelsdorff zu werden.

---

36   Helmut v. Krohn, Leutnant F.-A. 10, starb 1924 den Fliegertod in Kolumbien

»Besuch war da,« erzählte Kettler, als ich wieder kam. Röhrig, unser jüngster Leutnant, war gleichfalls aus dem Strengen Regime ausgebrochen und hatte im Marinelager – wenn ich nicht irre - Unterschlupf gefunden. Im Besitze eines Ausweises als Zahnarzt passierte er frei von Lager zu Lager. Wir kamen überein, gemeinsam loszuziehen. Ein Pass wurde ihm besorgt, und mit Hilfe unsichtbar tätiger Hände wurde uns der Boden für die ersten Schritte in die Freiheit geebnet.

Die echten, durch Wasserzeichen vor Nachahmung geschützten, Passformulare waren teuer, dafür bildeten sie aber auch bei dem in aller zivilisierten Menschheit verbreiteten Aberglauben an die Heiligkeit amtlicher Dokumente den wirksamsten Schutz gegen alle staatlichen Organe. Sie stellten somit eine Tarnkappe dar, mit deren Hilfe es wohl möglich war, sicher in die Heimat zu gelangen. Ausweislich meines Passes stammte ich aus Walk, Röhrig aus Wenden in Livland. Wir waren beide infolge Krankheit von jeglichem Militärdienst befreit, - nein, wir brauchten nichts vom Soldatenhandwerk zu verstehen. Die Unterschriften der verantwortlich zeichnenden Beamten waren gefälscht. Das angebliche Dienstsiegel mit Kopiertinte hergestellt. Wenn jemand so lange wie ich im Zuchthaus gesessen hat, beherrscht er die einschlägige Technik. Einen besonderen Reiz aber gewährt es, sie in dem Lande zur Anwendung zu bringen, dem du diese Kenntnisse dankst.

Alles war wieder gut vorbereitet. Ich hatte mir eine mittelgroße Reisetasche zugelegt, die, außer Wäsche und Kleidung, reichlich Verpflegung enthielt. Oho, mir konnte so leicht nichts passieren!

Sonntag, der 3. März, war als Reisetag festgelegt. Im Laufe des Nachmittags fand sich Röhrig ein. 9:00 abends sollten wir abredegemäß das Lager verlassen. Zur selben Zeit erwartete uns draußen ein ortskundiger Führer. In der gleichen Nacht ging unser Zug.

Mit dem Posten vom hinteren Lagertor waren wir für ein paar Rubel handelseinig geworden. Wir wollten gewissermaßen offiziell das Lager verlassen. Wir hätten eine Verabredung im Dorf: er wäre doch sicher auch nicht so ungalant, dass er sein Mädchen warten ließe. Ja, da müssten wir wohl pünktlich sein. Nachher, wenn es dunkel wäre, dann sollten wir kommen. Auf die Minute waren wir da. Aber unser Posten hatte einen Schweinehund zu Besuch, wie er sagte: dem könne er nicht trauen: der würde ihn sicher verraten, wenn er sähe, dass er uns herausließe. Wir müssten warten. Wir warteten. Eine Viertelstunde, eine halbe

Stunde. Der Schweinehund blieb. Wir konnten den Abmarsch nicht länger mehr hinauszögern. »Kitty, so geht's nicht! Wir müssen über den Zaun!« Kettler und noch ein paar halfen dabei. In hohem Bogen flog meine Reisetasche als erste über die Einfriedigung. Einen Augenblick später waren auch wir 'rüber. Wo ist meine Tasche? Pst! Gestalten tauchten aus der Dunkelheit auf. Wir machten, dass mir fortkamen. Mein Gepäck blieb liegen.

Lange nach der verabredeten Zeit stießen wir auf den Führer. Wir mussten uns eilen.

Um Kopf und Kragen ging es für unseren Begleiter. Wir konnten ihm beim Abschied nur dankbar die Hand drücken. Solche Leute gibt's! Setzen aus Liebe zum Deutschtum ihre Existenz aufs Spiel und nehmen dafür keinerlei klingenden Dank. Das Bewusstsein, einem Deutschen geholfen zu haben, gilt ihnen Ruhm und schönster Lohn. –

Verschneite Wege brachten uns nach der Stadt. Dunkle, menschenleere Straßen führten nach einem kleinen Hause. Schwacher Lichtschimmer drang durch die Spalten der Fensterläden. Unser Führer klopft, ein verabredetes Zeichen. Stichwort. Wir treten ein. Fahrkarten für die beiden Gentlemen! Geld. Eine Minute später folgen wir dem neuen Führer.

Der Schnee knirschte unter unseren Füßen. Oh, es war zu merken, dass man in Sibirien war. »Hier warten!« Irgendwo standen wir an einem abgelegenen Bahnübergang. Die Augen in das Grau der Nacht gebohrt, harren wir auf die Rückkehr des Helfers. Hu, wie lang sind dort die Nächte! Und wie weit die Wege! Geduld! Alles braucht seine Zeit.

»Die Karten.« – »Die Wagen?« – »Dort!« Wir gehen ein Stück die Strecke entlang, dann wird der Bahnhof sichtbar. Die Scheinwerfer zweier Lokomotiven blinken von fern. Jetzt sind wir an die schnaubenden Züge heran. Welcher ist's? Der rechte? Probieren. Wir sind wohl ein wenig früh? Die Abteile sind erleuchtet, aber leer. Wir können uns die besten Plätze aussuchen. Ein Schaffner kommt und löscht die Lichter aus. Da merken wir: wir sind verkehrt gegangen. Rasch in den anderen Zug!

Die Plattformen, die Trittbretter sind voller Menschen. Rücksichtslos stürzen wir uns ins Gewühl: stoßen, werden gestoßen, drängen, werden gedrängelt, werden schließlich emporgehoben, geschoben, fühlen wieder Boden unter den Füßen und stehen eingekeilt in drangvoll fürchterlicher Enge vor der Wagentür. Langsam rücken wir weiter, am Abort vorbei, in den Gang hinein. Rauch, Dunst, milchige Schwaden legen sich erstickend auf die Brust. Macht nichts: wir sind im Wagen; er ist bis auf den letzten Platz gefüllt: Menschen, Kisten und Kasten neben- und übereinander geschichtet. Da, einen halben Schritt vor mir, zwischen zwei Offizieren hindurch, erspähe ich neben dem Klosett ein kleines Käfterchen, den Platz für den Schaffner. Reisekörbe stehen dort: ich zwänge mich durch. Röhrig folgt. Noch eine Anstrengung, und schon hocken wir hoch oben auf dem Gepäck.

»Was macht Ihr da?« fragt ein in der Mitte des Wagens stehender Offizier und drängt sich durch. »Nichts,« antworteten wir. »Kommt herunter!« befiehlt er misstrauisch. Gehorsam kletterten wir herab. »Wer sind Sie?«

Die Frage war billig. Auf dem Kopfe trug ich eine Soldatenmütze aus Krimmer ohne Kokarde. Ein sprossender Vollbart verdunkelte mein Gesicht, und die Missgestalt meines Pelzes verlieh mir das Aussehen eines Menschen, von dem nicht ohne weiteres zu sagen war, was von ihm zu halten ist. War ich ein entsprungener Sträfling? Ein Bolschewist, der auf Beute zog? Ein schlechtbezahlter niederer Angestellter? Jede Frage blieb offen. So hatte ich es gewollt. So war ich angezogen.

Röhrig dagegen war ein feiner Herr. Das sah man. Schon im Pavillon wurde er mit seiner Eleganz geuzt. Jetzt imponierte er den Russen durch einen fabelhaften Pelz, und das Rauchwerk seiner Mütze atmete Wohlhabenheit. Er wusste: Kleider machen Leute und hatte Recht damit. Sein Gewand verlangte respektvolle Behandlung, und die wurde ihm ohne weiteres zugebilligt. Wir waren ein ungleiches Paar und eben deswegen in einer Republik unverdächtig. Denn wer könnte zum Beispiel bei uns, sagen wir einen Minister und seinen Parteifreund, frisch von der Straße weg oder aus dem Zuge heraus aufs bloße Aussehen hin verhaften lassen? Das geht doch nicht. In Russland ging das auch nicht. Mithin passten wir gut zusammen. Doch hier, wo es schien, als ob der Inhalt der Körbe uns angezogen hätte, war die Frage des Stabskapitäns berechtigt.

Ein Streichholz flammte auf und leuchtete mir ins Gesicht. »I–i–i–ii–ich b–b–b–bin Bu–bubu– bubu–Buchhalter!« stotterte ich. »Ich bin Kaufmann,« antwortete Röhrig. »Wwww–wir tun Iii– Iii–Ihnen nichts.« fuhr ich fort: »S–ssss–Sie brauchen keine A–aaa–A–Angst zu haben,« beruhigte ich ihn. »Entschuldigen Sie, wenn das Ihre Körbe sind.« bedauerte Rührig, »aber es ist sonst nirgendwo Platz.« Der Offizier winkte einen

Kameraden heran, und dann mühten sie sich zu zweit ab, die Körbe fortzuschaffen. »So ist's besser für Sie,« sagte der Stabskapitän, nachdem er seine Habe in Sicherheit gebracht hatte, und wies auf die freigewordene Ecke.

Ein schmales Brett litt an Größenwahn und wollte durchaus ein Sitz sein. Binnen kurzem hatten wir heraus, dass es vortrefflich der Aufgabe gewachsen war, einen Menschen, den Schaffner, der während seines Dienstes nicht schlafen soll, daran zu verhindern. Noch eine Annehmlichkeit unseres Platzes entdeckte ich fast zur gleichen Zeit. Hm, das roch hier so eigentümlich! Vor uns war die Wand des Aborts. Das war eine Erklärung, aber eine unzureichende, wie mir schien. So durchlässig pflegt Holz doch sonst nicht zu sein, dass man des Glaubens sein könnte, die Wand sei überhaupt nicht da. Wenn man nur 'was sehen könnte! Undurchdringliches Dunkel hüllte den Fußboden ein. Die spärliche Beleuchtung des Wagens begnügte sich damit, sich selbst zu erhellen. Ja – das war ein bisschen nass da unten. Eine Teekanne, die ihren Inhalt verschüttet hatte? Mit der Zeit wurde der Geruch intensiver. Die Feuchtigkeit am Boden schien zuzunehmen. Ich zog die Füße hoch und stemmte sie gegen die Wand. Röhrigs Beine suchten sich im Gedränge des Ganges eine trockene Stelle. Als am Montag der junge Tag überallhin seine Boten sandte, fanden sie, dass unser Aufenthaltsraum mit dem Abort in einträchtigem Kommunismus lebte, und dass dieser, was er zu viel empfing, bereitwillig mit uns teilte.

Sieben Tage, vom 4. bis zum 10. März, hockte ich mit angezogenen Beinen in der Fensterecke, sieben qualvolle Tage wurde meine Nase von den hässlichsten Gerüchen gemartert. Die Furcht vor Entdeckung ließ mich nur zum Waschen meinen Platz verlassen. Die Verpflegung erstand Röhrig auf den Stationen: er sprach gut und geläufig Russisch.

Ich stellte mich krank. Da war verständlich, dass ich keine Lust zum Schwatzen hatte. Auch Röhrig vermied es, sich in endlose Unterhaltungen einzulassen. Zudem lag unser Zufluchtsort ein wenig abseits der strömenden Redefluten. Nur selten verirrten sich ein paar Pilger zu ihm. –

Aufatmend hatten wir Platz genommen. So, nun konnten uns die k. und k. Spitzel am Bahnsteig suchen! Wir saßen im Zug und hatten fürs erste nichts zu fürchten. Oder doch? Jeder Kilometer, den wir nach Westen rollten, ließ in mir die bange Frage immer wieder, immer dringlicher werden: wird es dir endlich dieses Mal gelingen, glatt nach Hause zu gelangen? Schon fast zu viel war mir durch den Feind zugemutet worden: bis an die Grenze meiner Leistungsfähigkeit hatte ich mir selber Forderungen auferlegt. Unbarmherzig rüttelte die Ungewissheit an Nerven und Gesundheit.

Unbekümmert um unser Fühlen und Denken, gleichgültig, seelenlos eilte der Zug seine Straße, den Amur, die Schilka entlang. Er sah nicht die reichen Gefilde, die sich nach Norden und Süden auftaten. Achtlos ging er über gerodeten Urwald hinweg. Fronarbeit der Kriegsgefangenen hatte die Strecke gebaut; ausgeführt, was im Frieden geplant und begonnen worden war. Nun half sie uns, dem Feind zu entweichen.

Am Sonnabend Nachmittag näherten wir uns dem Baikalsee. Gegen Abend hielten wir irgendwo. Soldaten besetzten den Zug. Niemand durfte aussteigen. Kriegskontrolle! Beamte und Soldaten prüfen Fahrkarten und Personalausweise. Jetzt sind sie nebenan. Gleich müssen sie bei uns sein! Schneller schlägt das Herz. Du stellst dich schlafend. »Ihre Papiere, bitte!« hörst du und fährst aus dem Schlafe auf. »Bitte, Ihre Papiere!« wiederholt der Beamte höflich, aber bestimmt. Du greifst in die Tasche. »Bitte!« Der Beamte prüft den Pass. Eine Blendlaterne strahlt weißes Licht auf das Dokument. Deutlich siehst du den doppelköpfigen Adler des Wasserzeichens im grellen Schein der Lampe. Unterschriften, Stempel, alles ist in Ordnung, und du erhältst deinen Pass zurück, in dem du dir erlaubt hast, für Jahresfrist zwischen sämtlichen Städten und Dörfern des Russischen Reiches umherzureisen. »Haben Sie auch Fahrkarten, kranke Genossen?« werden wir gefragt. Wortlos reichst du sie hin. Auch sie sind in Ordnung. Weiter schläfst du in deiner Ecke, mit gutem Gewissen, denn deine Dokumente, die sind in Ordnung.

Am nächsten Vormittag sind wir in Irkutsk. Wir verlassen den Zug. Sieben Nächte und sechs Tage haben mich ohne Unterlass gepeinigt und gemartert. Die Glieder sind steif. Der Wille ist lahm. Weiter! treibt dich die Pflicht.

Trotzdem, ein Ruhetag ist not. Im ›Hotel‹ meines Letten würden wir sicher gut unterkommen. Ein Schlitten bringt uns über die Angara hinein in die Stadt. Überall sind die Spuren der letzten Kämpfe zwischen Roten und Weißen Garden sichtbar. Der Besitz der Metropole war von entscheidender Bedeutung für beide Parteien. Die zerschossenen Häuser bestätigten es. Augenblicklich herrschte Ruhe.

Wir hielten vor unserem Quartier. Was hatte es doch für einen schönen Namen! Phantasielos und nüchtern will ich es hier »Paradies« nennen, »Hotel zum Paradies«. Um vieles mehr Glück verheißend aber war sein Name in Wirklichkeit! Ich fragte nach dem Besitzer. »Oh. er ist nicht da.« - »Nicht da? Wann kommt er wohl wieder?« – »Nicht so bald! Er ist verreist.« – »Verreist?« Ganz recht! Ja, das war ich auch. »Wir möchten ein möbliertes Zimmer haben.« Wir bekamen es. »Sehr zweckmäßige Einrichtung!« muhte ich loben, als ich es sah. Das Bett war breit, doch dafür fehlte die Wäsche.

Am Montag Vormittag ging unser Zug. Das hatten wir im Fahrplan festgestellt, bevor wir die Station verließen. Wir hatten Zeit. Wie wäre es, wenn wir nach weiteren Bekannten suchten? Schön fuhr es sich im Sonnenschein über den glitzernden, knirschenden Schnee am Zentral-Hotel vorbei dem Flusse zu. Zentral -Hotel! dachte ich und lächelte über die im vergangenen Jahre ausgestandene Angst. Unwirklich schien alles, was gewesen war: alles lag, so wie heute, weit, weit zurück. Ich fand meine Freunde nicht. Früh legten wir uns zur Ruh.

Wir hatten kein Gepäck. Das dünkte den Burschui nicht standesgemäß. Auch hatte sich sein *traveller-collar* während der Fahrt aus leuchtendem Weiß in schmutziges Grau verwandelt. Unerlässlich war zur Wieder-herstellung seines eleganten Äußeren der Einkauf von einigen Kragen. Eine Teekanne brauchten wir auch. Kümmerlich hatten wir uns bislang ohne sie durchgeschlagen. Wir benutzten die Zeit, um alles Notwendige einzukaufen. Ein mit zwei Riemen verschnallbarer Strohkoffer nahm unsere Ausrüstung auf. Ein Schlitten brachte uns zur Bahn.

Am Schalter erfuhren wir, dass unser Zug schon lange nicht mehr ver-kehrte. Am Nachmittag ginge ein Postzug nach Moskau. Schnurgerade über Moskau durch die Front, wollten wir nach Hause. Über Petrograd durch Finnland schien aussichtsreicher, kürzer aber war der erste Weg. Dazu kam: ich hatte auch in Moskau Bekannte. Die würden schon hel-fen. So entschlossen wir uns für den graden Weg.

Wir kehrten ins ›Paradies‹ zurück. Eva war für uns noch nicht erschaf-fen. Trotzdem fehlte noch viel zu unserem Glück. –

Die russischen Bahnen sind die billigsten der Welt. Das fiel mir ein. Ob wir da wohl mit gutem Gewissen von nun an auf die dritte Klasse ver-zichten konnten? Kassensturz. Ja, das ging. Dann würden wir ein Abteil für uns allein haben, niemand würde uns mit neugierigen Fragen pla-

gen, wann wir nur wollten, konnten wir uns auf die weichen Polster
strecken: einer oben, einer unten: all diese Vorteile rechtfertigten es,
dass wir die Staatsbahnen um den Betrag für die Fahrkarten Erster be-
reicherten.

Rührig sollte sie laufen. Für solch einen seinen Herrn verstand sich die
erste Klasse von selbst. Ich weiß nicht, ob ich ohne ihn nicht doch einmal irgendwo hängen geblieben wäre. Nie kam ihm der geringste Zweifel, dass nicht alles glücklich enden könnte. Gelassen ertrug er alle Strapazen, und nie kam ein verzagtes Wort über seine Lippen. Er war ein
vortrefflicher Kamerad und jeder Lage gewachsen. –

Wieder stehen wir am Schalter. »Zwei Erster Moskau!« verlangt Röhrig.
»Sie haben die Erlaubnis?« fragte der Schalterbeamte, fragt es, ohne sich
von seinem Platz, hinten an der Wand, zu rühren. Ein prüfender Blick
begleitet hierbei die Frage und ruht auf dem Herrn in Pelz und kostba-
rem Tuch. »Ja!« antwortet dieser ohne Besinnen. Die Fahrkarten werden
ausgeschrieben. Über Omsk, Tjumen, Jekaterinenburg, Wjatka führt der
Weg. Wir treten auf den Bahnsteig hinaus.

Er ist voller Soldaten. Nur vereinzelt taucht da und dort der Rock eines
Bürgers, das Kleid einer Frau im Gewühle auf. Ein starkes Aufgebot
Roter Garde hält die Reisenden in Schach. Der Transbaikalzug braust
heran, hält. Im Nu ist er von der Bahnhofswache besetzt. Niemand darf
hinein, ohne sich durch eine Fahrkarte auszuweisen. »Eins Erster!« sagen wir dem Schaffner. Er öffnet den V-Wagen und führt uns zu einem
prächtigen Abteil. »Bitte!« Wir treten ein. Die fensterlose Tür rollt hinter
uns in ihren Geleisen. Der Sicherheit halber schieben wir noch den Riegel vor. Die schwellenden Polster nehmen uns auf. Wir lächeln einander
zu: eine Spielerei ist so eine Flucht.

Der Zug ist geheizt. Wir legen ab. Ohne Pelz und Mütze passe ich auch
ganz gut hierher. Unter meinem doppelreihigen Jackett aus feldgrauem
deutschem Sommerstoff trug ich eine prächtige, gestrickte, amerikani-
sche Weste mit großen Perlmuttknöpfen. Dazu ein weiches, graues,
seidenes Hemd mit festem Kragen und einen unauffälligen Selbstbinder. Was die Wäsche anging, da war ich überhaupt schicker als mein
Gefährte mit seinem vorn und hinten angenagelten Kragen. Nur meine
Hose war ein wenig derb und wies keine Bügelfalten auf. Immerhin ein
Mangel, ich gestehe es. Dafür passte sie jedoch gut zu Kittys lederner
Fliegerjacke und dem großen, grauen Wollschal, die ich beide für uner-

lässlich fand. Ihre Dienste aber waren jetzt überflüssig geworden. Sie konnten im Gepäcknetz neue Kräfte für weitere Verwendung sammeln.

Nach kurzem Aufenthalte setzte sich der Zug in Bewegung. Gleichmäßig schlug der Rhythmus der Räder ans Ohr. Langsam senkte sich der Abend aufs Land. Da! auf freier Strecke hält der Zug. Stimmen. Kommandos. Was ist los? Zugkontrolle. Reisende und Gepäck werden einer scharfen Musterung unterworfen. Es klopft. Wir öffnen. Soldaten suchen nach verbotenen und verborgenen Waffen im Gepäck, unter den Polstern und unter den Sitzen. Wir selbst werden abgefühlt: »Nichts!« – »Ihre Papiere!« Wir reichen den Beamten die Pässe. »Die Fahrkarten, bitte!« Eingehend wird jedes einzelne Stück geprüft. Alles ist in Ordnung. Soldaten und Beamte verlassen das Abteil. Um Haaresbreite waren wir der Festnahme entgangen. Nicht ohne Grund hatte der Schalterbeamte nach dem Fahrtgenehmigungsschein gefragt. Nach Moskau wie nach Petrograd war die Reise auch für Zivilisten verboten: nur mit besonderer Erlaubnis des Ausführenden Komitees in bestimmt begründeten Fällen gestattet. Ohne sie durfte keine Fahrkarte ausgehändigt werden. Das wussten wir nicht, als Röhrig sie löste. Da wir nun im Besitz einer vorschriftsmäßig ausgefertigten Fahrkarte waren, nahmen die revidierenden Beamten an, dass wir auch den Erlaubnisschein besäßen und fragten deshalb nicht nach ihm. Zudem hatten unsere Pässe auch dieser sorgfältigen Prüfung standgehalten, und die Frage nach dem Erlaubnisschein, die uns zum Verhängnis geworden wäre, überflüssig erscheinen lassen. Wir sahen einander an: ja, Tücken birgt so eine Flucht!

Einen vollen Tag genossen wir alle Vorzüge der ersten Klasse. Dann aber schob die Macht der Verhältnisse rücksichtslos alles beiseite, worauf wir Anspruch hatten. Je weiter wir nach Westen kamen, um so mehr füllte sich der Zug. Irgendwo bat ein gutgekleideter Herr, der im Gange stand, das Abteil mit uns teilen zu dürfen. Ich war anfänglich dagegen. Röhrig aber wies mit Recht darauf hin, dass wir auf die Dauer doch nicht für uns allein bleiben würden. Da willigte ich ein. »Aber ich bin krank,« erklärte ich, »das sage ich Ihnen gleich.« Unser Fahrtgenosse entpuppte sich als ein liebenswürdiger Mann. Wir hatten keinerlei Belästigung durch ihn zu fürchten. Irgendwo stieg er aus. Seine Nachfolger wurden zwei Offiziere. Ich lag auf der oberen Matratze und spielte den Kranken. Alle vierundzwanzig Stunden nur einmal verließ ich meinen Bau, um mich zu waschen und der Natur Rechnung zu tragen.

Auch auf gepolstertem Sitz wird dies auf die Dauer zur Qual. Kaum saßen die beiden Leutnants, da fing die Unterhaltung an. Wortkarg stand Röhrig Rede und Antwort. Die Russen merkten den Widerwillen. Da starb das Gespräch. Schön hatte es begonnen. »Woher sind Sie?« wurde Röhrig gefragt. »Aus Wenden,« antwortete er. so, wie es im Passe stand. »Ah, ich bin aus Walk,« erklärte der eine. Ich auch, dachte ich. Schöne Stadt! Keine Ahnung hatte ich, wie sie aussieht. Wie gut. dass ich aus Walk und krank hier oben war! Röhrig war aus Wenden. Walk brauchte er nicht zu kennen. Walk kannte er nicht. Irgendwo stiegen die Offiziere aus. Vier drangen vom Korridor ein und beschlagnahmten die freigewordenen Plätze. Der Zug war überfüllt. Röhrig zog zu mir herauf.

Am 16. März waren wir in Omsk. Von nun an häuften sich Kontrollen und Revisionen. Stundenlange Aufenthalte kamen hinzu. Lokomotiven versagten den Dienst, wurden notdürftig ausgebessert, blieben wieder stehen. Russland verfiel mit Riesenschritten. Dein Los, Deutschland, wenn du erst dieselben Machthaber wie die Russen hast!

Am 20. früh um sechs erreichten wir Wjatka. Längst standen die Leute auch im Gang des Abteils. Am 21. abends verliehen wir in Wologda den Zug, um nach Petrograd weiter zu fahren. Unterwegs war mir eingefallen, dass meine Bekannten ja gar nicht ständig in Moskau, sondern in Petrograd wohnten. Auch schien es unmöglich, auf kürzestem Wege durch die Front nach Hause zu gelangen. Auf dem Umwege über Finnland musste es versucht werden.

»Den Erlaubnisschein!« hieß es am Fahrkartenschalter. Den hatten wir nicht. Also durch die Front! Wir eilten zurück in den Zug. Nach zwei Stunden hatten wir uns bis zu unserem alten Abteil durchgekämpft. Hohngelächter empfing uns. Unsere Plätze waren besetzt.

Am 22. grüßten die Kathedralen und Klöster von Jaroslawl. Dort drüben, da lagen die Gräber der lebendig Toten. Was lag doch alles hinter mir!

Wir standen im Gang. Zehn Schritte von uns, in der Nähe des Aborts, stand einer und blickte von Zeit zu Zeit nach mir hin. Als Röhrig an ihm vorüber musste, hielt er ihn fest. »Du, woher kennst Du Deinen Kameraden?« – »Woher? Oh, schon lange!« – »Nu, nu, das kann nicht gut sein, *wir beide* waren lange zusammen.« »Du musst Dich irren,« sagte Röhrig und ging weiter. »Sie sind erkannt!« sagte er mir. als er zurück kam. »Von wem?« – »Von dem da!« - »Von dem?« War das nicht ein ehemaliger Katorschanin? Natürlich! Da konnte ich beruhigt sein: wir Gauner verraten einander nicht. Nein, das tun wir nicht. -

Mit Verspätung kamen wir in Moskau an. Ein Eisenbahnunfall hatte die Strecke auf Stunden gesperrt. So zogen wir anstatt am 22. abends am 23. März 6:00 vormittags in der Kremlstadt ein.

Eine Droschke erhielt Auftrag, uns nach dem erstbesten Hotel zu fahren. Jeder Platz war besetzt. Weiter zum nächsten. Alles besetzt. Weiter zum dritten. Alles besetzt. Eine Stunde und fünfzig Minuten fuhren wir von Hotel zu Hotel, von möbliertem Zimmer zu möbliertem Zimmer. Ein Unterkommen fanden wir nicht. Fünfundsiebzig Rubel kostete die Wissenschaft. Das war damals ein ansehnlicher Preis. Der Allrussische Kongress tagte in Moskau. Jeder zur Verfügung stehende Raum war von der Regierung mit Beschlag belegt. Ohne einen Ausweis von ihr war nichts zu machen.

Wir hielten Kriegsrat in einem Teehaus fünften Ranges. Bouillonkeller sagen wir in Deutschland. Meine Lederjacke passte da gut hinein. Das Ergebnis war: wir gingen baden. Ah! das tat gut. -

»Röhrig, es gibt *doch* Leute hier in Moskau, die, wenn sie mich auch nicht persönlich kennen, zum mindesten von mir gehört haben müssen. Die wollen wir aufsuchen. Wenn sie können, helfen sie weiter.«

Nach einigem Hin und Her sind wir an Ort und Stelle. »Ich bin der Oberleutnant v. Knobelsdorff.« stelle ich mich vor. »Wie? Sie sind hier?!« werde ich herzlich begrüßt; »was kann ich für Sie tun?« - »Ich komme mit einem Kameraden aus Krasnaja Rjätschka. Können Sie uns wohl so lange unterbringen, bis wir von hier weiterkommen?« - »Warten Sie hier: ich schicke zu Bekannten.« - »Vielen Dank!«

»Röhrig, die Sache ist gemacht!«

Eine Stunde später verlassen wir das Haus. Eine halbe Stunde darauf nehmen uns wildfremde Menschen gastlich auf. »Sie wollen weiter?« erkundigt sich der Herr des Hauses nach Tisch. »Ja.« - »Wann?« - «Wenn es sich machen lässt: noch heute.« - »Das lässt sich vielleicht einrichten. Woher kommen Sie?« Ich berichte kurz vom Erleben dreier Jahre. »Oh! da müssen Sie sich erst ein paar Tage bei uns ausruhen. Das wird zu viel für Sie!« - »Danke: nein!« - »Aber eine Nacht wenigstens müssen Sie bleiben, solange, bis alles geordnet ist.«

Rührend, mehr als rührend, unbeschreiblich hilfsbereit haben sich die gütigen Wirte unserer und anderer angenommen. Wer kündet je von allen denen, die wie sie in stillem Werk den Farben Schwarz-Weiß-Rot zu Hilfe eilten: Leben und Gut selbstlos einsetzten; keinen Dank und keinen Lohn wollten: aus dem einzigen Grunde halfen, weil wir Deutsche waren: Söhne eines freien Volks, dessen Werke und dessen Taten in unvergänglichen Lettern am Firmament eingemeißelt stehen. Ob sich wohl einem Paria auch hundert helfende Arme entgegengestreckt hätten? Ich glaub' es nicht. Möchte nie ein Enkel klagen, dass er überall verschlossene Türen fand! –

»Wollen Sie Soldat werden?« wurden wir gefragt: »da kommen Sie am schnellsten zu den Ihren.« Soldaten waren wir von Beruf. Weshalb sollten wir es da nicht auch 'mal in anderer Vermummung sein? Also werden wir Soldaten. Uniformen wurden beschafft, Stiefel, Mäntel besorgt. Unsere Pelze, Mützen, Schuhe, Anzüge, unser Gepäck erhielt die Kriegsgefangenenhilfe. Bis zum Mittag des 24. März waren wir ausgerüstet. Ein Ausweis wurde uns überreicht. Auf ihm stand: »Das Kommando-Komitee des 154. Artillerieparks bestätigt hiermit den Genossen, Karl Lange (der war ich), Peter Dirk (das war Röhrig) und Iwan Semmal (der war zerplatzt), dass sie zur Dienstleistung in Orscha zur Verfügung des Kommandeurs des dortigen Artillerie-Parks abkommandiert sind: was wir unter Beifügung unseres Dienstsiegels der Wahrheit gemäß bestätigen. Der Vorsitzende: Unterschrift. Der Schriftführer: Unterschrift. Klin, den 23. März 1918. Dienstsiegel.« Die Rückseite des Ausweises enthielt eine Nachschrift: Falls Orscha bereits geräumt sein sollte, so hätten wir uns zur Verfügung des nächstgelegenen Parkkommandeurs zu halten. Dieser Zusatz verschaffte uns die nötige Bewegungsfreiheit an der Front: wir konnten uns somit die Übergangsstelle selbst aussuchen.

Sonntag Nachmittag brachen wir nach herzlicher Verabschiedung auf. Viele gute Wünsche begleiteten uns. Unser selbstloser Wirt ging voran. Wir folgten. Er stieg in eine Elektrische. Wir stiegen in die Elektrische. Sie fuhr uns zum Alexandrowsker Bahnhof. Rechts und links von mir saßen Soldaten: Röhrig hatte auf der gegenüberliegenden Bank Platz gefunden. Alles ging selbstverständlich seinen Weg. Unfassbar schien es mir, dass niemand die Maskerade durchschaute. Der Bahnhof. Der Ausweis ersparte die Fahrkarte. »Ihr seid doch drei!« - »Nee, der Dritte macht nicht mehr mit.« Das war die ganze Kontrolle.

Lettische Schützen - sie galten als die zuverlässigsten Soldaten der Republik - hielten die weitläufigen Bahnhofsanlagen besetzt. Niemand durfte auf den Bahnsteig. In langen Reihen standen die Leute vor den Sperren. Wehe, wenn sich einer vorzudrängen suchte. »Ans Ende, ans Ende!« schrie die vielhundertköpfige Menge, und schauerlich hallte es von allen Ecken wieder. Langsam rückte der Zeiger der Bahnhofsuhr vor. Mehr, immer mehr Menschen füllten die Halle. Das Gedränge wuchs. Längst schon stand alles in dichten Haufen und drängte nach den Zügen. Da dröhnte plötzlich ein Schuss. Ura! schrien wilde Stimmen, die Masse setzte sich in Bewegung, begann zu laufen, wir rannten mit und sprangen in einen der gedeckten Viehwagen. Dort verkrümelten wir uns in der finstersten Ecke.

Montag Nachmittag waren wir in Smolensk, der Endstation des planmäßigen Verkehrs. Von nun an hatten wir zuzusehen, wie wir weiter kamen.

Erst um 6:00 morgens ging ein Zug nach Orscha. Auf ins Hotel! Alles besetzt. Nun, dann haben wir ja Zeit, uns im Orte umzusehen. Ein trübseliges Nest. Auch der Dnjepr verschönte es nicht. Es dunkelte. Wo blieben wir über Nacht?

Am Bahnhof waren zwei Übernachtungs-Baracken. Sie gewährten kostenlos Unterkunft. Wir gingen hinein und sahen uns um. Die hölzernen Pritschen wimmelten von Menschen und Ungeziefer. Nein, das war nichts für uns.

Wir gingen nach dem Wartesaal hinüber, legten uns dort auf den Fußboden und schliefen. Kolbenstöße weckten uns. Rote Garde säuberte den Bahnhof und trieb alles nach dem Ausgang zusammen. »Einzeln vortreten!« - »Waffen?« – »Nein.« Durchsuchung. »Raus!« Eben war ich an der Reihe und gehe die vier Stufen herunter, die ins Freie führten: da erhalte ich von hinten einen Stoß. Gleichzeitig knallt ein Schuss in die Nacht hinein. Wildes Laufen auf der Straße. Ein regelloses Geknatter beginnt. Sst, pfeifen die Kugeln ihr bekanntes Lied. Sst. Sst! Mit drei Sätzen bin ich an irgend einem Haus und springe in die nächste Tür. Bevor es noch die Augen wussten, wo sie waren, hatte es die Nase längst erfasst: die Übernachtungs-Baracke hatte mich wieder. Wo mochte Röhrig sein? Da kam er.

Wir kämpften einen erbitterten Kampf mit dem Gestank, aber er war stärker als wir. Da gingen wir in die bitterkalte Nacht hinaus und schritten die Straße auf und ab. Pendelten sie von der Brücke bis zum Bahnhof hin und her. Schließlich trieb uns die Kälte wieder ins Bahnhofsgebäude hinein. Todmüde standen wir auf den Fliesen vor den Schaltern herum. Es wollte und wollte nicht tagen. Endlich graute der Morgen. Der Schalter wurde geöffnet. Wir lösten die Fahrkarten, taten es, weil es alle Soldaten taten, und traten auf den Bahnsteig heraus. Eine endlose Reihe geschlossener Viehwagen wartete auf uns: wir bekamen in einem Platz, mit rauchendem Schornstein. Grade war ich etwas warm geworden, da riss Rote Garde die Tür auf und befahl: »Zivilisten raus!« Sie wollte den geheizten Wagen für sich. Das war praktischer Kommunismus.

Auch wir suchten uns ein anderes Unterkommen. Eisige Kälte herrschte im neuen Waggon. Die schützte uns. Hier kam keiner freiwillig herein. Nun war alles so weit. Die Maschine zog an. Die Räder knirschten und kreischten. Hart stießen die Puffer gegeneinander. Wir fuhren.

Drei Jahre lagen hinter mir. Drei Jahre Opfer, drei Jahre Geduld, drei Jahre Kampf, drei Jahre – nutzlos vertan. Nun war ich frei. War ich es auch? Noch war das letzte nicht erreicht! Aber es musste glücken!

Orscha! Die Sonne stand im Zenith und spendete Lebenskraft. Mit raschen Schritten gehen wir auf einen Schlitten zu. In langer Reihe halten sie am Bahnhof. »Du sollst uns fahren!« - »Wohin?« - »Da!« - »Um Gotteswillen, dort sind schon die Deutschen!« – »Dann verdient die Rubel ein anderer!« Das Geld ist mächtiger als die Furcht. Wir nehmen Platz. Die Pferde ziehen an. Bald sind wir im freien Gelände. Die Front ist zerbröckelt. Nur an wichtigen Punkten stehen die Gegner einander gegenüber. Es muss ein leichtes sein, durchzukommen. Da, ein russischer Posten! »Halt! Weiter dürft Ihr nicht!« - »Wie? Im freien Russland darfst du dich nicht frei bewegen?« – »Die Deutschen erlauben es nicht!« - »Was! Die Deutschen. Uns erlauben sie's!« - »Fahrt!« warnte der Posten. »Aber ich sage Euch, die Deutschen erlauben es nicht!«

»Vorwärts! Los! Kerl, fahr zu!« Der Schlitten fliegt über den Schnee. Halb links, aus dem Unterholz, taucht eine deutsche Patrouille auf. Auf sie zu! »Wo ist der nächste Ortskommandant?« – »Die Richtung!« Es geht in den lichten Wald hinein. »Seh' ich die Meinen jemals wieder?« jammert der Kutscher. »Dir wird nichts geschehen. Wir sind deutsche Offiziere.« Da weicht seine Furcht.

Häuser.

Feldgraue Umformen.

»Halt!«

»Wo wohnt der Ortskommandant?« – »Da.« Grade tritt er aus seinem Hause. Ich gehe auf den Hauptmann zu und melde: »Oberleutnant v. Knobelsdorff aus russischer Gefangenschaft zurück.«

www.ingramcontent.com/pod-product-compliance
Lightning Source LLC
Chambersburg PA
CBHW051920110726
47902CB00002B/350